ANDREAS ULRICH

Das Engelsgesicht

Buch

Die Mafia ist bekanntlich eine äußerst verschwiegene kriminelle Organisation. Dass ihr Netzwerk weit über Süditalien hinaus bis tief in die deutsche Provinz hinein reicht, konnten wir bislang nur ahnen. Das Geschäft der Mafiosi: Drogen- und Waffenhandel, Autoschieberei, Geldwäsche. Neun von zehn italienischen Gastwirten und Geschäftsleuten zahlen Schutzgeld. Auf verschlungenen Wegen, über E-Mail und ständig wechselnde Mobilnummern ist es SPIEGEL-Redakteur Andreas Ulrich gelungen, Kontakt zu dem Mann, den sie „Engelsgesicht“ nannten, aufzunehmen und die Lebensbeichte des Mafia-Killers zu protokollieren.

Autor

Andreas Ulrich, geboren 1962, arbeitete neun Jahre als Polizeireporter in Hamburg, bevor er 1999 als Redakteur zum SPIEGEL ging. Dort ist er im Deutschland-Ressort zuständig für Kriminalität und Terrorismus. Er gehörte zum Autorenteam des bei der DVA erschienenen Bestsellers „11. September – Geschichte eines Terrorangriffs“.

Andreas Ulrich

Das Engelsgesicht

Die Geschichte eines
Mafia-Killers aus Deutschland

GOLDMANN

FSC
Mixed Sources
Product group from well-managed
forests and other controlled sources

Cert no. GFA-COC-1223
www.fsc.org
© 1996 Forest Stewardship Council

Verlagsgruppe Random House FSC-DEU-0100
Das FSC-zertifizierte Papier *München Super* für Taschenbücher
aus dem Goldmann Verlag liefert Mochenwangen Papier.

1. Auflage
Taschenbuchausgabe Juni 2007
Wilhelm Goldmann Verlag, München,
in der Verlagsgruppe Random House GmbH

Umschlaggestaltung: Design Team München
in Anlehnung an die Umschlaggestaltung
der Hardcoverausgabe von Berndt & Fischer, Berlin
Umschlagfotos: Corbis und Monika Zucht/DER SPIEGEL
KF · Herstellung: Str.
Druck und Bindung: Clausen & Bosse, Leck
Printed in Germany
ISBN: 978-3-442-12973-7

www.goldmann-verlag.de

Für Kilian

Inhalt

ITALIEN
Rom
APULIEN
Sacra Corona Unita
Neapel
Bari
KAMPANIEN
Camorra
100 km
Kartenausschnitt
KALABRIEN
'Ndrangheta
Palermo
Catania
SIZILIEN
Cosa Nostra
Golfo di Taranto
Cassano
Sibari
Thurio
15 km
Corigliano
Rossano
Acri
Cirò
Cirò Marina
Cosenza
Crotone
Catanzaro

Vorwort

Dieses Buch handelt von einem Todgeweihten. Giorgio Basile hat getötet, und er ist zum Tode verurteilt worden. Nicht von einem Gericht in Italien, dessen Staatsbürger er ist, sondern von der Mafia in Kalabrien, die dort 'Ndrangheta heißt. Denn er hat das Schweigegebot der Verbrecherorganisation gebrochen, die Omertà.

Giorgio Basile ging der Polizei am 2. Mai 1998 auf dem Bahnhof von Kempten im Allgäu ins Netz. Seine Festnahme gilt unter Fahndern als einer der größten Schläge gegen die Mafia in Deutschland. Er habe die Beteiligung an und die Ausführung von dreißig Morden gestanden, heißt es in einem Dokument des Bayerischen Landeskriminalamtes.

Dieses Buch erzählt das Leben des deutsch-italienischen Mafioso nach – seine Kindheit und Jugend in Mülheim an der Ruhr, den Einstieg in das kriminelle Milieu, seinen Aufstieg bis zur Spitze des kalabrischen Carelli-Clans. Am Ende stehen die Verhaftung und seine Aufnahme in das italienische Zeugenschutzprogramm für aussagebereite Mafia-Mitglieder. Es ist sehr außergewöhnlich – und in Deutschland noch nicht vorgekommen –, dass ein Mitglied der Mafia öffentlich auspackt. Giorgio Basile war bereit, über vier Morde zu sprechen. Über die anderen Taten schweigt er weiter. Auch die ermittelnde Anti-Mafia-Staatsanwaltschaft in Italien hat sich damit zufrieden gegeben. Sie wird ihre Gründe haben.

Wegen dreier Morde, wegen Mafia-Mitgliedschaft und Drogenhandels ist Giorgio Basile allein in Italien bereits zu mehr als fünfzig Jahren Haft verurteilt worden. Weitere Prozesse wegen Mordes, internationalen Drogenhandels und Erpressungen stehen noch aus. Am Ende könnten insgesamt knapp hundert Jahre Gefängnis dabei herauskommen. Sechs Monate hat Giorgio Basile in Italien im Gefängnis gesessen, der Rest der Strafe wurde unter Auflagen ausgesetzt. Er darf Verwandte und Freunde von früher nicht mehr sehen, er muss regelmäßig umziehen und darf niemandem seine wahre Identität preisgeben. Er hat eine neue Identität erhalten und ist ständig auf der Flucht.

Ich hatte im Frühjahr 1999 für den SPIEGEL eine Reportage über die italienische 'Ndrangheta geschrieben und dabei Giorgio Basile als ein Beispiel dafür genannt, wie sehr der Krake des organisierten Verbrechens seine Fangarme bereits nach Deutschland ausgestreckt hat. Sechs Jahre später rief Giorgio Basile mich an: Er wollte seine Geschichte erzählen. Der einzige Weg, Kontakt mit ihm aufzunehmen, war ein Mobiltelefon, dessen Nummer ständig wechselte. Die Tonbandaufzeichnungen der Gespräche füllen fünfundvierzig Stunden.

Giorgio Basile hat bis heute kein Unrechtsbewusstsein entwickelt – weder wegen der Morde noch wegen des Drogenhandels, der Schutzgelderpressungen, Raubüberfälle, Einbrüche, Brandstiftungen. Er habe, so sagt er, alle Taten nach den Regeln der 'Ndrangheta verübt. Er hält sich weiterhin für einen Ehrenmann nach den Begriffen dieser Organisation. Seine Komplizen habe er verraten, weil sie sich nicht an diese Regeln gehalten hätten.

Seine Schilderungen sind aufregend, schonungslos und präzise. Und sie sind wahr. Das bestätigten Gespräche mit Fahndern des Bayerischen Landeskriminalamtes sowie mit Kriminalbeamten aus Mülheim und Duisburg, mit Carabinieri seiner Heimatstadt Corigliano Scalo und mit Ermittlern der italienischen Anti-Mafia-Staatsanwaltschaft. Diesem Buch liegen außerdem Gerichtsurteile aus Deutschland und Italien, Vernehmungsprotokolle der Polizei und der Anti-Mafia-Staatsanwaltschaft zugrunde.

Nach Giorgio Basiles Geständnis hat es auch in Deutschland mehrere Festnahmen gegeben. In vielen weiteren Fällen laufen Ermittlungen, aber die Beweise reichen für einen Haftbefehl nicht aus. Die Mafiosi leben weiterhin unbehelligt etwa im Ruhrgebiet, im Allgäu, in Frankfurt, Nürnberg und München. Das Bundeskriminalamt war nicht bereit, sich zu den Verzweigungen der 'Ndrangheta in Deutschland zu äußern. Die Ermittlungen seien sonst gefährdet, sagte eine Sprecherin.

Giorgio Basile ist bis heute ein wichtiger Zeuge in laufenden 'Ndrangheta-Verfahren in Italien. Er wird immer noch regelmäßig von der Anti-Mafia-Staatsanwaltschaft vernommen und muss in Prozessen gegen seine ehemaligen Komplizen aussagen.

Zum Schutz seiner Angehörigen sind deren Namen in diesem Buch geändert. Aus rechtlichen Gründen werden manche Mafiosi mit Vornamen genannt, mit vollem Namen erscheinen hier nur die wichtigsten Clanmitglieder und Führungskräfte, die wegen Mafia-Mitgliedschaft oder wegen Mordes verurteilt wurden – oder selbst Opfer geworden sind.

Dieses Buch ist eine unverfälschte Innenansicht der 'Ndrangheta, einer archaischen Verbrecherorganisation, die in Süditalien fest in der Bevölkerung verwurzelt ist und Hunderte Menschenleben auf dem Gewissen hat. Eine Innenansicht, wie sie noch nie geschildert wurde.

Bücher oder Filme über die Mafia wie „Der Pate" oder „Scarface" sind Fiktion. Dies ist die Wirklichkeit: die Lebensgeschichte eines Mafia-Killers.

1

Ein Mafia-Killer geht in die Falle

Der InterCityExpress surrt mit fast 160 Stundenkilometern von Nürnberg Richtung München. Obwohl es später Vormittag ist, drückt sich Giorgio Basile müde in den gepolsterten Sitz des Erste-Klasse-Abteils. Er ist noch leicht verkatert von der Nacht zuvor, von all dem Kokain und dem Champagner. Er hat nur wenige Stunden geschlafen und noch nicht gefrühstückt. Er bestellt einen Kaffee. Allmählich verfliegt der Kopfschmerz. Er denkt an die vergangenen Tage, und ein Gefühl der Zufriedenheit breitet sich aus. Der Deal in Nürnberg ist gut gelaufen. Die Jungs aus der Familie sind auf Zack. Sie haben einen korrekten Preis bezahlt, sie sind zuverlässig. Das ist wichtig heutzutage, gerade wenn es um Kokain geht.

Der Kokain-Markt in Nürnberg ist weitgehend unter Kontrolle seiner Leute aus Corigliano im süditalienischen Kalabrien, und sie zahlen pünktlich. Die Reise nach Deutschland hat sich erwartungsgemäß gelohnt. Ein Kinderspiel, wie immer, trotz der falschen Papiere, die er bei sich trägt. Gott schütze das vereinte Europa. Die seltenen Passkontrollen an der Grenze machen ihm keine Sorgen. Den Namen in seinem italienischen Ausweis kann er im Schlaf sagen: Aldo Valeone, geboren am 15. Februar 1960 in Acri, Vater Michele, Mutter Giuseppina, zwei Brüder, drei Schwestern. Das Papier ist deshalb so gut, weil es echt ist. Es gehört seinem Freund aus Mülheim, wo Giorgio aufgewachsen ist. Nur das Foto haben sie ausgetauscht, unten in Neapel, bei einem Typen, der die echten, amtlichen Stempel hat und der ihm einen Gefallen schuldig war.

Ein paar solcher Fahrten noch, von Italien nach Holland und zurück über Deutschland oder Frankreich – dann will er sich erst einmal ein paar Wochen zurückziehen. Gras wachsen lassen über all die Dinge, die in den vergangenen Monaten passiert sind: die vielen Toten, die Ermittlungen, die Verhaftungen. All die Lügen und Intrigen, die sich wie ein Netz immer enger um ihn zusammenzogen und die ihn nun allmählich zu ersticken drohen. Er ist einer der wenigen Männer der Organisation aus Corigliano, die noch in Freiheit sind. Und das soll nach Möglichkeit auch so bleiben. Aber solange die Geschäfte laufen, müssen sie auch abgewickelt werden. Magere Zeiten kommen von ganz allein.

Das Wetter ist gut an diesem Sonnabend. Es ist sonnig, die Temperatur ist angenehm mild. Ein paar Wolken hängen träge am blauen Himmel. Bald wird Giorgio wieder bei seiner Frau Lucia sein, der ersten Frau, die er wirklich liebt, die er haben wollte, seit er sie zum ersten Mal gesehen hat, und die er dann heiratete, so schnell es ging. Von der er sich ein Kind wünschte, und die nun in der Toskana mit ihrer kleinen Tochter Schiavonea auf ihn wartet. Er freut sich auf einen schönen, langen Sommer mit ihnen am Meer.

Giorgio fährt meistens mit dem Zug, wenn er geschäftlich unterwegs ist. Er findet, das ist das sicherste Verkehrsmittel, wenn man mit falschen Papieren reist. Außerdem hat Aldo Valeone, sein Cousin, keinen Führerschein. Er ist Musiker und meint, er brauche kein Auto. Pech für Giorgio, aber kein wirkliches Problem. Im Zug kann er wunderbar entspannen, und er nutzt die Zeit gern zum Nachdenken. Er schließt die Augen und versucht, die kurze Fahrt von Nürnberg nach München zu genießen.

Als der Zug sich München nähert, muss er zusehen, dass er langsam wieder klar wird. Bevor er zurück nach Italien fährt, will er noch einen Abstecher in ein Kaff in der Nähe von Kempten im Allgäu machen. Antonio, der dort eine Pizzeria betreibt, schuldet ihm noch fünfzehntausend Mark, die will er abholen. Das Geld ist sein Anteil an der Eisdiele, die Antonio dort einst mit seiner Hilfe aufgemacht hat. Der Preis ist wahrscheinlich zu niedrig angesetzt, aber das spielt jetzt keine Rolle. Es ist so abgemacht, und Giorgio braucht das Geld. Er ist mehr oder weniger auf der Flucht. Und Antonio ist einverstanden: Das Geld, hat er gesagt, liege bereit. Vielleicht ist er sogar froh, denkt Giorgio, dass er mich als Teilhaber loswird. Er selbst jedenfalls wäre froh gewesen.

Beim Einlaufen des InterCityExpress in den Münchner Kopfbahnhof steht Giorgio auf, verlässt das Abteil und steigt aus. Er hat kaum Gepäck bei sich, nur einen kleinen, braunen Koffer mit ein paar Kleidungstücken. Das Geld aus dem Drogengeschäft, vierzigtausend Mark, hat er in Nürnberg bei einem Freund der Familie in einem sicheren Versteck gelassen. Bloß kein Risiko eingehen. Er schlendert zum Schalter in der Bahnhofshalle, vorbei an der Gepäckaufbewahrung und dem Tabakladen, und löst eine Karte nach Kempten, erster Klasse, wie immer, einfache Fahrt.

Welchen Weg er zurück nach Italien nehmen wird, will er erst entscheiden, wenn er das Geld in der Tasche hat. Vielleicht wird Antonio ihn über die Grenze nach Österreich bringen, und er wird dort den Zug nach Italien besteigen, oder er wird eben nach München zurückfahren und von dort weiter nach Florenz reisen. Bis zur Abfahrt bleibt ihm noch eine gute Stunde. Er schlendert über den Bahnhof, stellt sich an den nächsten Imbiss und verlangt eine Bratwurst. Giorgio Basile liebt Bratwurst.

Er ist zwar Italiener, aber im Ruhrgebiet aufgewachsen. Er mag viele Dinge, bei denen sich seinen Landsleuten vermutlich der Magen umdreht: Frikadellen zum Beispiel oder Rouladen mit Klößen und brauner Soße. Ruhrpottküche eben. Und Bratwurst. Er schluckt den letzten Bissen hinunter, wirft die leere Pappe weg und bestellt gleich noch eine Wurst.

Langsam wird es Zeit. Er nimmt seinen Koffer und geht los. In seinen Socken stecken ein paar Gramm Kokain, aber sonst wirkt er wie ein ganz normaler Reisender. Er ist nicht groß, 1,65 Meter vielleicht, nicht gerade schlank, eher kräftig gebaut. Er trägt kurze, dunkle Haare und eine Brille mit ovalen Gläsern in einem Metallgestell, und wenn er redet, lacht er oft – ein sympathischer, unauffälliger Mann. In Italien nennen sie ihn deshalb das Engelsgesicht. Alter und Nationalität sind schwer zu schätzen. Er könnte Student sein, Bankangestellter oder amerikanischer Tourist. Er fällt absolut nicht auf.

Giorgio geht die Halle entlang zu den Nebengleisen, wo die Regionalzüge fahren – wie der nach Kempten. Auf dem Weg dorthin sieht er eine Telefonzelle, und ihm schießt plötzlich der Gedanke durch den Kopf, Antonio anzurufen. Er weiß auch nicht, warum, es ist eine Art Eingebung. Nach einem kurzen Augenblick beruhigt er sich wieder. Es ist alles mit Antonio besprochen, und die Fahrt bis Kempten dauert immerhin eineinhalb Stunden. Zeit genug. Er klettert in den Zug, der sich bald darauf in Bewegung setzt.

Beim ersten Halt in Pasing, kurz nach der Abfahrt in München, steigt kaum jemand zu. Allmählich werden die Häuser kleiner, und es werden immer weniger. Der Zug rattert eine halbe Stunde einschläfernd dahin, bevor er in Kaufering Halt macht. Giorgio schaut aus dem Abteilfenster und blickt direkt auf eine Telefonzelle. Wieder überkommt ihn ein Gefühl von Unruhe. Ich sollte doch lieber anrufen, durchfährt es ihn. Giorgio springt aus dem Zug, läuft zur Telefonzelle, doch der Automat nimmt kein Geld, nur Karten.

Verfluchter Fortschritt, denkt Giorgio und klettert zurück in den Waggon. Langsam rollt der Zug wieder an und nimmt Geschwindigkeit auf. Flaches Voralpenland fließt am Fenster vorbei, grüne Weiden und Felder, vereinzelte Wälder, ein paar Bauernhöfe, hin und wieder eine Kapelle oder ein Wegkreuz. Giorgio wird wieder ruhiger. Es wird schon alles gut gehen, sagt er sich. In Buchloe, dem nächsten Halt, fällt Giorgios Blick wieder auf eine Telefonzelle. Doch irgendetwas hält ihn davon ab, auszusteigen und es erneut zu versuchen.

Der Italiener macht es sich im Sitz bequem, döst, blinzelt in die Sonne, denkt an Lucia und die kommenden Wochen. Der Bungalow, in dem sie den Sommer verbringen wollen, gehört einem Freund in Genua, und der hat ihnen angeboten, dort so lange zu bleiben, wie sie es wünschen. Giorgio freut sich auf eine schöne Zeit. Die Ruhe wird ihm gut tun.

Er geht in den Speisewagen und bestellt eine Kartoffelsuppe. Es ist eine Fertigsuppe aus der Tüte, wie er bei der Zubereitung sehen kann, und sie schmeckt überhaupt nicht. Lustlos isst er ein paar Löffel, lässt den Rest stehen und geht zurück zu seinem Platz. Als der Zug Kaufbeuren passiert, entscheidet Giorgio endgültig, erst von Kempten aus bei Antonio anzurufen. Dann ist immer noch Zeit genug.

„In wenigen Minuten erreichen wir Kempten", plärrt die Zugbegleiterin aus dem Lautsprecher, und die Stimme klingt wie eine Erlösung. Giorgio steht auf, packt seinen Koffer und stellt sich am Ende des Waggons an den Ausstieg. Als der Zug hält, drückt er die Klinke der Waggontür hinunter und steigt die drei Stufen hinab zum Bahnsteig.

Es ist früher Nachmittag. Sein Blick gleitet über den Bahnhof, streift Häuser und Wiesen vor der Kulisse der Allgäuer Alpen, die mächtig in der Ferne thronen. Sie erinnern Giorgio Basile an die Berge seiner Heimat, die bis weit in den Frühling mit Schnee bedeckt sind und in denen sich die flüchtigen Mafiosi, die Latitanti, vor der Polizei verstecken.

Als der Zug wieder anfährt, setzt auch Giorgio sich in Bewegung. Er geht die Treppe hinunter und wendet sich im Tunnel Richtung Bahnhofshalle. Dort kauft er als Erstes eine Telefonkarte und sucht eine Zelle. Er zieht die Tür auf, stellt den Koffer auf den Boden und wählt Antonios Nummer.

„Ciao, wie geht's?", sagt Giorgio.

„Bist du schon angekommen?", fragt Antonio.

„Willst du mich abholen, oder soll ich kommen?"

„Hier gibt es Probleme", stöhnt Antonio.

Giorgio ist überrascht: „Was für Probleme?"

Sein Landsmann scheint nervös. „Mein Telefon wird abgehört. Ich werde von der Polizei verfolgt."

Giorgio wird misstrauisch. „Kannst du mir das nicht vorher sagen? Warum hast du nicht angerufen?", fragt er.

Giorgio hat grundsätzlich ein sauberes Telefon dabei, wenn er nach Deutschland reist. Irgendjemand findet sich immer, der für ein paar Mark bereit ist, auf seinen Namen ein Handy zu kaufen und es Giorgio zu überlassen. Die Nummer schickt er dann kurzfristig per Telegramm an seine Leute. Auf diese Weise muss er nie befürchten, von der Polizei abgehört zu werden, zumal er jedes Mal ein neues Telefon benutzt.

„Ich habe es eben erst bemerkt", stammelt Antonio. „Weißt du, wie du jetzt wegkommst?"

Verdammter Idiot, denkt Giorgio.

Er sagt: „Mach dir um mich keine Sorgen. Ich bin nicht mit dem Zug gekommen. Wir machen das Geschäft ein anderes Mal. Entweder ich lasse es abholen, oder du schickst es mir auf dem üblichen Weg." Er will möglichst unverfänglich klingen. Aber in ihm brodelt es.

Was nun? Er versucht, die Situation zu analysieren. Viele Erklärungen findet er nicht: Entweder Antonio hat kein Geld und will ihn loswerden – oder er hat ihn verpfiffen und die Polizei ist jetzt hinter ihm her. Er muss jetzt unbedingt einen kühlen Kopf bewahren. Und es muss ihm ganz schnell etwas einfallen.

Das Problem ist nur, dass er in Kempten niemanden kennt. Er kann nicht wie sonst jemanden anrufen und sagen, hol mich ab. Hier ist er auf sich allein gestellt.

Sein Kopf brummt.

Er kann ein Taxi nehmen und sich nach München fahren lassen, oder er nimmt den Bus. Oder wieder die Bahn. Das ist vielleicht das Klügste. Ja, so will er es machen: Er geht zum Schalter und löst die Fahrkarte. Zwei Stunden hat er noch Zeit. Vorher fährt kein Zug. Er geht zu den Schließfächern und deponiert seinen Koffer. So hat er wenigstens die Hände frei.

Sein Blick fällt auf die Leuchtreklame des Bistros auf der anderen Seite der Bahnhofshalle. Er schlendert hinüber, setzt sich an einen Tisch und bestellt ein Bier. Es ist jetzt kurz nach drei Uhr nachmittags. Die Kneipe ist nur spärlich besucht; bis auf ein paar Typen, die wahrscheinlich den ganzen Tag hier verbringen, ist der Laden leer. Er kann nichts Auffälliges entdecken. Giorgio trinkt das Bier in kleinen Schlucken.

Er geht aufs Klo, nestelt das Päckchen Kokain aus den Socken und legt sich zwei Linien des Zeugs auf den Spülkasten, zieht sie hastig mit einem gerollten Geldschein durch die Nase ein. Eine Linie für jedes Nasenloch. Der Stoff ist gut, er nimmt nie den gestreckten Dreck, den sie auf der Straße verkaufen. Schließlich sitzt er an der Quelle.

Doch selbst das weiße Pulver kann das dumpfe Unbehagen, das sich seiner bemächtigt hat, nicht verdrängen. Immerhin ist er durch die Droge etwas wacher und zuversichtlicher geworden. Er überprüft sein Gesicht im Spiegel und wischt einen Rest des Pulvers von der Oberlippe. Dann begibt er sich zurück an seinen Tisch.

Giorgio bestellt ein zweites Pils. Es ist immer noch absolut ruhig in dem Bistro. Er hält sich an dem Bier fest, bis nur noch zwanzig Minuten bis zur Abfahrt des Zuges bleiben. Dann steht er auf, zahlt und tritt hinaus in die Bahnhofshalle.

Sein Blick fällt nach links, und dort sieht er sie kommen: Drei Autos halten direkt vor dem Haupteingang, mitten im Halteverbot. Jeweils zwei Männer steigen aus, lassen die Türen offen. Nur die Fahrer bleiben sitzen.

Giorgio erstarrt.

Das sind ohne jeden Zweifel Polizisten. Sie sind zu sechst. Sie sehen sich um, besetzen die Ausgänge.

Giorgio versucht, ruhig zu bleiben. Er dreht sich um, geht langsam zum Fahrplan, der in der Mitte der Halle in einem Schaukasten hängt. Er tut, als studiere er aufmerksam die Abfahrtszeiten der Züge, doch aus den Augenwinkeln versucht er, jede Ecke des Bahnhofs zu erfassen. Neben ihm steht eine Frau, ziemlich jung, um die zwanzig Jahre alt. Unwahrscheinlich, dass sie diejenige ist, die sie suchen. Sonst ist die Halle weitgehend leer.

„Ihr drei geht aufs Gleis", hört er eine Stimme hinter sich. Giorgios Blick saugt sich am Fahrplan fest. Plötzlich klopft ihm jemand auf die Schulter. „Zeigen Sie bitte Ihre Papiere", sagt die Stimme.

Giorgio gibt ihm seinen italienischen Ausweis mit seinem Foto und den echten italienischen Stempeln. Er sieht sich um. Er ist umstellt. Einer der Männer hält seinen Ausweis in der Hand, zwei andere stehen links und rechts neben ihm. Und von hinten kommen weitere Männer zielstrebig auf ihn zugeeilt.

„Wie heißen Sie?", fragt der Beamte, der seinen Ausweis hat.

„Aldo Valeone."

„Und was machen Sie hier?"

„Ich fahre nach Hause."

Der Beamte scheint unbeeindruckt: „Kommen Sie bitte mit."

Giorgio startet einen letzten Versuch herauszufinden, was hier vor sich geht. „Warum?", fragt er.

„Reine Routine", sagt der Beamte.

Die Polizisten eskortieren ihn zu den wartenden Autos. Er muss sich in den Fond des mittleren Wagens setzen, zwei Männer pflanzen sich wortlos links und rechts neben ihn. Im Radio läuft die Bundesliga. Als Giorgios Freiheit, seine Macht und seine Träume enden, erzielt Jürgen Rische vom 1. FC Kaiserslautern gerade in der 88. Spielminute den Schlusstreffer zum 4:0 gegen den VfL Wolfsburg. Damit werden die Pfälzer, die zwei Jahre zuvor in die zweite Liga abgestiegen sind, unter Trainer Otto Rehhagel Deutscher Meister.

Es ist der 2. Mai 1998.

„Ganz schön viel Aufwand für Routine“, sagt Giorgio.

Die Polizisten schweigen. In ruhiger Fahrt verlässt der Konvoi den Bahnhofsvorplatz. Die Straße führt in einer Rechtskurve zur Hauptstraße Richtung Zentrum. Links sieht Giorgio hässliche Mietshäuser, dann erscheint eine weißgetünchte Kirche mit roten Dachziegeln. Als sich die Wagenkolonne bergab der Stadtmitte nähert, werden die Häuser langsam hübscher. Es geht vorbei am Colosseum-Kino, danach kommt die große St.-Lorenz-Basilika mit den kupfergedeckten Türmen und der Kuppel ins Blickfeld. Diese Kirche und die angrenzende Fürstäbtliche Residenz, in der das Amtsgericht untergebracht ist, wird Giorgio noch öfter sehen in den kommenden Tagen.

Die Fahrt geht weiter an der Prinz-Franz-Kaserne und am Friedhof vorbei. Dann werden die Gebäude allmählich wieder moderner und hässlicher. Rottachstraße, liest Giorgio auf einem blau-weißen Straßenschild. Die Polizeiwache erkennt er sofort: ein beigefarbener, dreistöckiger Zweckbau aus verputztem Beton mit grünen Fensterrahmen aus Metall. Sie halten vor dem Haupteingang, ein Beamter öffnet ihm die Glastür und geleitet ihn ins Innere des Gebäudes. Rechts geht es zur Polizeiwache, wie unschwer an dem Tresen und den Uniformierten dahinter zu erkennen ist.

„Setzen Sie sich“, bedeutet ihm der Polizist. Giorgio lässt sich auf der harten Holzbank nieder, die auf der anderen Seite an der Wand steht. Sein Blick fällt auf eine junge Kriminalbeamtin, um die 30 Jahre alt, mit strengem, humorlosem Gesichtsausdruck. Giorgio schaut sie an. Sie erwidert seinen Blick, mustert ihn kühl mehrere Sekunden lang.

„Er ist es. Bringt ihn runter“, sagt sie dann.

Giorgio muss wieder aufstehen, und mehrere Beamte führen ihn durch einen Gang, dessen Wände rot geklinkert sind. Am Ende des Ganges liegt ein Treppenhaus mit Metallgeländer. Dort muss er hinunter. Die erste Treppe hat zehn Stufen, die zweite, nach einer Hundertachtziggradkurve, noch mal neun. Er steht in einem Vorraum. Links bemerkt er einen Zigarettenautomaten, rechts einen für Getränke. Sogar Bier gibt es hier, denkt Giorgio. Dann wird er links durch eine Tür geführt in einen schmalen Gang, von dem vier Zellentüren abgehen.

Sie bleiben vor einer der mittleren Türen stehen. „Ziehen Sie sich aus", befiehlt ein Beamter. Giorgio soll Hose, Schuhe und auch die Socken abgeben. „Mir ist kalt, ich möchte sie anbehalten", sagt er. „Okay, ziehen Sie sie aber kurz runter", sagt der Beamte. Giorgio greift in die Socke, packt mit dem Daumen das Päckchen Kokain, presst es gegen Socke und Zeigefinger und zieht den Strumpf bis zum Knöchel. „In Ordnung", sagt der Beamte und weist ihn in die Zelle.

Giorgio legt sich auf die gemauerte, weißgekachelte Pritsche und mustert den Raum. Er misst etwa zwei mal drei Meter. Alles hier ist gemauert und weiß gekachelt, sogar der Tisch und das Klo. Auf der Pritsche liegt eine braune Decke, der einzige Komfort. Hinter dem grünen Eisengitter, im Vorraum der Zelle, hängt ein Waschbecken; milchiges Licht fällt durch ein paar Glasbausteine, die das Fenster ersetzen.

Tausend Gedanken schießen ihm durch den Kopf. Er sitzt in der Falle, das ist sicher. Er ist verpfiffen worden, das ist auch klar. Und damit kennen sie auch seine wahre Identität. Die Kriminalbeamtin hat es ja deutlich gesagt: „Er ist es." Er verspürt den Drang, die scheinbar ausweglose Situation durch eine Prise des weißen Pulvers aufzuhellen.

Er klingelt nach dem Wachmann und lässt sich sein Nasenspray geben. Tatsächlich bekommt er das Spray ausgehändigt und spült sich das verstopfte Organ für die bevorstehende Dosis frei. Er gibt das Spray zurück, die Tür schließt sich, und Giorgio holt das Kokain aus dem Strumpf. Er gönnt sich eine große Portion, ewig wird das Zeug eh nicht halten, also wozu sparsam sein. Kaum hat er die Droge inhaliert, öffnet sich die Zellentür erneut. Er bekommt einen Schreck. Er ist gerade einmal zwanzig Minuten hier unten gewesen. Haben sie ihn etwa beobachtet? Doch die Angst scheint unbegründet. „Kommen Sie mit", fordert ihn ein uniformierter Beamter auf. „Wir gehen zum ED."

Hinter dem Kürzel verbirgt sich der Erkennungsdienst. Giorgio weiß es nur zu gut. Es wird eng für ihn. Also erst neun, dann zehn Stufen rauf und dann noch zweimal zehn Stufen bis in den ersten Stock. Auf den Gängen sieht er Glasvitrinen mit Asservaten, die wohl abschreckend wirken sollen, für ihn aber Alltag sind: Drogen, Waffen, Werkzeuge von Brandstiftern und Einbrechern. Der ED-Raum liegt links. Als er durch die Tür tritt, sieht er einen Schreibtisch mit einer alten Schreibmaschine, er registriert die Kamera, einen Stuhl und den Tisch mit Tinte und Rolle zur Abnahme der Fingerabdrücke. „Lassen Sie uns die Arbeit sparen, und sagen Sie, wer Sie sind", sagt der Beamte hinterm Schreibtisch.

„Ich bin Aldo Valeone", sagt Giorgio.

„Das ist Aldo Valeone", sagt der Beamte und zieht ein Papier mit dem Foto seines Freundes aus dem Faxgerät.

Es folgt die übliche Prozedur: Fotografieren, Fingerabdrücke nehmen, Körpergröße messen. Es dauert noch eine ganze Weile, bis einer der Beamten, ein Mann in Jeans und Freizeithemd, auf ihn zukommt und sagt: „Sie sind Giorgio Basile. Sie haben noch eintausendundvier Tage Gefängnis offen. Außerdem liegt ein Haftbefehl wegen Falschgeldes vor."

Giorgio Basile, geboren am 28. Juni 1960 in Corigliano Calabro, aufgewachsen in Mülheim an der Ruhr, 1985 verurteilt zu neun Jahren und sechs Monaten Haft wegen Beteiligung an der Ermordung des Diskothekenbesitzers Rudolph Möhlenbeck in Duisburg, wegen versuchten Raubes und mehrerer Einbrüche. Abschiebung nach Italien am 9. September 1991, festgenommen mit einem gefälschten Pass. Und in Italien läuft ein Verfahren gegen ihn wegen Drogenhandels.

Soviel ist klar.

Unklar hingegen ist, was die italienische Staatsanwaltschaft gegen ihn in der Hand hat, seit sein ehemaliger Freund und Komplize Tommaso Russo zum Kronzeugen der Anti-Mafia-Kommission geworden ist. Giorgio kann sich ausrechnen, dass es nicht besonders gut für ihn aussieht. Seine Frau und seine Tochter wird er so schnell nicht wiedersehen.

„Dann habt ihr ja was zu feiern", meint Giorgio kühl. Nach außen versucht er, gelassen zu bleiben. Doch innerlich hat er das Gefühl zu zerbrechen. Mit gesenktem Kopf lässt er sich wieder hinabführen in die Zelle. Niemand spricht ein Wort. Als sich die Zellentür hinter ihm schließt, fühlt er sich von einem endlosen Strudel in ein schwarzes Loch gezogen.

In dieser Nacht macht Giorgio kein Auge zu. Seine Gedanken kreisen um die beiden zentralen Punkte in seinem Leben. Das sind seine Frau Lucia und ihre gemeinsame Tochter Schiavonea, und das ist die „Ehrenwerte Gesellschaft": der Carelli-Clan aus Corigliano, Teil der 'Ndrangheta, der kalabrischen Mafia. Er ist im Lauf der Jahre zu einem der einflussreichsten Männer im Clan aufgestiegen, er führte ihn zuletzt, weil die meisten anderen sogenannten Ehrenmänner inhaftiert oder tot sind.

Den einen oder anderen hat er eigenhändig umgelegt. Macht erlangt man in der 'Ndrangheta nur durch „blutige Taten", wie die Morde der Mafia genannt werden. Das gehört zum Geschäft.

Dummerweise ist Tommaso Russo bei einem dieser Jobs dabei gewesen, was Giorgio jetzt sehr gefährlich werden kann. Russo hat außerdem Kontakt zu Antonio, und das ist wohl ebenfalls der Grund, warum er jetzt hier sitzt.

Dann denkt er wieder an seine Frau Lucia und an das neue

Kleid, das sie für ihre Tochter gekauft hat. Sie hat ihm davon am Telefon erzählt. Am Sonntag, dem Tag, an dem er geplant hat, wieder zu Hause zu sein, will sie es ihrer Tochter anziehen.

Sonntag, das ist morgen. Da wird er garantiert nicht zu Hause sein.

Nach einer schaflosen Nacht in der Zelle, in der er das letzte Kokain schnupft, bringen ihn Polizisten am nächsten Morgen in das Untersuchungsgefängnis von Kempten. Der Weg dorthin ist kurz, nur einen knappen Kilometer. Wieder vorbei an der Residenz, dahinter rechts ab zur Weiherstraße.

Das alte Gefängnis von Kempten, das mittlerweile abgerissen wurde, war ein dreistöckiger, hellgetünchter Bau aus dem Anfang des vergangenen Jahrhunderts. Es lag mitten in der Stadt, umgeben von gepflegten Wohnhäusern und kleinen Gewerbebetrieben. Es hatte ein Giebeldach und kupferne Regenrinnen und -rohre. Der Hof war offenbar erst später angebaut worden, zumindest stammte die Mauer aus deutlich jüngerer Zeit: Es war ein trister, fünf Meter hoher, mit Stacheldraht bewehrter Betonwall. Das Tor hatte einen grün gestrichenen Rahmen. Außen angebrachte Scheinwerfer tauchten die Mauer nachts in fahles Licht.

Die Beamten bringen Giorgio nicht durchs Tor, sondern durch die kupferbeschlagene Eingangstür direkt ins Gebäude. Gleich hinter dem Eingang links sitzt der Richter, der ihm den Haftbefehl verkündet. Haftgründe sind diese Falschgeldgeschichte und die Reststrafe von eintausendundvier Tagen. Der falsche Ausweis ist den Ermittlern offenbar egal. Nun gut, denkt er, er hat auch so genug auf dem Zettel.

Nachdem die Polizisten gegangen sind, bringen Justizbeamte Giorgio in eine dreckige Zelle im ersten Stock. Dort sitzen bereits drei Albaner. Sie fragen ihn sofort nach dem Grund für seinen Haftbefehl. Leckt mich am Arsch, denkt Giorgio. Er kann wie alle italienischen Mafiosi Albaner nicht gut leiden und gibt nur mürrisch Auskunft. Er legt sich auf die Pritsche und tut, als schlafe er. Am Abend lädt ihn ein Landsmann in seine Zelle ein. Giorgio ist froh, mit jemandem sprechen zu können. Aber sie plaudern nur über belangloses Zeug.

An jenem Sonntag, dem 3. Mai 1998, klingelt vormittags in der Wohnung von Kriminalhauptkommissar Ernst Wirth das Telefon. Wirth ist der Mafia-Jäger des Bayerischen Landeskriminalamtes in München. Er wird jedes Mal sofort informiert, wenn in Bayern ein Italiener mit mutmaßlichen Mafia-Verbindungen festgenommen wird. Tag oder Nacht, wochen- oder feiertags. Wirth ist der Mann, von dem Giorgio Basile später sagt, er habe ihm das Leben gerettet.

Seit Mitte der achtziger Jahre schon beschäftigt sich der Kriminalbeamte mit der Mafia. Damals schob sich die italienische Mafia – egal ob die sizilianische Cosa Nostra, die kalabrische 'Ndrangheta, die neapolitanische Camorra oder die apulische Sacra Corona Unita – unheilvoll ins Blickfeld der deutschen Polizei, allen voran der bayerischen. Seitdem geht es für die Ermittler um die zentrale Frage, ob die Mafia, diese archaische und in Teilen Italiens allumfassende Verbrecherorganisation mit ihren Verflechtungen in Wirtschaft und Politik, Deutschland nur als Rückzugs- und Ruheraum oder auch als Aktionsfeld nutzt.

Die Arbeit mit tatsächlichen und potenziellen Kronzeugen begann für Wirth 1992. Damals wurde in Italien der Richter Giovanni Falcone mit einer Tausend-Kilogramm-Bombe per Fernzünder in die Luft gesprengt, mit ihm wurden seine Frau und drei Leibwächter getötet. Sein Kollege Paolo Borsellino starb zwei Monate später bei der Detonation eines Sprengsatzes, zusammen mit fünf Polizisten, die sein Leben schützen sollten. Das war die Zeit, als in Italien fast jede Woche ein Staatsanwalt oder Polizist von der Mafia ermordet wurde und der Staat nicht mehr länger wegsehen konnte. Und das war die Zeit, in der Wirth sich darauf spezialisierte, Mafiosi, die in Deutschland festgenommen werden, zum Plaudern zu bringen.

Wirth, Jahrgang 1955, ging 1976 zur Polizei, wo er nach einem Studium 1985 bei der operativen Fahndung im Bayerischen Landeskriminalamt anfing und sofort mit der Mafia konfrontiert wurde. Wirth war also von Anfang an dabei.

Mehr als fünfzig Mafiosi hat Wirth vernommen in all den Jahren. Darunter waren dumme Schafhirten oder Bauernjungen, die in ihren teuren Anzügen aussahen wie Komparsen aus einem Mafia-Film der fünfziger Jahre. Und solche, die stolz und klug waren, die an die Sache glaubten, an Ehre, Blut und Treue. Wirth musste verstehen lernen, dass ein Mitglied der Mafia nicht wie ein gewöhnlicher Schwerverbrecher zu behandeln ist – auch wenn die Taten mindestens ebenso schrecklich sind, ja viel schrecklicher. Aber sie werden als notwendig zur Erhaltung der Ordnung der 'Ndrangheta angesehen, aus kühlem Kalkül heraus verübt, völlig ohne Unrechtsbewusstsein. So wie auch der Polizist glaubt, nach Recht und Gesetz zu handeln.

Als gewöhnlicher Mensch bist du ein Niemand gemischt mit Nichts, heißt es beispielsweise auf Sizilien. Erst die Mafia gibt Identität, Aufgabe und Ehre. Anfangs hatte Wirth Probleme, das zu verstehen und vor allem, es zu akzeptieren. Er las alles, was er über die Mafia an Literatur in die Finger bekam, und fing langsam an zu begreifen.

Er lernte, dass der Süden Italiens über Jahrhunderte hinweg von Eroberern und Piraten heimgesucht wurde, von Sarazenen, Venezianern, Türken und Spaniern. Dass die Dörfer geplündert, gebrandschatzt und unterdrückt wurden. Dass stets wechselnde Herrscher die Bevölkerung ausbeuteten und eigene Gesetze, Rituale und Gebräuche mitbrachten, bis sie wieder von anderen, mächtigeren Herren vertrieben wurden.

So entstanden Geheimbünde, die trotz wechselnder Herrscher die gewachsenen Strukturen von Recht und Besitz aufrechterhielten. Aus diesem Überlebenskampf entwickelten sie eiserne Regeln, deren Missachtung mit schwersten Sanktionen geahndet wurde, meist mit dem Tod. Denn Verrat, Illoyalität oder Eigenmächtigkeit hätten den Untergang der Geheimgesellschaft bedeutet. Nur bedingungslose Unterordnung konnte das Überleben im Kampf gegen die Besetzer trotz Haft, Folter und Tod gewährleisten.

Die Omertà, das Schweigegebot, wurde ehernes Fundament der Geheimbünde. Archaische Taufrituale, mit denen die Mitglieder nach einer Bewährungsprobe aufgenommen werden, unterstreichen bis heute die quasireligiöse Bedeutung der Gesetze der Mafia, die tiefe Wurzeln in der Bevölkerung hat.

Jetzt gehörst du nicht mehr dieser Welt, lautet etwa die Abschlussformel bei der Taufe eines Mafioso auf Sizilien.

Im Laufe der Jahrhunderte entwickelten die Geheimgesellschaften eine Eigendynamik, die sie zu höchst effizienten Verbrecherorganisationen macht. Sie berufen sich dabei immer noch auf den Ehrenkodex, den sie in ihrer Zeit als Schutzorganisation gehabt haben mögen.

Für die sogenannten Ehrenmänner gelten von jeher nur die eigenen Gesetze. Jedes Staatsrecht ist Besatzungsrecht und damit unbedeutend. Bis heute sieht die Mafia den italienischen Staat in der Rolle des Besatzers. Ein Ehrenmann handelt nur nach den Regeln der Mafia. Tut er es nicht, verliert er seine Ehre und ist dem Tod geweiht.

Die Herkunft des Begriffes Mafia ist nie endgültig geklärt worden. Er leitet sich möglicherweise von dem sarazenischen Geschlecht Maafir ab, das von 831 bis 1072 in der sizilianischen Stadt Palermo regierte, oder vielleicht von der Bezeichnung Muafa, was so viel bedeutet wie die Befreiung von einer Pflicht. Dokumentiert ist der Begriff erstmals 1862 in einem Theaterstück von Giuseppe Rizzotto, wo die Gefangenen im Ucciardone-Gefängnis von Palermo „mafiiusi“ heißen. 1865 wird die Bezeichnung in einem Brief ans italienische Innenministerium für Männer verwendet, die im Auftrag eines sizilianischen Landbesitzers Geld von Bauern erpressen. Die Nähe zur Oberschicht erklärt vielleicht, warum die Mafia bis heute mit Teilen der politischen Führung verflochten ist.

Die 'Ndrangheta ist die kalabrische Spielart der Mafia. Der Name könnte sich vom griechischen andragathía ableiten, das Männlichkeit bedeutet. Die 'Ndrangheta zählt vermutlich etwa fünftausend Mitglieder und zwanzigtausend Unterstützer, die sich auf mehr als hundert Clans, sogenannte Cosche, verteilen. Genauere Zahlenangaben dazu gibt es nicht. Die italienischen Mutterorganisationen unterhalten enge Kontakte zu Mitgliedern in den USA, Kanada und Australien sowie dem europäischen Ausland. Ihr Zusammenhalt basiert stark auf Blutsverwandtschaft, worin wohl der Grund dafür liegt, dass es viel weniger Kronzeugen aus ihren Reihen gibt als etwa aus den Reihen der Cosa Nostra auf Sizilien.

Zieht euren Hut, Männer dieser Gegend, die ihr vorüber geht an einem Picciotto von kalabrischem Blute. Männer von Respekt, Ehre und Verschwiegenheit, zieht euren Hut, wenn ihr der Gesellschaft angehört, heißt es in einem alten Lied der 'Ndrangheta.

Antonio aus Apulien, den Wirth einst vernahm, ist so ein typischer Mafioso. Nicht weniger als acht Morde hat er verübt. Ich habe kaltes Blut, sagte er dem Kriminalisten. Und erzählte, wie er einmal zwei Brüdern auflauerte, von denen er glaubte, sie würden das Versteck eines Mannes kennen, den er suchte. Er hielt ihren Wagen an und erschoss den einen. Er zwang dessen Bruder, den Sterbenden nach dem Versteck zu fragen. Und als der nicht antwortete, erschoss er auch ihn, urinierte auf die Leichen, übergoss sie mit Benzin und zündete sie an.

Ob er bei der Tat Drogen genommen oder Alkohol getrunken habe, fragte Wirth ihn entsetzt. Das habe er nicht nötig, so etwas würde er nie tun, antwortete Antonio entrüstet, zumindest nicht bei der Arbeit. Er habe bewusst auf die Leichen gepinkelt – als größtmögliche Form der Erniedrigung. Denn die Männer hatten sich nicht dem Gesetz der Sacra Corona Unita, der Mafia Apuliens, gebeugt.

Dieser Antonio war Anfang 1990 in einer Pizzeria bei Holzkirchen festgenommen worden. Während der Vernehmung wurde er mit Handschellen an die Heizung gefesselt. Selbst die Nudeln, die es mittags gab, musste er mit einer Hand essen.

Das war eine Ehre für ihn.

Antonio galt als sehr gefährlich und absolut skrupellos. Das letzte Mal war er der italienischen Polizei in der Silvesternacht entwischt. Er war in einem Haus in die Falle gegangen, von Polizisten umstellt. Bei seiner Flucht sprang er aus dem zweiten Stock aufs Dach eines Schafstalls und hielt sich später stundenlang in einem eiskalten Gebirgsbach verborgen. Seine Zehen starben ab, er kühlte völlig aus, aber er hielt durch. Er war wirklich nicht zu unterschätzen, dieser Antonio. Irgendwie hatte Wirth durchaus Respekt vor ihm. Er war ein Killer, aber doch auch ein sympathischer Mann. Nur eben aus einer anderen Welt. Jenseits seiner, Wirths, Moral.

Oder Carmine Alfieri aus Neapel, den er in einem Hochsicherheitsgefängnis bei Rom besuchte. Ein alter Mann mit Stil. Ihn umgab eine geradezu aristokratische Aura. Er rauchte nur mit Zigarettenspitze, und bei der Vernehmung hatte der bayerische Kommissar das Gefühl, der Mafioso halte Hof. Selbst das Gefängnispersonal behandelte den Don mit ausgesuchtem Respekt.

Oder der Mafioso, der aus Italien zur Vernehmung nach Deutschland überstellt wurde. Er konfrontierte die Ermittler gleich mit zwei außergewöhnlichen Wünschen. Er wollte sich für einhundertsiebzigtausend Mark einen Porsche kaufen und dann die Alte Pinakothek in München besuchen. Beide Wünsche lehnte Wirth ab – den ersten, weil ihm die Herkunft des Geldes zu dubios erschien, den zweiten, weil der Mann als Dieb alter Meister bekannt war.

Viele von denen, die Wirth im Lauf der Jahre vernahm, leben schon längst nicht mehr. Junge Burschen, die an die Ehre der Mafia glaubten und die sich dann doch in ihrem Netz verfingen. Ihre Fotos schmücken die Grabsteine auf den Friedhöfen ihrer Heimatdörfer. Die Blumen am Grab werden regelmäßig erneuert; fromme Sprüche auf den Steinplatten, hinter denen ihre Särge eingemauert sind, täuschen den unwissenden Besucher über die wahre Todesursache hinweg. Da wird nur beklagt, dass er ein guter Mann war, der zu früh die Welt verlassen musste. So liegt selbst im Sterben noch Illusion. Gott vergibt, die Mafia nie. Sie verzeiht keinen Fehler, und sie vergisst nie.

Als Wirth an jenem Sonntag die Nachricht von der Verhaftung Giorgio Basiles erhält, fährt er sofort ins Büro. Er schaltet seinen Computer an und forscht im polizeilichen Auskunftssystem, das zentral beim Bundeskriminalamt in Wiesbaden verwaltet wird, sowie in den eigenen Beständen nach Daten über Basile. Noch am selben Tag schickt er eine Anfrage nach Italien.

Die Antwort kommt prompt und elektrisiert ihn: vermutlich Mitglied des Carelli-Clans der 'Ndrangheta und mutmaßlicher Drogenhändler. Und dann ist da ja auch noch der tödliche Überfall auf den Disco-Verpächter Rudolf Möhlenbeck 1985 in Duisburg, bei dem schon früh der Mafia-Verdacht geäußert, aber nie bewiesen wurde.

Eine interessante Person in der kriminellen Hierarchie, denkt Wirth. Am nächsten Morgen, pünktlich um 8.30 Uhr, steht der Kriminalbeamte vor dem Untersuchungsgefängnis in Kempten.

Er trägt wie immer einen dunklen Anzug, Hemd und Krawatte. Die nachlässige Art, wie manche seiner Kollegen sich kleiden, ist seine Sache nie gewesen. Schließlich hat er es nicht mit irgendwelchen Vorstadtganoven zu tun. Ein italienischer Anti-Mafia-

Polizist würde immer einen Anzug mit Krawatte tragen. Das dunkle, leicht gewellte Haar ist nach hinten gekämmt, der Oberlippenbart reicht knapp über die Mundwinkel hinweg, die ovale Brille unterstreicht den intelligenten Gesichtsausdruck. Bei einer Körpergröße von 1,80 Meter geht er noch als schlank durch, auch wenn ihn ein paar Polster auf den Hüften plagen. Doch trotz Skifahrens im Winter und Radfahrens im Sommer bekommt er die überflüssigen Pfunde nicht in den Griff. Der Job lässt ihm nicht genug Zeit.

Um 9.00 Uhr treffen sie im Besucherraum des kleinen Gefängnisses erstmals aufeinander – der Kriminalist und der Mafioso. Diese ersten Momente, weiß Wirth, sind entscheidend. Sie begrüßen sich, reichen sich mit der gebotenen Höflichkeit und Zurückhaltung die Hand. Wirth überragt den Italiener um fast einen Kopf. Ihre Augen tasten einander ab wie Laserscanner. Erscheinung, Auftreten und Diktion unterscheiden Giorgio Basile von anderen Italienern, analysiert Wirth. Er spricht Deutsch, ist geprägt von einem langen Aufenthalt in Deutschland, sehr mobil, europaweit. Klarer Blick, präzise im Ausdruck.

Typischer deutscher Bulle, denkt Giorgio. Schreibtisch-Polizist. Üblicher Schnurrbart. Ob man mit ihm einen Deal machen kann? Er hätte genug anzubieten über die Szene in Deutschland. Die ganze Nacht hat er darüber nachgedacht. Er fragt ihn.

„Warum werden Sie nicht Kronzeuge in Italien?", kontert Wirth sofort.

„Nein. Wir sprechen nur über Deutschland", sagt Basile. Er muss das Terrain sondieren, herausfinden, was geht. „Aber nur unter einer Bedingung: ein sicherer Knast, wo keine Italiener sind, eine komfortable Zelle mit Fernseher und Einkaufsmöglichkeiten. Und ich werde mich nicht selbst belasten."

Wirth hört gespannt zu. Er überlegt. Basile ist unter Druck. In Deutschland warten noch fast drei Jahre Haft auf ihn, die Italiener ermitteln wegen organisierten Drogenhandels. Er ist seit Jahren immer auf dem Sprung, das ist zermürbend. Wirth darf jetzt keinen Fehler machen.

Kronzeugen gehen ein hohes Risiko ein. Tommaso Buscetta etwa, der erste Mafioso, den der sizilianische Richter Falcone als Kronzeugen gewann, musste erleben, wie achtundfünfzig Menschen aus seinem Umfeld ermordet wurden, bis er sich zur Aussage entschloss. Und als Carmine Schiavone von der neapolitanischen Camorra die Seiten wechselte, wurden sein bester Freund, ein Priester, und seine beiden Kinder umgebracht. Seine Ehefrau beging anschließend Selbstmord. Dieses Risiko ist den meisten Mafiosi bewusst. Es gibt nur ein knappes Zeitfenster, in dem Basile zur Aussage bereit sein wird. Diesen Moment muss Wirth erwischen. Er weiß noch nicht genau, wann das sein wird. Er darf jetzt nicht zu schnell sein und zu sehr drängen, er kann aber auch nicht zu lange warten. Die Haft, weiß Wirth aus Erfahrung, kann auch stabilisierend wirken.

„Leider sind wir in Deutschland", sagt Wirth zögernd. Hier gibt es keine Kronzeugenregelung wie in Italien. Umfassende Aussagen können sich mildernd auf das Urteil auswirken, aber einen Straferlass gibt es nicht. „In Bayern könnten wir vielleicht einiges erreichen, aber in Nordrhein-Westfalen wird das schon schwieriger. Ich muss mich umhören", sagt er nach kurzer Pause. Als sie sich voneinander verabschieden, ist es 13.30 Uhr.

Am Dienstag telefoniert Wirth mit Italien. Und Basile denkt nach.

Am Mittwoch kommen zwei Polizisten in seine Zelle. Sie legen ihm Handschellen an und bringen ihn hinüber zu der barocken Residenz, in der das Amtsgericht untergebracht ist. Sie gehen mit ihm ins Büro des Haftrichters, der ihm nun auch den Haftbefehl wegen des falschen Ausweises verkündet. Das hebt seine Stimmung nicht gerade.

Am Donnerstag holen sie ihn. Kriminalhauptkommissar Wirth hat alles arrangiert. Er will keine Zeit verlieren und Basile so schnell wie möglich nach München bringen. Wenn es einen Zeitpunkt gibt, an dem er den Italiener zur Aussage überreden kann, dann will er den auf keinen Fall verpassen.

Draußen vor dem Gefängnis warten drei gepanzerte Polizeiwagen mit einem Sondereinsatzkommando. Die 167 Kilometer lange Fahrt von Kempten nach München dauert knapp zwei Stunden. Sie bringen Giorgio Basile direkt in die Justizvollzugsanstalt Stadelheim; nur der Direktor dort und ein Vollzugsbeamter wissen über die Identität ihres neuen Häftlings Bescheid.

Ein hässlicher Bau, denkt Giorgio, als die Eskorte ins Gefängnis Stadelheim fährt. Sie bringen ihn in eine der neuen Sicherheitsabteilungen, wo besonders gefährliche oder problematische Gefangene untergebracht sind. Lauter Gestörte, denkt Giorgio. Vor allem Jugendliche. Die Beamten führen ihn durch einen langen Gang, von dem rechts und links Zellentüren abgehen. Am Ende des Ganges liegen zwei Zellen, die noch einmal durch ein Gitter gesichert sind. Die eine ist für ihn reserviert, die andere leer. Er darf mit niemandem reden – und niemand darf mit ihm sprechen. Wenn er duscht, werden die anderen Gefangenen eingeschlossen.

Doch in einem Punkt sind alle Knäste dieser Welt gleich. Nichts lässt sich wirklich geheim halten. Als Giorgio das erste Mal duschen geht, findet er unter seinen Handtüchern, die von einem Mitgefangenen bereitgelegt worden sind, einen Zettel. „Ciao Giorgio. Lass uns wissen, wer du bist. Wir kennen deine Lage. Sag Bescheid, wenn du etwas brauchst."

Na toll, denkt Giorgio.

Als er das nächste Mal duschen will, filzt ein Justizbeamter gerade seine Handtücher. Heraus fällt ein Paket Tabak. Der Beamte stellt es sofort sicher. „Machen Sie das nicht noch einmal", sagt er. „Ich weiß von nichts", antwortet Giorgio. Später bekommt er den Tabak sogar ausgehändigt, was so schlecht nicht ist. Jetzt kann er wenigstens rauchen. So vergehen die Tage bis zum Montag, dem Tag der ersten Vernehmung.

Kriminalhauptkommissar Wirth und zwei weitere Beamte holen ihn ab. Die Fahrt zur Grünen Villa, so nennen die Beamten des Bayerischen Landeskriminalamtes ihr Dienstgebäude an der Maillingerstraße, dauert knapp zwanzig Minuten. Die Einfahrt zum Hof ist durch ein Tor gesichert; der Fahrer zeigt seinen Dienstausweis, und die Schranke öffnet sich. Der BMW hält vor dem ersten Eingang an der rechten Gebäudeseite. Sie betreten das Haus und gehen die Treppen hinauf in den ersten Stock. Wirths Büro liegt ein paar Schritte hinter der Glastür, die das Treppenhaus von den Fluren trennt.

Was Giorgio dort sieht, überrascht ihn. Das Büro ist geräumig, etwa vierzig Quadratmeter groß. Vorn steht ein Tisch mit vier Stühlen, weiter hinten zum Fenster hin sieht er zwei Schreibtische. An den Wänden hängen großformatige Bilder der ermordeten sizilianischen Richter Falcone und Borsellino, italienische Carabinieri-Kalender, die bei italienischen Polizisten und Staatsanwälten gleichermaßen beliebt sind, außerdem entdeckt er italienische Polizeimützen, Plakate und Modelle von Polizeiautos.

Sieht aus wie bei einem Capitano, denkt Giorgio. Die haben sich wohl auf Italiener spezialisiert.

Wirth bittet ihn, Platz zu nehmen. Auf dem Tisch steht Kaffee, neben der Kanne liegen zwei Schachteln Zigaretten. „Greifen Sie zu“, ermuntert ihn Wirth.

Der Raum, die gesonderte Unterbringung in der Haft und das persönliche Abholen gehören zur Show. Das ist die Kulisse für die Vernehmung von Mafia-Angehörigen, die sich keinesfalls wie gemeine Verbrecher fühlen und deshalb aus taktischen Gründen auch nicht so behandelt werden. Für sie sind das Erscheinungsbild des Vernehmungsbeamten, seine Kleidung, sein Rang und der Respekt, mit dem sie behandelt werden, wichtige Indikatoren. Keinesfalls sprechen sie mit gewöhnlichen Polizisten. Das ist unter ihrer Würde.

Wirth weiß das, und er spielt seine Rolle gut. Bei den anstehenden Vernehmungen kommt gelegentlich auch der Leiter des Dezernats Organisierte Kriminalität, Josef Geißdörfer, hinzu. Er begrüßt Giorgio Basile dann mit Handschlag und wechselt einige Worte mit ihm. Auch das ist Teil der Show.

Mit Giorgio Basile ist ihnen erstmals ein ziemlich dicker Fisch ins Netz gegangen, von dem sie hoffen, dass er sie im Kampf gegen die Mafia ein großes Stück weiterbringen wird. Sie wollen alles vermeiden, was ihn am Reden hindern könnte. Kollegen aus Nürnberg, Frankfurt und dem Ruhrgebiet möchten unbedingt mit Basile sprechen, um Erkenntnisse über die Strukturen der 'Ndrangheta in Deutschland zu gewinnen. Die Nürnberger Staatsanwaltschaft hat Basile bereits Anonymität für den Fall seiner Aussage zugesichert. Es geht um ein weitverzweigtes Netz der Verbrecherorganisation, um Drogen- und Waffenhandel, Raubüberfälle, Brandstiftung und Schutzgelderpressung. Es gibt viele Kollegen, die etwas von Giorgio Basile wissen wollen.

Wichtige Mitglieder des Carelli-Clans sind auf Ersuchen der Italiener in den vergangenen Monaten in Deutschland verhaftet worden. Dottor Salvatore Curcio von der italienischen Anti-Mafia-Staatsanwaltschaft hat dringendes Interesse an der Auslieferung des Gefangenen Basile bekundet. Der Mafioso sollte ihn einst im Auftrag des Clans mit einem Raketenwerfer ins Jenseits befördern. Curcio will den Carelli-Clan zerstören, und dafür ist Giorgio womöglich der wichtigste Zeuge.

Wirth gibt sich alle Mühe. Er bestellt Pasta beim Italiener um die Ecke, kocht eigenhändig Espresso, zu dem Basile und er je einen Löffel Zucker nehmen, die Dolmetscherin hingegen drei. Für die Vernehmungen ist die Dolmetscherin eigentlich nicht nötig. Basile ist in Mülheim aufgewachsen und spricht besser Deutsch als Italienisch. Aber die Italienerin, die mit einem Deutschen verheiratet ist, muss eine Menge Dokumente übersetzen, die aus Italien kommen. Außerdem sind sie ein gutes Team, Wirth und die Dolmetscherin.

Es ist für Menschen, die beruflich nichts mit Kriminellen zu tun haben, nur schwer zu verstehen, wie man über Missgeschicke bei Mordfällen scherzen oder über Pannen bei Schutzgelderpressungen, Raubüberfällen oder Brandstiftungen lachen kann. Aber es gehört nun einmal dazu.

Bei seiner Arbeit taucht Wirth in eine andere Welt. Die Gespräche mit der Dolmetscherin helfen ihm dabei, wieder in der normalen Welt anzukommen, und ihr geht es ebenso. Manchmal gehen sie stundenlang im Englischen Garten spazieren und reden. Im Büro kommen schon Gerüchte auf, sie würden bald heiraten. Aber das ist Unsinn. Sie führen beide intakte Ehen, aber bei diesem Teil ihres Lebens können sie sich einfach gegenseitig besser helfen.

Wirth und Giorgio reden in dieser ersten Woche jeden Tag miteinander, immer von morgens um zehn bis nachmittags um fünf Uhr. Jeder Tag folgt demselben Ritual. Frühstück im Gefängnis, dann fährt den Italiener eine Eskorte ins Landeskriminalamt. Wirth und Giorgio Basile belauern sich wie Boxer im Ring. Giorgio lockt mit Andeutungen über den Clan und seine Aktivitäten in Nürnberg, Wirth versucht, ihm die Aussichtslosigkeit seiner Lage klar zu machen.

Giorgio aber will zunächst Straffreiheit in Deutschland zugesichert bekommen. Wirth kann nichts versprechen. Das deutsche Recht gebe das eben nicht her, sagt er wieder und wieder. Dafür würden ihn die Italiener als Pentito, als Reuevollen, in ihr Zeugenschutzprogramm aufnehmen. Er habe so die Chance, den Rest seines Leben weitgehend in Freiheit zu verbringen. Weil ihm, zumindest formal, in Italien eine sehr viel längere Freiheitsstrafe als in Deutschland drohe, könne er sofort abgeschoben werden. Dafür könne er doch ein bisschen über den Clan in Deutschland auspacken.

Dann kommt das Wochenende. Vernehmungspause. In der Nacht zum Sonnabend erscheint Giorgio der Geist von Mimmo das erste Mal. Mimmo, das ist Domenico Sanfilippo, sein treuer Freund und Komplize über viele Jahre. Giorgio hat ihn eigenhändig umgelegt, vor wenigen Monaten in Holland. Planvoll, perfekt wie immer. Vier Schüsse hat er ihm in den Kopf verpasst und seine Leiche in einem Abflussrohr versteckt. Der Leichnam ist bis heute offenbar nicht gefunden worden, zumindest stand nichts davon in den Zeitungen. Seine Verwandten leiden darunter, dass sie ihn nicht begraben können. Giorgio weiß es genau.

Und dann kommt Mimmo in Giorgios Träume gekrochen. „Ich bin tot, aber sorg dafür, dass man mich findet", raunt sein ehemaliger Freund ihm zu. Giorgio läuft ein eiskalter Schauer den Rücken hinunter. Er will das Bild vertreiben, aber es geht nicht. Mimmo bleibt einfach da. „Ich will ins Grab", flüstert der Tote im Traum.

Giorgio ist hellwach. Er sitzt aufrecht auf seiner Pritsche und versucht, die Bilder seiner Träume zu verscheuchen. Warum nur hat er Mimmo getötet? Weil der Boss es befohlen hat! Aber ist das ein ausreichender Grund? Mimmo war ein dummer Bursche mit einem schlichten Gemüt. Er ist jahrelang sein treuer Freund gewesen. Zugegeben, er hat einige Fehler gemacht, aber das hätte er in den Griff bekommen. Giorgio hätte ihn dafür nicht töten müssen.

Möglicherweise ist sogar sein eigener Tod längst beschlossene Sache, denkt Giorgio. Vor seiner Festnahme ist er einer der letzten Angehörigen des Carelli-Clans aus seiner Geburtsstadt Corigliano gewesen, der noch in Freiheit war. Ist er in den Augen der anderen Bosse zu mächtig worden? Soll er als Nächster sterben? Giorgio ist sich nicht sicher. Den Mafiosi, den sogenannten Ehrenmännern, ist alles zuzutrauen. Sie nutzen einen aus und lassen einen fallen, wie es ihnen passt. Was ist ihre Ehre wert? Warum hat er für sie getötet? So lange Giorgio denken kann, hat er nie ein Leben ohne die Mafia, die in Kalabrien 'Ndrangheta heißt, kennengelernt.

2
Ein Italiener in Mülheim

Corigliano Calabro ist eines dieser typischen kalabrischen Dörfer, die schon durch ihre Bauart von der harten Geschichte des italienischen Südens erzählen. Es gibt zahlreiche solcher Dörfer an der Küste Kalabriens, auf der tyrrhenischen und der ionischen Seite. Sie liegen meist nicht direkt am Meer, sondern auf den ersten Erhebungen im Landesinneren. Die Kalabresen bauten ihre Dörfer wie Festungen auf die Berge, zum Schutz gegen Piraten und Eroberer. So malerisch sich die Häuser an die Hänge ducken, so wenig einladend wirken sie, wenn man vor ihnen steht. Fenster und Türen sind stets bis in die oberen Stockwerke verschlossen.

Auf vorgelagerten Wachtürmen, die zum Meer hin gebaut wurden und heute meist halb verfallen sind, saßen einst die Wächter des Dorfes. Hielten Schiffe auf die Küste zu, gellten Warnrufe durchs Land, und die Fischer und Bauern, Landarbeiter, Mägde und Knechte flüchteten hinauf ins Dorf.

Es waren Orte andauernder Wachsamkeit und permanenten Misstrauens gegenüber Fremden. Sie brachten raue, kantige Menschen hervor. Aber das Leben war auch ohne Feinde schon hart genug. Im Sommer brennt erbarmungslos die Sonne, und die Winter können kalt, lang und schneereich sein. So manche Schneeschmelze verwandelt danach Bäche in reißende Ströme. Während Fischer und Landarbeiter in dauernder Furcht vor Piraten lebten, trieben die Hirten ihr Vieh tief in die Berge. Nur dort waren sie vor den Räubern geschützt.

Die wilden und unwegsamen Berge Kalabriens sind noch heute die Zuflucht für Mafiosi, die sich vor der Polizei verstecken wollen.

Corigliano Calabro hat eines der wenigen nach wie vor bewohnbaren Schlösser in Kalabrien, das Castello Ducale aus dem elften Jahrhundert. Das Schloss mit seinen dicken Mauern und vier Türmen mutet eher wie eine Burg oder Festung an. Im Thronsaal sind Freskomalereien, Gemälde und Möbel aus dem ausgehenden Mittelalter erhalten geblieben. Die angrenzende Kapelle schmückt eine bedeutende Madonna delle Rose.

Um das Castello, direkt an den Berghang, ducken sich schutzsuchend kleine Häuser in pastellfarbenen Brauntönen. Katzen suchen zwischen dem Müll an den Hängen nach Essbarem oder sonnen sich auf den bemoosten Dächern.

Nur selten dringt ein Sonnenstrahl bis auf das Straßenpflaster hinab, zu schmal sind die verwinkelten Gassen und zu hoch die Häuser. Das wahre Vermögen ihrer Bewohner erschließt sich erst hinter den Mauern, verschlossenen Türen und Fenstern. Nach außen hin gleicht ein Haus dem anderen.

Kein Fremder kann sich in den Gassen bewegen, ohne sofort bemerkt zu werden. Jedes unbekannte Gesicht erzeugt neugieriges Misstrauen. Kinder unterbrechen ihr Spiel, Frauen schauen von der Arbeit auf, Männer verschwinden ins Haus. Schon deshalb ist die Altstadt von Corigliano ein idealer Ort für Mafiosi.

Im Rücken die Berge und nach vorn das Meer – so bot Corigliano den größtmöglichen Schutz vor Feinden. Aber die Lage war auch ideal für Ackerbau, Viehzucht und Fischfang. Der Fluss Coriglianeto, der durch das Tal fließt, versorgte einst das Dorf mit frischem Wasser und ermöglicht noch heute die Bewässerung der Oliven- und Mandarinenplantagen. Hirten treiben Schafe und Ziegen zum Weiden auf die saftigen Bergwiesen.

Die Piazza del Popolo, der Platz des Volkes, unterhalb des Castello ist der zentrale Treffpunkt des Ortes. Hier lungern die Jugendlichen herum, die nichts Besseres zu tun haben und aus denen die Mafia schon immer ihren Nachwuchs rekrutierte. Das ist nicht schwer, denn die Arbeitslosigkeit ist hoch, und viele haben keine Zukunft. Wer für eine bestimmte Zeit ein todsicheres Alibi braucht, der lässt sich hier blicken, spaziert auf und ab, wechselt ein paar Worte mit jedermann. Das einzige Geschäft an der Piazza ist keine Bar und kein Lebensmittelhändler, sondern ein Beerdigungsinstitut. Der Leichenbestatter macht keinen Unterschied zwischen seinen Kunden. Ihm ist jeder Tote recht.

Für die Renovierung des angrenzenden Palazzo Bianchi stellt die Europäische Union derzeit fast neunhunderttausend Euro bereit, und ein guter Teil davon fließt an die Mafia. Denn es gibt kaum ein Unternehmen am Ort, das nicht sein Schutzgeld bezahlt oder an dem nicht ein Ehrenmann beteiligt ist.

In diesem Gewimmel aus Gassen, Treppen, Bögen und Plätzen wird Giorgio Basile als Sohn des Tagelöhners Battista und seiner hübschen, eigensinnigen und temperamentvollen Frau Schiavonea geboren.

Schiavonea und Battista leben damals mit ihrer Tochter Maria in einem kleinen Haus unterhalb des Schlosses, einem umgebauten Stall. Maria ist fünf Jahre alt. Die Wohnung des Ehepaares besteht aus nur einem Raum. Auf der einen Seite des Zimmers gibt es eine kleine Kochnische, auf der anderen eine Höhle mit einem Loch im Boden, das ist das Klo. Die Einrichtung ist karg: ein Tisch und vier Stühle, ein Schrank sowie die Betten für die Eltern und die Kinder.

Battista ist in einer Familie mit zwei Brüdern und sechs Schwestern aufgewachsen, die noch heute in Corigliano leben. Anständige Leute, aber arm. Wie so viele damals. Sie haben nichts mit der Mafia zu tun, außer dass sie sie kennen und fürchten. Wie alle. Battista hält sich lieber aus allem raus, wie er es stets in seinem Leben tut. Besonders wenn etwas nach Ärger riecht.

Seine Wut lässt er nur zu Hause raus. Er trinkt gern Wein und meistens zu viel davon. Und wenn er trinkt, gibt es oft Schläge. Er schlägt erst die Frau, und als sie älter werden, auch die Kinder. Bei Vorgesetzten oder Stärkeren, da kuscht er, aber zu Hause macht er sich Luft. Mit Schiavonea hat er sich allerdings eine Frau ausgesucht, die keinem Streit aus dem Wege geht und nie klein beigibt. Sosehr er sie auch prügelt, sie gibt sich nicht geschlagen. Sie wirft das Geschirr hinter ihm her oder schreit ihm Schimpfwörter nach, so dass die ganze Nachbarschaft es hören kann.

Als Tagelöhner verdient der Vater selten genug Geld, um die Familie satt zu bekommen. Die Familie hungert oft, es mangelt am Nötigsten, Spielzeug für die Kinder gibt es nicht. Es ist ein freudloses Leben.

Schon ein Jahr nach Giorgios Geburt am 28. Juni 1960 verlässt der Vater die Familie und geht nach Deutschland. Dort hat er Arbeit in Aussicht, und zwar in Mülheim an der Ruhr. Damals wandern viele Italiener aus dem armen Süden Italiens in das prosperierende Deutschland aus, und viele aus Corigliano landen in Mülheim. Sie bringen ihre Frauen und Kinder mit, Pizza und Spaghetti – und die Mafia. Aber es dauert noch eine Weile, bis die Ehrenwerte Gesellschaft sich in Deutschland heimisch fühlt – und noch viel länger, bis die Polizei es merkt.

Giovanni Battista zieht in eine weißgestrichene Barackensiedlung an der Friedhofstraße in Mülheim-Speldorf, wo auch andere Italiener wohnen. Die Häuser sind nach dem Krieg schnell hochgezogen worden. Die Wohnung hat immerhin zwei Zimmer, eine richtige Küche, eine Toilette mit Spülung und einen Kohleofen. Zwischen den Häusern wächst spärlicher, ausgetretener Rasen. Dahinter ragen Hochspannungsmasten in den Himmel.

Nachdem der Vater sich eingerichtet hat, holt er seine Ehefrau und die Kinder nach Mülheim. Der nun sechsjährigen Maria kommt die neue Wohnung groß und schön vor. Sie geht zur

Schule, sie ist ehrgeizig, und das Lernen macht ihr Spaß. Doch sie bleibt dort nicht lange. Maria kann heute ein wenig lesen und schreiben, aber das bringt sie sich erst viel später selbst bei. Denn der Vater ist der Meinung, sie solle nicht zur Schule gehen. Er braucht sie zu Hause, wo sie auf Giorgio aufpasst, während er im Stahlwerk malocht und seine Frau als Reinigungskraft.

Sonst tut sich im Leben der jungen Familie nicht viel. Der Vater spart auf den großen Traum der meisten Gastarbeiter: auf eine Rückkehr als reicher Mann. Was nicht gespart wird, versäuft er, und wenn er besoffen ist, gibt es Prügel. Außerdem lebt in der Siedlung noch ein Alfonso, und der Vater verdächtigt seine Frau regelmäßig, ihn mit Alfonso zu betrügen, was stets Anlass für Schläge bietet. Auch wenn er selbst keine Hemmungen kennt, fremde Frauen mit ins Haus zu bringen.

Die Kinder wachsen völlig auf sich gestellt auf. Es gibt nichts zu essen, im Winter fehlen die Kohlen, und statt liebevoller Zuwendung gibt es Schläge. Nachbarn stecken Maria und Giorgio manchmal etwas Brot zu oder laden sie zu einem warmen Essen ein.

Als 1965 Giorgios Schwester Sophia geboren wird, glaubt sein Vater Battista, dass Alfonso der wahre Vater sei. Und er glaubt es auch, als seine Frau ein Jahr später Franco Pino zur Welt bringt.

Das Familienleben ist schon lange unerträglich geworden, als der Vater kurz darauf sein Erspartes nimmt und ein Grundstück in Corigliano kauft. Es ist ein kleines Stück Land in den Bergen, auf dem ein paar Olivenbäume stehen und ein halbverfallener Stall. Aber es ist ein Weg zurück, ohne das Gesicht zu verlieren. Und es führt weg von Alfonso und der täglichen Schmach des gehörnten Ehemannes.

In Corigliano wird sein Sohn Giorgio dann sogar eingeschult, in die Scuola Cappuccino. Maria hingegen muss weiterhin zu Hause auf die Geschwister aufpassen. Der Vater arbeitet mal auf seinem Stück Land, mal renoviert er den Stall, mal verdient er etwas Geld als Tagelöhner. Streit, Armut und Hunger bestimmen ihr tägliches Leben.

Das ändert sich erst, als die Mutter Antonio Giovagnone De Cicco kennenlernt. Er ist ein Mann mit einem schwarzen Schnurrbart, schwerer Goldkette und stechendem Blick, ein stadtbekannter Mafioso. Das wissen sogar die Kinder. Er setzt dem Vater wieder die verloren geglaubten Hörner auf.

In Giorgios Leben tritt der Mann eines Nachts, als er kurz wach wird und seinen Kopf unter der Bettdecke hervorstreckt. Sein Vater ist bereits vor Morgengrauen in die Berge aufgebrochen. Die Mutter geht zur Tür und öffnet. Eine dunkle Gestalt schiebt sich in das Zimmer. Der Junge hört, wie der Fremde sich auszieht. Das Geräusch, als die metallene Gürtelschnalle auf den harten Boden fällt, vergisst er sein ganzes Leben nicht mehr.

De Cicco kommt von da an öfter, immer wenn der Vater noch vor Tagesanbruch aufsteht und in die Berge geht. Das ist die Tageszeit, in der De Cicco seine Arbeit beendet und Entspannung bei Giorgios Mutter sucht. Im Dorf bleibt das nicht verborgen. Die Leute reden darüber, doch Schiavonea stört das nicht. Auch der Vater verliert kein Wort darüber, zumindest kann sich Giorgio nicht daran erinnern. Er kommt wie immer von der Arbeit, zieht sich andere Schuhe an und geht trinken. Und wenn er zurückkommt, setzt es Prügel.

Kein halbes Jahr vergeht, dann verschwindet der Vater plötzlich. Er packt seine wenigen Sachen und geht zurück nach Mülheim. Er lässt nichts von sich hören, schickt kein Geld, keine Lebensmittel. Giorgios Schwester Sophia und sein kleiner Bruder Franco Pino erkranken. Es sei eine Milchvergiftung, sagt die Mutter. Was es tatsächlich ist, erfährt Giorgio nie, wahrscheinlich eine Immunschwäche als Folge der Mangelernährung. Während Sophia wieder gesund wird, stirbt Franco Pino im Alter von acht Monaten.

Vierundzwanzig Stunden wird der kleine Leichnam im Wohnzimmer aufgebahrt. Giorgio verbringt diese schrecklichen Stunden mit seinen Schwestern oben bei seiner Tante. Maria heult unentwegt. Durch die Wand hören sie die verzweifelten Schreie der Mutter. Sie schauen zu, als der Leichnam auf einer winzigen weißen Bahre hinausgetragen wird. Seine Mutter muss von anderen Frauen gestützt werden, als die Prozession zum Friedhof zieht. Giorgio steht am Fenster und weint. Sein Brüderchen ist weg. Es wird nie wiederkommen. Es ist die letzte Beerdigung im Jahr 1966 in Corigliano. Es ist eine schöne Beerdigung. Woher das Geld dafür kommt, bleibt immer ein Geheimnis.

De Cicco hat nun freie Hand. Er kommt jetzt auch tagsüber, was die Lebenssituation für die Kinder deutlich verbessert. Denn De Cicco, den sie Onkel nennen, bringt Geschenke und etwas zu essen mit. Er ist ein starker Mann und fährt ein Motorrad. Giorgio wartet jeden Tag vor der Tür auf ihn. Einmal schenkt De Cicco ihm ein Messer, einmal sogar einen Hund.

Sie müssen nicht mehr hungern. Giorgio hat jetzt eine Hose und Strümpfe, es gibt Milch und auch Kaffee. Plötzlich haben sie jemanden, der an sie denkt, der sich um sie kümmert. Und dann steht sogar ein Fernseher im Haus, so was besitzen damals nur wenige in Corigliano.

Giorgio merkt, dass die Tante schlecht über seine Mutter spricht, sie sogar Hure nennt. Das ganze Dorf redet über sie. Insbesondere Maria, die Älteste, leidet sehr darunter.

Anfang 1968 wird die Mutter erneut schwanger. Es ist eine Schande für die Familie. Völlig unerwartet fällt die Entscheidung, wieder zum Vater nach Deutschland zu gehen. Die Familie der Mutter sammelt Geld, um ihnen die Fahrkarte zu bezahlen.

Sie haben kaum Gepäck, als sie eines Abends den Zug nehmen, die Mutter, Maria, Giorgio und Sophia. Sie müssen unendlich oft umsteigen, zumindest kommt es Giorgio so vor, und es dauert zwei Tage, bis sie am Duisburger Hauptbahnhof ankommen. Kein Vater wartet auf sie, um sie abzuholen. Die Mutter hat einen Zettel in der Hand, den sie einem Taxifahrer zeigt. Er bringt sie in die Kuhlenstraße 60 in Mülheim, in ein schmales, zweistöckiges Haus mit ausgebautem Dachgeschoss.

„Wo wohnt Battista?", fragt die Mutter einen Hausbewohner auf Italienisch. „Ganz oben, unterm Dach", antwortet dieser. Stolz schreitet die Mutter die Stufen hinauf. Sie klopft. Als niemand öffnet, geht sie wieder hinunter, wo sie einen Freund ihres Mannes trifft. „Wo ist Battista?", herrscht sie ihn an. Er windet sich, zeigt auf eine Tür im unteren Stockwerk. Dort klopft sie. Eine Frau öffnet.

Der Vater sitzt hinter ihr in der Wohnung an einem Tisch. Die Mutter schreit ihn zusammen mit einer Stimme, die bald die ganze Straße fürchten wird. Sie geht auf ihn los, bis Nachbarn die beiden auseinander bringen. Der arme Mann, hört Giorgio die Nachbarn sagen. Wo er doch seine Frau nur wegen der Kinder aufnehme.

Das neue Heim ist ein schlichtes Arbeiterhaus. Auf jeder Etage liegen eine Zwei- und eine Einzimmerwohnung, das Klo befindet sich draußen im Hof. Giorgio bohrt bald ein Loch in die Wand, die das Männer- vom Frauenklo trennt.

Auch sonst hat die neue Bleibe einiges zu bieten. Es gibt einen Kohleofen und einen Herd, einen Fernseher mit drei Programmen, einen Fußballplatz und einen Jugendtreff; auf der Straße spielen andere Kinder. Dem achtjährigen Giorgio kommt das alles wie Luxus vor. Er geht auch bald wieder zur Schule, aber dieses erste Jahr zählt nicht, weil er erst einmal Deutsch lernen muss.

Obwohl der Vater jetzt deutlich besser verdient, ist es die Mutter, die die Familie durchbringt. Trotz ihrer Schwangerschaft arbeitet sie als Tellerwäscherin in einem Restaurant am Wasserbahnhof. Sie sammelt dabei alle Essensreste in ihrer Handtasche und bringt sie den Kindern mit nach Hause. Es ist diese große, braune Handtasche, auf die sich die Kinder jedes Mal begierig stürzen, wenn die Mutter nach Hause kommt. Sie birgt Pommes Frites und Frikadellen, gekochte Kartoffeln und Schnitzel oder Braten. Die Tasche steht für Verheißung und Befriedigung.

Giorgios Mutter arbeitet bis zur Geburt ihres Sohnes Giacomo im November 1968 in dem Restaurant. Am Tag ihrer Niederkunft scheint es, als ob der Vater sich freue. Giorgio versteht ihn nicht. Das Kind ist doch von De Cicco, denkt er. Trotzdem feiert der Vater mit den Nachbarn. Falls er einen Groll hegt, lässt er sich zumindest nichts anmerken. Vielleicht tut er auch nur so, damit die Nachbarn nicht auf Gedanken kommen.

Leider bleibt die braune Tasche nun erst einmal leer. Sie füllt sich erst wieder, als die Mutter wenig später einen Job in der Brotfabrik Osterwind am Dickswall bekommt. Der Vater gibt immer noch kaum Geld, er spart auf den Tag, an dem er zurückkehren will nach Corigliano. Immerhin haben sie ausreichend Brot, auch wenn die Kinder auf andere Leckereien verzichten müssen.

Giorgio lernt schnell Deutsch und wird zum nächsten Schuljahresbeginn am 25. August 1969 offiziell in die Klasse eins der Städtischen Gemeinschaftsgrundschule an der Bruchstraße eingeschult. Seine Lehrerin heißt Frau Kemper, und sie empfindet große Sympathie für den kleinen Italiener mit dem dunklen Schopf. Giorgio erwidert ihre Zuneigung. Er geht auch gern zur Schule. Dort ist er weit weg von seinem Vater, weit weg vom Streit, von Prügel und Arbeit. Das ändert aber nichts daran, dass Giorgio weder lesen noch schreiben lernt. Zunächst fällt das nicht weiter auf. Er mogelt sich so durch.

„Die Ausfertigung eines Schulzeugnisses ist für die Lehrer eine der schwersten Aufgaben“, heißt es auf dem Leistungsnachweis. „Eine gerechte Würdigung des Einzelkindes und seines Verhältnisses zu den übrigen Schülern der Klasse bedarf sorgfältiger Prüfung und Überlegung.“

Giorgios Führung, Beteiligung am Unterricht und häuslicher Fleiß werden im ersten Halbjahr mit „Gut“ bewertet, sein Schulbesuch ist regelmäßig. Im zweiten Halbjahr sackt er auf „Befriedigend", sein Schulbesuch wird unregelmäßig, seine Leistungen werden kontinuierlich schlechter.

Die Lehrerin schreibt verzweifelte Briefe an Giorgios Eltern – vergebens. Er schwänzt immer häufiger. Nur im Rechnen ist er gut.

Dass Giorgio kaum noch zur Schule geht, hat mehrere Gründe. Regelmäßig muss er dem Vater Einkäufe nach oben tragen oder für die Kaninchen Grünfutter auf den Wiesen sammeln und die Ställe säubern. Zudem hat er täglich dreißig Zigaretten für seinen Vater zu stopfen. Der scheut sich auch nicht, mitten im Unterricht zu erscheinen und den Jungen aus der Schule zu holen, wenn eine Kiste Bier in die Wohnung zu tragen ist. Arbeit gibt es genug im Haus, und Giorgios Vater ist der Meinung, dass dies Aufgabe der Kinder sei.

Die Kinder kommen kaum vor die Tür, und sonntags müssen sie ihren Vater zur Kirche begleiten. Er hat wohl keine Freunde, denken sie. Am schönsten ist es für sie, wenn der Vater, der im Mannesmann-Röhrenwerk beschäftigt ist, Mittelschicht hat. Dann ist er tagsüber nicht zu Hause, und sie haben Ruhe vor ihm.

Giorgio entdeckt eine lukrative Einnahmequelle. Er geht für die Nachbarn im Haus einkaufen. Und er kennt alle Preise der umliegenden Supermärkte. Wenn es also eine Ware irgendwo anders billiger gibt, dann besorgt er sie dort und behält das Eingesparte für sich. So kommen regelmäßig ein paar Mark zusammen. Damit kauft er für sich und seine Geschwister Dinge, die andere Kinder haben, seine Eltern aber nicht bezahlen wollen. Andere Kinder besitzen einen Schulranzen, die Basiles haben nicht einmal Federmäppchen.

Unten an der Straße gibt es in einem Lebensmittelladen einen Sparclub. Das ist ein Wandschränkchen mit vielen Schlitzen, man kann sich ein Kästchen reservieren lassen. Dort sammelt

Giorgio sein Geld. Schon bald hat er fünfhundert Mark zusammen. Er kauft davon zu Weihnachten Hosen, Schuhe und Pullover für sich und seine Geschwister.

Seine kleinen Gewinne hindern ihn allerdings nicht daran, sich auch anderweitig mit begehrten Dingen zu versorgen. Den Kaugummiautomaten in der Straße etwa bricht er mit einem Eisen auf, das er zuvor im heimischen Ofen rotglühend gemacht hat.

Zur Schule geht er eigentlich nur noch, um Fußballspiele zu organisieren oder mit anderen Kindern zusammenzusein. In der dritten Klasse kann Giorgio immer noch nicht lesen und schreiben und wird deshalb auch nicht versetzt. Dafür hat er schon seine eigene Bande auf dem Schulhof. Frau Kemper hat den Jungen nicht mehr im Griff, er kommt und geht, wann er will. „Es können wegen des unregelmäßigen Schulbesuches keine Leistungsnoten gegeben werden", schreibt Frau Kemper verzweifelt ins Zeugnis.

Jetzt erst scheint Giorgios Vater Battista zu bemerken, dass sein Sohn in der Schule versagt, und er beschwert sich bei der Lehrerin. Frau Kemper beruft eine Konferenz ein. Aber auch die Direktorin ist ratlos. Giorgios Mutter schlägt vor, ihn zusammen mit seiner kleinen Schwester Sophia wieder in die erste Klasse einzuschulen. Aber Giorgio ist schon zwölf Jahre alt, und so ist niemand ernsthaft davon überzeugt, dass dies eine wirklich gute Idee ist. Schließlich meldet sich der Direktor der benachbarten Hauptschule weiter oben an der Bruchstraße. „Schickt mir den Jungen, ich schaffe das schon", verkündet der Lehrer voller Enthusiasmus.

So kommt Giorgio in die fünfte Klasse – und in eine andere Schule.

Die Hauptschule ist ein schmuckloser Kasten aus den sechziger Jahren mit langen Gängen und viel Glas. Giorgios Klassenraum hat einen kleinen, abgeteilten Bereich, in dem Bücher aufbewahrt werden. Dorthin setzt ihn der Direktor. „Du lernst lesen und schreiben“, bestimmt er.

Während er die übrigen Schüler mit Aufgaben beschäftigt, kümmert er sich um den kleinen Italiener. Er gibt sich wirklich Mühe. Am Ende des Schuljahres bleibt Giorgio zwar wieder sitzen, aber er kann jetzt lesen und schreiben. Giorgio ist mächtig stolz.

Doch schon damals geht der Junge regelmäßig auf Tour, klaut Parfüms und Lippenstifte, die er an die italienischen Frauen in der Nachbarschaft verkauft. Seine große Schwester Maria weiß davon und erpresst ihn damit. Also muss er für sie ebenfalls stehlen.

Es ist die Zeit, als Maria heiraten soll. Cosimo, ein junger Mann aus Corigliano, hat ihr Foto bei einer Tante auf dem Kamin gesehen und sich in sie verliebt. „Wer ist das schöne Mädchen?“, fragt er. „Ich kann sie dir nicht empfehlen“, antwortet die Tante. „Sie hat schlechte Eltern.“

Es hilft nichts. Der junge Cosimo schreibt einen Brief an Maria, die Verlobung wird schriftlich vollzogen. Und sobald er seinen Militärdienst beendet hat, kommt er nach Deutschland. Die Basiles holen ihren zukünftigen Schwiegersohn am Duisburger Bahnhof ab und fahren in die Kuhlenstraße. Die Mutter kocht, Maria ist nervös.

Die Hochzeit findet im Januar 1973 statt. Obwohl es schneit, stellt ein Nachbar dem Brautpaar sein Mercedes-Cabrio zur Verfügung. Giorgio ist bei der Zeremonie als Messdiener eingeteilt und lässt anschließend gleich die Kollekte mitgehen.

Im Sommer gehen Maria und ihr Mann zurück nach Italien. Die Mutter und Giorgio begleiten sie. Es müssen Möbel gekauft werden, der Vater bezahlt. So ist es Tradition. Es werden zwei schöne Wochen in Italien. Giorgio, der gerade dreizehn Jahre alt geworden ist, trifft alte Freunde wieder. Er sucht auch De Cicco, aber er findet ihn nicht. Es ist trotzdem eine gute Zeit. Zum ersten Mal sind sie wer in Corigliano. Schließlich kommen sie aus Deutschland.

Im nächsten Schuljahr bessern sich Giorgios Leistungen nicht. Im Unterricht stört er einmal derart dreist, dass der Lehrer ihn am Ohr zum Direktor ziehen will. Giorgio gibt ihm eine Ohrfeige, der Lehrer tritt ihn in den Hintern, der Junge reißt sich los und rennt nach Hause. Aus dem Fenster sieht er den Mercedes des Direktors in die Straße einbiegen. Zum zweiten Mal in seinem Leben hat Giorgio das Gefühl, dass sich jemand um ihn kümmert.

Der Direktor führt ein sehr ernsthaftes Gespräch mit Giorgios Eltern. Dann packt er den Jungen und bringt ihn in seinem Wagen zurück zur Schule. Das hilft zunächst, der Junge lernt jetzt. Dennoch bleibt er noch einmal in der fünften Klasse sitzen, bevor er schließlich in die sechste versetzt wird.

Die Familie ist inzwischen in die Oststraße 11 umgezogen, dort hat sie dreieinhalb Zimmer zur Verfügung. Der Vater hat sich zwar für die Wohnung ohne Dusche entschieden, weil sie billiger ist, aber da er den Hausmeisterposten übernimmt, kann er Giorgio einen Kellerraum zuschanzen, den der Junge sich für Partys ausbaut. Dort unten hat er seine Ruhe vor dem Vater. Warum der Vater ihm das gestattet, wird Giorgio nie verstehen. Aber er und seine Schulfreunde nutzen die Freiheit reichlich zum Fummeln und Knutschen mit den Mädchen von der Schule.

Damals versuchen sich Giorgio und sein Schulfreund Addi, ein Deutsch-Türke, mit dem er später in Mülheim eine Discothek eröffnen wird, als Kampfsportler. Sie lernen Taekwondo beim TSV Mülheim und machen schnell Fortschritte. Schon bald haben sie den grünen Gürtel. Taekwondo steht gerade hoch im Kurs, Bruce-Lee-Filme locken Tausende in deutsche Kinos. Sie gewinnen die Stadtmeisterschaft, Addi ist sogar noch etwas besser als Giorgio. Er ist größer und lernt schneller. Giorgio dagegen ist in seiner Altersklasse immer der Kleinste.

Das Kämpfen macht so lange Spaß, bis es an die Deutschen Meisterschaften geht. Da müssen sie gegen Jungs aus den Großstädten antreten. Gerade die Türken sind gefürchtet. In den Kämpfen geht manches Nasenbein zu Bruch, und dafür fühlen sich die beiden Kämpfer aus Mülheim dann doch noch zu jung.

Die sechste Klasse ist für Giorgio das beste Jahr seiner Schulzeit. Dort lernt er die Leute kennen, die er später braucht, Addi, Bami und die anderen Jungs.

In diesem Jahr machen sie eine Klassenreise ins Schullandheim Hohenunkel. Giorgio ist zum ersten Mal allein fort von zu Hause. Er hat ausreichend Geld dabei, viel mehr als die dreißig Mark Taschengeld, die erlaubt sind. Es gibt gut und reichlich zu essen, jeder der Jungs hat eine Freundin, und es werden die schönsten zwei Wochen seines jungen Lebens, auch wenn er in der letzten Nacht in den Schlafräumen der Mädchen erwischt wird und dafür das gesamte Gepäck der Klasse in den Bus tragen muss. Aber was ist das schon gegen zwei unbeschwerte Wochen mit regelmäßigen Mahlzeiten und ohne Schläge vom Vater.

Mit Ende des Schuljahres, im Sommer 1976, ist Giorgios Schullaufbahn allerdings beendet. Er ist bereits sechzehn Jahre alt, und seine Leistungen versprechen kaum, besser zu werden. An der Schule ist deshalb kein Platz mehr für ihn.

In diesem Sommer steht für Giorgio in Corigliano die Verlobung mit einem Bauernmädchen namens Antonella an. Sein Vater hat das Mädchen ein Jahr zuvor gesehen und mit dessen Vater die Hochzeit beschlossen. Er bringt Giorgio ein Foto von Antonella mit. Sie ist klein, 1,50 Meter vielleicht, und dick. Auf dem Bild trägt sie einen schlichten Rock und Pullover. „Ich will sie nicht“, sagt Giorgio, und sein Vater Battista verpasst ihm daraufhin eine Ohrfeige. „Du heiratest sie und damit basta.“

Vater Battista schreibt Liebesbriefe an Antonella, die Giorgio dann unterschreiben muss. Doch in Wahrheit ist er damals in die schöne Tochter eines Realschullehrers für Kunst und Musik verliebt, der ihre Beziehung aber nicht sehr schätzt. Stundenlang steht Giorgio unter ihrem Fenster, bis er vor Nackenschmerzen den Kopf nicht mehr bewegen kann – vergebens.

In diesem Sommer erfüllt sich Giorgios Vater seinen Lebenstraum. Von seinem mühsam Ersparten kauft er ein Haus in Schiavonea, einem Ort, der denselben Namen trägt wie seine Frau. Schiavonea liegt direkt am Meer und gehört zur Kommune Corigliano. Das Haus hat drei Stockwerke, in jedem liegt eine Wohnung. Zum Strand sind es nur wenige Meter. Vater Battista ist mächtig stolz. Er kann nun allen zeigen, dass er es zu etwas gebracht hat. Das ist wohl auch einer der Gründe, weshalb die Verlobung seines Sohnes mit der Bauerntochter Antonella stattfinden soll.

Die Verlobung findet in den Bergen statt. Es ist eine schlichte Veranstaltung, bei der der zukünftige Schwiegervater Giorgio seinen Landbesitz zeigt. Dem Jungen gefällt das Mädchen immer noch nicht, und außerdem will er in Deutschland leben. Er wird Antonella später einen Brief schreiben, in dem er ihr in holprigem Italienisch mitteilt, dass er sich noch zu jung für eine Heirat fühle – und deshalb die Verlobung löse. Das gibt ein bisschen Ärger mit dem Vater, aber dabei bleibt es glücklicherweise.

Auf Wunsch seines Vaters soll Giorgio als Hilfsarbeiter bei Mannesmann einsteigen, so wie er selbst. Doch das Arbeitsamt schickt den Sohn auf einen Förderlehrgang bei Thyssen. Er ist ja formal noch schulpflichtig. Die Woche besteht aus drei Tagen praktischer Arbeit und zwei Tagen Theorie. Er arbeitet in der Schleiferei, in der Schreinerei, der Gießerei, der Schlosserei, der Fräserei und der Druckerei. Die Sache läuft ganz gut.

Nach Abschluss des Förderjahres bietet ihm die Drahtseilerei Kocks eine Ausbildungsstelle zum Betriebsschlosser an. Eigentlich will Giorgio Automechaniker werden, aber das ist undenkbar bei seinen Zeugnissen. Also unterschreibt er. Die Drahtseilerei braucht vor allem Arbeiter für die Herstellung der Seile, eine dumpfe Arbeit, dennoch findet Giorgio, dass er eine Menge lernt. Im ersten Ausbildungsjahr erhält er dreihundertsechzig Mark im Monat, im zweiten vierhundert, und nach seinem achtzehnten Geburtstag sogar vierhundertvierzig Mark.

Sonnabends wäscht er Autos an der Tankstelle an der Hingbergstraße, pro Wagen bekommt er vier Mark. Und dann beginnt er, abends bei McDonald's zu arbeiten, wo er vierhundertachtzig Mark im Monat verdient. So kommt er ganz gut über die Runden. Im Alter von achtzehn Jahren macht er den Führerschein und kauft sich einen Simca 1000 Rallye.

Ein Jahr später, am Tag nach seinem neunzehnten Geburtstag, geschieht es. Giorgio, der mittlerweile Geselle ist, arbeitet in der Mittagsschicht. Kurz vor Schichtende, gegen halb zehn Uhr abends, gerät er mit dem rechten Daumen in die Drahtseilmaschine. Der Daumen wird völlig zerquetscht, nur ein blutiger Brei aus Fleisch und Knochensplittern bleibt übrig. Der Daumen steht kurz vor der Amputation. Der Arzt schreibt Giorgio erst einmal sechs Wochen krank.

Mit den Eltern fährt er nach Schiavonea, wo sie in ihrem Haus am Meer Urlaub machen. Der Arzt rät ihm, täglich den Verband zu wechseln und im Meer zu schwimmen. Giorgio hält sich daran, und einige Wochen später ist der Daumen wieder verheilt. Er ist zwar ein bisschen breiter als vorher, aber er funktioniert. Der Arzt spricht von einem Wunder.

Giorgio bleibt die ganzen sechs Wochen in Italien. Er genießt die Sonne und das Meer, und dann fährt er zurück nach Mülheim und kündigt seinen Arbeitsvertrag. Seine Ziele im Leben, das ist ihm jetzt klar geworden, sind andere. Er will keine Arbeit machen, die anstrengend ist und wenig einbringt. Er will nicht mehr auf Vorgesetzte hören, die er nicht akzeptiert. Giorgio will sein eigener Herr werden.

3
De Ciccos Macht

Völlig unerwartet taucht im Spätsommer 1979 Antonio Giovagnone De Cicco in Mülheim auf, Zio Totonno, wie Giorgio ihn nennt. Zio heißt Onkel, und Totonno ist eine familiäre Koseform für Antonio. Die Basiles sind inzwischen im Haus Oststraße 11 in die Parterrewohnung gezogen, und der 19-jährige Giorgio hat den Simca gegen einen roten Alfa Romeo mit schwarzen Rallye-Streifen getauscht.

De Cicco hat zwar in der Zwischenzeit in Corigliano geheiratet, aber er kann trotzdem nicht von Giorgios Mutter Schiavonea lassen. Heimlich schreibt er ihr Liebesbriefe, die sie im Keller versteckt. Einen seiner Briefe hat der Vater dort gefunden. „Ich liebe Dich immer noch", steht dort, „Du fehlst mir sehr, meine Gedanken sind nur bei Dir."

De Cicco muss jemanden gefunden haben, der für ihn schreibt, er selbst kann es nicht, er hat es nie gelernt. Als der Vater die Mutter zur Rede stellt, streitet sie alles ab. Er habe ihr halt geschrieben, na und? Sie erwidere aber seine Gefühle nicht, sie habe ihm keinen Anlass geliefert. Rein gar nichts sei da, das müsse er ihr glauben.

Und dann kommt der Tag, an dem ein Neffe De Ciccos, der in der Nachbarschaft lebt, zu Giorgio sagt: „Mein Onkel möchte dich sprechen."

Giorgio befällt sofort ein mulmiges Gefühl. Reicht es nicht, dass Zio Totonno sich mit seinen Briefen an die Mutter wieder in sein Leben schiebt und für Ärger sorgt? Nun soll er ihn plötzlich auch noch treffen. Was will er von ihm? Giorgio überlegt fieberhaft, ob er vielleicht aus Unachtsamkeit etwas Falsches über ihn gesagt hat.

Längst hat sich in der italienischen Gemeinde in Mülheim herumgesprochen, dass Antonio Giovagnone De Cicco ein hohes Tier in der Onorata Società, der Ehrenwerten Gesellschaft, der 'Ndrangheta, geworden ist. Und die Leute haben Angst vor ihm.

Das Herz klopft dem 19-jährigen Giorgio bis zum Hals, als er zum vereinbarten Treffpunkt kommt. Sie haben sich am Haupteingang vom Kaufhof in der Mülheimer Fußgängerzone verabredet, direkt gegenüber von McDonald's, wo Giorgio immer noch arbeitet.

De Cicco steht dort mit seinem Neffen. Giorgio tritt nervös auf ihn zu. Er umarmt und küsst den Mafioso als Zeichen des Respekts. „Ich habe nichts Schlechtes über dich gesagt", stammelt Giorgio.

De Cicco schaut ihn erstaunt an. „Ich wollte dich sehen", sagt er und lächelt. „Ich liebe dich wie einen Sohn." Sie sollen sich irgendwo hinsetzen und reden, sagt er. Giorgio schlägt McDonald's vor. Das ist sein Revier, bekanntes Terrain.

„Wie geht es dir?", will De Cicco wissen. Giorgio erzählt von seinem Arbeitsunfall, der Kündigung und seinem Job im Schnellrestaurant. De Cicco hört zu, und als Giorgio geendet hat, kommt er sofort auf den Punkt.

„Was machst du noch hier?", fragt er. „Komm zurück nach Italien. Du kannst für mich arbeiten."

De Cicco redet mit Engelszungen. Er verspricht Giorgio ein Auto. Schließlich habe er selbst keinen Führerschein, und er brauche einen Fahrer. Giorgio müsse nichts anderes machen, als ihn zu fahren. Keine harte Arbeit, keine krummen Sachen, nur fahren. „Und glaube den Leuten nicht, was sie über mich erzählen", sagt De Cicco und schaut Giorgio aufmunternd an.

De Cicco ist ein guter Redner, er schildert das Leben in Corigliano in den leuchtendsten Farben. Er spricht vom Meer und von den Bergen, von hübschen Mädchen und gutem Essen. Und für all das müsse Giorgio kaum etwas tun. „Du kannst endlich das Leben führen, für das du geboren bist“, sagt De Cicco. Das Angebot klingt verlockend. Und in Mülheim hat Giorgio nichts mehr zu verlieren. Er hat ohnehin keine Lust mehr, für andere zu arbeiten. „Na mach schon“, sagt De Ciccos Neffe.

Giorgio willigt ein.

Sie vereinbaren, dass niemand von dem Treffen erfahren dürfe. Giorgio fühlt sich geschmeichelt von dem Angebot des mächtigen und allseits gefürchteten Mannes. Gleichzeitig aber hat er Angst vor seinem Vater, der zwar vieles falsch macht, aber keinesfalls ein Ganove ist und mit Sicherheit nicht einverstanden damit wäre, dass Giorgio für einen allseits bekannten Mafioso arbeitet, der noch dazu seiner Frau nachstellt.

Es fügt sich, dass der Vater noch vier Wochen Urlaub hat, die er in seinem Haus in Schiavonea verbringen will. Zusammen mit Vaters Freund Michele Valeone und dessen Sohn Aldo fahren sie in der zweiten Septemberwoche die weite Strecke im VW-Bus der Valeones nach Kalabrien.

Die Valeones wohnen in Essen, und die beiden Familien sehen sich fast jedes Wochenende. Mit Aldo versteht sich Giorgio prächtig. Sie sind praktisch zusammen aufgewachsen. Vielleicht ist dessen Vater Michele Battistas einziger Freund, denkt Giorgio manchmal mitleidig.

Die lange Fahrzeit geht schnell vorüber. Sie lösen sich ab am Steuer, sie singen Lieder, und sie freuen sich aufs Meer.

Zu jener Zeit herrscht Giuseppe Cirillo aus dem Ort Sibari über die Region. Er stammt ursprünglich aus Salerno und ist ein mächtiger Mafia-Boss. Cirillo ist ein großer, kräftiger Mann mit schlohweißem Bart, was ihm den Spitznamen „il monaco“, der Mönch, einbrachte. Der Spezialist für Schutzgelderpressungen kam an die Macht, als der italienische Staat viel Geld in die Infrastruktur des Südens steckte und entsprechend viel gebaut wurde. Dabei wollte auch die 'Ndrangheta kassieren, und so übergaben die Bosse der 'Ndrangheta das Gebiet um Sibari, zu dem damals noch Giorgios Heimatort Corigliano gehörte, an Cirillo und seine Leute.

Im Gegensatz zur sizilianischen Mafia, die pyramidenförmig organisiert ist und einen Capo di tutti i Capi, einen Boss der Bosse, kennt, ähnelt die Struktur der 'Ndrangheta eher einem losen Netzwerk, das keine durchgängige hierarchische Struktur aufweist. Auf diese Weise ist die 'Ndrangheta noch schwerer zu zerschlagen als andere Organisationen, weil es wohl niemanden gibt, der alle Verästelungen kennt.

Fahnder können zwar Teile des Netzes zerschneiden, es fügt sich aber immer wieder wie ein Krebsgeschwür zusammen, wie Dottor Salvatore Curcio von der Anti-Mafia-Staatsanwaltschaft in Catanzaro feststellen muss, als er in den neunziger Jahren im Rahmen der Operation Galaxis gegen den Clan der Region und seine Nachfolge-organisationen zu ermitteln beginnt. In jahrelanger Arbeit gelingt es ihm jedoch, die Strukturen der 'Ndrangheta zu erhellen und der Organisation erheblichen Schaden zuzufügen. Curcio stößt bei seinen Ermittlungen bis zum sogenannten Crimine vor, der bis dahin höchsten bekannten Führungsebene der 'Ndrangheta.

Die 'Ndrangheta ist nach strengen Regeln organisiert, von denen nur in seltenen Ausnahmefällen abgewichen wird. Das gilt für die Struktur eines Clans ebenso wie für die gesamte Organisation der Herrschaftsgebiete.

Den Kern bildet jeweils ein Locale, das ist ein Gebiet, das von einem Clan beherrscht wird. Der Locale ist zugleich die Stadt, in der der herrschende Clan sitzt. Der Boss des Locale befiehlt über sieben 'Ndrine, das sind Mafia-Gruppen kleinerer Orte in der Umgebung. Der Boss des Locale heißt Capo Società, er trifft sämtliche wichtigen Entscheidungen, er schlichtet Streit und entscheidet über Leben und Tod.

Alle 'Ndrine müssen ihre Einnahmen aus Schutzgelderpressungen, Überfällen und Einbrüchen beim Boss abgeben. Das Geld fließt in die Bacinella, den Waschtrog, wie die Kasse des Clans genannt wird. Der Contabile führt Buch über sämtliche Einnahmen und Ausgaben. Er ist verantwortlich für die Investitionen der 'Ndrangheta in legale Projekte wie Firmen und Immobilien sowie illegale Geschäfte mit Waffen, Drogen und gestohlenen Autos. Aus der Bacinella werden außerdem die Angehörigen der Inhaftierten versorgt sowie deren Anwälte bezahlt.

Die Führer der drei mächtigsten Locali einer Region bilden das Crimine, eine höhere Instanz, die über die Besetzung der Führungspositionen entscheidet. Es sind meist alteingesessene Mafia-Clans, die in Kalabrien respektiert und gefürchtet werden.

Auch die Struktur innerhalb eines Clans ist streng vorgeschrieben, mit Dienstgraden und Befehlsstufen wie in einer Armee. Es gibt einen Offizierskorps, die Società Maggiore, der Befehlsgewalt hat, und Mannschaften, Società Minore, die nur auf Anweisung handeln.

Frauen sind so gut wie nie Mitglieder oder gar Bosse der 'Ndrangheta. Bevor ein junger Ehrgeizling Mitglied werden kann, muss er sich bewähren. Viele junge Männer in Süditalien versuchen, durch besonders skrupelloses Vorgehen bei ihren Raubzügen die Aufmerksamkeit eines Mafioso zu erlangen, um so als neues Mitglied vorgeschlagen zu werden. Denn bei der Mafia kann sich niemand einfach bewerben wie etwa in einer Firma. Man muss von einem Ehrenmann vorgeschlagen werden, und jeder im Ort weiß, wer ein Ehrenmann ist. Das bleibt nie ein Geheimnis, und das soll auch so sein. Der Ehrenmann ist allgemein bekannt und „respektiert", wie es in Italien heißt. „Gefürchtet", würde Mafia-Jäger Curcio sagen.

Wer also einem Ehrenmann aufgefallen ist und der Organisation vorgeschlagen wird, muss sich als assoziiertes Mitglied, als Contrasto Onorato, bewähren. In dieser Zeit muss er zeigen, dass er bedingungslos loyal zur Organisation steht, sämtliche Einnahmen abliefert und nie auf eigene Faust handelt. Er ist der Organisation zu absoluter Ehrlichkeit verpflichtet und hat jeden Befehl widerspruchslos und sofort auszuführen. Erste Befehle richten sich häufig ganz bewusst gegen die Freunde oder die Familie des Neulings, um dessen Hingabe und Verlässlichkeit zu prüfen.

Der Neuling wird, wie Curcio sagt, wie ein Debütant der Organisation präsentiert. Denn mit dem Eintritt in die 'Ndrangheta wird die Verbrecherorganisation zur höchsten Instanz – wichtiger als Vater, Mutter und Geschwister. Die Mafia fordert bedingungslose Unterwerfung.

Wenn der junge Mann sich in der Probezeit bewährt hat, schlägt ihn der Ehrenmann zur Taufe vor. Das ist der große Augenblick im Leben eines jungen Mafioso, und das Ritual ist fest vorgeschrieben: Der Contrasto Onorato wird von seinem Paten an einen geheimen Ort geführt. Fünf getaufte Ehrenmänner sitzen dort an einem Tisch; der Capo, der Contabile, derjenige, der den jungen Mann vorgeschlagen hat, ein Fürsprecher und ein Gegner.

Dann spricht ein Eingeweihter eine lange Beschwörungsformel im kalabrischen Dialekt. Am Ende muss der Täufling ein Heiligenbildchen auf seiner Hand verbrennen und der Mafia absoluten Gehorsam schwören. Dann ist er Mitglied der 'Ndrangheta und bekleidet den Rang eines Picciotto.

Früher, erzählt der Anti-Mafia-Ermittler Curcio, verbrannte die Mafia bei der Taufe häufig ein Bildnis des Erzengels Michael. Bis die Mafia bemerkt habe, dass dieser Heilige auch der Schutzpatron der italienischen Polizisten ist. Seitdem würden Bilder anderer Heiliger benutzt.

Die 'Ndrangheta hat eigene Gesänge hervorgebracht, die Canti di Malavita, die ihre Rituale und Werte beschreiben und verklären. Über die Taufe heißt es in einem Lied:

„Wenn du ein Verbrecher werden willst, wenn du sechzehn Jahre alt bist, ruft dich die Ehrenwerte Gesellschaft. Du musst ihre Gesetze lernen, deren oberstes die Verschwiegenheit ist. Picciotto di Malavita, sei gewissenhaft und gebe acht, du weißt nicht, was es kostet, wenn man seine Pflicht vernachlässigt. Wenn du es schaffst, versuche zurückzugehen, nähere dich nicht der Gesellschaft. Zu mir kam ein junger Mann von Ehre. Er fragt mich, was ich suchte. Ich antwortete ihm: Blut und Ehre. Er sagt mir, Blut und Ehre habe er. Der Mond erhellte den Himmel, man konnte die Sterne zählen. Ich wurde von fünf Männern begleitet in einen Garten mit Blumen und Rosen. Nachdem ich den unabdingbaren Eid geleistet hatte, wurde ich mit dem Blut der Ehre gesegnet. Und alle, die versammelt waren, drückten mir die Hand. Sie gingen an mir vorüber, einer nach dem anderen. Und als sie ihre Runde beendet hatten, bekam ich einen Kuss vom Obersten des Kreises. Der Mond verschwand langsam, der Morgen kündigte sich an, der Hahn krähte, und ich fühlte mich gesund. Jetzt, wo ich zum Mann geschlagen war."

Wie ein einfacher Soldat erledigt der Picciotto nun die Drecksarbeit. Er zündet Häuser und Autos an, raubt Geschäfte aus und bricht ein. Wenn er Karriere machen will, wartet er auf die Gelegenheit, einen Mann zu töten. Der schnellste Weg nach oben führt in der 'Ndrangheta über Morde. Ein Mafioso muss zu neunundneunzig Prozent aus Eis und zu einem Prozent aus Mut bestehen, heißt ein Sprichwort der 'Ndrangheta. Er muss eiskalt planen und dem Opfer im richtigen Moment den Todesstoß verpassen.

Wenn ein Picciotto in den nächsten Rang erhoben werden soll, vollzieht sich wieder ein Ritual mit fünf Ehrenmännern, das jetzt Pungiata heißt, was sich von dem italienischen Wort für stechen ableitet. Diesmal wird dem Picciotto in den Finger gestochen, bis Blut kommt. Unter Beschwörungsformeln mischen die Männer ihr Blut. Der Picciotto wird zum Camorrista befördert. Picciotto und Camorrista bilden die Società Minore, die Ebene der Befehlsempfänger.

Führungsaufgaben innerhalb der 'Ndrangheta können erst mit dem Eintritt in die Società Maggiore übernommen werden, mit der Taufe zum dritten Grad, zum Sgarrista. Bei dieser Zeremonie sind nur noch drei Männer anwesend, der Capo, der Contabile und ein mindestens gleichrangiges Mitglied, also mindestens ein Sgarrista.

Ein Sgarrista kann bereits alle Führungsaufgaben übernehmen, wenn er dazu auserkoren wird. Viele Bosse, Capi, örtlicher Mafia-Banden sind von diesem Rang. Für höhere Aufgaben, etwa die Führung eines Locale, müssen weitere Stufen erklommen werden: Santista, Vangelo und Trequartino. Den höchsten Grad bekleiden die Führer eines Crimine. Jede Beförderung wird mit einem neuen Ritual vollzogen, und nie mehr darf ein Mafioso daran beteiligt sein, dessen Rang niedriger ist als der Taufgrad. So ist sichergestellt, dass die untere Führungsebene keine Kenntnis der höheren hat.

Angeblich gibt es sogar noch den Grad Diritto e Medaglie, Recht und Auszeichnungen. Bis dahin sind die Ermittler wegen der Netzstruktur der 'Ndrangheta und der Abschottung nach unten nie vorgestoßen. Aber irgendwo, vermutet Mafia-Jäger Curcio, müssen zumindest Teile des Netzes zusammenlaufen.

Als Giorgio Basile sich im September 1979 auf den Weg nach Italien macht, ist sein Heimatort Corigliano eine Außenstelle des Locale Sibari. Dort herrscht Cirillo, der Mönch, und der hat De Cicco zum Boss von Corigliano ernannt. Corigliano besteht aus der alten Stadt Coriglinao Calabro oben auf dem Berg, dem Städtchen Corigliano Scalo und der Marina Schiavonea, einem

Fischer- und Ferienort unten am Meer. Ohne De Cicco, einen Mafioso getauft im Rang eines Sgarrista, geht dort gar nichts.

Von Neapel aus fahren Giorgio und sein Vater Battista mit den Valeones auf der E 45 bis zur Abfahrt Spezzano Albanese. Von dort sind es nur noch gut dreißig Kilometer auf der Landstraße bis nach Schiavonea, wo Vater Battista vom Lohn seiner jahrelangen Arbeit im Röhrenwerk von Mannesmann das Haus gekauft hat.

Es ist früher Morgen, als ihr VW-Bus das Meer erreicht. Die Fischereiflotte kommt vom Fang zurück, und die Möwen umkreisen mit lauten Schreien die Schiffe auf der Jagd nach Abfällen. Giorgio liebt diesen Anblick. Die meisten Touristen, die im August die Region überfallen, haben Schiavonea schon wieder verlassen. Die Sonne steht glitzernd am Horizont, und am Strand liegen die kleinen bunten Boote der Fischer, die ihre Netze nicht allzu weit draußen ausgelegt hatten.

Giorgio hat es nicht eilig. Er entlädt den VW-Bus, packt seine Sachen aus und geht hinunter zum Strand. Er schwimmt ein paar Meter, dann lässt er sich im Meer treiben und überlegt, was wohl alles auf ihn zukommen wird. Dass De Cicco ein hohes Tier in der Organisation von Cirillo geworden ist, macht die Sache umso spannender. Moralische Skrupel hat Giorgio keine, sein Unrechtsbewusstsein ist nicht besonders ausgeprägt. Er bewundert De Cicco für dessen Stärke, und er mag ihn, weil er der erste Mann gewesen ist, der sich um ihn gekümmert hat, der sich für ihn verantwortlich fühlte und der ihm durch seine Zuwendung Selbstvertrauen gab. Der geradezu mystische Glanz der 'Ndrangheta, der von ihm ausgeht, verleiht der Sache zusätzlichen Reiz.

Giorgio trifft De Cicco am nächsten Tag auf einem Grundstück unten am Fluss Coriglianeto, der unterhalb von Corigliano fließt und über dessen Lauf eine Brücke zu den Serpentinen nach oben ins Dorf führt.

De Cicco ist hier offiziell als Wachmann auf einer Olivenplantage angestellt, die eine vom italienischen Staat finanzierte Genossenschaft betreibt. Dort verdient er zwei Millionen Lire im Monat, das sind umgerechnet rund tausend Euro. Jeder Mafioso hat so einen unbedeutenden Job, der ihm eine legale Identität gibt. Er hat damit eine Lohnsteuerkarte, eine Krankenversicherung und ein Einkommen, das zumindest kleinere Ausgaben rechtfertigt. Das Stück Land, das De Cicco für sich in Anspruch nimmt, gehört ebenfalls der Genossenschaft. Tatsächlich aber betrachtet der Mafioso es als sein Eigentum. Und niemand würde es wagen, ihm zu widersprechen.

Das Grundstück am Fuße des Dorfes ist De Ciccos Treffpunkt. Hier sitzt er am liebsten. Am Fluss unter Bäumen stehen Tisch und Stühle im kühlen Schatten, nicht weit davon hält er in einem groben, aus Feldsteinen gemauerten Stall ein paar Schweine, die er schlachtet und zu Fleisch und Wurst verarbeitet.

„Zio Totonno", sagt Giorgio unterwürfig, als er das Grundstück betritt. „Buon giorno." De Cicco umarmt und küsst ihn, fragt, wie es ihm gehe. Dann setzen sie sich an den Tisch im Schatten. De Cicco erklärt ihm den Job.

„Bleib immer in meiner Nähe und sage nichts", schärft ihm De Cicco ein. „Wir gehen heute Abend essen, und ich stelle dich ein paar Leuten vor. Du fährst mich. Ist das klar?" Das klingt nicht sehr kompliziert, auch wenn Giorgio immer noch kein Bild davon hat, was seine Funktion sein wird. „Was ist mit dem Wagen?", fragt er.

Sie fahren zu einem Grundstück an der Hauptstraße, wo in einem Hinterhof mehrere Autos stehen, Fiat, Alfa Romeo, kleine, unauffällige Wagen. „Such dir einen aus", sagt De Cicco. Giorgio entscheidet sich für einen Alfasud. De Cicco zeigt ihm die Papiere, der Wagen ist offenbar sauber. „Hol mich heute Abend an meiner Wohnung ab", sagt er.

Giorgio macht erst einmal eine ausgiebige Probefahrt. Er fährt auf der Schnellstraße Richtung Sibari, vorbei an großen Mandarinenplantagen und der alten, halb verfallenen Burg. Kurz vor Sibari dreht er ab nach Cantinella und fährt von dort über Corigliano Scalo nach Schiavonea. Er hupt vor dem Haus der Valeones und ruft Aldo zu, er solle hinunterkommen. Stolz zeigt er seinem Freund den Wagen. Der Alfasud sei geliehen, sagt er. Er erzählt, dass er von De Cicco am Abend zum Essen eingeladen sei. „Willst du nicht mitkommen?", fragt er Aldo so unbefangen wie möglich.

In Wahrheit ist ihm nämlich gar nicht wohl gewesen, als De Cicco ihm erklärte, sich mit ihm und anderen Männern treffen zu wollen. So richtig traut Giorgio De Cicco immer noch nicht, und die Sache mit den anderen Männern kommt ihm komisch vor. Nicht dass er glaubt, dass De Cicco ihm etwas Böses will. Aber die Aussicht, an diesem Abend vielleicht einige echte Mitglieder der 'Ndrangheta zu treffen, flößt ihm durchaus Respekt ein. Er würde sich bedeutend wohler fühlen, wenn sein Freund dabei wäre. „Was ist nun, kommst du mit?", fragt Giorgio. Aldo sagt zu.

Giorgio holt De Cicco pünktlich um acht Uhr abends an der kleinen Kreuzung neben der alten Kirche ab, wo der Weg von dessen Wohnhaus hinab zur Straße mündet. De Cicco wirft einen kurzen Blick auf Aldo, sagt aber nichts. Sie fahren über Corigliano Scalo zum Restaurant von Peppino, das hinter der Tankstelle an der Schnellstraße liegt. Es ist ein großer, gut besuchter Laden, wo bereits mehrere Männer an einem Tisch sitzen. Sie begrüßen De Cicco, der Giorgio als seinen Fahrer und Aldo als dessen Freund aus Deutschland vorstellt. Die Männer nicken ihnen zu, und dann essen sie weiter. Sie reden über Dinge, die Giorgio nicht versteht, und nennen Namen, die er nicht kennt.

Nach etwa zwei Stunden ist das Essen beendet. Die Männer rufen den Wirt, loben die Zubereitung seines Fisches, preisen seinen Wein, klopfen ihm auf die Schulter, stehen auf und gehen. Keiner von ihnen zahlt, was der Wirt aber offensichtlich auch nicht erwartet. Draußen verabschieden sich die Männer. De Cicco steigt zu Giorgio und Aldo in den Wagen und lässt sich dorthin zurückbringen, wo sie ihn abgeholt haben. Viel weiter wäre der Alfa auch nicht hinauf ins Dorf gekommen. Die Straßen sind zu schmal.

So vergeht die erste Woche. Ab und zu holt Giorgio abends De Cicco ab, sie treffen andere Männer in einem Restaurant und essen. Wenn kein Tisch frei ist, stehen andere Gäste auf und bieten ihnen ehrfürchtig Platz an. Stets kommt der Wirt zu ihnen, offeriert seine besten Speisen, und am Ende der Mahlzeit stehen sie auf und gehen. Niemals bringt der Wirt die Rechnung, und niemals macht irgendeiner der Männer Anstalten zu bezahlen.

An einem Donnerstagabend landen sie nach dem Essen im Bordell von Pipinella. Sie ist im ganzen Dorf bekannt und wird nur die Zehntausend-Lire-Frau genannt, weil der Service bei ihr eben so viel kostet. Sie hat jede Woche zwei neue Frauen, die in ihrem kleinen Etablissement für sie anschaffen, und es gibt wohl keinen Mann im Dorf, der nicht schon bei ihr gewesen ist.

Der Puff ist klein und die Atmosphäre familiär. Man kennt sich und scherzt miteinander. Bei Pipinella gibt es auch immer etwas zu trinken und eine Kleinigkeit zu essen. Giorgio entscheidet sich für die jüngere der beiden Frauen, der käufliche Akt dauert keine zehn Minuten. Allmählich fängt er an, Gefallen am Leben der Mafiosi zu finden, auch wenn er immer noch nicht begreift, worum es eigentlich geht.

In der nächsten Woche fährt Giorgio De Cicco weit durchs Umland. Sie besuchen zahlreiche Geschäfte, den Bäcker, den Metzger, die Autohändler. De Cicco geht immer allein hinein, Giorgio muss draußen im Alfa auf ihn warten. Er soll nicht aussteigen, keinen Kaffee trinken gehen, nur sitzen und warten. Manchmal nimmt De Cicco auch Ware mit, so wie beim Gemüsehändler. Doch nie sieht Giorgio ihn bezahlen. Im Gegenteil. Meistens nimmt er sogar noch Geld mit. Alle Leute behandeln ihn freundlich, zuvorkommend und respektvoll.

Gegen Ende der Woche fahren sie nach Sibari zu Cirillo. De Cicco hat eine große Tasche dabei. Giorgio muss vor einem Haus im Zentrum halten und warten, während De Cicco mit der Tasche im Haus verschwindet. Es dauert beinahe eine Stunde, bevor er wieder herauskommt. De Cicco, der Boss von Corigliano, hat die Einnahmen seiner 'Ndrina an den Contabile Cirillos abzuliefern. Aber das weiß Giorgio damals noch nicht. Schweigend fahren sie zurück nach Corigliano.

Am nächsten Abend gehen sie wieder essen. Doch diesmal sind sie allein, De Cicco und er. Sie fahren wieder zu Peppino hinter der Tankstelle. Sie tafeln ausgiebig, anschließend kommt der Wirt an ihren Tisch. Er begrüßt De Cicco freundlich, fast unterwürfig. „Ich möchte dir meinen Neffen vorstellen", sagt De Cicco zu ihm und zeigt auf Giorgio. „Behandle ihn gut", schärft er ihm ein. „Ja, Compare Totonno", sagt der Mann und gibt Giorgio die Hand.

Danach überreicht er De Cicco einen gefüllten Umschlag und verabschiedet ihn mit Handschlag. „Hat mich sehr gefreut", sagt er. De Cicco grüßt ebenfalls und geht mit Giorgio zurück zum Wagen.

„Dieses Schwein", schimpft er plötzlich, „hat den Laden immer voll und beschwert sich ständig."

Sie gehen in eine Bar und trinken einen Espresso. Dass De Cicco nicht zahlt, ist für Giorgio inzwischen selbstverständlich. Doch er sieht nie irgendetwas, das ihm kriminell vorgekommen wäre. Sein Chef stellt augenscheinlich nichts an, er droht nicht. Er nimmt Umschläge entgegen, manchmal auch Bargeld, doch er sagt stets, es handele sich um Geld, das er vor einiger Zeit verliehen habe. Und jeder begegnet ihm ausgesucht höflich und mit großem Respekt, den auch Giorgio zu spüren bekommt. Er empfindet es als sehr angenehm, der Neffe von De Cicco zu sein.

An diesem Abend fahren sie noch bei Pipinella vorbei. Sie hat zwei neue Frauen da, nicht ganz jung, aber einigermaßen hübsch und freundlich. Sie essen und trinken eine Kleinigkeit, und Giorgio geht mit einem der Mädchen ins Hinterzimmer. Das Leben mit De Cicco gefällt ihm.

Einmal fährt De Cicco mit Giorgio zu einem kleinen Textilgeschäft in Corigliano. Der Inhaber begrüßt sie höflich. „Du brauchst doch eine Hose, oder? Such dir eine aus", sagt De Cicco zu Giorgio. Während er einige Hosen probiert, lässt sich Zio Totonno einige Kleidungsstücke für seine Kinder einpacken. Er ist vierfacher Vater. „Wir sehen uns", sagt er zum Inhaber und geht mit Giorgio, der eine Hose gefunden hat, und einem dicken Paket unter dem Arm hinaus.

Zum ersten Mal verspürt Giorgio Mitleid. Der Ladenbesitzer ist bestimmt kein reicher Mann, denkt er, sein Laden ist klein, und er muss für seine Familie sorgen. Draußen stellt Giorgio De Cicco zur Rede. „Zio Totonno", sagt er, „ist es wahr, was man so sagt? Gehörst du zur Ehrenwerten Gesellschaft?"

„Hör zu", sagt De Cicco, „ich bin ein respektierter Mann. Das ist wahr." Aber Giorgio müsse aufpassen, sagt De Cicco. Es werde viel Blödsinn geredet, und er dürfe keinesfalls alles glauben. Es habe ihm gefallen, wie Giorgio sich benommen habe, und es sei eine gute Zeit gewesen. Das Angebot stehe immer noch, und er freue sich sehr, wenn Giorgio sich entscheide, für ihn zu arbeiten. Er stelle aber eine Bedingung. „Misch dich nie ein!", sagt er ernst und sieht Giorgio tief in die Augen.

Giorgio ist beeindruckt.

Sie fahren noch ein bisschen in der Gegend herum und besuchen einen Autohändler, bei dem Giorgio sich einen Wagen aussuchen soll. De Cicco drängt. Aber Giorgio ist noch unschlüssig, wie er sich entscheiden wird. Wie soll er seinem Vater den Besitz eines neuen und so teuren Autos erklären? Soll er wirklich in Italien bleiben und seine Familie allein lassen?

Es reizt ihn sehr, für De Cicco zu arbeiten, das kann er nicht leugnen. Er ist neunzehn Jahre alt, und die Leute in Corigliano behandeln ihn bereits wie eine Respektsperson. Es hat sich herumgesprochen, dass er der Neffe von De Cicco ist. Nie muss er darauf warten, bedient zu werden. Und hin und wieder bestehen Geschäftsinhaber darauf, dass er nicht bezahlt. Nur Grüße muss er ausrichten an Compare Totonno.

So vergehen vier Wochen, und dann muss Giorgios Vater Battista zurück nach Mülheim, sein Urlaub ist vorbei. Der Sohn will erst einmal mitfahren. Er hat keine gute Begründung gefunden für den Wunsch, in Italien zu bleiben.

Der Abschied von De Cicco fällt ihm schwer. Giorgio verspricht ihm, über das Angebot nachzudenken. Noch vor Ostern wollen sie sich in Deutschland darüber unterhalten. Dann will De Cicco mit Leonardo Chieradia, genannt Finuzzu, nach Deutschland kommen. Finuzzu, wird Giorgio später erfahren, ist ein wichtiger Mann im Cirillo-Clan. Wie De Cicco bekleidet er den Rang eines Sgarrista, gehört also der Befehlsebene an.

Bis Ostern, verspricht Giorgio, habe er sich entschieden. Auf jeden Fall werde er eine Unterkunft für De Cicco und Finuzzu besorgen, wenn sie nach Mülheim kommen, darauf könne er sich verlassen. Sie küssen sich, und dann fährt Giorgio schweren Herzens zusammen mit seinem Vater und den Valeones im VW-Bus zurück nach Mülheim. Die Luft ist warm, er schmeckt noch das Salz des Meeres auf seinen Lippen, und er träumt von einer wundervollen, leichten Zukunft als respektierter Mann in Corigliano. Er denkt an den leckeren Fisch, der so phantastisch zubereitet wird in den kleinen Restaurants der Gegend, und an die Mädchen von Pipinella.

In Mülheim erwartet Giorgio deutscher Alltag. Er wohnt noch zu Hause und arbeitet weiterhin bei McDonald's. Mit einem Mädchen, das er dort kennengelernt hat, ist er nun fest zusammen. Sie heißt Gabriele, und sie hat ihn ein bisschen zappeln lassen, bevor sie sich das erste Mal mit ihm traf. Er hat deshalb das Gefühl, sie erobert zu haben, und das erfüllt ihn mit Stolz.

Giorgio erzählt Gabriele von Italien und seinen Plänen, ganz dorthin zu gehen und dort zu leben. Doch Gabriele zögert. Sie ist nicht bereit, so ohne weiteres ihren Job im Schnellrestaurant zu kündigen und in ein fremdes Land zu ziehen. Zumal sie sich noch nicht so lange kennen. Die Arbeit bei McDonald's ist zwar nicht gerade ihr Traum, aber sie kann sich ausrechnen, dass sie in Italien völlig auf ihren Freund angewiesen sein würde. Insofern ist die Entscheidung für sie eine ganz existentielle Frage.

Giorgio weiht seine Mutter in seine Überlegungen ein. Aber was soll sie ihrem Sohn sagen? Die Frau befindet sich in der Zwickmühle. Sie führt ein jämmerliches Dasein in einer Ehe, in der sie nie glücklich gewesen ist. Wenn sie zustimmt, verliert sie ihren Sohn und damit einen wichtigen Verbündeten im Haus. Andererseits kann Giorgio ihr die Chance eröffnen, ebenfalls zurück nach Corigliano zu gehen, wo sie in der Nähe des Mannes wäre, den sie liebt. Doch sie weiß wohl am besten, wer De Cicco ist und wie er sein Geld verdient. Deshalb hält sie sich zurück mit einem Rat. Sie gibt Giorgio nur zu bedenken, dass der Mann ein Gangster sei. Das aber ist nichts wirklich Neues.

Plötzlich ist Sophia verschwunden. Seine kleine Schwester Sophia. Sie ist gerade erst vierzehn Jahre alt. Der Vater hat das Mädchen vor einem Jahr von der Schule genommen. Mädchen müssen nichts lernen, meinte er und gestattete Sophia nicht, ihren Schulabschluss zu machen. Dabei war das Mädchen eine sehr gute Schülerin – egal, er sperrte es zu Hause ein und verdammte es zur Hausarbeit, wie zuvor schon seine Tochter Maria.

Es ist morgens um fünf Uhr, als die Mutter schrill durch die Wohnung schreit. „Sophia, Sophia ist weg", kreischt sie; sie scheint einer Ohnmacht nahe.

Dabei ist alles eine abgekartete Sache, wie sich später herausstellt. Die Mutter hat Sophia zur Flucht verholfen, sie will ihr wohl das eigene Schicksal ersparen.

Irgendwie hat Sophia sich in den sieben Jahre älteren Alfonso verliebt. Wo die beiden sich kennengelernt haben, bleibt ein Geheimnis. Wahrscheinlich hat auch da die Mutter ihre Finger mit im Spiel, sie tut aber nun so, als werde sie von den Tatsachen überrascht. Als Giorgio später davon erfährt, fängt er an, seine Mutter zu hassen. Das geht so weit, dass er ihr bisweilen sogar den Tod wünscht. Ihre Lügen und ihre Betrügereien widern ihn an. Und dann hat sie auch noch seine kleine Schwester in ihre Machenschaften hineingezogen.

Die ganze Familie macht sich auf die Suche nach Sophia, doch die bleibt unauffindbar. Der Vater meldet seine Tochter bei der Polizei als vermisst; Giorgio allerdings macht sich keine ernsthaften Sorgen. Obwohl seine Schwester Sophia erst einmal nicht wieder auftaucht, glaubt er nicht daran, dass ihr etwas zugestoßen ist.

Die Stimmung in seinem Elternhaus wird zusehends schlechter, und seine Zukunft in Mülheim sieht Giorgio wenig rosig. Zurück in seinen Beruf will er nicht, und der Job bei McDonald's bietet keine Perspektive. Er verdient kaum Geld, und das Leben zu Hause engt ihn immer mehr ein. Vor allem seinen Vater erträgt er kaum noch. Der terrorisiert die Familie und gibt immer nur anderen die Schuld. Nie würde er auf den Gedanken kommen, er selbst mache etwas falsch. Außerhalb der Familie ist er ein Feigling, der alles schluckt und nie aufbegehrt. Zu Hause ist er ein Tyrann, voller Selbstzweifel, der seine Trunksucht nicht im Griff hat und seine Wut an seiner Frau und seinen Kindern auslässt.

Vater Battista hat schon das Leben von Maria zerstört, nun zerstört er auch die Zukunft von Giorgios kleiner Schwester Sophia. Warum darf sie nicht länger zur Schule gehen? Warum schließt er sie ein und treibt sie so aus Verzweiflung aus dem Haus? Sein Vater sieht die Sache natürlich ganz anders. Seine Tochter habe seine Ehre zerstört, klagt er. Er verflucht sie und will sie nie wieder sehen. Was ist das für eine verlogene Moral, denkt Giorgio, wenn der Vater nach außen den Schein der Konventionen des italienischen Südens zu wahren versucht und nach innen ein so selbstgerechtes, gewalttätiges und unbarmherziges Regiment führt?

Kurz vor Weihnachten meldet sich Sophia am Telefon. Es geht ihr gut, sie hat aber nicht vor zu kommen. Sie hat Angst und braucht noch Zeit. Ihr Anruf kann das Fest nicht retten. Vater Battista zeigt sich mitleidlos und hadert mit seinem Schicksal. Giorgio versucht zu vermitteln, doch es ist zwecklos. Es wird kein schönes Weihnachtsfest, und es wird auch dadurch nicht angenehmer, dass Gabriele bei ihnen feiert.

Das Jahr 1980 beginnt nicht viel besser. Sophia kehrt nach Mülheim zurück und zieht mit Alfonso in eine Wohnung an der Quellenstraße in Saarn, auf der anderen Seite der Ruhr und weit weg vom Vater. Der will immer noch nichts von ihr wissen. Dann wird Gabriele schwanger und kurz darauf auch Sophia, die im Februar ihren fünfzehnten Geburtstag feiert.

Giorgio freut sich auf das Baby, doch Gabriele ist von der Schwangerschaft überfordert. Sie streitet ständig mit Giorgio, dann vertragen sie sich wieder, was aber meist nur für kurze Zeit hält. Ende März macht Giorgio Schluss mit ihr. Da wird alles nur noch schlimmer. Gabriele versucht, sich mit einer Überdosis Schlaftabletten umzubringen. Im Krankenhaus pumpen sie ihr den Magen aus, und die Ärzte beschließen, die Schwangerschaft abzubrechen, weil sie Folgen für das Kind befürchten. Giorgio verzeiht ihr den Selbstmordversuch nie, hat sie doch damit das Kind getötet, sein Kind.

Plötzlich trifft aus Italien die Nachricht ein, dass De Cicco verhaftet worden ist. De Cicco soll zusammen mit Finuzzu und Antonio Marazzo, einem weiteren Mafioso, von einem Unternehmer fünfzig Millionen Lire Schutzgeld erpresst haben. Marazzo ist ein kleiner, dicker Mann und wahrscheinlich der Gebildetste der Gruppe. Er hat Wirtschaftslehre studiert, seine Schwester ist Zahnärztin. Er war einst mit einer deutschen Frau verheiratet, doch die Frau starb, und Marazzo fing an zu trinken. Die Trauer über den Tod seiner Frau trieb den Mann in die Arme der Mafia, wo er sämtliche Skrupel verlor.

Die Geldübergabe sollte auf dem Grundstück von De Cicco unten am Fluss stattfinden. Doch kurz darauf tauchten die Carabinieri auf. Es gelang den Männern gerade eben noch, das Geld zu verstecken. Der Sohn des Opfers, ein reicher Unternehmer, hatte Anzeige erstattet. Zwar bleibt das Geld verschwunden, aber die Aussage des Mannes belastet De Cicco und seine Komplizen. Sie sind nun eingesperrt im alten Gefängnis von Corigliano.

Für Giorgio ist De Ciccos Verhaftung zunächst eine schlechte Nachricht, weil sie seinen Zukunftsplänen einen Dämpfer versetzt. Doch schon kurz darauf ruft Finuzzu an und sagt, er müsse sich keine Sorgen machen, De Cicco komme sicher bald wieder frei. Sie hätten gute Anwälte, und die Beweise seien dünn. Es stehe Aussage gegen Aussage.

Dann fragt Finuzzu, ob Giorgio ihnen nicht einen Gefallen tun könne. Es gebe da eine Sache in Deutschland, die erledigt werden müsse. Sie bräuchten einen vertrauenswürdigen Fahrer, der sich auskenne. Er, Finuzzu, werde selbst nach Deutschland kommen und die Sache in die Hand nehmen. Giorgio sagt sofort zu. Er mag Finuzzu und ist froh, ihm behilflich sein zu können.

Finuzzu wird deutlicher. Ein Freund aus Corigliano sei unglücklicherweise in Untersuchungshaft gekommen, erklärt er. Man müsse ihn befreien. Der Mann sitze im alten Wuppertaler Gefängnis Bendahl, und die Zeit sei knapp, weil er bald in die neue Haftanstalt im Stadtteil Vohwinkel verlegt werde, wo eine Befreiung noch viel schwieriger sei.

Giorgios Aufgabe ist es, mit seinem Wagen die Strecke auszukundschaften und den Fluchtwagen sicher von Wuppertal nach Dortmund zu geleiten. Die eigentliche Befreiung würden andere durchführen, Profis aus Italien, die sich nicht auskennen in Deutschland.

Der Häftling heißt Arcangelo Maglio und ist von De Cicco in den Clan von Cirillo eingeführt worden. Maglio sitzt in Untersuchungshaft, weil er unter anderem von einem wohlhabenden Landsmann in Radevormwald einhundertfünfzigtausend Mark Schutzgeld erpresst haben soll – in höherem Auftrag, wie die Staatsanwaltschaft vermutet. Wegen Zuhälterei und Diebstahls ist er bereits in der Schweiz verurteilt worden, in Wuppertal betreibt er das Restaurant „Le Pascha" mit einer Essensdurchreiche in ein Bordell und im selben Stadtteil das „Café de Paris".

„Es gibt bei uns keine Mafia", tönt gleichwohl der Leiter des Landeskriminalamtes in Düsseldorf, Hans-Werner Hamacher. Dabei ist Maglio nichts anderes als ein Statthalter der 'Ndrangheta aus Kalabrien. Immerhin räumt der Kriminalbeamte ein, es gebe „Gruppen mit einem hohen Maß an Organisation", die Straftaten „mit weit vorausgreifender Planung, in Arbeitsteilung oder mit angeworbenen Spezialisten" begingen.

Wie recht er hat. De Cicco will seinen Mann freibekommen und schickt ein Kommando aus Corigliano zu einer spektakulären Aktion nach Deutschland.

Arcangelo Maglio hat immerhin einige Jahre Gefängnis zu erwarten. Er sitzt zusammen mit zwei Jugoslawen in der Abteilung IV ein. Beide Männer hatten im Düsseldorfer Milieu Schutzgelder eingetrieben und Konkurrenten niedergeschossen.

Die Polizei hält das Trio für ein italienisch-jugoslawisches Gemeinschaftsunternehmen, das am Rhein regiert und jederzeit in der Lage ist, mit eingeflogenen Kommandos aus ihren Heimatländern unliebsame Konkurrenten ausrauben oder notfalls auch ermorden zu lassen. Der Leiter des Bundeskriminalamtes, Horst Herold, spricht bereits von einer „subkulturellen, organisierten Gegenmacht".

Maglio ist eine gefürchtete Größe im Ruhr-Revier. Nach Erkenntnissen der Polizei war er vor seiner Verhaftung ein wichtiger Gast bei einem Versöhnungsessen im noblen Dortmunder

Restaurant „Römischer Kaiser". Dort sollen ihn die deutschen Betreiber eines Spielsalons zum Essen eingeladen haben – als Entschuldigung für ihre Weigerung, ein angemessenes Schutzgeld an die Italiener zu zahlen. Nach Ansicht der Polizei wurde dieser Sinneswandel zuvor „mit einem spitzen Gegenstand" herbeigeführt, Maglio soll ihnen ein Messer an den Hals gehalten haben.

Genauso soll es nach Überzeugung der Polizei gewesen sein, als Arcangelo Maglio mit dem Italiener aus Radevormwald im gediegenen Gasthaus „Schloss Lüntenbeck" speiste. Die Rechnung für das opulente Mahl über sechzehntausend Mark beglich natürlich nicht Maglio.

Drei Anwälte, die Maglio zu dem Essen mitbrachte, sind ebenfalls angeklagt. Sie sollen gemeinsame Sache mit den Mafiosi gemacht haben. Und selbst die Polizei steckt offenbar mit drin in den dunklen Geschäften der italienischen Paten an Rhein und Ruhr. Ende Februar 1980 wird ein Wuppertaler Polizist verhaftet, weil er im Verdacht steht, mit den Italienern zusammenzuarbeiten.

Mit Maglio ist der Polizei ein wichtiger Statthalter der ’Ndrangheta ins Netz gegangen. Es ist einer der seltenen Glücksgriffe, denn selbst wenn die Behörden Hinweise auf Straftaten wie Schutzgelderpressung erhalten, scheitern die Ermittlungen meist daran, dass Opfer und Zeugen schweigen. Und falls der Polizei tatsächlich einmal der Nachweis gelingt, dass Geld geflossen ist, handelt es sich angeblich stets um Unterstützungen für die kranke Mutter, eine Leihgabe oder ein Geburtstagsgeschenk. Eine Gefälligkeit für Landsleute in der Fremde eben.

Maglio ist also ein wichtiger Mann für De Cicco und Cirillo, auch wenn er in Wuppertal wahrscheinlich ersetzbar ist. Aber die Fürsorge für verdiente Mitglieder gehört eben auch zum Ehrenkodex der ’Ndrangheta. Und so macht sich Giorgio mit seinem Ford Taunus ein paar Mal auf den Weg, den Fluchtweg vom Gefängnis nach Dortmund zu erkunden.

An einem Sonntagmorgen im April ist es so weit. Giorgio wartet um 11.25 Uhr in seinem Ford hundert Meter von der Haftanstalt entfernt, hinter ihm steht ein gestohlener blauer Alfa Romeo Alfetta, mit dem Kennzeichen OB-NC 73.

In der Anstaltskirche singen die Gefangenen „Er weckt mich alle Morgen“, als es einen lauten Knall gibt und die Stahltür an der Westseite des Gefängnisses aus den Angeln fliegt. De Ciccos Spezialisten haben Dynamit genommen, und die Wucht der Explosion schleudert die 2,15 mal 1,07 Meter große Tür aus sieben Millimeter starkem Stahl mehr als fünfzehn Meter weit durch die Luft.

Während sich die meisten Häftlinge auf den Boden werfen und dann ungläubig auf das Loch starren, das sich in der Mauer auftut, laufen Maglio und die beiden Jugoslawen los. Zwei andere Häftlinge, die nicht eingeweiht sind, nutzen die Gelegenheit und spurten ebenfalls ins Freie.

Giorgio sieht Maglio kommen. Der Italiener läuft zu dem gestohlenen Alfa, der hinter Giorgios Wagen steht, und wirft sich in den Kofferraum. Giorgio gibt Gas, der andere Wagen folgt ihm. Er steuert direkt auf die Autobahn Richtung Dortmund. Nach wenigen Kilometern steigt Maglio auf einem Parkplatz um in einen anderen Wagen. Wieder klettert der Befreite in den Kofferraum, wie Giorgio beobachten kann. Er ist aufgeregt, aber er bemüht sich, gelassen zu bleiben. Sie fahren weiter, den geklauten Alfa lassen sie stehen. Bloß keine Fehler machen, denkt Giorgio, nicht zu schnell fahren, nicht zu hektisch reagieren. Alles läuft wie geplant.

Der Zeitpunkt für die Befreiung ist perfekt gewählt. Es ist ohnehin der letzte Hofgang für Maglio in Bendahl, nur zwei neue Assistenten-Anwärter bewachen die Häftlingsgruppe. Die Polizeireviere der Stadt sind zu dieser Zeit nur schwach besetzt, und das Sondereinsatzkommando der Polizei beschützt den CDU-Wahlkampfauftakt in Essen.

Völlig problemlos erreicht der kleine Konvoi die Abfahrt in Dortmund, wo Landsleute den Flüchtling übernehmen. Einer von ihnen versteckt Maglio zwei Wochen in einer Wohnung in Dortmund, bevor der Gejagte sich nach Italien absetzt. Dort wird er gleich nach seiner Ankunft von Cirillo, dem Mönch, zum Camorrista getauft. Wegen seiner guten Leistungen in Deutschland hat er eine Karrierestufe übersprungen.

In Deutschland spekuliert die Polizei indes, Maglio sei möglicherweise befreit worden, um ihn anschließend umzubringen. Er wisse einfach zu viel und könne den italienischen Bossen gefährlich werden. Aber das ist falsch. Zwar wird Maglio tatsächlich ein paar Jahre später erschossen, aber das hat andere Gründe. Zu jener Zeit ist Maglio noch ein angesehener Mann, den De Cicco persönlich in den Clan eingeführt hat und für den er sich verantwortlich fühlt.

„Mafia sprengt deutsches Gefängnis", titeln die Zeitungen, und die Befreiungsaktion, die man in dieser Dreistigkeit bislang nur aus Filmen kannte, rückt der Polizei mit einem Mal ins Bewusstsein, dass sich da mitten in Deutschland eine neue Dimension der Kriminalität entwickelt hat. Zeugen und Ermittler erhalten übereilt Personenschutz, aber Maglio ist mehr an seiner Freiheit in Corigliano interessiert als an Rache.

Für Giorgio ist die Befreiung Maglios eine Bewährungsprobe, die erste wirkliche Straftat, und er hat seine Sache gut gemacht. Jetzt will er zunächst einmal Gras darüber wachsen lassen. Vielleicht ist er ja doch gesehen worden, oder jemand hat sein Kennzeichen notiert. Er beschließt, nach Corigliano zu fahren. Und diesmal kommt Gabriele mit.

Sie fahren die lange Strecke mit dem Auto, aber es ist dennoch eine schöne Reise. Der Frühling verwandelt ganz Italien in ein Meer von Blumen und Blüten, und die Luft ist erfüllt vom Blütenduft. Sie treffen am 24. April 1980 in Giorgios Heimatort ein. Es ist der Tag vor dem Höhepunkt der Feiern zu Ehren des

Schutzpatrons von Corigliano, des Heiligen Franz von Paula. Gefeiert wird immer vom 23. bis 25. April.

Weil Giorgios Vater Battista sich weigert, ihnen die Schlüssel für sein Haus in Schiavonea zu überlassen, besucht Giorgio gleich nach seiner Ankunft De Cicco im Gefängnis. Das Leben dort ist für die Häftlinge im Vergleich zu anderen Gefängnissen sehr erträglich, denn die Wächter machen meist das, was die Mafiosi wollen. Es fehlt ihnen eigentlich an nichts, außer dass sie sich frei bewegen können.

Es ist für Giorgio überhaupt kein Problem, De Cicco im Gefängnis zu treffen. Die beiden Männer umarmen und küssen sich. „Es ist alles vorbereitet", sagt De Cicco. Er ruft den Wächter, einen kleinen, runden Mann mit bleichen, eingefallenen Wangen und schickt ihn los, Marazzo zu holen, der mittlerweile aus der Untersuchungshaft entlassen worden ist. Er soll eine Unterkunft für den Besuch aus Deutschland besorgen. Der Beamte beeilt sich.

Nachdem Marazzo Giorgio und Gabriele in einem kleinen Hotel untergebracht hat, besuchen die beiden seine Schwester Maria, die unten am Meer im Haus des Vaters lebt und dort mit ihrem Mann ein bescheidenes Dasein führt. Sie reden viel über Sophia und deren Flucht. Giorgio und Maria sind sich einig, dass sie, trotz allem, was geschehen ist, nicht einfach hätte abhauen dürfen, und erst recht nicht zu diesem Strolch Alfonso. Sie wundern sich, wie die beiden sich überhaupt kennenlernen konnten. Aber eigentlich, da sind sie sich einig, trägt der Vater die Schuld.

Am nächsten Tag besuchen sie die Feierlichkeiten in Corigliano. Die ganze Stadt ist auf den Beinen, Straßen und Gassen sind geschmückt mit bunten Lichtern und Girlanden. Überall sind Buden aufgebaut, es duftet nach Gebratenem und nach Süßem. Sänger aus der Umgebung bieten ihre Künste dar, es herrscht ein Gedränge und Geschiebe in den engen Straßen, und der Abend endet mit einem wundervollen Feuerwerk, dessen Glanz sich im

Meer spiegelt. Gabriele ist begeistert, und Giorgio ist froh, dass es ihr gefällt.

Am nächsten Morgen ziehen sie um in einen Bungalow am Meer. Giorgio fährt nun täglich zum Gefängnis, um De Cicco zu besuchen. Völlig überraschend stellt der ihm eines Tages Giuseppe Cirillo vor, den Mönch, den Boss aus Sibari. Er sitzt ebenfalls in Haft. Giorgio sieht ihn nur dieses eine Mal, er ist ein großer, kräftiger Mann mit weißem Bart und weißen Haaren.

„Das ist mein Neffe Giorgio“, sagt De Cicco. „Ich hoffe, dass ich ihn bei mir behalten kann, wenn wir wieder draußen sind.“ Und Cirillo antwortet: „Das würde mich freuen. Wir brauchen gute Jungs in unseren Reihen.“ Er reicht Giorgio die Hand und küsst ihn. Dann geht er ohne ein weiteres Wort zurück in seine Zelle.

„Das ist er“, sagt De Cicco und schaut Giorgio ernst an. „Wenn du dich eines Tages entscheidest, zu uns zu kommen, dann wird er die Taufe vornehmen.“ Giorgio will dazugehören. Das ist in diesem Moment sein größter Wunsch. Er will werden wie sie, diese ernsten Männer, denen mit Respekt begegnet wird und deren Wort Gewicht hat. Wenn er sich bewährt und keine Fehler macht, dann wird De Cicco ihn vorschlagen. Und er wird keinen Fehler machen, da ist sich Giorgio ganz sicher.

Giorgio kommt sich vor wie in einem Film. Er ist gerade erst zwanzig Jahre alt geworden, und plötzlich befindet er sich in einer Welt, die er nur aus Erzählungen und in seiner Phantasie kennt. Er spricht mit den höchsten Ehrenmännern seines Heimatortes. Er, über den sie als Kind gelacht haben und über dessen Familie sie lästerten. Und er hat sogar den Paten kennengelernt, den Vater aller Getauften. Er hat schon jetzt das Gefühl, zu ihnen zu gehören.

Giorgio erlebt eine wundervolle Zeit in Italien. Er wohnt in einem Haus am Meer und geht täglich schwimmen. Er sieht seine Schwester Maria regelmäßig, und auch mit Gabriele versteht er sich ausnahmsweise gut.

Nach einigen Wochen schickt De Cicco ihn zurück nach Deutschland. „Warte dort, bis ich rauskomme. Ich gebe dir Bescheid, und dann kommst du her“, sagt er. Giorgio und Gabriele packen ihre Sachen in den Alfa Romeo, sie verabschieden sich von Maria und fahren zurück nach Mülheim.

Sofort nach ihrer Rückkehr schmeißt Giorgio seinen Job bei McDonald's. Er will etwas Eigenes aufziehen. Doch zunächst schickt ihn das Arbeitsamt auf einen Förderlehrgang – wo er auf einen Mitschüler trifft, der in Mülheim eine Trinkhalle betreibt. Die Idee mit der Trinkhalle fasziniert Giorgio. In den Augen des Zwanzigjährigen, der als Kind für die Nachbarn einkaufen ging und mit geklauten Lippenstiften handelte, ist ein Kiosk eine große Sache, der erste Schritt ins Unternehmertum.

Er ruft bei mehreren Brauereien und Großhändlern an und erkundigt sich nach freien Trinkhallen. Sein Erspartes, ein paar tausend Mark, reicht als Startkapital. Er findet eine Holzbude an der Hingbergstraße, nicht weit von seinem Elternhaus entfernt, und unterschreibt den Pachtvertrag. Bei einem Großhändler verpflichtet er sich, nur dessen Waren zu beziehen, und eröffnet nun voller Stolz seine Trinkhalle, etwa einen Kilometer vom Heißener Marktplatz entfernt, dem zentralen Platz in Mülheim-Heißen.

Die Sache lässt sich gut an. Seine Kunden bringen ihm bald geklaute Zigaretten und Schnapsflaschen, die er ihnen für wenig Geld abnimmt und zum regulären Preis verkauft. Morgens um sechs Uhr machen Gabriele und er die Bude auf, sie haben frische, belegte Brötchen im Angebot, und die Umsätze entwickeln sich gut. Aber der Erfolg hält nicht lange an. Vielleicht ist er noch zu jung.

Schon nach wenigen Wochen bleibt er immer länger im Bett liegen, es wird sieben, dann acht, manchmal auch neun Uhr. Erst beschweren sich die Lieferanten, dann bleiben die Kunden weg. Der Ärger mit dem Großhändler lässt nicht lange auf sich warten, und schon bald bleibt Giorgio nichts anderes übrig, als die Trinkhalle zu verkaufen. Er hat Glück und findet einen Käufer, der ihm zehntausend Mark für die Bude bezahlt. Von dem Geld leistet er sich einen dunkelblauen Alfasud mit 1,5-Liter-Turbomaschine. Sechs Monate hat seine erste Existenz als Unternehmer gedauert.

Im Herbst, am 4. Oktober, kommt Sophias Tochter zur Welt. Giorgio und Gabriele sind die Einzigen, die sie im Krankenhaus besuchen. Alfonso, ihr Freund, ist nach Argentinien abgehauen. Er kommt erst nach der Geburt seiner Tochter zurück, und Giorgios Vater Battista besteht darauf, dass er Sophia heiratet. Denn nur so lasse sich die Ehre der Familie wiederherstellen, meint er. Das Problem ist nur, dass Sophia noch nicht einmal sechzehn Jahre alt ist. Wer soll die beiden trauen?

Wieder ist es De Cicco, dem es gelingt, dank guter Beziehungen zur Kirche, innerhalb weniger Tage einen Priester zu finden. De Cicco ist gerade unter Auflagen aus der Haft entlassen worden. Die Ausnahmegenehmigung für die Hochzeit wird in Rossano erteilt, die Trauung soll Anfang 1981 in Corigliano stattfinden.

Irgendjemand hat ein ernstes Wort mit Alfonso geredet und ihn davon überzeugt, dass es besser für ihn wäre, in die Heirat einzuwilligen. Das ist ihm nicht leicht gefallen, denn er hat nie damit gerechnet, dass er so früh seine Freiheit verlieren würde. Doch wenn Alfonso sich geweigert hätte, wäre er ein toter Mann gewesen. Auch dafür hätte De Cicco gesorgt.

Also reist die ganze Familie mit Alfonso nach Corigliano. Dort hat De Cicco schon alles arrangiert, selbst die Ringe hat er gekauft. Und er hat wahrhaftig an alles gedacht. Denn vor der Trauung nimmt der Pater Alfonso noch einmal die Beichte ab und geht gleich anschließend zu De Cicco. „Der Bräutigam beschwert sich zu viel“, sagt er ihm. „Er sagt, er heirate nicht aus freiem Willen, sondern nur, weil ihr ihn dazu zwingt. Passt gut auf ihn auf, sonst haut er euch ab.“

De Cicco überlegt nicht lange. Er geht zu Alfonso, packt ihn an den Ohren und zieht ihn ganz nah an sich heran. „Mach keinen Mist, sonst bringe ich dich um“, knurrt er. „Und wenn ich dich nicht kriege, weiß ich, wo deine Mutter wohnt. Vergiss das nie“, droht er und stößt den verängstigten Bräutigam von sich. Und so findet die Hochzeit wie geplant statt.

Im Nachhinein denkt Giorgio oft, dass es ein Fehler gewesen ist, seine Schwester Sophia mit Alfonso zu verheiraten. Sie hätten ihn ziehen lassen und Sophia Zeit geben sollen, sich in aller Ruhe einen anständigen Mann zu suchen. So muss seine Schwester einen Mann heiraten, der nichts taugt, den sie nicht liebt und der sie nicht liebt und den sie nur nimmt, um die vermeintliche Ehre des Vaters wiederherzustellen.

Ein paar Tage später wird Sophias Tochter Sonia getauft, und so scheint die Welt immerhin nach außen in Ordnung. Nach einer kleinen Feier fährt die Familie zurück nach Mülheim. Niemand ist glücklich, aber der Vater ist zufrieden.

Nach der schnell und reibungslos arrangierten Hochzeit bewundert Giorgio De Cicco noch mehr. Er hat alles im Griff, und er hat der Familie geholfen. Er hat ihr Ansehen wiederhergestellt. Giorgio liebt den Mafioso mehr als seinen Vater, er wäre für ihn in den Tod gegangen.

Aber De Cicco ist ein typischer Mafioso, der nichts ohne Hintergedanken tut und alles dem eigenen Vorteil unterordnet.

4

Tod im Schweinestall

Im Frühjahr 1981 unternimmt Giorgio Basile den vorerst letzten Versuch, in seinem erlernten Beruf zu arbeiten. Er unterschreibt einen Vertrag bei Krupp als Betriebsschlosser, und sein Meister schickt ihn sofort auf Montage ins Kernkraftwerk Krümmel bei Hamburg. Das Kraftwerk liegt an der Elbe, und von dort ist es nur eine gute Stunde bis zur Reeperbahn im Hamburger Vergnügungsviertel St. Pauli.

Er bleibt zwar nur eine Woche in Krümmel, aber die Zeit für einen Reeperbahnbummel will er sich trotzdem nehmen. Der Rummel und die Puffs gehören zum Pflichtprogramm der Arbeiter, wenn sie schon einmal in der Nähe der Hansestadt sind. Giorgio fährt mit mehreren Kollegen in die Stadt, sie trinken ein paar Bier und beglotzen die Mädchen, die in der Davidstraße anschaffen oder in Schaufenstern der Herbertstraße sitzen und dort zeigen, was sie haben, und sagen, was sie machen.

Natürlich reden alle Kollegen über Sex und über die Vorzüge der Frauen, die sich ihnen feilbieten, aber aufs Zimmer will mit ihnen keiner gehen. Und so bleibt es bei ein paar Bier und einer kurzen Nacht mit wenig Schlaf.

In der Woche darauf muss Giorgio zunächst auf eine Baustelle nach Eschweiler fahren, anschließend nach Bad Essen, wo eine Brücke über den Mittellandkanal gebaut wird. Die Brücke, eine Stahlkonstruktion, wird am Ufer zusammengefügt und soll dann mit einem Schwimmkran millimetergenau an die richtige Position gebracht werden.

Als es so weit ist, steht Giorgio hinten auf dem Deck des Krans, der die Brücke anhebt und über dem Wasser balanciert. Plötzlich verrutscht die schwere Stahlkonstruktion und kracht auf den Bug des Schwimmkrans. Mehrere Arbeiter werden schwer verletzt. Giorgio kommt mit einem Schock davon. „Es ist mein Glück, dass ich mich immer von der Arbeit ferngehalten habe", sagt er später jedes Mal, wenn er von dem Unfall erzählt.

Gleich am nächsten Tag packt Giorgio seine Sachen, fährt zu Krupp nach Rheinhausen und kündigt. Ihm ist klar, dass er nie wieder in diesem Beruf arbeiten wird. Erst zerquetschte eine Maschine ihm den Daumen, und nun hätte ihn der Job beinahe das Leben gekostet. Es war purer Zufall, dass er nicht ebenfalls zumindest schwer verletzt wurde. Durch einen Arbeitsunfall will er nicht sterben. Es reicht ihm.

Kurz darauf, im Frühsommer, kommen De Cicco und Finuzzu nach Deutschland. Die beiden Männer fahren mit der Bahn, Giorgio holt sie in Duisburg am Hauptbahnhof ab. Sie haben schwere Koffer dabei, die sie keinen Moment aus den Augen lassen. Giorgio begrüßt sie mit einem Kuss auf die Wangen, wie es in der 'Ndrangheta üblich ist.

Er ist wirklich froh, die beiden Männer aus dem Süden zu sehen. Sein Leben in Mülheim verläuft ziemlich ereignislos, und er hat auch keine Vorstellung davon, was er in Zukunft dort machen soll. Die Ankunft von De Cicco und Finuzzu verspricht zumindest Abwechslung.

Giorgio überlässt den beiden Mafiosi seine kleine Wohnung an der Hingbergstraße, eineinhalb Zimmer, ganz in der Nähe seiner ehemaligen Trinkhalle. Er selbst zieht erst einmal zu Gabriele. Giorgio soll die beiden Männer in seinem Wagen chauffieren, denn sie sprechen kein Deutsch und kennen sich nicht aus im Ruhrgebiet.

De Cicco und Finuzzu haben einiges vor in Deutschland. Der Boden ist für sie in Italien nach all den Verhaftungen zu heiß geworden. Die Fahnder der Carabinieri sind ihnen auf der Spur, sie haben einige Freunde ins Visier genommen, und deshalb müssen sie vorsichtig sein.

Sie planen daher, ihren Aktionsradius auf das Ruhrgebiet auszudehnen, wo sich eine große Gemeinde italienischer Gastarbeiter fest etabliert hat. Es gibt italienische Restaurants und Lebensmittelhändler und viele Menschen aus Corigliano und Umgebung, die sicher bereit sind, ihnen einen kleinen Gefallen zu tun. De Cicco trifft sich auch heimlich mit Giorgios Mutter, aber das weiß ihr Sohn damals noch nicht.

Für den Anfang haben die Gangster Beute aus Raubüberfällen und Einbrüchen dabei, überwiegend Gold und Schmuck, sowie jede Menge Bargeld, italienische Lire aus Überfällen und Schutzgelderpressungen, die in sauberes Geld gewechselt werden müssen. Denn möglicherweise sind die Scheine registriert, und es ist in jedem Fall besser, damit nicht in Italien erwischt zu werden.

Giorgio hat einen Freund in Gelsenkirchen, Cosimo, einen Zuhälter. Er ist einer der Ersten, die sie besuchen. Er soll ihnen helfen, den Schmuck an verschiedene Hehler zu verkaufen. Giorgio sieht, wie De Cicco dem Zuhälter ein Paket mit Ringen, Ketten und Uhren übergibt. Cosimo verspricht, sich darum zu kümmern, und ein paar Tage später blättert er De Cicco und Finuzzu eine Menge Geldscheine auf den Tisch. So viel Geld hat Giorgio noch nie auf einem Haufen gesehen.

Gleichzeitig beginnen sie, das Bargeld zu tauschen. Sie wechseln Lire in D-Mark und dann wieder in Lire. Es dauert einige Tage, bis sie ihre schmutzigen Scheine in sauberes Geld verwandelt haben, da sie jeweils nur kleine Summen wechseln können. Banken, das merken sie, sind sehr misstrauisch und verlangen selbst bei kleineren Summen einen Ausweis. Sie haben Angst vor Falschgeld. Bei der Post ist das viel leichter, aber auch dort müssen sie vorsichtig sein.

Giorgio fühlt sich hervorragend. Es erfüllt ihn mit Stolz, dass De Cicco seine Hilfe braucht. Er fährt den Wagen, führt die Gespräche und sorgt dafür, dass De Cicco und Finuzzu zufrieden sind. Die beiden Männer haben es nicht eilig, wieder zurück nach Italien zu fahren, und Giorgio ist das recht.

Im Herbst reist Finuzzu ein paar Mal nach Corigliano und holt Autos ab, die dort gestohlen wurden oder die ihre Besitzer verschwinden lassen wollen, um die Versicherungssumme zu kassieren. Cosimo kennt ein paar Besitzer von Werkstätten in Deutschland, die solche Wagen auseinander nehmen und die Einzelteile verkaufen.

Sie beginnen nun auch, Deutsche zu überreden, ihnen ihre Autos anzuvertrauen. Sie sollen ihnen die Schlüssel geben, und erst einen Tag später bei der Polizei Anzeige erstatten.

Ersatzteile für Mercedes, BMW und VW sind teuer in Italien, und man muss lange darauf warten. Giorgio, Cosimo und ein weiterer Mann aus Corigliano, Vincenzo, fahren die Wagen nach Italien, bringen sie in die Werkstatt eines Mannes namens Falcone, der sie sofort ausschlachtet. Sie selbst fliegen von Bari oder Neapel unverzüglich zurück nach Deutschland. Es ist ein lukratives Geschäft.

Auf dieselbe Art lässt Giorgio auch seinen dunkelblauen Alfa verschwinden. Er bekommt dafür viertausend Mark vom Hehler und die Versicherungssumme von zehntausend Mark, denn der Wagen ist gerade erst ein Jahr alt. Giorgio fühlt sich bereits wie ein Profi.

Das Weihnachtsfest verbringt Giorgio mit Gabriele, seiner Schwester Sophia und deren Tochter Sonia bei seinen Eltern in der Oststraße. Sonia hält sich ohnehin die meiste Zeit bei ihm und Gabriele auf. Sophia lebt immer noch in ihrer Wohnung an der Quellenstraße. Mittlerweile erhält sie Sozialhilfe, denn ihr Ehemann Alfonso hat sich aus dem Staub gemacht. Ihr Vater Battista regt sich darüber kaum auf, solange seine Tochter nur verheiratet bleibt.

De Cicco ist mittlerweile wieder nach Italien zurückgekehrt.

Im Januar 1982 erhält Giorgio Nachricht von ihm. „Komm her, ich brauche dich", sagt er am Telefon. Giorgio überlegt nicht lange. Er fährt los, allein. Er spürt, dass es nun ernst wird. Gabriele will er später holen.

Es ist kalt in Kalabrien, als Giorgio ankommt. Schnee bedeckt die Gipfel der Berge, und ein eisiger Wind fegt durch die Gassen Coriglianos. Auch wenn die Sonne scheint, klettern die Temperaturen kaum über den Gefrierpunkt.

Giorgio ist aufgeregt. De Cicco hat angekündigt, ihn nun in die Ehrenwerte Gesellschaft von Corigliano einzuführen. Sein Heimatort gehört immer noch zum Machtbereich von Cirillo, dem Mönch, aus Sibari. Doch zumindest in Corigliano ist De Cicco der Boss, auch wenn er seine Einnahmen bei Cirillo abgeben und dessen Anweisungen befolgen muss. Neben De Cicco gibt es noch weitere getaufte Ehrenmänner im Rang eines Sgarrista, doch das Sagen hat er.

Antonio Marazzo, Spitzname Bandit, kennt Giorgio bereits. De Cicco hat ihn nach dem Tod von dessen Frau aus der Gosse geholt, und er ist ihm treu ergeben. Er ist knapp 1,60 Meter groß, dick, er hat einen dichten Schnurrbart und trägt immer eine Schiebermütze. Marazzo war bei vielen zurückliegenden Morden dabei und verwaltet zuverlässig die Kasse in Corigliano. „Was willst du hier?", fragt ihn Marazzo, „das Leben in Deutschland ist viel besser für dich." Er ist nicht begeistert davon, dass Giorgio auf dem Weg ist, eine Karriere als Krimineller einzuschlagen, wie er ihm später einmal anvertraut. Er könne doch in Deutschland gut leben, ohne kriminell zu werden, meint er.

Mit Finuzzu hat Giorgio ein Großteil des vergangenen Jahres in Mülheim verbracht. Finuzzu war schon immer ein Gangster, der ohne Skrupel Straftaten beging, von der Schutzgelderpressung bis hin zum Mord. Als sie sich 1980 das erste Mal in Corigliano begegneten, hätte sich Giorgio beinahe mit ihm um einen Parkplatz geprügelt. Er war zutiefst erschrocken, als De Cicco ihm den Mann am selben Abend beim Essen vorgestellt hatte. Glücklicherweise war er nicht böse auf ihn gewesen, sondern hatte nur wegen seines Temperamentes über ihn gelacht. „Du musst ruhiger werden, mein Junge“, hatte Finuzzu gesagt und ihm auf die Schulter geklopft. Giorgio mag ihn sehr.

Giuseppe Fabbricatore – Spitzname der Blonde – sieht Giorgio an diesem Tag zum ersten Mal. Er ist ein großer, gutaussehender Mann mit einem mächtigen Schnurrbart. Er ist mit einer Spanierin verheiratet und wurde vor langer Zeit von Finuzzu in den Clan eingeführt. Mit zahlreichen Morden hat er sich schnell großen Respekt verschafft. Außerdem sind da noch Antonio Bruno und Santo Carelli, die Giorgio aber erst später kennenlernen wird.

Von allen ist De Cicco für Giorgio der Ehrwürdigste. Er wurde in Corigliano geboren und ist bei Pflegeeltern in einer Großfamilie aufgewachsen. Für Giorgio ist er der Ehrenmann schlechthin. Er hat einen gepflegten Oberlippenbart, der bis unter die Mundwinkel hinabreicht, so wie ihn viele Mafiosi tragen.

De Cicco achtet sorgsam darauf, nicht zu dick zu werden, und trägt stets Anzüge und ein Seidentuch um den Hals. Aus gesundheitlichen Gründen trinkt er kaum Kaffee, sondern meistens Tee und selten Wein. Obwohl er der einflussreichste Mafioso in Corigliano ist, kann er kaum lesen und schreiben. Er hat keinen Führerschein und fährt deshalb einen Motorroller, eine rote 150er Vespa.

Cirillo, der Mönch, hat ihm Ende der siebziger Jahre die Macht über Corigliano anvertraut, und De Cicco begann sofort, sämtliche Kriminelle aus dem Weg zu räumen, die entweder nicht organisiert waren oder sich seiner Macht nicht beugen wollten. Mehrere Narben von Messerkämpfen im Gesicht sind Zeichen der Brutalität, mit der er seinen Aufstieg in der 'Ndrangheta vorantrieb. De Cicco ist ein Mafioso alten Stils, ein Räuber und Erpresser, der stets auf Gewalt als Mittel zur Durchsetzung seiner

Ziele setzt. Er ist sehr gefürchtet in Corigliano, wie Giorgio immer wieder mit Bewunderung feststellt.

Jeder dieser Ehrenmänner hat einen Jungen dabei, als Fahrer und rechte Hand. Zwei von ihnen kennt Giorgio bereits, Vincenzo und Cosimo, einen Schwager von De Cicco.

De Cicco erklärt Giorgio die Regeln, die wichtigste ist unbedingter Gehorsam. Sie müssen ihre gesamte Beute bei einem Mafioso im Rang eines Sgarrista abliefern. Drogenhandel und Zuhälterei sind verboten. Es gibt zwar Frauen, die in Corigliano Prostitution betreiben, Pipinella etwa, und das wird geduldet. Aber es ist keinesfalls erlaubt, selbst Frauen auf den Strich zu schicken.

Daran müssen sich auch die Zuhälter aus dem Norden halten, die in den Sommermonaten nach Schiavonea kommen, um dort mit ihren Huren die Ferien zu verbringen. De Cicco geht dann zu ihnen, lädt sie zum Essen ein und erklärt ihnen die Regeln. Das hält die Ehrenmänner jedoch nicht davon ab, mit den Frauen zu schlafen.

Die Mafiosi im Rang der Sgarristi treffen sich jeden Abend. Sie essen zusammen, trinken Wein und reden. Meist geht es ums Geschäft, also wer zu zahlen hat, was noch zu zahlen ist oder ob die Summen noch angemessen sind. Keine Veränderung in Corigliano bleibt den Mafiosi verborgen: ob neue Polizisten ankommen, eine Baustelle eingerichtet oder ein neues Geschäft eröffnet wird. Jedes Mal beratschlagen sie, was zu tun ist.

Restaurants besuchen sie nur selten. Meist treffen sie sich in Hinterzimmern bei Bäckern und Metzgern, in den Kantinen der Plantagen und Fabriken. Sie werden immer gut bewirtet und wechseln täglich den Ort ihrer Treffen, aus Sicherheitsgründen. Die meisten Leute, zu denen sie kommen, sind Vertraute – Leute, die Waffen verstecken, Geld waschen oder Schecks für sie einlösen und dafür in Ruhe gelassen werden.

Manchmal haben diese Ehrenmänner von Corigliano auch einfach Langeweile. Dann kommt es vor, dass sie sich Leute bestellen, mit denen sie ihren Spaß treiben. Nach Mafia-Art.

Eines Abends sitzen sie in der Wohnung des Schwiegervaters von De Cicco unten am Meer zusammen. De Cicco, Marazzo, Finuzzu, Fabbricatore und einige andere sind dabei. De Cicco ruft Cosimo und Vincenzo herbei. „Geht und holt Alfonso", befiehlt er.

Giorgio kann Alfonso nicht ausstehen. Er ist der Mann, mit dem seine Mutter damals in Mülheim-Speldorf ein Verhältnis gehabt haben soll und den sein Vater für den Erzeuger seiner Schwester Sophia hält. Noch dazu ist er ein Verwandter von Sophias Ehemann, der sie geschwängert und im Stich gelassen hat. „Buona sera", sagt Alfonso unterwürfig, als er De Cicco begrüßt. Er küsst ihm ehrfürchtig die Hand.

„Was erzählst du über mich?", herrscht ihn De Cicco an und gibt ihm vor versammelter Mannschaft eine Ohrfeige. „Ich habe nichts gesagt", stammelt Alfonso. De Cicco schlägt wieder zu, und alle Männer lachen. Auch Giorgio.

De Cicco hat offensichtlich seinen Spaß daran. Er schlägt dem Mann ins Gesicht, in den Magen, in die Weichteile, er tritt ihm in den Hintern. Die anderen johlen und feuern ihn an. Alfonso hat keine Chance. Jede Gegenwehr wäre sein Todesurteil. So ist es in der Mafia: Die Bosse dürfen sich alles erlauben, wer aufbegehrt, wird umgelegt.

Am Ende schreitet De Ciccos Schwiegervater ein. „Hör auf", sagt er. „Du bringst ihn noch um, und ich werde verhaftet." Doch De Cicco lacht. Er will einfach seinen Spaß haben. Als er von seinem Opfer ablässt, ist Alfonso halb ohnmächtig. Sein Gesicht ist geschwollen, er kann sich kaum auf den Beinen halten. Cosimo und Vincenzo müssen ihn nach Hause tragen. Dabei hat Alfonso noch Glück. Anderen werden die Gliedmaßen gebrochen, oder sie werden mit Knüppeln traktiert. Nachdem Alfonso weggebracht worden ist, essen und trinken die Mafiosi weiter, als wäre nichts geschehen. Für sie ist es ein angenehmer Abend.

Langsam wird es Frühling. Mit den steigenden Temperaturen treffen sie sich jetzt wieder öfter unten auf dem Grundstück von De Cicco. Durch die Schneeschmelze führt der Corigliancto viel Wasser. Die Mandarinenbäume treiben ihre Knospen aus, und die Hirten lassen ihre Schafe schon wieder weiter oben in den Bergen weiden.

Giorgio fährt mit De Cicco die üblichen Touren, auf denen er das Schutzgeld der Geschäftsleute eintreibt. Die Leute sind so eingeschüchtert, dass es gar nicht notwendig ist, ihnen mit weiteren Drohungen Angst einzujagen. Hin und wieder hört Giorgio von Überfällen und bekommt mit, wie junge Burschen ihre Beute bei De Cicco abliefern. Giorgio erhält regelmäßig Geld von ihm. Es ist nicht viel, aber es reicht, denn er hat kaum Kosten. Fast alles ist für ihn umsonst in Corigliano.

Finuzzu nimmt Giorgio jetzt öfter mit hinaus zu seinem Grundstück, das abseits des Städtchens am Meer liegt. Es ist ein großes Stück Land, weit weg von anderen Häusern. Sie sind dort ungestört. Finuzzu bringt ihm das Schießen bei, das zum Handwerk eines jeden Mafioso gehört.

Finuzzu hat eine riesige Waffensammlung. Er ist vernarrt in seine Gewehre, Revolver und Pistolen, reinigt und pflegt sie mit Hingabe. Er besitzt einige doppelläufige Schrotflinten, eine Pumpgun mit kurzem Lauf, Jagdgewehre, belgische Pistolen und amerikanische Revolver.

An ihrem ersten Unterrichtstag drückt Finuzzu seinem Schüler ein großkalibriges Gewehr in die Hand, zeigt ihm ein Ziel und sagt: „Schieß!“ Giorgio nimmt das Gewehr lässig in beide Hände, legt an und zieht den Abzugshahn durch. Es gibt einen gewaltigen Krach, und er hat das Gefühl, mit einem Knüppel erschlagen zu werden. Der Gewehrkolben hämmert mit einer solchen Wucht gegen seine rechte Schulter, dass er vor Schreck die Waffe fallen lässt. Er hat höllische Schmerzen.

Finuzzu lacht los. Er kann sich kaum halten, so sehr amüsiert er sich über das Ungeschick seines Schülers. Giorgio hat den typischen Anfängerfehler gemacht, und Finuzzu hat nur darauf gewartet. Giorgio war nicht auf den Rückschlag gefasst und hielt das Gewehr nur locker in der Hand. Nun brennt die Schulter vor Schmerz, und der erste Unterrichtstag ist beendet. Giorgio schämt sich für seine Unwissenheit und gibt sich alle Mühe, den Schmerz zu verbergen.

Beim nächsten Mal zeigt ihm Finuzzu genau, wie er mit einem Gewehr umzugehen hat. Er müsse den Kolben fest in seine Schulter pressen, erklärt er. Dann erklärt er ihm, wie man einen Menschen erschießt: Er müsse das Gewehr unten halten, bis er sich seinem Opfer bis auf wenige Meter genähert habe, bis auf die Distanz, aus der er schießen müsse.

Erst im letzten Moment dürfe er die Waffe, üblicherweise eine Schrotflinte mit abgesägtem Lauf, hochnehmen. Mit dem rechten Unterarm müsse er den Kolben fest an die Brust drücken und mit der linken Hand den Schaft ganz vorn umfassen, dort, wo meist der Lauf abgesägt wird, ihn von unten nach oben führen, zielen und abdrücken.

Er weist Giorgio auch in den Gebrauch einer Pistole, Kaliber 7,65 Millimeter, ein. „Zieh jedes Mal Handschuhe an, wenn du die Patronen ins Magazin einführst“, schärft er ihm ein. Denn beim Schießen mit der Pistole wird die Hülse, anders als bei einem Revolver, ausgeworfen, und die Polizei könnte auf der Hülse seine Fingerabdrücke feststellen.

Finuzzu ist ein guter und vor allem geduldiger Lehrer. Er zeigt Giorgio, wie die Waffen geladen werden und wie die erste Patrone in den Lauf eingeführt wird. „Vor dem ersten Schuss musst du den Schlitten zurückziehen und so den Abzug spannen. Alles Weitere geschieht dann automatisch.“ Er müsse die Pistole immer mit der rechten Hand am Griff anfassen und nie mit der linken über die rechte Hand greifen, sonst würde ihm der zurückfahrende Schlitten den Handrücken aufreißen.

Er bringt ihm bei, wie er in Eile auf kurze Distanz am sichersten zielt: „Du musst die Waffe von unten nach oben führen, so kannst du besser über Kimme und Korn das Ziel anvisieren."

Giorgio lernt schnell, und er hat eine ruhige Hand. Bald ist er ein guter Schütze; am liebsten schießt er mit der Pumpgun, einem Schrotgewehr, bei dem die Patronen durch Zurückziehen des Schaftes nachgeladen werden. Finuzzu ist sehr zufrieden mit ihm.

Dennoch geht Giorgio nicht gern mit den anderen Männern auf die Jagd. Er mag nicht auf Tiere schießen. Er hat Mitleid mit Tieren – viel mehr als mit Menschen. Tiere sind unschuldig. Sie machen keine Fehler.

Er hasst seinen Vater Battista noch heute dafür, dass der in Mülheim den Kaninchen, für die Giorgio das Jahr über Futter gesammelt und deren Ställe er sauber gemacht hat, im Herbst bei lebendigem Leib das Fell vom Leib riss. Diesen Schrei, der ihn an das Brüllen eines Kleinkindes erinnerte, kann er sein Leben lang nicht vergessen. Wie konnte sein Vater das nur tun? Wie konnte er einem unschuldigen Tier solche Schmerzen zufügen?

Mit den Menschen ist das etwas anderes, denkt Giorgio. Es gibt Regeln, und an die muss man sich halten. Menschen kennen die Regeln, und wenn sie dagegen verstoßen, dann wissen sie, was sie zu erwarten haben. Da gibt es kein Erbarmen. Er hat auch kein Mitleid mit den Unternehmern, die ihnen Schutzgeld bezahlen müssen; sie sind schließlich reich und können abgeben. Das ist in Ordnung so.

Mit den Erpressungen und Überfällen kommt eine ganze Menge Geld zusammen. Giorgio denkt oft daran, dass es klüger wäre, die Einnahmen in Firmen zu investieren, als es den Leuten einfach nur wegzunehmen. Er spricht oft mit De Cicco darüber, aber der tut seine Ideen stets als Unsinn ab.

Nur Marazzo ist für seine Vorschläge empfänglich. Eine eigene Firma hat schließlich den Vorteil, dass man sich selbst einen Job geben kann. Ein Job und eine Firma sind immer eine gute Tarnung, findet Giorgio, und Marazzo stimmt ihm zu. Wozu haben sie die guten Beziehungen in der Stadt? Marazzo, der Kassenwart in Corigliano, überredet De Cicco tatsächlich, es mit einer Baufirma zu versuchen. Für Baufirmen gebe es ständig Arbeit.

Eines Abends wird ein wichtiges Treffen anberaumt. Giorgio weiß nicht genau, worum es geht, aber es scheint, als stehe eine große Sache bevor. Sie treffen sich in einem Restaurant. De Cicco kommt mit Giorgio, Marazzo mit seinem Fahrer Vincenzo und Fabbricatore mit Cosimo. Außerdem ist da noch ein Boss aus einer anderen Stadt, der De Cicco wie einen Bruder begrüßt.

Sie setzen sich an einen langen Tisch, an dem schon einige Stadträte aus Corigliano warten. Es geht um größere Aufträge für Malerarbeiten. Sie reden, verhandeln über Umfänge und Preise, als plötzlich der fremde Boss, der De Cicco so herzlich begrüßt, aber bislang nicht gesprochen hat, das Wort ergreift.

„Meine Waffe drückt mich so beim Sitzen", sagt er. „Hat jemand was dagegen, wenn ich sie auf den Tisch lege?"

Die Leute von der Stadt bekommen große Augen, doch sie bleiben ruhig sitzen. De Cicco ist der Erste, der spricht. Er habe damit kein Problem, sagt er. Aber wenn einer es tue, dann sollten es alle anderen auch machen. Also legen er, Marazzo und Fabbricatore ebenfalls ihre Waffen auf den Tisch.

Giorgio schaut ungläubig zu. Er ist in Deutschland aufgewachsen, wo so etwas undenkbar ist. Und auch wenn er sich jetzt der Mafia zugehörig fühlt, ist das eine Situation, die seine Vorstellungskraft weit übersteigt. Doch er ist offenbar der Einzige, dem das komisch vorkommt. Die Leute von der Stadt essen ruhig weiter, und die anderen benehmen sich, als sei es das Normalste der Welt, neben Messer, Gabel und Löffel noch einen Ballermann auf dem Tisch liegen zu haben.

Natürlich bekommen De Ciccos Leute ihre Aufträge. Unter anderem sollen sie die Polizeiwache streichen und im Gefängnis eine neue Eisentür für den bevorstehenden Prozess gegen ihren Boss Cirillo, den Mönch, einbauen. Die Polizisten in Corigliano trauen ihren Augen nicht, als eines Tages die stadtbekannten Gangster mit Farbe und Pinsel anrücken, um ihre Diensträume zu streichen.

Hastig greifen sie zum Telefon und fragen bei der Verwaltung nach, ob das alles seine Ordnung habe. Doch der Auftrag ist, zumindest auf den ersten Blick, offiziell vergeben, und so müssen sie den Ganoven die Türen öffnen. Gegen ehrliche Arbeit ist nichts zu sagen, auch wenn es sich um die von Banditen handelt. Zumindest glauben die Polizisten in dem Moment, dass es sich um ehrliche Arbeit handelt.

Vom Erfolg der Baufirma beflügelt, gründen sie eine Mozzarella-Produktion und zwingen sämtliche Restaurantbesitzer und Lebensmittelhändler der Gegend, nur noch ihren Käse zu kaufen. Auch das Brot von Peppino, einem Bäcker, der mit ihnen unter einer Decke steckt, findet nun reißenden Absatz. Marazzo ist zufrieden.

Langsam wird es Sommer, und die Temperaturen steigen. De Cicco und seine Leute gehen oft schon morgens in die Berge, denn die meisten von ihnen haben eine Hütte irgendwo dort oben. Manchmal jagen sie, doch meistens nehmen sie sich Essen und Wein mit und kochen abends.

Eines Tages sind sie in merkwürdiger, alberner Stimmung. Giorgio ist dabei, aber auch die anderen Fahrer. Sie grillen. Giorgio fühlt, dass irgendetwas in der Luft liegt. Die Jungen sollen sich an den Tisch setzen, dann wird Fleisch serviert. Giorgio wird misstrauisch. „Ich habe keinen Hunger“, sagt er. „Willst du uns beleidigen?“, fragt Marazzo mit drohender Stimme.

Giorgio probiert ein kleines Stück Fleisch. Es schmeckt süßlich. Auch die anderen Jungen essen. Giorgio hält sich zurück, kaut langsam und sorgfältig. Nachdem alle einige Bissen zu sich genommen haben, kichern die Alten. „Wau, wau", bellt Marazzo. Fabbricatore miaut. Giorgio wird übel. Schließlich rücken die Alten damit heraus, was sie gegessen haben. Einen Fuchs, sagen sie. Giorgio ist froh, dass er nur so wenig genommen hat.

Scherze dieser Art ändern nichts daran, dass sich Giorgio sehr wohl fühlt in der Umgebung der Mafiosi. Sie sind wilde Gesellen, und ihm gefällt das Leben, das sie führen. Sie werden allseits respektiert und fürchten niemanden. Sie kassieren das Geld, machen Geschäfte, gehen jagen oder wandern durch die Berge. Die abendlichen Essen geben Giorgio das Gefühl der Geborgenheit in einer verschworenen Gemeinschaft. Er hat einen Platz gefunden, an dem er sich akzeptiert sieht. Er will zu ihnen gehören.

Finuzzu kann Giorgio besonders gut leiden. Der ist immer lustig und hat viel zu erzählen. Eines Tages verrät ihm Finuzzu, er habe sich eine Maus auf den Penis tätowieren lassen. Sie gehen zur Zehntausend-Lire-Frau Pipinella, und er sagt den Mädchen: „Passt auf! Gleich hole ich meine Maus raus, dann wird sie groß und wild." Dann geht er mit einer der Frauen aufs Zimmer, und als er fertig ist, darf Giorgio ebenfalls mit ihr raufgehen. Es macht ihm nichts aus, Zweiter zu sein. Es ist so üblich unter ihnen. Es gehört zum Ritual.

Giorgio ist tief beeindruckt von der Art und Weise, wie De Cicco und seine Bande die Leute erpressen und gefügig machen. Wenn jemand nicht zahlen will, geht es hart zur Sache. Einem Busunternehmer, der das Schutzgeld verweigert, zünden sie in einer Nacht sämtlich Busse an, und bei einem Autohändler lassen sie eine Bombe hochgehen. Finuzzu ist Spezialist für Sprengungen. Sie richten so lange immer höhere Schäden an, bis die Leute zahlen, um endlich wieder in Ruhe leben zu können.

Am Anfang des Sommers brennt es oft in Corigliano, aber dann hören die Anschläge allmählich auf. Wenn Giorgio in seinem Alfa De Cicco durch die Gegend fährt, scheint es ihm fast so, als wären die Leute jetzt geradezu erleichtert, ihr Schutzgeld zahlen zu dürfen. Sie sind besonders freundlich und unterwürfig; es herrscht wieder Ruhe in der Gegend.

Die Polizei ist machtlos. Hin und wieder nehmen die Beamten einen aus der Bande fest. Dann prügeln die Beamten ihn windelweich, aber nie können sie etwas beweisen. Sobald einer von ihnen in Haft kommt, holen ihre Anwälte ihn wieder raus. Keiner von ihnen redet, und die Opfer reden aus Angst ebenfalls nicht. Die Polizei ist an Recht und Gesetz gebunden, aber die Angehörigen der 'Ndrangheta leben nach eigenen Regeln – und auf Verrat steht der Tod. Das weiß jeder in Süditalien.

Von der Polizei haben die Einwohner nichts zu befürchten wohl aber von De Cicco und seinen Leuten. Seine Gegner sind entweder tot oder geflüchtet, so sehr hat er in Corigliano gewütet. Giorgio soll schon bald einen Eindruck davon erhalten, was passieren kann, wenn man sich mit ihm anlegt.

Es ist einer dieser Abende, an denen sie sich unten bei De Cicco am Fluss treffen. Sie sind alle anwesend, De Cicco, Marazzo, Finuzzu, Fabbricatore und einige andere Männer, die Giorgio nicht kennt. Sie sitzen unter den Olivenbäumen und essen. Der Tisch ist reichlich gedeckt. Es gibt Fleisch, Brot und Oliven, Wasser und Wein.

De Cicco nimmt Giorgio beiseite. „Merk dir genau, was du heute Abend sehen wirst", sagt er. „Aber halte den Mund. Sei ruhig und greife nicht ein. Tu einfach nichts."

„In Ordnung", sagt Giorgio. Da wird wohl mal wieder jemand verprügelt, denkt er.

„Warte ab", sagt De Cicco und geht wieder an den Tisch zu den anderen, die dort essen und Wein trinken. De Cicco nimmt nur Wasser.

Es beginnt wie immer, Giorgio kennt es schon. Sie machen es mit jedem ihrer Opfer so: Zunächst reden sie belangloses Zeug, beruhigen die Leute, und von einem Moment auf den anderen fallen sie über den armen Kerl her, den sie ausgesucht haben. So ist es auch diesmal.

Sie sehen sich vielsagend an, springen auf und gehen auf ihn los. Sie schlagen ihn, fesseln ihn und legen ihn auf den Boden. „Jetzt kriegst du, was du verdienst", sagt einer. Fabbricatore schlägt besonders unerbittlich zu, vielleicht weil er der jüngste der Sgarristi ist und sich profilieren will, aber auch Finuzzu und die anderen, die Giorgio nicht kennt, dreschen unbarmherzig auf ihn ein. Sie sind brutaler als sonst, zielstrebiger.

De Cicco hält sich zurück. Er schaut nur zu, genauso wie einer der unbekannten Männer, die nach Einschätzung von Giorgio einem anderen Clan angehören. Der Unbekannte bekleidet wohl den gleichen Rang. Offenbar wird eine Rechnung beglichen.

Sie schlagen so lange auf ihr Opfer ein, bis der Mann ohnmächtig wird. Dann ziehen sie ihn bis auf die Unterhose aus. Sie schleppen ihn zum Schweinstall, wo die vier oder fünf Tiere gierig quieken. Die Männer nehmen den blutigen Körper und werfen ihn in den Trog.

Wie wild stürzen sich die Schweine auf den noch Lebenden und reißen blutige Fetzen Fleisches aus dem zuckenden Körper.

Giorgio erstarrt. Doch die anderen lachen wie verrückt, was ihn noch mehr erschreckt. Die Gesichter von De Cicco und Marazzo sind ekstatisch verzückt, die Bilder brennen sich in Giorgios Gedächtnis. Gierig graben die Schweine ihre blutigen Kiefer in das Menschenfleisch und zermalmen die Knochen. In kurzer Zeit ist von dem armen Teufel kaum noch etwas übrig.

„Komm, wir gehen was trinken", sagt Giorgio zu einem der Jüngeren, den er nicht kennt. Er will einfach nur weg. Sein Blick fällt noch einmal auf Marazzo, der zutiefst befriedigt aussieht. Giorgio kann die Männer nicht verstehen. Doch er versucht, sich nichts anmerken zu lassen, und geht zurück an den Tisch, wo immer noch Speisen und Wein stehen.

Allmählich kommen auch die anderen zurück und setzen sich.

Einige essen weiter. Sie benehmen sich, als sei das, was geschehen ist, etwas Alltägliches. De Cicco setzt sich neben Giorgio. „Giorgiorillo", sagt er, diese Koseform des Namens benutzt er sonst nie. „Du hast jetzt gesehen, was mit Leuten geschieht, die einen Fehler machen."

Welchen Fehler der Mann beging, sagt er nicht. Nur dass seine Leiche nie gefunden werden soll. Lupara bianca – so heißt das in der Sprache der Mafia, die weiße Flinte, der Tod ohne Leiche. Lupara bianca ist ein besonderer Tod. Manchmal lässt es sich nicht vermeiden, dass die Leiche gefunden wird, manchmal ist es auch gewollt, als Botschaft an die anderen. Aber ab und zu, wenn Dinge innerhalb der Familie bereinigt werden müssen, ist es notwendig, dass Leute verschwinden, ohne Spuren zu hinterlassen. Das Problem ist beseitigt, und keiner verliert ein Wort darüber. Kein Gerede, keine Rache, kein Ärger. Lupara bianca. So als habe es das Problem nie gegeben. Nur den Angehörigen bleibt der Trost eines Grabes versagt.

Damals kennt Giorgio die Hintergründe noch nicht. Er ist entsetzt über die bestialische Tötungsart und, noch mehr, über die Männer, die ihre diabolische Freude daran empfinden. Die jetzt wieder am Tisch sitzen und völlig ungerührt essen und trinken. Er kann es nicht verstehen.

„Wie kann ein Schwein einen Menschen fressen?", fragt Giorgio De Cicco später, als sie allein sind.

„Lass sie ein paar Tage hungern, dann fressen sie alles. Sogar die Stiefel", antwortet er.

„Und die Knochen?"

„Auch die Knochen. Sie haben kräftige Kiefer, die alles zermalmen. In ihrer Gier fressen sie einfach alles!" Wenn man genug Zeit habe, um jemanden verschwinden zu lassen, erklärte De Cicco, seien Schweine am besten geeignet. Er scheint Erfahrung damit zu haben. Jetzt fällt Giorgio auch die Narbe wieder ein, die De Cicco am Unterschenkel hat und die von einem Schweinebiss stammt, wie De Cicco einmal erzählt hat. Damals dachte sich Giorgio nichts dabei. Jetzt liegen die Dinge anders. Giorgio schaudert.

„Und du isst ihr Fleisch, wenn du sie schlachtest?“, fragt er zögernd. „Natürlich! Soll ich sie etwa wegschmeißen? Der Mensch steckt voller Vitamine, und den Rest scheißen sie wieder aus“, sagt De Cicco sachlich. Und nach einer kurzen Pause fügt er hinzu: „Menschenfleisch ist das Beste für Schweine.“

Giorgio dreht es den Magen um, er hat Mühe, den Brechreiz zu unterdrücken. De Cicco schlachtet jedes Jahr zu Weihnachten. Die Wurst und das Fleisch haben sie stets mit großem Genuss gegessen. Nie wieder, schwört er sich, wird er bei De Cicco Fleisch essen. Nie wieder.

Bei dem grausamen Mord ist es wie sonst auch. Giorgio sieht zu, aber er ist nicht beteiligt. De Cicco hält ihn aus allem raus. Dabei will Giorgio sich bei einem Raubüberfall oder einer Schutzgelderpressung profilieren. Er möchte den anderen gern zeigen, was er draufhat. Aber De Cicco achtet darauf, dass er nie selbst handelt.

Giorgio ist jetzt schon fast ein halbes Jahr in Corigliano. Es ist Sommer und sehr heiß. Er hat zwar Gabriele versprochen, dass sie nachkommen soll, aber bislang hält er es für besser, wenn sie in Deutschland bleibt.

Hinzu kommt, dass er sich in die Tochter eines Bauunternehmers verliebt hat. Sie heißt Rosa und ist ein hübsches Mädchen. Sie mag ihn ebenfalls, wenigstens beteuert sie es immer wieder, auch wenn ihre Eltern eindeutig gegen ihre Beziehung sind. Es hat sich herumgesprochen, dass er der Fahrer von De Cicco ist, und das ist bei allem Respekt, den die Leute zeigen, keine gute Referenz. Selbst ihre Freunde haben Rosa vor ihm gewarnt.

Sie treffen sich heimlich. Einmal spürt Rosa eine Pistole in seinem Hosenbund. Sie stellt ihn zur Rede. Giorgio wiegelt ab. Das sei nur eine Gaswaffe, versucht er ihre Bedenken zu zerstreuen.

In Deutschland sei es üblich, mit so einer Knarre herumzulaufen. Zumindest fürs Erste hat er das Gefühl, sie glaube ihm. In Wahrheit bleibt ihr Misstrauen bestehen, auch wenn es sie durchaus reizt, einen so schillernden Burschen zum Freund zu haben, denn er ist nicht so ein Langweiler wie viele andere aus dem Ort.

„Finuzzu will mit dir sprechen", sagt De Cicco eines Tages zu ihm. Es gebe einen Job zu erledigen. Doch vor dem Treffen gibt er Giorgio noch eine strikte Anweisung: „Du fährst, aber du tust nichts. Du steigst nicht aus, und du greifst nicht ein." Giorgio nickt. Er hat verstanden.

Als er zu Finuzzu geht, wartet dort bereits dessen Fahrer Cosimo. Er hat praktisch denselben Job wie Giorgio bei De Cicco. Finuzzu erklärt ihnen, was sie zu tun haben.

Er habe einen Freund in Österreich, sagt er, der ein Problem habe. Er sei Besitzer einer Pizzeria, doch der Laden laufe nicht so gut, er habe Ärger mit seiner Frau und wolle zurück nach Italien. Cosimo und Giorgio sollen hinfahren und den Laden anzünden. Der Freund könne es nicht selbst machen, weil er ein Alibi für den Versicherungsbetrug brauche. Es sei keine große Sache. Etwas Geld verspricht Finuzzu ihnen auch.

Es ist gar keine Frage, dass sie fahren. Doch vorher muss sich Giorgio noch von Rosa verabschieden, die er beinahe täglich sieht. Er müsse zurück nach Deutschland, sagt er ihr. Es gebe da ein paar Dinge, die erledigt werden müssten. Nichts Besonderes, aber er müsse persönlich hin. Rosa glaubt ihm kein Wort. „Wenn du fährst, ist es aus mit uns", sagt sie. Giorgio fährt trotzdem.

Finuzzu besorgt ihnen für die Fahrt nach Österreich einen Mercedes 200. Giorgio holt Cosimo ab, und sie fahren nach Klagenfurt. Das Ziel ihrer Reise, die Pizzeria, liegt in einem Einkaufszentrum. Sie fragen nach dem Inhaber. „Schöne Grüße von Finuzzu", sagt Cosimo. Der Mann begrüßt sie erfreut. Er lädt sie zum Essen ein, und als die letzten Gäste gegangen sind, zeigt er ihnen das Restaurant und die Küche. Er erklärt ihnen genau, wo sie das Feuer legen sollen, und sagt, er werde die Hintertür offen lassen.

So weit ist alles klar. Den Rest des Abends verbringen sie in einer Disco, und dann fährt sie der Pizzeria-Besitzer ins Hotel. Die Sache soll erst in der nächsten Nacht stattfinden. Sie schlafen aus, schauen sich die Stadt an und gehen im Wörthersee schwimmen. Zwischendurch besorgen sie an einer Tankstelle einen Kanister mit zehn Litern Benzin und essen noch einmal in der Pizzeria, die sie nachts in Rauch aufgehen lassen wollen.

Giorgio hat von Anfang an kein gutes Gefühl. Cosimo ist ein Angsthase und jammert den ganzen Tag. Er ist das erste Mal im Ausland, selbst Corigliano hat er nie verlassen. Er fühlt sich fremd und unsicher. Außerdem ist es, wie er Giorgio gesteht, der erste Auftrag, den er ganz allein erledigen soll. Es sei viel zu gefährlich, meint er. Er kenne sich nicht aus, und sie könnten beobachtet werden. Cosimo trinkt ein Bier nach dem anderen, um seiner Angst Herr zu werden. Dadurch wird es nur noch schlimmer.

Giorgio hätte den Job am liebsten allein gemacht. Er brennt förmlich darauf, sich zu beweisen. Aber er hat den strikten Befehl, nicht aus dem Auto zu steigen, wenn die Sache läuft.

„Die Bosse lassen es sich in Corigliano gut gehen, und wir riskieren hier unseren Arsch“, klagt Cosimo.

„Halt's Maul“, sagt Giorgio. Er kann die Weinerlichkeit seines Komplizen nicht länger ertragen.

Die Sache geht schief. Während sie abends die Pizzeria beobachten, bemerkt Cosimo einen Wachmann und bekommt erneut Angst. Es ist ein Angestellter des Einkaufszentrums, der seine Routinekontrollen macht. Cosimo verliert fast die Nerven.

Giorgio hält es nicht länger aus. „Hör zu“, sagt er zu Cosimo, „wenn du nicht sofort aufhörst zu jammern, gehe ich hinein und erledige den Job. Aber dann sage ich auch, dass ich es war, und du weißt, was dann mit dir passiert.“ Versager mag die

'Ndrangheta nicht. Cosimo weiß das, und ihm ist klar, dass seine Weigerung den Tod bedeuten kann. Also gibt er sich einen Ruck und steigt aus. Er hat Tränen in den Augen, als er den Benzinkanister ergreift und sich auf den Weg zur Hintertür der Pizzeria macht.

Cosimo ist einfach nicht der richtige Mann für den Job. Er verschüttet viel zu wenig Benzin, benetzt nicht alle Stellen und braucht zu lange. Als er endlich die Flamme zündet, gibt es nur ein oberflächliches Feuer. Aber nun ist es zu spät. Cosimo springt zu Giorgio ins Auto, der das Gaspedal durchtritt und mit hoher Geschwindigkeit auf die Autobahn fährt. Eine halbe Stunde später sind sie wieder in Italien.

Beide sind froh, als sie Österreich verlassen haben. Cosimo, weil er es endlich hinter sich gebracht hat, und Giorgio, weil er Cosimos Gejammere nicht mehr ertragen muss. Sie fahren die ganze Nacht ohne Halt bis Rimini. Dort wollen sie ein paar Stunden ausruhen.

Giorgio ist gespannt auf Rimini. Er kennt den Ort nur aus Erzählungen von Deutschen, die dort ihre Ferien verbringen. Von Italien weiß er eigentlich gar nichts, wenn er es sich recht überlegt. Er kennt nur Corigliano und Umgebung sowie die Bahnhöfe auf dem Weg nach Deutschland. Jetzt also sieht er zum ersten Mal Rimini.

Von der Autobahn fahren sie Richtung Innenstadt mit der alten Festung und den historischen Stadtpalästen. Giorgio steuert den Wagen zu der Straße, die den Strand von den Hotels trennt. Jedes Hotel hat seinen Lido, und je exklusiver das Hotel, desto teurer der Eintritt. Aber sie haben Geld für die Rückfahrt bekommen und suchen einen Lido nahe am Yachthafen, wo die nobleren Herbergen stehen. Obwohl es noch Morgen ist, geht Cosimo direkt an die Bar und trinkt ein Bier. Giorgio mietet ein Paddelboot und genießt das Gefühl, an einem berühmten Ferienort zu sein, von dem andere in ihren Erzählungen schwärmen. Beim nächsten Mal wird er mitreden können. Ja, Rimini, ein schöner Ort, und das Wasser ist so klar, wird er dann sagen.

Mittags fahren sie weiter und erreichen Corigliano am selben Abend gegen elf Uhr. Sie halten an dem Restaurant an der Schnellstraße, wo sie schon mit De Cicco und den anderen Bossen gegessen haben. Sie bestellen ein üppiges Mahl, und als sie fertig sind, steht Cosimo auf und sagt lässig zu dem Wirt: „Wir zahlen nächstes Mal."

Giorgio ist das unendlich peinlich. Dieser Versager macht sich in die Hose, wenn er eine Pizzeria anzünden soll, und hier benimmt er sich wie ein großer Boss, denkt er. Er wird sich hier nie wieder blicken lassen, nimmt sich Giorgio vor. Schweigend bringt er Cosimo zu dessen Wohnung und fährt weiter, ohne sich zu verabschieden.

Kurz nach Mitternacht steht er vor dem Fenster von Rosa. Er wirft kleine Steinchen an die Scheibe, wie er es sonst auch immer getan hat. Es dauert eine ganze Weile, bis sie öffnet. Er solle verschwinden, sagt sie, es sei aus mit ihnen. Doch Giorgio droht, er werde ein Riesentheater machen und die ganze Nachbarschaft aufwecken, wenn sie ihn nicht hineinlasse. Er will unbedingt diese Nacht bei ihr sein. Schließlich willigt sie ein, aber es ist die letzte Nacht, in der sie mit ihm schläft.

Am nächsten Tag werden Giorgio und Cosimo zu Finuzzu und Fabbricatore gerufen. „Was ist in Klagenfurt schief gelaufen?", fragt Finuzzu. „Ich saß im Wagen", sagt Giorgio. „Sei still!", sagt Finuzzu. „Von dir wollen wir nichts hören. Cosimo soll es erklären." Der stammelt irgendwelche Ausreden, und sie glauben ihm kein Wort. Von da an ist Cosimo erst einmal unten durch, er bekommt keine Aufträge mehr und keine Prämien. Er hat das verdient, findet Giorgio.

Nach der verpatzten Affäre mit Rosa telefoniert er wieder öfter mit Gabriele, und jetzt will sie unbedingt nach Italien kommen. Er willigt ein. Warum nicht?, denkt er. Und sobald Gabriele in

Corigliano ist, spürt er, dass Rosa wohl doch mehr für ihn empfindet, als er glaubte. Jedes Mal, wenn sie sich auf der Straße oder am Strand begegnen, wirft sie ihnen böse Blicke zu, und einmal fährt sie sogar mit dem Daumen über die Kehle und bedeutet Gabriele, dass sie sie am liebsten umbringen würde. Sie hat verloren, und das mag sie nicht.

De Cicco drängt Giorgio, für immer in Corigliano zu bleiben. Je eindringlicher er auf ihn einredet, desto mehr befallen Giorgio Zweifel, ob die Entscheidung richtig ist. Die anfängliche Euphorie über das Leben in Corigliano ist verflogen, und die Anziehungskraft, die die 'Ndrangheta auf ihn ausgeübt hat, ist am Verblassen. Das Leben in der Ehrenwerten Gesellschaft läuft für ihn mittlerweile ebenso routiniert ab wie die Arbeit in der Drahtseilerei Kocks. So kann es nicht weitergehen, denkt er. Dafür ist er nicht nach Italien gekommen.

Er fährt nur noch zu De Cicco in die Altstadt hinauf, wenn er gerufen wird, und er bleibt nie länger als nötig. Dass De Cicco ihn immer ungeduldiger drängt, seine Mutter nach Corigliano zu holen, verstärkt seinen Unmut noch. Er macht weiter seinen Job als De Ciccos Fahrer, aber ohne Elan. Der Job beginnt ihn zu nerven.

Anfang Juli startet für die 'Ndrangheta das Saisongeschäft. Die Lidos mit Bars und Restaurants eröffnen in Schiavonea, und die Betreiber werden gnadenlos abkassiert. Wer nicht zahlt, den drangsalieren sie. Dann gehen sie hin, produzieren gewaltige Rechnungen und beginnen Streit. Das endet regelmäßig in Schlägereien und zerstört den Wirten das Geschäft. Ein Wirt, der sich tapfer verteidigt, verliert beinahe sein linkes Auge, als sich eine Gabel in sein Gesicht bohrt. Er blutet heftig. Danach zahlt er.

Er hat nur zwei Möglichkeiten: zahlen oder verschwinden.

So vergehen die nächsten zwei Monate. Giorgio gelangt zu der Überzeugung, dass er mehr erreichen will in seinem Leben.

De Cicco hält ihn knapp bei Kasse. Jedes Mal, wenn Giorgio Geld haben will, vertröstet er ihn. Er hat das Gefühl, dass De Cicco sich die Taschen voll stopft und ihn ausnutzt. Sicher, denkt Giorgio, er muss viel Geld an Cirillo abgeben, aber De Cicco bleibt genug übrig. Giorgio hingegen sieht kaum etwas davon. Das ist es nicht, was er sich unter Mafia vorgestellt hat. Er will größer einsteigen, eigene Geschäfte betreiben. Er will ein interessantes Leben führen. Aber De Cicco bügelt seine Vorstöße mit einer lässigen Handbewegung ab. So als sei er eine lästige Fliege.

In seiner Unzufriedenheit wendet Giorgio sich ratsuchend an Finuzzu, dem er vertraut. „Was soll ich tun? Ich will nicht ewig der Fahrer bleiben, sondern eigene Sachen mit euch machen und aufsteigen in der Organisation", sagt Giorgio zu ihm. Finuzzu hört sich seine Klagen in Ruhe an und lässt sich Zeit, bevor er antwortet: „Geh hin zu De Cicco und sag: Ich will ein Mann werden!"

De Cicco sagt Nein.

Giorgio ist enttäuscht, doch De Cicco lässt sich nicht umstimmen. Er könne das Giorgios Mutter nicht antun, sagt er und drängt erneut, dass Giorgio sie nach Corigliano kommen lassen soll. „Mal sehen", sagt er, „vielleicht ändern sich dann die Zeiten." Aber Giorgio hat schon genug gehört. Er will zurück nach Deutschland und dort versuchen, sein eigenes Ding zu machen. In Corigliano, so viel ist ihm nach dem Gespräch klar geworden, wird er nie aus De Ciccos Schatten treten. Es hat immer mehr das Gefühl, als Lockvogel für seine Mutter in Corigliano zu sein.

De Cicco ist natürlich nicht begeistert, als Giorgio ihm eröffnet, dass er nach Deutschland zurückgehen werde. Als Giorgio um Geld für die Rückfahrt bittet, windet er sich wie üblich und vertröstet ihn auf später. Schließlich leiht ein Onkel Giorgio das Geld für die Fahrkarte. In Deutschland hat er noch zwölftausend Mark auf einem Sparbuch – die Versicherungssume für seinen Alfa. Das ist nicht schlecht als Startkapital, denkt Giorgio, damit lässt sich bestimmt etwas anfangen.

Kaum ist Giorgio in Mülheim angekommen, erfährt er, wie richtig seine Entscheidung war. In Corigliano sind fast alle maßgeblichen Mafiosi verhaftet worden: De Cicco, Finuzzu, Fabbricatore, Marazzo und ihre Fahrer sowie die Stadträte von Corigliano, die ihnen damals im Restaurant die Aufträge zugeschanzt hatten. Zu den Verhafteten gehört auch ein Mann namens Santo Carelli, ein Fischer, der zum Clan gehört, den Giorgio aber noch nicht einordnen kann.

5
Die Halbwelt von Mülheim

Als Giorgio im Spätsommer 1982 nach Mülheim zurückkehrt, zieht er erst einmal zu seinem Vater Battista. Gabriele wohnt bei seiner Schwester Sophia, denn sein Vater kann sie nicht ausstehen. Er gibt ihr die Schuld daran, dass sein Sohn keiner anständigen Arbeit nachgeht und sich bei den Mafiosi in Corigliano herumtreibt. Aber damit liegt er falsch. Giorgio ist zwar mit Gabriele zusammen, aber ihre Liebe ist längst abgekühlt. Ihre Beziehung ist ein ewiges Auf und Ab, mal verstehen sie sich, mal streiten sie sich. Gabriele hat keinen großen Einfluss auf Giorgio; er kommt nur nicht richtig von ihr los, und das liegt auch an einem Mangel an Alternativen.

Giorgio macht sich Gedanken über seine Zukunft. Halbherzig liest er sogar die Stellenanzeigen, doch eigentlich will er sich selbständig machen – mit einem legalen Geschäft. Was ihm fehlt, ist die richtige Idee. Die Sache mit der Trinkhalle hat ihm eigentlich gut gefallen. Ihm ist bewusst, dass es seine Schuld gewesen ist, dass er scheiterte. Deshalb will er nun lieber etwas anderes machen. Obwohl er nicht kochen kann, hätte er am liebsten ein Restaurant eröffnet. Doch dazu fehlt ihm das Geld.

Salvatore, ein Freund aus Oberhausen, bringt ihn auf die Idee mit dem Imbiss. Salvatores Schwager betreibt eine Pizzeria, und die beiden besuchen ihn, um seinen Rat einzuholen. Giorgio denkt zunächst an eine Pommesbude. „Mach lieber eine Pizzeria auf", rät der Schwager. Als Giorgio ihm gesteht, dass er nicht die geringste Vorstellung habe, wie man eine Pizza backt, zerstreut der Mann seine Bedenken. „Ich bringe es dir bei."

Giorgio ist begeistert. Er wäre wieder sein eigener Herr, mit einem eigenen Laden, und der Rest würde von ganz allein kommen. Er erzählt Gabriele und seiner Schwester Sophia von seiner Idee, und er kann sie davon überzeugen, dass es für sie alle eine gute Sache wäre. Sogar einen Namen hat er schon. „Sonias Pizzeria" will er sie nennen, nach Sophias Tochter, die geboren wurde, als auch sein Kind zur Welt gekommen wäre, wenn Gabriele nicht versucht hätte, sich zu töten, und damit ihr Kind umbrachte.

An der Hingbergstraße entdeckt er ein Schild in einer alten Bäckerei, „Zu vermieten". Der Besitzer des Hauses wohnt direkt darüber. Giorgio spricht ihn an, und der Vermieter ist einverstanden. Noch im Herbst 1982 unterschreibt Giorgio den Mietvertrag und beantragt beim Ordnungsamt eine Lizenz für seine Stehpizzeria.

Es ist ein großer Laden in einem viergeschossigen Altbau. Das Haus ist schön, es liegt nahe der Innenstadt, nicht weit vom Hauptbahnhof entfernt, aber doch weit genug, um nicht mehr zum Bahnhofsviertel zu gehören. Giorgio kennt sich aus in der Gegend, hier ist er aufgewachsen und zur Schule gegangen, hier hatte er seine Trinkhalle.

Der Laden nimmt fast das ganze Erdgeschoss ein. Links neben dem Eingang führt eine große Tür in einen Gang, von dem das Treppenhaus zu den darüber liegenden Wohnungen abgeht. Der Gang endet in einem Hinterhof, wo die Mülleimer stehen. Der Laden hat große Fenster zur Straße und auch nach hinten zum Hof hinaus.

Leider ist die ehemalige Bäckerei völlig heruntergekommen, Giorgio und den beiden Frauen steht eine Menge Arbeit bevor. Sämtliche Räume müssen komplett renoviert werden. Sie schrauben die alte Einrichtung von den Mauern, ziehen neue Wände, sie hämmern, bohren und spachteln. Sie arbeiten Tag und Nacht, und auch Giorgios Vater Battista packt kräftig mit an. Er leiht seinem Sohn sogar Geld, als abzusehen ist, dass dessen Erspartes nicht reicht.

Giorgio kauft eine gebrauchte Imbissküche und einen Dunstabzug, und den Tresen baut er selbst. Das Stück wird zwar etwas schief, aber das schmälert keinesfalls seinen Stolz. Nur ein gebrauchter Pizzaofen lässt sich nicht auftreiben, Giorgio muss einen neuen kaufen. Aber gerade auf den Ofen will er nicht verzichten, er soll das Herzstück im neuen Laden sein. Alles läuft nach Plan.

Zu Weihnachten will er eröffnen, er wartet daher sehnsüchtig auf die Genehmigung der Behörde. Das Papier kommt tatsächlich rechtzeitig, und stolz bringt Giorgio Mitte Dezember 1982 das Schild mit der Aufschrift „Sonias Pizzeria“ über dem Eingang an.

Plötzlich ist De Cicco wieder da. Wie immer, wenn er am wenigsten mit ihm rechnet. Er ist in Corigliano aus dem Gefängnis entlassen worden und hat sich auf den Weg nach Mülheim gemacht.

„Schöner Laden“, sagt De Cicco. Sie sitzen alle zusammen in der Pizzeria, die noch nicht eröffnet hat, lassen sich das Essen schmecken, das Giorgios Mutter Schiavonea zu Hause gekocht und in der Mittagspause gebracht hat, und bemühen sich, nett zueinander zu sein. Nach dem Essen steht De Cicco auf. „Battista“, sagt er zu Giorgios Vater, „ich muss mit dir reden.“

Giorgio erfährt nicht, was die beiden Männer besprechen. Aber am nächsten Morgen sind seine Mutter und sein Bruder Giacomo verschwunden. Da kann er es sich denken: Sie sind zurück nach Italien gegangen. Giorgio versucht vergebens, sie anzurufen. Er telefoniert mit Verwandten und Bekannten, doch er erreicht sie nicht.

Ein paar Tage später bekommt er endlich De Cicco ans Telefon. „Was regst du dich auf?“, meint De Cicco lakonisch. „Du weißt doch, dass deine Mutter mich liebt und schon immer zu mir wollte.“

Das Schlimme ist, dass De Cicco recht hat. Er hat Giorgios Vater Battista gestanden, dass er der Vater von Giacomo sei, und dass er Schiavonea und ihren gemeinsamen Sohn bei sich haben wolle. Schiavonea habe ihre Pflicht getan und gewartet, bis die Kinder groß sind. Jetzt sei es so weit. Es stimmt, was De Cicco sagt, aber es fällt Giorgio unendlich schwer, es einzusehen. De Cicco und seine Mutter lieben sich, sonst hätten sie nicht so viele Jahre den Kontakt aufrechterhalten und aufeinander gewartet.

Trotzdem, beide sind verheiratet, und es ist nicht in Ordnung, was sie tun. Giorgio empfindet ihr Verhalten als Verrat gegenüber seinem Vater. De Cicco demütigt ihn, und sein Vater wehrt sich nicht. Er ist eben ein weicher Mann, ein Feigling, den Giorgio mit einer Mischung aus Mitleid und Verachtung betrachtet.

Aber Giorgio muss sich jetzt vor allem um seine Angelegenheiten kümmern. Die Pizzeria soll so schnell wie möglich eröffnet werden. Und bislang haben sie überhaupt keine Ahnung vom Geschäft. Gabriele und seine Schwester Sophia probieren sich an der Zubereitung von Soßen, und Salvatores Schwager bringt ihm bei, wie man Pizza backt. Den Ofen hat Giorgio vorsichtshalber in einem hinteren Raum versteckt, damit es den Kunden nicht auffällt, falls er etwas verkehrt macht.

Sie eröffnen „Sonias Pizzeria" am 20. Dezember 1982, einem Sonnabend, mit einem großen Fest. Sophia und Gabriele stehen an der Theke, sein Vater knetet Teig, und Giorgio backt mit Salvatores Hilfe eine Pizza nach der anderen. Der Tag ist ein Riesenerfolg, es kommen viel mehr Kunden, als sie erwartet haben.

Am Sonntag geht es so weiter, und nach zwei Stunden muss Giorgio den Laden erst einmal schließen, weil sie völlig überfordert sind. Die Vorräte sind zum Teil aufgebraucht, es ist nicht genug Teig vorhanden, und sie kommen den Bestellungen nicht mehr hinterher. Erst gegen Abend sind sie wieder in der Lage, ihre Kunden zu bedienen.

Es dauert ein paar Tage, bis sie gelernt haben, mit den Mengen klarzukommen. Giorgio sorgt dafür, dass immer genug Bleche mit Pizzateig vorbereitet sind. Er braucht zudem einige Tage, bis er ein Gefühl für den richtigen Zeitpunkt entwickelt hat, zu dem die Pizza aus dem Ofen soll. Nach einer Weile muss er immer seltener verkohlte Teigscheiben wegschmeißen, und er lernt, die Backzeit je nach Belag richtig einzuschätzen.

Dann wird Gabriele erneut schwanger und nervt ihn fortan mit ihrer Eifersucht, nicht ohne Grund. Abgesehen davon läuft alles bestens. Die Pizzeria ist so gut besucht, dass er nach wenigen Monaten einen neuen, doppelstöckigen Ofen kaufen muss, in dem er sechzehn Pizzas gleichzeitig backen kann. Er lässt eine neue Theke einbauen, und als aus Italien die Nachricht eintrifft, dass De Cicco wieder einmal verhaftet worden ist, freut ihn das. So hat er wenigstens Ruhe vor ihm.

Am 18. August 1983 kommt Giorgios Sohn Gianni zur Welt. Heiraten will er Gabriele trotzdem nicht. Dazu liebt er sie nicht genug.

In dieser Zeit trifft sich Giorgio ständig mit Salvatore, seinem Freund aus Oberhausen, und seinem alten Freund Addi, Sohn einer Deutschen und eines Türken, mit dem er befreundet ist, seit sie gemeinsam zur Schule gingen und im selben Verein Kampfsport betrieben. Die drei betrachten sich als verschworene Gemeinschaft und träumen vom großen Coup.

Die Pizzeria, denkt Giorgio, soll sein legales Standbein sein, das große Geld will er sich anderweitig besorgen. So wie die Ehrenmänner in Corigliano. Giorgio träumt davon, in Mülheim eine Bande nach dem Vorbild De Ciccos in Corigliano aufzubauen. Eines Tages, hofft er, ist er der Boss an der Ruhr.

Vorerst müssen sie sich allerdings mit kleineren Gaunereien zufrieden geben. Die Pizzeria bietet die Gelegenheit, gestohlene Zigaretten und Schnaps zu verkaufen, die sie von manchen Kunden angeboten bekommen. Hin und wieder brechen sie auch in einen Kiosk ein oder knacken Automaten.

Addi besitzt ein Haus in Oberhausen, in dem unten eine Kneipe und oben Wohnungen sind. Sie entwickeln die Idee, dort eine Pizzeria mit Außer-Haus-Verkauf und ein Restaurant einzurichten.

Im Herbst 1983 feiern sie die Eröffnung mit einer großen Party. Sie haben Plakate ins Fenster gehängt und Flugblätter in der Nachbarschaft verteilt. Doch das Restaurant kommt nicht auf die Beine. Addi streitet sich ständig mit seiner Freundin, und das bleibt nicht ohne Wirkung. Er wird unzuverlässig, die Stimmung ist schlecht, und die Gäste bleiben aus. Nach kurzer Zeit ist der Laden so hoch verschuldet, dass Addi das Haus verkaufen muss. Bereits nach der Silvesterfeier muss er schließen.

Schon im Januar 1984 hat Giorgio ein neues Projekt. Er kommt in der Discothek „Joy“ an der Bachstraße in Mülheim mit dem Pächter ins Gespräch, und der erzählt ihm, dass er den Laden schließen will. Er schimpft über den Verpächter, der sich ständig einmische und nicht an Verträge halte. Der Verpächter habe ihm bereits mit Rausschmiss gedroht.

Giorgio ist fasziniert. Eine eigene Discothek bietet ungeahnte Möglichkeiten: Er kann Hehlerware verkaufen, lernt jede Menge Leute kennen, hat Frauen und genießt Ansehen. Die Discothek, träumt er, werde der Grundstein seines Imperiums, das Fundament, auf dem Giorgio seinen Clan aufbauen will.

Doch erst einmal müssen sie den Laden in die Hand bekommen. Der Pächter will keinen Abstand haben, so weit so gut. Die Pizzeria läuft, Giorgio hat etwas Geld, aber Addi ist fast pleite. Den Großteil der Investitionen muss Giorgio aufbringen.

Sie rufen den Besitzer an und vereinbaren einen Termin. Die Discothek liegt an der Ecke Kohlenkamp und Bachstraße gegenüber der Petrikirche mitten in der Mülheimer Innenstadt. Es ist eine gute Lage, findet Giorgio. Ganz in der Nähe liegt die U-Bahn-Station Stadtmitte, und auch zum Hauptbahnhof ist es nur ein kurzer Fußweg. Sie verabreden sich direkt vor der Tür.

Der Verpächter heißt Rudolf Möhlenbeck und ist schon neunundsechzig Jahre alt. Er ist ein kleiner Mann, der aussieht wie ein pensionierter Zuhälter. Er hat weiße Haare, trägt das Hemd offen, was den Blick auf eine Goldkette auf seiner Brust freigibt. Am Handgelenk trägt er eine Rolex-Uhr, er hat eine Lederjacke an und ein großspuriges Auftreten. Kaum dass er sie erblickt, hebt er seine Hand und zeigt mit dem Finger auf sie. „Ihr seid die Richtigen", grölt er, „euch gebe ich den Laden, ihr könnt ihn haben."

Fünfzigtausend Mark Kaution und zehntausend Mark Pacht im Monat will er haben. Sie hätten nur dreißigtausend Mark, erklären sie, den Rest wollen sie später zahlen. Weitere siebenunddreißigtausend Mark für die komplette Einrichtung und Ausstattung wollen sie in Raten abstottern. Kein Problem, meint Möhlenbeck. Er scheint ihnen zu vertrauen, und das erfüllt sie mit Zuversicht. Sie machen offenbar einen guten Eindruck auf den alten Mann, obwohl sie erst dreiundzwanzig Jahre alt sind.

Voller Selbstvertrauen folgen sie Möhlenbeck die geschwungene Treppe hinab in die Räume der Discothek, die im Keller liegen. Am Ende der Treppe befindet sich ein Vorraum, links sind die Garderobe und der Tresen, der Eingang zur Discothek liegt rechts hinter einer zweiflügeligen Tür. Die Discothek selbst hat die Form eines T. Gegenüber dem Eingang liegen die Vorratsräume und ein Büro. Es gefällt Giorgio und Addi. Sie werden sich schnell einig, und Möhlenbeck gibt ihnen die Schlüssel.

Der alte Mann ist kein Geschäftsmann im herkömmlichen Sinne. Er ist von Beruf Metzger, war zu Geld gekommen und hat seinen Betrieb schon vor Jahren verkauft. Das Geld legte Möhlenbeck in diversen Immobilien an, darunter auch Tanz- und Nachtbars in einschlägigen Amüsier- und Rotlichtbezirken. Er genießt es, dort ein wichtiger Mann zu sein. So gehören ihm außer der Discothek in Mülheim auch die „Lido"-Bar und das „Okay" in Duisburg.

Möhlenbeck geht seinen Pächtern oft auf die Nerven. Er hat

sein Geld mit harter Arbeit verdient, und er hat weiterhin das Bedürfnis, die Zügel in der Hand zu halten. Er traut niemandem mehr zu als sich selbst, und das lässt er seine Pächter deutlich spüren. Er kassiert am liebsten bar, lässt sich gern in seinen Läden sehen und hat auch keine Hemmungen, sich in die Geschäfte einzumischen. Mit seiner Meinung hält er nie hinterm Berg. Der Pachtvertrag sichert Möhlenbeck weitgehende Rechte zu. Er darf jederzeit die Wirtschaftsführung und den Zustand der Discothek kontrollieren, und der Vertrag gewährt ihm ein außerordentliches Kündigungsrecht.

Giorgio ist von seinen Vorgängern gewarnt worden. Doch er misst ihren Worten keine Bedeutung zu. Er wird problemlos mit dem alten Mann zurechtkommen, glaubt er. Seine Schwester Sophia und Gabriele sollen die Pizzeria weiterführen, er will mit Addi die Disco voranbringen.

Er gibt der Discothek einen neuen Namen, „Flair“, was ihm sehr schick vorkommt und den Gästen den richtigen Eindruck von der erwünschten Atmosphäre vermitteln soll. Er sucht sich neues Personal, was nicht leicht ist, weil er sich in der Szene nicht auskennt. Im Nachtleben ist die Auswahl des Personals ziemlich wichtig für die Qualität der Gäste.

Am Mittwoch vor Weiberfastnacht ist Eröffnung.

Giorgio lädt Sophia und Gabriele ein und natürlich seinen Vater und eine Menge Landsleute, und auch Addi hat Familie und Freunde auf der Gästeliste stehen. Sie haben selbstverständlich alle Getränke frei. Das ist allerdings ein Fehler. Denn viele von ihnen lassen sich so volllaufen, dass sie kaum noch gerade stehen können. Giorgios Vater ist der Schlimmste von allen. Nachdem er ordentlich getrunken hat, pöbelt er erst die anderen Gäste an und erbricht sich anschließend mitten auf die Tanzfläche. Giorgio schämt sich und wäre am liebsten im Erdboden versunken. Doch glücklicherweise benehmen sich Addis Leute auch nicht viel besser.

Sie kommen in dieser Nacht ganz gut über die Runden. Sie verkaufen genug Getränke, um das Personal zu bezahlen, und bereiten sich auf den nächsten Abend vor.

An Weiberfastnacht ist die Hölle los im „Flair". Aber Giorgio hat keine Ahnung, wer alles nachts in Mülheim unterwegs ist. Er hat nicht mit dem rauen Publikum gerechnet, das plötzlich seinen Laden bevölkert, darunter stadtbekannte Schläger.

Der Rausschmeißer verliert schnell die Übersicht. Eine Massenschlägerei bricht aus, ein Gast namens Uli schießt mit einer Gaspistole. Die Hälfte der Gäste flieht in Panik aus dem Laden, ein Türke gibt seinem Kumpel eine Pistole, und der schießt sich selbst ins Bein, als er die Waffe in die Tasche stecken will. Plötzlich ist das „Flair" voller Polizisten.

Die Beamten schließen die Türen und stellen die Personalien aller Leute fest, die noch nicht die Flucht ergriffen haben. Dann schließen sie den Laden. Der Abend ist gelaufen. Giorgio und Addi sitzen in der leeren Disco, überall liegen Scherben von zerbrochenen Flaschen und Gläsern, es sieht chaotisch aus, und sie schauen sich ratlos an. Was in dieser Nacht geschehen ist, haben sie nicht erwartet.

Aber sie wollen auf keinen Fall aufgeben. Sie haben gleich am Anfang einen Fehler gemacht, okay, aber woher hätten sie wissen sollen, was sich da entwickelt? Sie müssen sich ihre Gäste sorgfältiger aussuchen. Der Türsteher ist ein Versager, ihn feuern sie als Erstes. Der Mann an der Tür, das haben sie jetzt gelernt, hat die wichtigste Funktion im Gewerbe. Auf ihn kommt es an.

Weil sie niemanden kennen, der Erfahrung mit dem Job hat, beschließen sie, dass für den Anfang Addi und Salvatore oben stehen sollen. Sie sind sich einig, dass sie keine Ausländer und keine Betrunkenen hineinlassen wollen. Ein Türke und ein Italiener achten also darauf, dass keine Türken und Italiener im „Flair" erscheinen.

Bis auf eine Schlägerei vor dem Laden geht das Konzept in der nächsten Nacht auf. Es gibt zwar eine Menge Pöbeleien der Landsleute, aber das ist Giorgio egal. Einen Kerl, der es zu genau wissen will, legt er mit einem Taekwondo-Stoß auf das Straßenpflaster. Es ist das erste Mal, dass er seine Tricks von früher anwendet. Und es hilft. Als die Nacht vorüber ist, haben sie elftausend Mark Umsatz gemacht. So kann es weitergehen.

Auch in der nächsten Nacht, bei einem Kostümfest, bleibt es unten in der Discothek ruhig. Nur oben an der Tür gibt es hin und wieder Streit. Aber so ist das Geschäft. Es läuft über Karneval so gut, dass Giorgio die restlichen zwanzigtausend Mark für die Kaution auf einen Schlag hinblättern kann. Er fühlt sich großartig, als er Möhlenbeck die Scheine auf den Tisch zählt.

Doch die Probleme mit dem Publikum halten an. Irgendwelche Männer machen immer Ärger, und es kommt häufiger zu Schlägereien. Dann erscheint meistens die Polizei. Wenn er nicht seine Konzession verlieren will, braucht er dringend einen Türsteher, einen Profi. Salvatore und Addi können nicht jede Nacht oben stehen und sich mit all den Spinnern anlegen. Also fragt Giorgio überall herum, wer einen guten Türsteher kennt, einen Mann mit Mumm und Erfahrung.

Kurz darauf stellt sich Harald Rodewies im „Flair" vor. Er ist 1976 Deutscher Boxmeister im Mittelgewicht gewesen. In Boxerkreisen ist er bekannt geworden, als die Faust eines Gegners, die ihn treffen sollte, im Gesicht des Ringrichters landete. Rodewies hatte den Kopf rechtzeitig beiseite gedreht, und der Ringrichter ging k.o.

Harald ist ein großer, muskulöser Kerl mit einer platten Boxernase. Er hat lange, lockige Haare, und er trägt eine goldene Uhr und eine goldene Halskette. Er erinnert Giorgio an Ken, den Freund von Barbie – die beiden An- und Ausziehpuppen mit den sehr übertriebenen Proportionen. Harald spricht zwar etwas langsam – vielleicht haben seine Gegner zu oft seinen Kopf getroffen –, aber den Frauen gefällt er.

Irgendwie mag Giorgio ihn auch. Harald ist bereits Türsteher im „Gelben Elefant“ gewesen, wo er es bestimmt mit ein paar harten Burschen zu tun gehabt hat. Das reicht Giorgio als Empfehlung, zumal ein solcher Türsteher unbestritten den Wert seines Ladens und auch sein Prestige steigert.

„Die Leute kennen mich“, sagt der Boxmeister, als er Giorgio seinen Preis nennt. Er will zweihundert Mark am Abend haben, und Giorgio willigt ein. Und dann stellt Harald noch eine zusätzliche Bedingung. Er will Sicherheitschef genannt werden und nicht Türsteher. Auch das ist Giorgio recht. Hauptsache, im Laden herrscht Ruhe.

Fortan stolziert Harald wie ein Gockel durchs „Flair“. Er gefällt sich in der Rolle des Sicherheitschefs und geht nur nach oben an die Tür, wenn es dort Probleme gibt. Addi ist weiterhin für die Auswahl der Gäste verantwortlich, und er macht einen guten Job. Giorgio ist sehr zufrieden mit Harald. Er kann es nur nicht ausstehen, wenn der alternde Boxmeister mit zu jungen Mädchen flirtet und sie im Arm hält. Er geht ein paar Mal dazwischen, bis sein Sicherheitschef sich an ein gewisses Mindestalter hält. Immerhin akzeptiert er Giorgio als Chef.

Das „Flair“ läuft so gut, dass Giorgio sich bald einen zweiten Türsteher leisten kann. Er engagiert Werner. Es ist kein Geheimnis, dass Werner wegen bewaffneten Banküberfalls im Gefängnis gesessen hat, aber das stört Giorgio nicht. Im Gegenteil, der Bankräuber könnte noch mal nützlich werden, denkt er.

Inzwischen nehmen sie zehn Mark Eintritt im „Flair“ als Verzehrbon, das hält die Leute draußen, die nur rumhängen und nichts trinken. Und Giorgio beginnt, entgegen dem Pachtvertrag, sein Bier bei einem Händler zu kaufen, der deutlich günstiger ist als die Sternbrauerei in Essen. Er tut es heimlich, denn Möhlenbeck wäre niemals einverstanden gewesen.

Möhlenbeck entwickelt sich langsam zum Ärgernis. Er überprüft die Geschäftsführung von Giorgio, was ihm vertraglich zusteht, er kassiert die Pacht immer bar und ohne Quittung, er mäkelt am Zustand der Kellerräume und der Discothek herum, sogar die Putzfrau gefällt ihm nicht. Giorgio findet, dass Möhlenbeck sich in Dinge einmischt, die ihn absolut nichts angehen. Und jedes Mal, wenn es Streit gibt, droht Möhlenbeck, Giorgio rauszuschmeißen.

Die Arbeit in der Discothek nimmt Giorgio so in Anspruch, dass er sich nicht mehr um die Pizzeria kümmern kann. Er sucht einen Pächter. Seine Schwester Sophia und Gabriele arbeiten ebenfalls häufig im „Flair", und sie wären ohnehin mit der Führung der Pizzeria überfordert. Sie müssen die Umsätze kontrollieren, den Warenbestand im Auge behalten, rechtzeitig nachordern und die Abrechnungen machen. Und die Geräte müssen in Ordnung gehalten werden, es ist viel zu beachten, auch wenn die Pizzeria nicht viel mehr als ein Schnellimbiss ist.

Carlo Valeone, der Bruder seines Freundes Aldo, hat Interesse an dem Geschäft, und Giorgio ist es nur recht, dass „Sonias Pizzeria", sein Laden, in der Familie bleibt. Carlo und Aldo sind weitläufige Cousins von ihm, und sie einigen sich per Handschlag.

Leider stellt sich Carlo als Fehlgriff heraus. Er fängt ein paar Wochen später völlig betrunken im „Flair" eine Schlägerei an. Giorgio nimmt ihm die Pizzeria wieder weg und gibt sie Salvatore, den er für zuverlässiger hält und der den Laden von Anfang an kennt. Salvatore nennt den Laden „Dick und Doof". Was soll's, denkt Giorgio.

Wie immer, wenn es gut läuft, mischt sich plötzlich De Cicco in sein Leben. Im Mai 1984 hört Giorgio, der Mafioso solle zusammen mit Santo Carelli, den Giorgio nicht kennt, aus dem Gefängnis entlassen werden. Man habe den beiden nichts nachweisen können. Andere hingegen seien zu mehreren Jahren Haft verurteilt worden, unter anderem wegen Mafia-Zugehörigkeit und Bestechung. De Cicco, denkt Giorgio, ist wieder einmal sauber aus einer Sache, in der er tief drinsteckte, rausgekommen.

Er hört aber auch, dass Cirillo, der Boss aus Sibari, De Cicco die Führung in Corigliano weggenommen habe. Cirillo habe überhaupt kein Verständnis dafür, dass ein verheirateter Ehrenmann eine Geliebte hat und noch dazu ein gemeinsames Kind. Ganz Corigliano rede darüber, und das schade der Ehrenwerten Gesellschaft. Cirillo habe die Macht an Carelli übergeben, der, wie Giorgio hört, ein deutlich besserer Geschäftsmann sein soll. Cirillo hofft auf höhere Einnahmen und die Erschließung neuer Geldquellen. De Cicco mit seinen brutalen Methoden ist ihm zu altmodisch geworden. Zumindest in dem Punkt stimmt Giorgio dem Boss zu.

Im Juni 1984 wird De Cicco aus der Haft entlassen. Sobald er auf freiem Fuß ist, ruft er Giorgio in Mülheim an. „Ich muss verschwinden. Hol mich ab!“, befiehlt De Cicco. In Corigliano ist ein Mafia-Krieg ausgebrochen, Carelli, der neue Machthaber, lässt seine Gegner umlegen. De Cicco hat nicht den Mut, Carelli zu sagen, dass er ihn in dieser schweren Zeit verlassen will.

Giorgio leiht sich Salvatores Lada und fährt los. Er kommt am späten Abend in Corigliano an, sie packen ein paar Sachen ein, und am nächsten Morgen um sechs Uhr setzen sich De Cicco, seine Mutter Schiavonea und sein Halbbruder Giacomo zu ihm in den Lada, und sie brechen auf.

In einem Hotel an der Schnellstraße, das einem Freund gehört, muss Giorgio anhalten. De Cicco steigt aus und trägt dem Besitzer auf, er möge Carelli ausrichten, dass er abhaue. Es gebe zu viele Probleme in Corigliano, und er werde eine Zeit lang wegbleiben. Wie lange, das wisse er noch nicht genau.

Es ist wie verhext. Giorgio wird De Cicco einfach nicht los. Gut, er ist der Boss, das ist klar, aber für Giorgio springt nichts dabei raus. Im Gegenteil, er hat immer nur einen Haufen Probleme. Wenn er aber De Cicco um einen Gefallen bittet, passiert meist gar nichts.

Trotzdem hilft er ihm, in der Mülheimer Bahnstraße einen Imbiss nach dem Vorbild von „Sonias Pizzeria" aufzubauen, wo De Cicco und Giorgios Mutter künftig arbeiten können. Sie eröffnen den Laden noch im Sommer und nennen ihn „Sonias Pizzeria 2".

Kaum ist De Cicco in Mülheim etabliert, kommen auch Vincenzo und Cosimo nach Deutschland, die ehemaligen Fahrer der Mafiosi aus Corigliano. Vincenzo wird jetzt der Fahrer von De Cicco, der beginnt, bei Landsleuten in Mülheim und Umgebung Geld zu kassieren. Er überträgt das System der Schutzgelderpressung einfach auf sein neues Revier, und die Leute zahlen, weil jeder, der aus Kalabrien stammt, weiß, wer er ist.

Giorgio wittert die Gunst der Stunde. Er plant, mit De Cicco eine Organisation in Mülheim nach dem Vorbild der 'Ndrangheta in Corigliano zu gründen. Er schätzt ihn nicht mehr besonders, aber er braucht ihn, weil die Leute ihn fürchten. Sie wollen Schutzgelder erpressen, Raubüberfälle begehen und notfalls Leute umlegen.

In einer feierlichen Zeremonie übergibt De Cicco eines Tages dem jungen Giorgio einen goldenen Ring mit einer Schlange darauf. Es ist der Ring, den fast alle Mafiosi in Kalabrien tragen, ein Zeichen der Zugehörigkeit zur 'Ndrangheta. Giorgio schwört, die Regeln der 'Ndrangheta einzuhalten und nie zu verraten. Er ist nun ein assoziiertes Mitglied des Clans im Rang eines Contrasto Onorato. Der Ring wiegt schwer an seiner Hand. Er ist sehr stolz darauf.

Langfristig will Giorgio der Boss der Organisation werden, die Pizzeria und das „Flair" reichen ihm nicht. Er will ein eigenes Verbrechersyndikat gründen. Doch über ein paar Einbrüche kommen sie vorerst nicht hinaus. Sie steigen in Kneipen, Restaurants und Spielhallen ein, stehlen die Kasse und Schnaps oder plündern Zigaretten- und Spielautomaten. Das bringt immerhin meistens ein paar tausend Mark ein. Zwei geplante Raubüberfälle auf einen Supermarkt brechen sie ab, weil Salvatore und Addi der Mumm fehlt.

Giorgio wird ungeduldig, denn er hat Pläne. Er will den Stehimbiss an der Hingbergstraße in eine richtige Pizzeria mit Gastraum und einem Billardtisch umbauen. Der Laden, denkt er, soll in Flammen aufgehen, dann muss die Versicherung zahlen. Das scheint Giorgio die beste Art der Finanzierung. Außerdem sollen größere Überfälle mehr Geld in die Kasse bringen.

Die Brandstiftung in der Pizzeria ist bereits beschlossene Sache. Vincenzo und Cosimo, die ehemaligen Fahrer, sollen es erledigen. An einem Sonnabend, es ist der 22. September 1984, sorgt Giorgio dafür, dass ein Fenster zum Hof offen steht, und geht ins „Flair", um sich dort sehen zu lassen. Ein perfektes Alibi.

Dieses Mal arbeitet Cosimo, der in Österreich versagt hat, gut. Er verschüttet zehn Liter Benzin im Laden, legt eine Benzinspur bis zum Fenster und steigt raus. Weil ein Teil des Benzins in der Zwischenzeit schon verdunstet ist, hat sich ein brisantes Gas-Luft-Gemisch gebildet. Als Vincenzo das Feuerzeug anzündet, gibt es eine gewaltige Explosion, die ihn zehn Meter durch die Luft schleudert. Glas splittert, der Laden brennt lichterloh. Vincenzo und Cosimo verschwinden eilig.

Als die Feuerwehr den Einsatzbefehl erhält, hat Kriminalhauptkommissar Bernd Walter Nachtschicht. Er ist diensthabender Kriminalbeamter am „1.K", dem zuständigen Kommissariat für Todesermittlungen, Sexualdelikte und Brandstiftungen. Der Anruf kommt kurz vor Mitternacht, und Walter macht sich auf den Weg.

Die Feuerwehr löscht noch, als er am Tatort eintrifft. Er schaut sich um. Das Fenster ist eingeschlagen und entriegelt, doch die Scherben liegen draußen. Und ganz offensichtlich ist Benzin oder Ähnliches benutzt worden. Das Feuer ist jedenfalls nicht im

Bereich der Fritteuse ausgebrochen, und eine Kerze oder ein Kurzschluss hätte nie einen so großflächigen Brand entfacht.

Während Kommissar Walter im Hof steht und fachmännisch den Tatort inspiziert, trifft Giorgio ein. „Wer sind Sie?“, fragt Walter.

„Mein Name ist Basile. Giorgio Basile. Ich bin der Besitzer. Man hat mich angerufen“, sagt er.

Komisch, denkt der Kriminalbeamte. Eine Brandstiftung in einer italienischen Pizzeria, und gleich steht der Besitzer auf der Matte. Er schaut den Italiener scharf an. Giorgio hält seinem Blick stand. Die Sache ist bestens gelaufen, denkt er, die Brandstifter sind verschwunden, und er hat ein unumstößliches Alibi. Giorgio fühlt sich unbesiegbar.

Kriminalhauptkommissar Walter ist ein Typ Fahnder, wie es ihn heute kaum noch gibt. Ein Individualist mit unkonventionellen Methoden, aber ein hartnäckiger Ermittler. Ein Mann mit dunkelbraunen Haaren und braungrünen, wachen Augen. Er ist ein guter Karatekämpfer. Bis zum braunen Gurt hat er es gebracht. Walter ist gern Polizist, und ihn kümmern weder Überstunden noch Wochenenden, wenn er sich in einen Fall verbissen hat. Und dieser Fall scheint so einer zu werden, das spürt er.

Walter stammt ursprünglich aus Berlin, später zogen seine Eltern nach Frankfurt am Main, wo er aufwuchs. Als er 1969 zur Kripo ging, war er 29 Jahre alt und hatte – anders als viele seiner Kollegen – schon einiges erlebt. Er war nicht der Typ, der nach der Schule nichts Besseres zu tun hatte, als sofort eine Beamtenlaufbahn bei der Polizei einzuschlagen. Er hatte kurz mal daran gedacht, als er 1962 seinen Wehrdienst bei der Bundeswehr beendete. Aber da er eben erst die Kaserne verlassen hatte, wollte er nicht gleich wieder bei der Polizei in eine solche Unterkunft einziehen.

Seinen Wehrdienst absolvierte Walter bei den Fallschirmspringern. Er war Wehrpflichtiger und hatte sich freiwillig zu der Einheit gemeldet. Wenn schon Bundeswehr, dann sollte es wenigstens etwas Besonderes sein. Nach seinem ersten Sprung aus dem Flugzeug und der bestandenen Fallschirmspringerprüfung ließ er sich den linken Unterarm tätowieren: die Schwinge des Springerabzeichens unter einem geöffneten Fallschirm.

Da er nach dem Wehrdienst nicht so recht wusste, was er anfangen sollte, absolvierte er eine Ausbildung zum Hotelkaufmann und ging anschließend nach England. Er wollte perfekt Englisch sprechen lernen, einfach so. Er begann als Kellner in Leeds, stieg nach sechs Monaten zum Barkeeper auf. Doch der Job langweilte ihn bald. Er kündigte und ging als Kellner in den Country Club von Selby in Yorkshire. Anschließend verwaltete er das Gästehaus eines Fabrikanten auf dem Firmengelände der Rostron's Papermill in Selby. Es ist der lässigste Job seines Lebens. Der Boss kam allenfalls alle vier Wochen ins Haus, stets mit seiner Frau, und beide fuhren eigene Rolls-Royce. Sie den kleinen Achtzylinder, er den Zwölfzylinder. Einer der Wagen könnte ja unterwegs eine Panne haben, sagte der Chef.

1968, nach sieben Jahren im Vereinigten Königreich, zog es ihn zurück nach Deutschland. Walter arbeitete als Geschäftsführer in der Restaurantkette Wienerwald. Er wurde als sogenannter Springer im Ruhrgebiet eingesetzt und musste überall dort aushelfen, wo Kollegen wegen Krankheit oder Urlaub ausfielen.

Damals fiel ihm eine Anzeige in der „Westdeutschen Allgemeinen Zeitung" ins Auge: Kriminalpolizei sucht geeignete Bewerber aus freien Berufen. Dass Walter sich für geeignet hielt, war keine Frage.

Einhundertdreißig Bewerber wurden zum medizinischen Test ge-laden. Der Arzt, ein alter Militär, hatte Verständnis für die Tätowierung, fand aber, dass der Bewerber ein wenig übergewichtig sei. Walter, der in England Karate gelernt hatte, machte ein paar artistische Kunststücke und räumte auf diese Weise das

Argument aus. Nach dem ärztlichen Check blieben sechsunddreißig Aspiranten übrig, von denen Walter als Einziger eingestellt wurde.

Im schwarzen Ledermantel mit Hamsterfellfutter, um den Hals einen weißen Schal und auf dem Kopf einen Borsalino, trat er seinen Dienst bei der Kriminalpolizei in Mülheim an. „Ich war ein Paradiesvogel", wird er später sagen, „doch man akzeptierte mich."

Das lag auch an seinen Karatefähigkeiten. Als ein Kollege, ein anerkannter Boxer, ihn einmal testen wollte, blockte er ihn elegant aus, und von da an versuchte es auch kein anderer mehr.

Nach einigen Lehrgängen, die zur Ausbildung des Kriminalbeamten gehören, bekam er einen Fördervermerk und die Gelegenheit, die Fachhochschulreife nachzumachen. Nach dem Studium an der Fachhochschule der Polizei in Münster wurde Bernd Walter Kommissar bei der Kripo Mülheim.

An seinem linken Arm trägt er eine goldene Omega-Uhr aus den dreißiger Jahren, die er auf dem Flohmarkt erstanden hat, er fährt einen blauen Volvo 244. Bald kennt Walter die Ganoven in seinem Revier, und die Ganoven kennen ihn. Auf eine gewisse Art respektieren sie sich. Solange sich beide Seiten an bestimmte Regeln halten. Giorgio Basile wird eine neue Herausforderung für den Kommissar.

Am Morgen nach der Brandstiftung fährt Kommissar Walter wieder zur Pizzeria „Dick und Doof" an der Hingbergstraße. Dort will er weitere Spuren sichern und sich den Tatort noch einmal genau ansehen. Genauer, als das in der Nacht möglich war. Er ist sich absolut sicher, dass bei dem Brand nachgeholfen wurde. Der Kommissar versucht, den Ablauf der Tat zu rekonstruieren. Nachdem der Täter das Feuer gelegt hat, ist er vermutlich durch den Garten geflüchtet. Walter sieht sich die Fußspuren im erdigen Boden an. Der Zaun ist beschädigt, bemerkt er. Und dann findet er das Feuerzeug.

Es ist ein silberfarbenes Dupont-Feuerzeug. So etwas hat nicht jeder, denkt er, denn die Dinger sind richtig teuer. Er schätzt den Preis auf mindestens zweihundertfünfzig Mark. Als er das edle Stück genauer betrachtet, entdeckt er die Gravur. „Pino“, steht auf dem Feuerzeug. Walter nimmt es mit in sein Büro und blättert in der Spitznamendatei. Pino, liest Walter, sei die Kurzform für den italienischen Vornamen Giuseppe, mehr steht dort nicht. Er ist enttäuscht. Er hatte gehofft, den Namen des Besitzers zu finden. Aber er hat immerhin einen Anhaltspunkt. Und es bestärkt seinen Verdacht, dass der italienische Besitzer der Pizzeria mehr weiß, als er sagt. Er bestellt ihn zur Vernehmung in die Direktion.

Die Polizeidirektion Mülheim an der Von-Bock-Straße ist in einem U-förmigen Rotklinkerbau aus den dreißiger Jahren untergebracht. Breite Treppen führen zu der schweren Eingangstür aus Stahl und Glas, die nur nachts geschlossen wird. Auf den bemalten Glasmosaiken im Treppenhaus reichen sich Arbeiter, Bauern und Polizisten die Hand, die Hakenkreuze, die sie schmückten, sind nach dem Krieg entfernt worden.

In den langen, mit Linoleum ausgelegten Gängen, von denen die Büros abgehen, stehen Holzbänke, auf denen Besucher warten. Walters Büro ist im zweiten Stock, Zimmer 307. Von dort hat er einen Blick über den Innenhof und die Innenstadt von Mülheim, aus der hoch und einsam der Rathausturm herausragt.

Giorgio Basile gibt sich völlig ahnungslos, als Walter ihn zu den Umständen der Brandstiftung vernimmt, und verweist auf sein Alibi. Er könne sich überhaupt nicht vorstellen, wer so etwas getan habe, sagt Giorgio hochmütig. „Sind Sie wenigstens versichert?“, fragt der Kommissar. „Ja“, sagt Giorgio.

„Und wie hoch ist die Versicherungssumme?“

„Fünfzigtausend Mark!“

Das ist immerhin ein Motiv, denkt der Polizist. Und das Feuerzeug ist ein Ansatz für die Ermittlungen. Walter beginnt der Fall zu interessieren. Der Ehrgeiz des Kriminalisten ist erwacht.

Das silberfarbene Feuerzeug mit der Gravur hat er nun ständig dabei, wenn er im Revier unterwegs ist. Er will wissen, wem das Feuerzeug gehört und wer dieser Basile ist. Er fragt überall herum in den einschlägigen Lokalen und Treffpunkten, bei Huren und Zuhältern, Hehlern und Einbrechern. Schließlich erinnert sich ein Mädchen „mit häufig wechselnden Geschlechtspartnern“, wie es unter Polizisten heißt, an den Besitzer des Feuerzeugs.

Er heißt Giuseppe und lebt in einer Dachgeschosswohnung an der Seilerstraße. Walter ruft seinen Kollegen Jürgen Achterfeld an. Gemeinsam stürmen sie die Bude und nehmen den Mann vorläufig fest. Ja, er kenne das Feuerzeug, gibt er zu, er habe es in einem Tabakladen im Forum, dem Einkaufszentrum in der Mülheimer Innenstadt, gekauft. Er habe auch die Gravur anfertigen lassen. Aber dann sei er knapp bei Kasse gewesen und habe Geld gebraucht. Da habe er es wieder verkauft. Den Käufer kenne er flüchtig: ein Italiener mit dem Namen Vincenzo.

Walter und Achterfeld kommen voran. Sie nehmen jenen Vincenzo fest und finden heraus, dass er aus Corigliano stammt – wie Giorgio Basile. Aber Vincenzo räumt lediglich ein, das Feuerzeug von Giuseppe gekauft zu haben. Er habe es dann leider verloren. Wirklich schade um das schöne Stück, er sei traurig gewesen, sagt er.

Aus kriminalistischer Sicht ist der Fall für Walter geklärt, nur fehlen die Beweise. Vorsorglich informiert der Kommissar die Versicherung und rät den Sachbearbeitern, nicht zu zahlen.

Giorgio ärgert sich, dass die Versicherung die Auszahlung des Geldes immer wieder verzögert. Das Geld hätte seine finanziellen Probleme auf einen Schlag gelöst, und er hätte die Pizzeria umbauen können. Jetzt muss er sich schon wieder Gedanken machen, wie er an Geld kommt.

Wer ist dieser Giorgio Basile?, fragt sich Kommisar Walter derweil. Er tritt auf wie der König der Unterwelt, geht bisweilen nur in Begleitung des Boxers als Leibwächter auf die Straße und versammelt alle möglichen zwielichtigen Gestalten um sich.

Mit Argwohn beobachtet Walter, wie sich das „Flair“ zum Treffpunkt des Milieus entwickelt. „Da trifft sich mittlerweile alles, was Rang und Namen hat“, sagt Walter einmal zu seinem Kollegen Achterfeld. So etwas ist neu in Mülheim, und die Polizei macht sich ernsthaft Sorgen. Die Fahnder haben Angst vor mafiösen Strukturen an der Ruhr.

Walter kommt nicht an Giorgio heran. Die Informanten, die er hat, raunen allerlei. Jeder kennt den kleinen, beinahe unscheinbaren Italiener und hält ihn für eine große Nummer, aber Genaues weiß keiner. Auf ihrer Fahndungssonderstreife, wie sie es nennen, wenn sie die einschlägigen Kneipen und Diskotheken besuchen, lassen sich Walter und Achterfeld regelmäßig im „Flair“ blicken. Jedesmal bietet Giorgio an, die Rechnung zu übernehmen, doch Walter besteht darauf zu bezahlen. Er trägt jetzt stets seine Dienstwaffe, eine Pistole Walther PPK, Kaliber 7,65 Millimeter.

Zwischen dem Polizisten und dem jungen Mafioso entsteht eine regelrechte Beziehung, sie sind wie zwei Boxer, die sich im Ring belauern und auf einen Fehler des Gegners warten. Der erste geschieht im Dezember 1984. Uli, ein bekannter Schläger aus Mülheim, der schon von Anfang an Ärger im „Flair“ gemacht hat, hat sich mit den Türstehern angelegt. Er hat Hausverbot, und als Giorgio ihm noch einmal nachdrücklich bedeutet, dass er verschwinden und sich nie wieder blicken lassen soll, schlägt Uli zu.

Das kann Giorgio sich nicht gefallen lassen. Niemand darf ihn anrühren und erst recht keine Ohrfeige verpassen. Während die Türsteher Uli festhalten, zieht Giorgio eine Pistole und schlägt dem Deutschen immer wieder mit voller Härte den Knauf auf den Kopf. Blut fließt in Strömen, und plötzlich löst sich ein Schuss aus der Waffe.

Ein Mann schreit, die Kugel hat Salvatore getroffen. Keine schlimme Verletzung, aber immerhin. Gleich wird die Polizei kommen, die Waffe muss verschwinden. Giorgio gibt sie seinem Halbbruder Giacomo, der sie im Heizungskeller versteckt, und dann treffen auch schon die ersten Uniformierten ein. Wenig später kommt Kommissar Walter.

Beinahe hätte er die Pistole gefunden. Er ist mit der Hand nur wenige Zentimeter von ihr entfernt, aber es gelingt Giorgio, ihn im richtigen Augenblick abzulenken. Zeugen des Vorfalls gibt es natürlich auch keine, Giorgio hat seinen Laden im Griff, nur eine Frau gibt an, sie habe Giacomo mit der Waffe in der Hand gesehen. Sie ist Zigeunerin, und es ist kein Problem, sie davon zu überzeugen, dass es besser für sie wäre, wenn sie ihre Aussage wieder zurückzöge.

Das wiederum ärgert Walter und seine Kollegen. Irgendwie muss den Italienern doch beizukommen sein. Die Kriminalbeamten veranlassen beim Ordnungsamt, dass Giorgio die Konzession für den Laden entzogen wird, und sie beantragen eine Telefonüberwachung bei Giorgio, die ein Richter auch genehmigt.

Am Telefon spricht Giorgio jedoch kaum über Geschäfte. Walter ahnt stets, wenn er wieder ein Ding plant, meist verabredet sich Giorgio dann „an der Brücke, du weißt schon", oder „da, wo wir uns letztes Mal getroffen haben". Viel mehr ist nicht zu erfahren. Meistens schimpft Giorgio während der abgehörten Telefonate mit Gabriele, einmal bezichtigt er sie sogar, ihm Filzläuse angehängt zu haben.

Während die Polizei ergebnislos das Telefon abhört, kassiert De Cicco weiter Schutzgelder, und Giorgio macht Einbrüche. Giorgio steigt auch wieder ins Geschäft mit den tatsächlich oder angeblich geklauten Autos ein, die in Einzelteile zerlegt oder mit neuen Fahrgestellnummern versehen gutes Geld bringen.

Eine Woche vor Weihnachten 1984 fährt Giorgio nach Italien. Ein Neffe von De Cicco will heiraten, und er ist eingeladen. Außerdem will er ein paar Leute überreden, nach Deutschland zu kommen. Giorgio nimmt das Auto. Er hat eine Frau dabei, mit der er ab und zu ins Bett geht, sowie einen schwulen Kellner aus dem „Flair", einen netten Kerl, der einmal Giorgios Heimat sehen will. Außerdem hat Giorgio ein paar Schusswaffen im Gepäck, und da sind die Frau und der Schwule eine gute Tarnung, denkt er sich. De Cicco fährt mit der Bahn.

Die Hochzeit findet im Hotel „La Zagara" in Corigliano statt, das Arcangelo Maglio aufgemacht hat. Er ist der Mann, bei dessen Befreiung aus dem Wuppertaler Gefängnis Giorgio den Wagen gefahren hat. De Cicco stellt sie vor, und Maglio ist froh, Giorgio kennenzulernen. Er bedankt sich ausgiebig, und sie reden über die Verhältnisse in Deutschland und in Italien.

Maglio sehnt sich nach Deutschland. Cirillo hat ihn zwar getauft, aber er hält ihn klein, und Maglio gehört nicht der Führungsebene an. Er will mit Drogen handeln und Geld verdienen, aber Cirillo und Carelli, den Cirillo als neuen Boss in Corigliano eingesetzt hat, verbieten es. Er dealt natürlich trotzdem, und das gibt Ärger.

Giorgio mag den Mann, er hat dieselbe Mentalität und die gleiche Vorstellung von guten Geschäften wie er.

Maglio versteht sich auffallend gut mit Fiete, Giorgios schwulem Kellner. Er kümmert sich fast ausschließlich um ihn. Aber Giorgio ist es egal. Es ist deren Sache, findet er.

Am nächsten Tag will De Cicco, dass Giorgio ihn nach Sibari zur Frau des inhaftierten Bosses Cirillo fährt. Giorgio muss im Auto warten, als wäre er noch der kleine Fahrer und nicht längst selbst Geschäftsmann. Als De Cicco wieder herauskommt, setzt er sich zu ihm in den Wagen und sagt: „Lass uns gehen. Sie wollen, dass ich erst einmal in Deutschland bleibe." Und dann sagt er noch: „Arcangelo Maglio steht auf der Liste." Giorgio will wissen, wieso. „Er steht auf der Liste, und er weiß es“, ist alles, was De Cicco erwidert.

Sie bleiben nicht lange in Corigliano. Vor ihrer Abreise halten sie noch einmal in dem Hotel an der Schnellstraße, dessen Besitzer De Cicco kennt. Er gibt ihnen zwei Pistolen, eine Schrotflinte und ein paar Handgranaten, die sie mit nach Mülheim nehmen sollen. Sie umwickeln die Waffen mit Stoffen, bis das Paket aussieht wie ein Kopfkissen, und legen es auf die Hutablage im Rückfenster. Fiete und Claudia, Giorgios Geliebte, wissen Bescheid. Sie haben nichts dagegen. Es reizt sie. Das sagen sie zumindest. Es gibt auch keine Probleme, die Grenzbeamten winken sie lässig durch. Giorgio ist schon damals ein Anhänger des vereinten Europa.

Gabriele macht Ärger, als sie zurückkommen. Sie hat erfahren, dass Giorgio mit Claudia in Corigliano war. Aber er kümmert sich nicht weiter darum. Er muss vielmehr zusehen, dass seine Discothek läuft. Weihnachten und Silvester sind immer gute Tage. Die Läden sind voll, und die Leute geben viel Geld aus. Giorgio lässt sich eine Menge einfallen, um die Gäste ins „Flair“ zu locken. Er veranstaltet Schönheitswettbewerbe und Mottopartys, er engagiert Bands und Künstler wie Jennifer Rush und Devine.

Obwohl die Versicherung den Brandschaden immer noch nicht bezahlt hat, fängt Giorgio an, die Pizzeria wieder aufzubauen. Den hinteren Raum sichert er mit Stahltüren und richtet dort ein illegales Spielcasino ein. Sie spielen Seven Eleven, und es gibt einen Billardtisch. Das ist neu in Mülheim und verspricht gutes Geld.

Giovanni Cimino und Franco Russo, zwei Italiener, die Giorgio eigentlich für Raubüberfälle aus Italien kommen ließ, bewachen die Zockerhöhle. Zu viel mehr taugen sie auch nicht. Giorgio weiß, dass sie in der ’Ndrangheta sogenannte Picciotti sind, getaufte Mafiosi im untersten Rang. Sie mögen in Italien gut sein, denkt Giorgio, aber Deutschland ist für sie eine fremde Umgebung, in der sie sich nicht zurechtfinden. Corigliano und Mülheim sind eben zwei völlig verschiedene Welten. Doch als Aufpasser sind sie passabel.

Den Zockerraum haben sie mit einer Alarmanlage ausgestattet, sie haben sich Funkgeräte besorgt, und ein paar scharfe Schusswaffen liegen immer griffbereit in einer Tasche, darunter auch die Schrotflinte, die sie aus Corigliano mitgebracht haben.

Das illegale Casino bringt täglich tausend bis zweitausend Mark Umsatz. Salvatore und ein Landsmann aus Essen, ein Geldverleiher, schleppen die Zocker an, und die Sache läuft gut. Schon bald kommt Giorgio deshalb auf die Idee, andere Zockerbuden zu überfallen. Doch die anderen Casinos sind natürlich auch bewacht, und es wird sicher nicht leicht sein hineinzukommen. Eine Stahltür mit Guckloch und ein Türsteher sind die Sicherheitsvorkehrungen, mit denen sie auf jeden Fall rechnen müssen. Die Betreiber lassen selbstverständlich nur Leute rein, die sie kennen. Und ein paar Aufpasser sind vermutlich auch in der Nähe.

Sie müssten also eigene Leute einschleusen, als Trojanisches Pferd, wie sie es nennen. Sie haben keine Mühe, geeignete Leute zu finden. Die italienische Szene im Ruhrgebiet ist groß, und die Leute aus Kalabrien sind meist gefügig. Sie gehen hinein, spielen ein wenig und öffnen zur verabredeten Zeit die Tür.

Auf diese Weise überfallen sie ab 1984 ein paar Läden in Essen und Oberhausen. Das Trojanische Pferd öffnet die Tür, und Giorgios Leute stürmen schwerbewaffnet hinein. Alle Spieler müssen sich komplett ausziehen, weil sie häufig ihr Bargeld in der Unterhose verstecken. Und wenn Giorgios Leute alles Geld eingesammelt haben, verschwinden sie wieder. Nie ruft jemand die Polizei.

Nur einer dieser Überfälle auf illegale Spielcasinos kommt an die Öffentlichkeit. Nach einem Coup in Reutlingen wird in der Fernsehsendung „Aktenzeichen XY… ungelöst“ nach ihnen gefahndet, aber sie bleiben unerkannt.

In der Discothek bekommt Giorgio Ärger mit zwei Zuhältern aus Essen. Sie belästigen junge Frauen, unter anderen auch Gabrieles Schwester Susanne, die manchmal als Prostituierte anschaffen geht, und eine Kellnerin, die die Essener auf den Strich schicken wollen. Giorgio wird sauer. Er lässt sie in sein Büro kommen. „Macht was ihr wollt, aber nicht hier", befiehlt er. Dass sie es auf Gabrieles Schwester abgesehen haben, kann er sich nicht gefallen lassen. „Lasst sie in Ruhe ", sagt er.

Die Luden aus Essen unterschätzen den kleinen Italiener. „Uns verbietet keiner was", tönen sie.

Eines Nachts, Giorgio arbeitet wie meistens hinterm Tresen im „Flair", ruft Gabrieles Schwester Susanne an. Sie ist in panischer Angst. Die Essener Zuhälter stehen vor der Tür und drohen, sie einzutreten. Giorgio kann das Hämmern ihrer Schuhe gegen die Füllung der Tür am Telefon hören. „Bleib, wo du bist, ich komme", sagt er. Es ist der 8. März 1985.

Susanne ist in der Wohnung einer Freundin an der Folkenbornstraße, die in Höhe der U-Bahn-Station Mühlenfeld von der Hingbergstraße abgeht, also nur wenige Meter von der Pizzeria entfernt, in der sich die illegale Zockerhöhle befindet. Giorgio schnappt sich den Bankräuber Werner, der im „Flair" arbeitet. Sie springen in einen Alfetta und rasen los. Sie brauchen nur wenige Minuten bis zur Pizzeria. Giorgio ruft Cimino und Franco zu sich, seine Aufpasser aus Corigliano. „Du und du, ihr kommt mit. Und schnappt euch die Waffen", befiehlt er. Werner nimmt die Schrotflinte, die anderen stecken sich jeweils eine Pistole ein.

Auf der Fahrt in die Folkenbornstraße erklärt Giorgio ihnen kurz die Lage. „Schießt nur in die Beine", schärft er ihnen ein. Als sie ankommen, wollen sich die beiden Zuhälter gerade aus dem Staub machen. Sie haben mitbekommen, dass Giorgio auf dem Weg ist. Als sie gerade aus der Haustür treten, biegt der Alfetta um die Ecke.

„Da sind die beiden", ruft Giorgio. Die Zuhälter sehen den Wagen und rennen davon. Giorgio, der am Steuer sitzt, wendet und fährt hinterher. Als er ganz nah an ihnen dran ist, tritt er mit voller Kraft auf die Bremse. Der Alfa hält mit quietschenden Reifen, die Türen fliegen auf, und die vier Männer springen aus dem Wagen.

Werner bringt sofort die Schrotflinte in Anschlag. Aber Giorgio reißt ihm die Waffe aus der Hand. „Bist du wahnsinnig?", ruft er, „du bringst sie um!" Cimino und Franco laufen den beiden Luden hinterher und schießen. Laut Ermittlungsbericht der Polizei geben sie mindestens vier Schüsse auf die flüchtenden Männer ab, einer wird am rechten Bein getroffen. Er bleibt verletzt auf dem Gehweg liegen, sein Kumpel versteckt sich unter einem parkenden Auto.

Die Schüsse mitten in der Nacht sind nicht zu überhören. Überall gehen hinter den Fenstern die Lichter an. „Lasst uns abhauen!", ruft Giorgio. Sie laufen zum Auto und fahren ohne Licht davon. Giorgio setzt die beiden Italiener an der Pizzeria ab, dann fährt er weiter ins „Flair".

Nach dieser Nacht rufen die Zuhälter an. Sie sind ziemlich kleinlaut und wollen Frieden schließen. Warum nicht?, denkt Giorgio. Sein Ziel hat er erreicht. Sie verabreden sich im Kaufhof-Restaurant in der Fußgängerzone von Mülheim. Er geht allein, De Cicco steht unten an der Tür. Für alle Fälle. Die Zuhälter kommen zu dritt, einer humpelt an Krücken, und sie haben einen Vermittler dabei.

„Wie ihr seht, bin ich allein gekommen", sagt Giorgio. „Aber ihr könnt davon ausgehen, dass ich nicht allein bin. Also macht keinen Ärger", sagt er zur Begrüßung. Die Zuhälter versichern ihm, dass sie auf keinen Fall Ärger mit ihm bekommen wollen. „Nun gut", sagt Giorgio, „überlegt es euch. Wenn ihr zur Polizei geht und mich anzeigen wollt, könnt ihr das tun. Aber dann seid ihr hundertprozentig tot. Nicht heute und nicht morgen, aber euer Tod ist dann sicher." Und dann sagt er noch, mehr aus einer Laune heraus, sie hätten eine zu große Schau abgezogen, und dass er darüber sehr verärgert sei. Er verlange zehntausend Mark, um seinen Ärger zu vergessen. Jetzt schaltet sich der Vermittler ein, und sie einigen sich auf siebentausend Mark. Auch gut, findet Giorgio, dann hat sich die Sache ja sogar noch gelohnt.

Von dieser Friedensregelung bekommt Kommissar Walter natürlich nichts mit. Er hört aber noch manchmal von den beiden Zuhältern, die sich jedesmal, wenn es in ihrer Nähe knallt oder ihnen etwa komisch vorkommt, hilfesuchend an die Polizei wenden. Auch bei Giorgio rufen sie dann an und erinnern ihn an sein Versprechen, sie in Ruhe zu lassen. Aus machtpolitischer Sicht war die Aktion ein voller Erfolg, denn so etwas spricht sich herum. Kommissar Walter macht sich ernsthaft Sorgen darüber, was sich da in seinem Revier entwickelt. Doch ihm bleibt zunächst nichts als die Politik der kleinen Nadelstiche.

Ende März 1985 verliert Giorgio wegen des versehentlich losgegangenen Schusses vom Dezember und den häufigen Schlägereien im „Flair" die Konzession, aber er setzt einfach Gabriele als Mitpächterin ein, die eine neue Konzession erhält. Der Verpächter Möhlenbeck stimmt murrend zu. Die Stadt erteilt Giorgio Hausverbot für das „Flair". Das kümmert ihn wenig, tatsächlich ist er fast jeden Abend dort und führt weiterhin die Geschäfte, die legalen wie die illegalen.

Bei einer seiner überraschenden Kontrollen findet Möhlenbeck am 3. April 1985 heraus, dass Giorgio sein Bier nicht bei dem vertraglich festgelegten Lieferanten kauft. Die Kellertreppe ist durch ein Bierfass beschädigt worden, doch die Sternbrauerei aus Essen ver-sichert, schon lange nicht mehr ins „Flair" geliefert zu haben. Tatsächlich lagern im Keller keine Fässer der Sternbrauerei, sondern nur Bier eines Konkurrenten.

Möhlenbeck, der zu dem Termin seinen Rechtsanwalt mitbringt, erklärt Gabriele, dies sei ein Verstoß gegen den Pachtvertrag, und kündigt ihr zum Ende des Monats. Noch in der Discothek fordert er seinen Rechtsanwalt auf, die schriftliche Kündigung aufzusetzen und die Räumungsklage vorzubereiten. Aufgebracht verlässt er den Laden.

Dieses Schwein!, fährt es Giorgio durch den Kopf, als Gabriele ihm von der Kündigung berichtet. Das „Flair" ist sein Lebensinhalt. Er ist auf dem Weg, seine Bande aufzubauen. Die Discothek ist seine Zentrale, und im Büro steht sein Chefsessel. Er ist weit über die Grenzen von Mülheim hinaus bekannt, und sein Laden hat sich zum Treffpunkt wichtiger Leute entwickelt. Er hat mehr als hundertvierzigtausend Mark ins „Flair" investiert, und jetzt kommt dieser alte Mann und zerstört seinen Traum. Es ist nicht nur der finanzielle Verlust, der Giorgio ärgert, es ist die Demütigung, die der Verlust der Discothek bedeuten würde und die ihn rasend vor Wut macht. Giorgio hat große Pläne, er will weitere Läden eröffnen, aber all das ist nun gefährdet.

Er hat alle Nörgeleien von Möhlenbeck ertragen, es geduldet, dass er sich in seine Geschäfte einmischt und die Bücher kontrolliert. Selbst die Kaution kann Giorgio abschreiben, denn Möhlenbeck ist bekannt dafür, dass er die hinterlegten Gelder mit Hinweis auf vermeintliche Schadensersatzansprüche oft nicht auszahlt.

Wutentbrannt spricht Giorgio mit De Cicco. „Möhlenbeck geht mir allmählich auf die Nerven", sagt er. Was dieser alte Mann mit ihm macht, kann er nicht auf sich sitzen lassen. Es muss etwas geschehen. Er hat auch schon eine Idee. Ein paar Leute sollen Möhlenbeck in seiner Wohnung überfallen und ausrauben. Er geht davon aus, dass Möhlenbeck zu Hause eine Menge Bargeld und teure Uhren aufbewahrt, er rechnet mit mindestens zweihunderttausend Mark Beute. Eine hübsche Summe.

Das Geld interessiert ihn jedoch nicht. Seine Leute sollen den Mann zusammenschlagen, möglichst brutal, damit er eingeschüchtert genug ist, um die Kündigung zurückzunehmen. Giorgio geht davon aus, dass Möhlenbeck wegen der zeitlichen Nähe zwischen der Kündigung und dem Überfall schon auf den richtigen Gedanken kommen wird.

„Sie sollen ihn krankenhausreif schlagen", sagt er. „Und wenn sie ihn umbringen, ist es mir auch egal." Insgeheim hofft Giorgio sogar, dass Möhlenbeck stirbt. Aber noch ist De Cicco für ihn der Boss, die Jungs, die den Überfall ausführen sollen, gehören zu ihm, und nur er kann ihnen Befehle erteilen.

Einige Soldaten des Clans aus Corigliano sind gerade in Metzingen bei Stuttgart, und De Cicco will sie kommen lassen: Es sind Vincenzo, ein Schafhirte ohne Bildung und ohne Skrupel, Natale und Giovanni. Sie sind bei Silvestro abgestiegen, einem befreundeten Sizilianer.

Noch am selben Abend ruft Giorgio vom Telefon eines Freundes aus in Metzingen an. „Vincenzo, schöne Grüße von De Cicco", sagt er, „wir planen einen Überfall und brauchen dafür drei Leute. Packt eure Sachen und kommt nach Mülheim."

Niemand, zumindest kein unterer Rang, würde es wagen, einen Befehl von De Cicco zu verweigern. Vincenzo und seine Leute beginnen sofort mit den Vorbereitungen. Aus alten Pullovern, denen sie die Ärmel abschneiden, fertigen sie Gesichtsmasken. Vincenzo besorgt drei Pistolen, eine Fast Eibar, Kaliber 32, mit einem 13,1 Zentimeter langen Lauf, eine Fabrique Nationale d'armes de Guerre Herstal Belgique mit einem 17,5-Zentimeter-Lauf sowie eine Walther P38, Kaliber 9 Millimeter, die mit ihrem mehr als zwanzig Zentimeter langen Lauf furchteinflößend aussieht.

Die Waffen, die Masken und einen Kuhfuß – ein Brecheisen mit gebogener Spitze – packen sie in eine Tüte und legen diese in Silvestros Auto, der wenig später nach Hause kommt.

Silvestro ist der Einzige von ihnen, der einen Führerschein und ein Auto besitzt. Weil die anderen auf ihn angewiesen sind, machen sie ihn mit einem improvisierten Aufnahmeritual der 'Ndrangheta gefügig. Natale legt drei Messer zu einem Stern zusammen und erklärt dem Sizilianer, dass er von nun an über ihn befehlen werde. Die Männer stechen sich mit einem Messer in den Daumen und reiben das Blut aneinander. „Nun sind wir Brüder", sagt Natale feierlich und weist auf den aus Messern gelegten Stern. „Wenn du dieses Zei-chen jemals wiedersiehst, hast du einen Auftrag auszuführen, oder du musst sterben." So richtig ernst nimmt der Sizilianer die Zeremonie nicht, aber als Vincenzo ihm befiehlt, für den Überfall mit nach Mülheim zu kommen und ihn gleichzeitig an die drei Messer erinnert, bekommt er doch Angst und fügt sich. Am nächsten Tag, es ist Gründonnerstag, fahren sie los.

Unterdessen ärgert sich Kommissar Walter, dass die Telefonüberwachung nichts ergibt, womit er Giorgio festnageln kann. Denn brisante Telefonate führt der Italiener nie von seinem Apparat aus. Dennoch bekommt Walter mit, wie Giorgio großspurig die Mülheimer Halbwelt zu einer großen Party mit Livemusik ins „Flair" einlädt. Und zwar am Gründonnerstag. An diesem Tag müssen alle Discotheken aus religiösen Gründen um Mitternacht schließen. Giorgio hingegen will einfach die Tür schließen und mit seinen Gästen weiterfeiern. Er rechnet nicht mit Kommissar Walter und seiner Politik der Nadelstiche.

Giorgio steht wie üblich im „Flair" hinterm Tresen, als kurz vor Mitternacht die Kommissare Walter und Achterfeld mit zwei Kollegen auftauchen. Der Laden ist brechend voll, die Band spielt, und die Polizisten bestellen ein Bier. Sie machen keine Anstalten zu gehen. Es wird Mitternacht, und sie stehen immer noch am Tresen, und fünf Minuten später geht Walter zu Giorgio, zeigt ihm das Ziffernblatt seiner goldenen Omega und sagt: „Feierabend!"

Giorgio platzt beinahe vor Wut. Aber er beherrscht sich. „Kann ich dich mal sprechen?", fragt er. Sie duzen sich, das ist im Milieu so üblich. Walter nickt, und sie gehen in Giorgios Büro, das hinter einer doppelflügeligen Tür am Ende des Tresens liegt. Sie gehen am Tresen vorbei, Giorgio öffnet die Tür. Sie führt in einen Gang, und von dort aus geht eine weitere Tür ins Büro ab. Giorgio setzt sich auf seinen Chefsessel hinter dem Schreibtisch, und Walter nimmt auf dem Besucherstuhl davor Platz. Rodewies, der Boxer, setzt sich demonstrativ vor den Polizisten auf die Tischplatte, und Giorgio legt lässig die Füße hoch.

„Schaust du manchmal fern?", meint Giorgio an Walter gewandt.

„Na klar, Giorgio!", antwortet der Kommissar.

„Dann hast du doch sicher mitgekriegt, dass in Italien Bullen wie du erschossen werden", sagt er.

„Giorgio", sagt der Kommissar und schaut ihn an, „du machst einen großen Fehler. Wir sind hier in Deutschland und nicht in Italien."

Dann steht Walter auf und geht zurück durch die Tür zu seinen Kollegen: „Jetzt machen wir den Laden zu!"

Der Kommissar ist sauer. Die Ermittlungen kommen nicht voran, und jetzt will ihn der Italiener auch noch aus der Reserve locken. „Feierabend!", ruft Walter, die Party ist beendet. Wütend muss Giorgio zusehen, wie seine Gäste das „Flair" verlassen.

Unterdessen sind Vincenzo und die anderen Italiener in Mülheim angekommen und warten auf Befehle. Der Karfreitag verstreicht, erst am Sonnabend bestellt Giorgio sie in seine Discothek. De Cicco ist schon da und empfängt sie in Giorgios Büro. Er erklärt ihnen, dass sie Möhlenbeck in seiner Wohnung überfallen und ausrauben sollen. Sie sollen die Wohnung durchsuchen und alles mitnehmen, was wertvoll erscheint. „Und was machen wir mit dem Alten?", fragt Vincenzo. „Was ihr wollt", sagt Giorgio.

Giorgio beschreibt ihnen die Wohnung, soweit er sich erinnern kann. Er ist ein paar Mal dagewesen, als er Möhlenbeck die

Pacht brachte. Wegen der Ostertage, denkt Giorgio, hat er sämtliche Mieteinnahmen seiner Läden zu Hause. Die drei aus Corigliano sollen den Überfall ausführen, der Sizilianer soll draußen im Auto auf sie warten. Sie sollen auf jeden Fall Masken tragen, damit sie nicht erkannt werden, weist Giorgio sie an. Nach dem Überfall wollen sie sich wieder im „Flair" treffen und die Beute teilen.

Giorgio versucht sofort, Möhlenbeck anzurufen, um zu erfahren, ob er zu Hause ist. Aber niemand nimmt das Telefon ab. Giorgio erreicht Möhlenbeck weder am Sonntag noch am Montag. Ostermontag ist ein Tag, an dem die Italiener zu De Cicco fahren, um ihm ihre Aufwartung zu machen, wie es die Tradition und der Respekt erfordern. Giorgio kann nicht ahnen, dass Möhlenbeck über die Ostertage mit einer Bekannten nach Bad Neuenahr gefahren ist, wo sie im Steigenberger Hotel abgestiegen sind. Giorgio und seine Leute werden zunehmend nervös.

Erst am frühen Dienstagnachmittag kehrt Möhlenbeck aus dem Osterurlaub zurück. Er bleibt nur kurz in seiner Wohnung, stellt den Koffer ab und fährt sofort zu seinem Rechtsanwalt, um die Kündigung des Pachtvertrags für die Discothek und die Räumungsklage mit ihm zu besprechen.

Als er in seine Wohnung zurückkehrt, klingelt das Telefon. Es ist Giorgio. Er fragt, ob er an diesem Abend zu Hause sei, er wolle kommen und die rückständige Pacht zahlen, und außerdem benötige er einen zusätzlichen Schlüssel für die Discothek. Möhlenbeck ist einverstanden. Sie verabreden sich noch für diesen Abend.

Giorgios Leute warten unterdessen in der Katholischen Mission in Mülheim auf ihren Einsatz. Vincenzo ruft Giorgio an. „Wann geht es endlich los?", fragt er. „Es ist alles klar", sagt Giorgio. „Kommt vorbei."

Sie holen den Sizilianer, ihren Fahrer, bei dessen Freundin Rosa ab und fahren los. In Giorgios Pizzeria fängt er wieder davon an, dass er nicht mitmachen wolle. Doch Natale erinnert ihn an die drei Messer, und er schweigt. Vincenzo steigt zu Giorgio in dessen Alfa, die anderen drei fahren im VW Scirocco des Sizilianers hinterher.

Möhlenbeck wohnt im Duisburger Wasserviertel, in der Moselstraße 1 A. Es ist ein kleines und schlichtes Haus an der Ecke zur Kardinal-Galen-Straße, wo im Erdgeschoss ein Metzger seinen Laden hat. Dort befindet sich auch der eigentliche Hauseingang. Ein separater Eingang mit Milchglastür und Gegensprechanlage führt an der Moselstraße zu Möhlenbecks Wohnung in einer Art Anbau.

Giorgio parkt den Wagen, der Sizilianer fährt noch ein Stück weiter und sucht ebenfalls einen Parkplatz. Giorgio steigt aus, geht zur Haustür und klingelt. Er hört keinen Klingelton, und es rührt sich auch niemand. Also klopft er. Als Möhlenbeck öffnet, geht Vincenzo möglichst unauffällig am Haus vorbei, um sich sein Opfer anzuschauen. Möhlenbeck merkt nichts. Er nimmt Giorgio das Geld ab und gibt ihm den Schlüssel. Sie reden nicht viel, und Giorgio verabschiedet sich schnell. Er eilt zu den anderen, die weiter oben in der Moselstraße stehen. „Ihr müsst klopfen, die Klingel ist kaputt", sagt er. Dann wünscht er ihnen viel Glück und fährt ins „Flair".

Die anderen fahren um die Ecke und suchen einen neuen Parkplatz. Sie wollen in der Moselstraße möglichst nicht auffallen. Sie sitzen im Auto und warten darauf, dass es dunkel wird. Einmal steigt Vincenzo aus und uriniert gegen einen Baum, Natale benutzt dafür den Kotflügel des Scirocco. Er will den Sizilianer ärgern, der ihm mit seinem ängstlichen Gequatsche auf die Nerven geht. Gegen neun Uhr ist es so weit.

Sie lassen die Waffen im Auto und nehmen nur die Masken und den Kuhfuß in der Plastiktüte mit. Sie stellen sich vor Möhlenbecks Hauseingang, einer von ihnen klopft. Nichts. Er klopft noch einmal, lauter. Nichts rührt sich. Erst nach dem vierten Mal geht Licht im Flur an. Möhlenbeck öffnet die Tür. „Was wollt ihr?“, fragt er.

„Wie heißen Sie?“, stottert Natale.

„Möhlenbeck.“

„Wir suchen einen Freund“, sagt der Italiener.

„Hier wohnt niemand außer mir“, antwortet Möhlenbeck. In dem Moment stoßen sie den alten Mann ins Haus und stürzen sich auf ihn. Natale packt Möhlenbeck um die Hüfte, Giovanni umklammert seine Arme, und Vincenzo hält ihm den Mund zu. Dann schließen sie die Tür.

Die Wohnung von Möhlenbeck ist deutlich eleganter und teurer eingerichtet, als es die schlichte Fassade vermuten lässt. Am Ende der schmalen Diele mit der Garderobe öffnet sich ein Flur, von dem Wohn- und Schlafzimmer, Küche und Bad abgehen. Von der Diele führt eine Treppe hinab in den Keller, wo Möhlenbecks Schwimmbad, Sauna und Solarium liegen. Der alte Mann leidet an Rheuma, weshalb es sehr warm ist in der Wohnung.

Die drei Italiener schleppen ihn ins Wohnzimmer, wo sie ihn auf den Fußboden legen. Während zwei Männer auf ihm knien und den Mund zuhalten, sucht Natale nach geeignetem Material, mit dem er den alten Mann fesseln will. Im Schlafzimmer läuft der Fernseher, und er schaltet das Gerät ab. Er findet einen Pullover mit langen Ärmeln und eine Krawatte. Mit dem Pullover bindet er Möhlenbecks Füße zusammen, mit der Krawatte fesselt er seine Hände auf dem Rücken. Dann greift Vincenzo den alten Mann mit einer Hand an die Wangen und drückt zu. Möhlenbeck röchelt, sein Gebiss fällt aus dem Mund. Aus einer kleinen Wunde im Mund rinnt Blut.

„Wo ist das Geld?“, fragt Natale. Als Möhlenbeck nicht antwortet, schlägt er brutal zu. „Wo ist das Geld?“, schreit Natale erneut. Völlig eingeschüchtert deutet Möhlenbeck nun auf das Schlafzimmer. Sie schleppen ihn hinüber und legen ihn aufs Bett. In einer Schublade findet Giovanni ein Paar Socken, die er

Möhlenbeck in den Mund stopft. „Nimm sie ab und zu raus, sonst erstickt er“, befiehlt Natale.

Während Giovanni den alten Mann bewacht, durchwühlen die beiden anderen Italiener das Schlafzimmer. Im Nachtschrank findet Natale tausend Mark, in einer Schublade eine mit Brillanten besetzte, goldene Armbanduhr von Audemars Piguet, ein silberfarbenes Dupont-Feuerzeug und mehrere Schmuckstücke. Er stopft alles in die Plastiktüte. Plötzlich klingelt das Telefon, und sie hören Stimmen. Die Männer erschrecken. Doch das Klingeln verstummt, und die Stimmen stammen von einem weiteren Fernsehgerät, das in der Küche läuft. Natale schaltet es aus.

Sie durchwühlen das ganze Haus und stopfen alles, was ihnen wertvoll erscheint, in die Plastiktüte. Natale geht hinunter in den Keller, wo er fasziniert vor dem Schwimmbecken stehenbleibt.

Unterdessen ringt Möhlenbeck verzweifelt nach Luft. Er kann nur durch die Nase atmen, und das reicht nicht. Doch jedes Mal wenn er versucht, die Socken aus dem Mund zu stoßen, drückt sie sein Bewacher wieder hinein.

Nachdem Natale auch die Küche durchsucht hat, geht er wieder ins Wohnzimmer. „Hast du was gefunden?“, fragt Vincenzo, der aus dem Keller zurückgekehrt ist. „Nein“, antwortet Natale. „Ich auch nicht“, erwidert Vincenzo. Wieder klingelt das Telefon. „Wer ist das?“, fragt Natale. Er nimmt Möhlenbeck den Knebel aus dem Mund. „Vermutlich meine Freundin. Sie will gleich vorbeikommen“, sagt Möhlenbeck. In seiner verzweifelten Lage hofft er, die Räuber so zur Flucht bewegen zu können. Stattdessen schreit Natale ihn an: „Wo ist die Kohle?“ Möhlenbeck wird immer eingeschüchterter. „In meinem Büro in Mülheim“, sagt er. „In einem Panzerschrank?“, will Natale wissen. „Ja!“

„Da können wir nicht hingehen“, meint Vincenzo. Giovanni packt Möhlenbeck an den Schultern und richtet ihn auf. Die Italiener schlagen wie die Verrückten auf ihn ein und treten ihm in den Bauch. Sie toben, weil sie die erwarteten zweihunderttausend Mark nicht bekommen. Als der alte Mann vor Schmerzen laut schreit, legen sie ihn wieder auf den Rücken und stopfen ihm die Socken in den Mund. Es gelingt Möhlenbeck, die Socken auszuspucken. „Erika!", schreit er einige Male, so laut er kann.

Mit voller Kraft drückt ihm Vincenzo nun die durchfeuchteten Socken tief in den Rachen und steckt noch ein Tuch hinterher. Der Alte soll endlich ruhig sein, denkt er, sonst alarmiert er noch die Nachbarn. Er nimmt noch ein Taschentuch und presst es Möhlenbeck mit beiden Daumen gegen den Gaumen, bis es nicht mehr weiter geht. Dann findet er eine Haarbürste und stopft mit deren spitzen Stiel den Stoff mit voller Kraft in den Rachen, so tief wie es geht. Giovanni packt ihn erschrocken am Arm, aber Vincenzo stößt ihn wütend weg. Der Schafhirte zeigt überhaupt kein Mitleid.

Der spitze Stiel reißt eine große Wunde in den Gaumen, die stark zu bluten beginnt. Blut quillt aus Möhlenbecks Mund, läuft über sein Gesicht. Die Tücher in Möhlenbecks Mund saugen sich voller Blut und machen ihm das Atmen unmöglich. In diesem Augenblick kommt Natale ins Schlafzimmer zurück. „Wasch dich!", befiehlt er Giovanni, dessen Hände voller Blut sind. Und zu Vincenzo sagt er: „Binde den Knebel zu, wir müssen gehen." Der Italiener nimmt ein weiteres Paar Socken und presst es mit aller Kraft in Möhlenbecks Rachen. Dann verknotet er das Tuch um den Mund hinter dem Kopf.

Das ist Möhlenbecks Todesurteil.

Die Italiener packen ihre Sachen zusammen und gehen aus der Haustür. Sie bemühen sich, einen möglichst entspannten Eindruck zu machen, und als sie auf die Straße treten, rufen sie laut: „Auf Wiedersehen." Passanten sollen denken, sie verabschiedeten sich von einem Freund. Von Möhlenbecks Todeskampf hören sie nur noch einen unartikulierten Laut. Dann ziehen sie die Tür zu.

Sie gehen zum Auto, in dem der Sizilianer auf sie wartet. Natale und Giovanni klettern auf die Rücksitze, Vincenzo setzt sich auf den Beifahrersitz. „Na, wie ist es gelaufen?“, fragt der Fahrer. „Halt's Maul und konzentrier dich auf die Straße“, raunzt Vincenzo ihn an. Sie fahren zu Rosa, der Freundin des Sizilianers, nach Mülheim und schütten den Inhalt der Plastiktüte aufs Bett. Natale steckt das Geld ein, Vincenzo die Uhr mit den Brillanten, die Manschettenknöpfe und einen Weißgoldring. Alles andere packen sie wieder in die Tüte. Es sei besser, den Schmuck in Italien zu verkaufen, meint einer. „Den Rest bringen wir dem Boss“, sagt Natale.

Es ist kurz vor Mitternacht, als sie zu De Cicco aufbrechen. Auf dem Weg halten sie auf einer Brücke über einen Fluss und werfen eine leere Schmuckkassette ins Wasser. Dann fahren sie in die Mülheimer Quellenstraße, wo De Cicco wohnt.

„Kommt rein“, sagt De Cicco. Im Wohnzimmer schütten sie die Plastiktüte aus, und der Boss fragt: „Ist das alles?“ Der alte Fuchs traut seinen eigenen Leuten nicht. „Holt den Sizilianer!“, befiehlt er. Von ihm will er sich noch einmal genau schildern lassen, was in Möhlenbecks Wohnung vorgefallen ist. Aber der Sizilianer kann nichts sagen, er war nicht dabei.

„Lebt der Alte noch?“, fragt De Cicco misstrauisch. „Natürlich“, antwortet Vincenzo. „Als Natale und Giovanni ‚gute Nacht‘ gesagt haben, hat er sich bewegt und Geräusche gemacht.“ De Cicco steckt das Bargeld ein. „Verschwindet!“, befiehlt er und schickt seine Leute hinaus.

Der Sizilianer setzt sie im „Flair“ ab und fährt zurück zu seiner Freundin Rosa. Giorgio wartet bereits gespannt. Er geht mit Vincenzo in sein Büro. „Wie ist es gelaufen?“, will er wissen. Sein Landsmann berichtet ihm von der geringen Beute. „Mehr nicht?“, fragt Giorgio ungläubig. „Er hat gesagt, das Geld sei in seinem Büro im Tresor“, antwortet Vincenzo. „Warum habt ihr ihn nicht dahin geschleppt oder mich angerufen?“, fragt Giorgio erbost. Dann hätten sie die Chance gehabt, doch noch ans große Geld zu kommen, denkt er. Aber jetzt ist es zu spät. „Ihr müsst sofort nach Italien zurück“, entscheidet Giorgio.

6
Pate hinter Gittern

Als Mordermittler der Kriminalpolizei in Duisburg sieht man viel Elend. Derartige Kapitaldelikte sind überwiegend eine Spezialität der Unterschicht. Die Tatorte ähneln sich, es sind meist die gleichen ungepflegten Wohnungen mit ähnlich geblümten Sofas, und häufig riecht es nach abgestandenem Zigarettenqualm und Alkohol.

Dennoch ist Heinz-Dieter Dickmann gern im „1.K", wo er wie sein Mülheimer Kollege Walter für Leichensachen, Sexualdelikte und Brandstiftungen zuständig ist. Der gepflegte Vollbart gibt dem blonden Kommissar das Aussehen eines Seebären, und tatsächlich segelt er leidenschaftlich gern. Er ist seit 1981 an diesem Kommissariat, und mit seinem Kollegen Bernd Christ hat er seitdem in fast jedem Mordfall in Duisburg ermittelt. Er mag diese Arbeit, denn die Aufklärungsquote bei Tötungsdelikten ist generell außerordentlich hoch, sie liegt bei weit über neunzig Prozent. Meistens stehen Täter und Opfer in einer so engen Beziehung zueinander, dass der Ermittler nicht lange nach dem Mörder suchen muss.

Doch dieser Fall ist etwas Besonderes. Die Putzfrau hat die Leiche von Rudolf Möhlenbeck am Mittwochmorgen um 8.30 Uhr gefunden und die Polizei alarmiert. Dass es sich um Mord handelt, ist nicht zu übersehen.

Dickmann nimmt sein Diktiergerät für den Tatbefundbericht in die Hand. Es ist der 10. April 1985. Es ist sehr warm in der Wohnung, im Schwimmbad zeigt das Wandthermometer vierunddreißig Grad. „Auf der Garderobe liegen drei Hüte und eine

Pelzkappe, und es hängen daran eine gefütterte Wildlederjacke und eine blaue Strickjacke", diktiert Dickmann. „Die Wände sind tapeziert und die Decken mit Holz getäfelt." Im Eingang zum Wohnzimmer entdeckt der Kommissar das Gebiss, das Möhlenbeck verloren hat. Überall sind Wäschestücke verstreut.

Die Leiche liegt rücklings auf dem Bett im Schlafzimmer, der Kopf zeigt zur rechten Wand, die Füße Richtung Eingang. Die Arme sind mit einer Krawatte hinter dem Rücken gefesselt, die Gelenke blau-rot verfärbt. Um den Mund ist ein dunkelrot gemusterter Schal gebunden. Die Fußgelenke sind mit einem lilafarbenen Pullover verknotet. Der Tote ist mit einer Schlafanzughose und Angoraunterwäsche bekleidet. Dickmann ist bei seiner Arbeit sehr akribisch. Bei solchen Fällen kommt es auf jedes Detail an, und nichts ist im Gerichtsverfahren peinlicher, als wenn die Rechtsanwälte wegen schludriger Tatortarbeit das Ergebnis der Ermittlungen anzweifeln können.

Laut Obduktionsergebnis, das der Ermittler später aus der Gerichtsmedizin erhält, hat Möhlenbeck vor seinem Tod stark gelitten. Der Gerichtsmediziner findet zerfetztes Gewebe am Gaumen, eine Unterblutung der Zunge, wo das Gewebe aufgerissen ist, ein Hämatom mit Bindehautblutungen am rechten Auge, Hautabschürfungen über dem linken Jochbein, Schürfungen der Haut an der Nasenspitze und am linken Nasenflügel, einzelne punktförmige Blutungen, großflächige Hautabschürfungen um den Mund und am Kinn, Blut am linken Ohr und am rechten Schlüsselbein sowie Blutergüsse am Bauch.

Wer auch immer der Täter ist – er ist extrem brutal vorgegangen, das Opfer ist schließlich erstickt. „Möhlenbeck", stellt der Arzt fest, „verstarb spätestens fünf Minuten nach der letzten Knebelung." Im Todeskampf sind fünf Minuten eine Ewigkeit.

Dickmann sieht sich in der Wohnung um. Alles macht einen gepflegten Eindruck, und das Schwimmbad mit der Sauna und dem Solarium vermitteln einen Hauch von Luxus. „Wie bei Derrick", denkt der Kommissar unvermittelt. Es gibt jede Menge Spuren am Tatort, am Telefon klebt ein Zettel mit einem Namen: Giorgio Basile.

Dickmann misst dem Zettel zu diesem Zeitpunkt keine besondere Bedeutung bei. Tatorte machen immer eine Menge Arbeit, Sicherung und Auswertung der Spuren sind aufwendig und dauern lange. Sämtliche Schränke und Behältnisse sind durchwühlt, alles deutet für den Kommissar auf einen Raubmord hin. Auf jeden Fall wird ihm der Täter diesmal nicht auf dem Präsentierteller geliefert, denkt er und macht sich konzentriert an die Tatortarbeit

Gleich am nächsten Tag kommen die Kommissare Walter und Achterfeld ins „Flair". „Schon gehört, Giorgio? Möhlenbeck ist tot", sagt Walter.

Walters Kollegen verteilen Flugblätter an jeden Gast. Für Hinweise, die zur Ergreifung des Täters führen, ist eine Belohnung von fünftausend Mark ausgesetzt. Giorgio hat immerhin ein Motiv, denkt Walter. Durch die Telefonüberwachung weiß er, dass der Italiener Ärger mit Möhlenbeck hatte und den Laden verlieren sollte.

Doch Giorgio fühlt sich sicher. Er hat ein Alibi, und er geht davon aus, dass Vincenzo und die anderen längst wieder in Italien sind. Was also hat er zu befürchten?

Er ist deshalb ziemlich überrascht, als er am 13. April festgenommen wird. Allerdings wegen der Schießerei mit den Zuhältern, wie sich schnell herausstellt. Gabrieles Schwester, die ihn um Hilfe gerufen hat, ist bei der Vernehmung umgefallen und hat ausgesagt. Giorgio ärgert sich maßlos über sie. Cimino und Franco, seine Aufpasser aus dem illegalen Spielcasino, sind ebenfalls festgenommen worden. Sie kommen alle in Untersuchungshaft.

De Cicco schickt sofort Giorgios Mutter nach Metzingen, wo die Italiener in Wahrheit immer noch sind. Er hat in der Zeitung gelesen, dass viel mehr erbeutet wurde, als der Schafhirte Vincenzo ihm ausgehändigt hat. Allein die Uhr ist achtundzwanzigtausend Mark wert. Sie soll das aufklären und außerdem seinen Leuten sagen, dass Giorgio verhaftet worden ist und sie schnellstmöglich verschwinden müssen.

Zufälle haben schon oft geholfen, kniffelige Kriminalfälle zu lösen. Nach den Zeitungsberichten über den Mord hat sich ein älteres Ehepaar, beide sind schon weit über sechzig Jahre alt, bei Dickmann gemeldet. Die älteren Herrschaften haben sich über die Insassen eines grünen VW Scirocco geärgert, die schamlos auf die Straße pinkelten, erzählen sie. Deshalb haben sie sich das Nummernschild notiert: RT-DD 667.

Der Wagen ist, wie Dickmann bald herausfindet, auf einen Mann aus Metzingen zugelassen. Er informiert seine Kollegen in Baden-Württemberg und macht sich sofort auf die Reise. Schnell stellt sich heraus, dass der offizielle Halter völlig unschuldig ist. Er hat den Wagen kürzlich verkauft, und der neue Besitzer hat ihn noch nicht umgemeldet. Es ist Silvestro, der Sizilianer.

Als Giorgios Mutter am Morgen des 14. April in Silvestros Wohnung auftaucht, wird das Haus schon von Polizisten observiert. Doch die Frau bemerkt die Fahnder nicht.

Die Italiener sind nicht erfreut über ihren Besuch. „Was willst du hier?“, herrscht Vincenzo die Frau an. „Gebt die Uhr, die ihr dem Alten abgenommen habt“, sagt Giorgios Mutter, „De Cicco will sie haben.“ Außerdem richtet sie ihnen aus, dass Waffen, Tatwerkzeuge und Beute wegen der Festnahmen in Mülheim sofort verschwinden müssten. Vincenzo wird nervös. Er packt alle Sachen in Plastiktüten und hängt sie an Seilen aus dem Fenster. Er will verhindern, dass sie bei einer Hausdurchsuchung gefunden werden.

Kurz darauf fliegt die Wohnungstür mit einem gewaltigen Krach aus dem Rahmen. Ein Sondereinsatzkommando stürmt herein und legt die ganze Bande auf den Boden – auch Giorgios Mutter. Die Polizei hat Glück: Auf einen Schlag werden alle Täter festgenommen. Beamte führen sie in Handschellen zu den Streifenwagen, die draußen eingetroffen sind.

Kommissar Dickmann schickt am nächsten Tag einen Blumenstrauß an das Ehepaar, das sich das Kennzeichen des Scirocco aufgeschrieben hatte.

Giorgio hat noch nie im Gefängnis gesessen. Als sich die Tür das erste Mal hinter ihm schließt, weint er; nicht etwa, weil er sein Schicksal beklagt oder Angst vor der Zukunft hat, sondern aus Wut und Enttäuschung über Susanne. Er ist unendlich sauer auf Gabrieles Schwester, die ihn um Hilfe gerufen und nun verraten hat. Und er weint, weil er nicht weiß, wann er seinen Sohn Gianni und Gabriele wiedersehen wird. Gabriele ist, wie er von seinem Anwalt erfährt, ebenfalls verhaftet worden. Wegen Verdunklungsgefahr. Sie sitzt im Frauengefängnis von Mülheim und hat ihren Sohn dabei. So atmet der Junge schon als Kleinkind Gefängnisluft. Das ist trotz seiner kriminellen Karriere eine schreckliche Vorstellung für Giorgio.

Er sieht sich um. In seiner Zelle gibt es ein Bett, einen Spind, eine offene Toilette und einen metallenen Spiegel. Von der Anstalt hat er eine Zahnbürste und Zahnpasta, ein Stück Seife, Handtücher, Bettwäsche und zwei Decken, die sie Pferdedecken nennen, bekommen. Zu seiner Verwunderung ist er von den anderen Gefangenen isoliert. Er hat allein Freistunde und Hofgang, er duscht allein.

Trotz der Festnahmen aller seiner Komplizen fühlt sich Giorgio in seiner Zelle in der Untersuchungshaftanstalt in Oberhausen immer noch sicher. Der Haftbefehl gegen ihn ist ausgestellt worden wegen der Schießerei mit den Zuhältern, und er rechnet sich aus, dass er dafür nicht allzu viel zu erwarten hat. Sein Anwalt bestärkt seine Einschätzung. „Giorgio", sagt er, „die haben nichts gegen dich in der Hand. Du kommst bald raus." Doch das ändert sich bald.

Ein paar Tage später kommt der Anwalt wütend in den Besucherraum. Er hat mehrere Zeitungen unter dem Arm. „Du hast mich angelogen", schreit er Giorgio an und wirft die Zeitungen auf den Tisch. „Möhlenbeck-Mord: Kripo verhaftet sieben Italiener auf einen Schlag", steht da in der „WAZ" vom 17. April 1985. „Zehn Mann unter Mordverdacht", titelt die „Rheinische Post". Und darunter steht sein Name: Giorgio Basile, Betreiber der Discothek „Flair", habe Ärger mit dem Opfer gehabt.

Wieso sind diese Idioten nicht nach Italien abgehauen, wie ich es ihnen gesagt habe?, denkt Giorgio. Allmählich begreift er, dass er doch nicht so leicht aus der Sache rauskommen wird. Aber er verlässt sich auf die Omertà, das Gesetz des Schweigens. Natale und Vincenzo sind getaufte Ehrenmänner, sie würden nie reden.

Mit einer Nadel und Stempelfarbe, die er sich von Mithäftlingen besorgt, tätowiert Giorgio sich ein Zeichen auf die linke Brust: ein grün umrandetes Pergament mit einer roten Sonne darüber. In die Rolle will er das Datum seiner Mafia-Taufe setzen und die Initialen desjenigen, der ihn dann tauft. Jetzt, wo er schon einmal im Gefängnis sitzt, will er sich auf jeden Fall taufen lassen, denkt er. Sobald er wieder freikommt.

Giorgios Mutter und Gabriele werden bald aus der Haft entlassen. Als sie ihn besuchen kommt, sagt seine Mutter: „De Cicco haben sie auch verhaftet. Halt bloß den Mund, sonst bringen sie uns alle um!" Es ist das Erste, was sie sagt. Nicht etwa Hallo, wie geht es dir? Giorgio ist enttäuscht, aber er schweigt. Stattdessen schreit er Gabriele an. „Deine Schwester, die alte Schlange, hat uns alle verraten!" Er beschimpft sie, bis sie weinend den Besucherraum verlässt.

Dort sitzt er nun allein mit seinem Sohn Gianni und seiner Mutter; ein Justizbeamter und eine Dolmetscherin überwachen das Gespräch. Als die Mutter weiter von De Cicco und den anderen erzählt, bricht die Dolmetscherin das Gespräch ab. Sie hat gegen die Auflagen verstoßen, über die Tat darf in der Untersuchungshaft nicht gesprochen werden. Giorgio beschimpft sie ebenfalls und beginnt zu fluchen, worauf der Wachbeamte den Besuchstermin beendet.

Am nächsten Tag verkündet ein Haftrichter Giorgio den Haftbefehl wegen des Mordes an Möhlenbeck. Giorgio ist tief verunsichert. Er hat daran geglaubt, dass getaufte Ehrenmänner nie reden würden. Jetzt eröffnen ihm Polizisten, dass Natale umgefallen ist und ausgesagt hat. Und zwar alles. Giorgio kann es nicht glauben, und er begreift es erst richtig, als ihm ein Kriminalbeamter bei der Vernehmung die schriftlichen Aussagen seines Komplizen vorlegt. Es stimmt also. Was ist mit den anderen Männern, die bis dahin geschwiegen haben? Werden sie jetzt auch aussagen? Er kann es sich nicht vorstellen. Natale ist ein Spinner, denkt er. Er wird dafür büßen. Die anderen werden dichthalten. Da ist er sich ganz sicher.

Die Ermittlungen der Sonderkommission im Fall Möhlenbeck leitet der Duisburger Staatsanwalt Martin Hein. Auf einer Pressekonferenz ordnet er die festgenommenen Italiener dem „Bereich der organisierten Schwerkriminalität“ zu. Das Wort Mafia vermeidet er.

Natale sagt in den Wochen danach umfassend aus. Er ist bisher wegen seiner auffälligen Körpergröße von nur einem Meter fünfzig nicht an gewöhnlichen Überfällen beteiligt gewesen, nicht etwa, weil es ihm vielleicht an Mut mangelte. Doch jetzt stellt sich heraus, dass Santo Carelli, der neue Boss in Corigliano, einen Versager zum Ehrenmann gemacht hat.

Natale ist ein guter Tätowierer, ein echter Künstler, der vielen Mafiosi die Zeichen der ’Ndrangheta in die Haut gestochen hat. Auch De Cicco hat er einige Tattoos gemacht. Vielleicht haben sie ihn deshalb aufgenommen, wer weiß. Aber es ist ein großer Fehler gewesen, findet Giorgio. Er versteht nur nicht, warum er aussagt. In Italien ist Natale mehrfach verhaftet und von der Polizei böse verprügelt worden. Bislang hat er immer dichtgehalten. Warum sagt er ausgerechnet in Deutschland aus, wo die Polizei ihn nicht blutig schlägt?

Natale hält mit nichts hinterm Berg. Er erläutert dem Staatsanwalt nicht nur den genauen Tatablauf und die Beteiligung der einzelnen Personen. Er offenbart auch sein gesamtes Wissen über die 'Ndrangheta in Kalabrien, über den großen Boss Cirillo und über Santo Carelli, seinen Statthalter in Corigliano, der ihn und den Schafhirten Vincenzo zum Picciotto getauft hat. Er sagt aus, dass die Idee zum Überfall von Giorgio stamme, aber dass der Auftrag von De Cicco gekommen sei, denn ohne De Cicco wäre nichts gegangen. De Cicco ist der Boss der 'Ndrangheta in Mülheim. Hein nimmt alles auf, diese Zusammenhänge kümmern ihn jedoch nicht weiter.

Für den Staatsanwalt ist Giorgio Basile der Hauptschuldige. Er hat ein Motiv, nämlich die Kündigung, und in ihm sieht die Anklage die treibende Kraft. In den Gesprächen mit den Kommissaren Walter und Dickmann sieht sich Staatsanwalt Hein in seiner Auffassung bestätigt. Die deutsche Justiz kämpft in diesem Fall nicht gegen die Mafia, sie hat einen Raubmord aufzuklären und zur Anklage zu bringen. Walter hat recht gehabt, als er damals, nach der Drohung im „Flair", zu Giorgio sagte, er sei hier in Deutschland und nicht in Italien. Denn die deutsche Staatsanwaltschaft interessiert sich in diesem Prozess nicht für die 'Ndrangheta in Italien.

Giorgio spürt, dass es eng für ihn wird. Natale hat ausgesagt, und Giovanni hat die Aussage bestätigt. Die Polizei hat die Beute beschlagnahmt und die Spuren am Tatort ausgewertet, und selbst Giorgios Halbbruder Giacomo gibt vor der Polizei allein ihm die Schuld, um seinen Vater De Cicco zu entlasten.

Ihm wird klar, dass er tief drinsteckt. Er benötigt einen neuen Anwalt, einen erfahrenen Profi, einen der Besten. Gabriele bittet Ulrich Bauschulte, der damals in der renommierten Kanzlei Bossi in München arbeitet, den Fall zu übernehmen. Bauschulte ist kein Mafia-Anwalt, aber ein sehr guter Strafverteidiger. Rechtsanwälte dieses Formats treten nicht oft vor dem Landgericht Duisburg auf.

Der Prozess beginnt am 26. November 1985 und zieht sich über dreizehn Verhandlungstage. Die Justiz befürchtet eine Befreiungsaktion und riegelt die Umgebung des Landgerichts ab. Scharfschützen postieren sich auf den Dächern der Umgebung, jeder Prozessbesucher wird gründlich durchsucht. Es herrscht eine Atmosphäre wie bei den Terroristenprozessen der siebziger Jahre.

Die Zuschauerbänke sind stets voll. Es kommen Journalisten und die üblichen Neugierigen, und natürlich jede Menge Italiener. Verwandte, Bekannte und auch solche, die seit Jahren brav ihr Schutzgeld an De Cicco zahlen. Sie wollen sehen, was vor einem deutschen Gericht mit der 'Ndrangheta geschieht.

Noch vor dem ersten Prozesstag gelingt es Giorgio in der Transportzelle, einem seiner Leute, der mit De Cicco inhaftiert ist, ein paar Worte zuzurufen. „Was sollen wir tun?“, will er wissen. „Frag De Cicco, ob Vincenzo aussagt.“

Die Antwort kommt schnell. Vincenzo gebe die Tat zu, Giorgio solle aussagen, aber ihn, De Cicco, aus allem heraushalten. Sobald er frei sei, werde er für sie sorgen, lautet die Botschaft. Giorgio ist einverstanden, denn auch sein Anwalt Bauschulte hat ihm geraten, die Tat zuzugeben. Leugnen mache keinen Sinn, und Schweigen auch nicht. „Da ist nicht viel zu machen“, hat der Verteidiger gemeint.

Die Verhandlung ist eine Schwurgerichtsverhandlung mit drei Richtern und zwei Schöffen, zwei Staatsanwälten, vielen Sicherheitsbeamten und einem Dolmetscher für jeden Beschuldigten.

Giorgio sieht die anderen, die im Zusammenhang mit dem Mord verhaftet wurden, zum ersten Mal nach sieben Monaten wieder. Sie begrüßen sich, küssen sich, wie es Tradition ist. Nur zu Natale, der ausgesagt hat, darf er nicht. Sie sind insgesamt acht Beschuldigte: Giorgio und De Cicco, Vincenzo, der Schafhirte, De Ciccos Fahrer Vincenzo, Cimino und Franco, der Sizilianer Silvestro und Natale. Giovanni ist wegen seines Alters bereits vor dem Jugendgericht verurteilt worden.

Unter den Zuschauern entdeckt Giorgio seine Mutter und etwas später auch Gabriele mit ihrem Sohn Gianni. Der Kleine ist damals zwei Jahre alt. Giorgio wirft Gianni ein Küsschen zu. „Wer ist das?“, will der Vorsitzende Richter Schiller wissen. „Mein Sohn“, antwortet Giorgio. „Schämen Sie sich nicht, ein Kleinkind ins Gericht zu holen?“, donnert der Richter und wirft Gabriele mit dem Kind hinaus.

Dann beginnt der Prozess. Als Erstes wiederholt Natale detailliert seine Aussagen, die er bei der Staatsanwaltschaft gemacht hat. Er spart keine Einzelheit aus, auch nicht die über die ’Ndrangheta aus Kalabrien, und dass De Cicco der eigentliche Boss der Organisation aus Corigliano ist.

„Haben Sie etwas mit der Mafia zu tun?“, fragt Richter Schiller De Cicco, der im dunklen Anzug mit Krawatte am Tisch sitzt.

„Ich weiß nicht, was Sie damit meinen, Herr Vorsitzender“, antwortet De Cicco kühl.

Als Nächster kommt Giorgio an die Reihe. Er nennt seinen Namen, sein Alter, Anschrift, Beruf, das Übliche. „Was haben Sie zur Tat zu sagen?“, fragt Richter Schiller. Giorgio erklärt seine Rolle bei dem Raubüberfall, dass Möhlenbeck ihm auf die Nerven gegangen sei, dass er die Idee für die Tat gehabt und sie organisiert habe.

„Hat der Angeklagte De Cicco auch etwas mit der Tat zu tun?“, fragt der Richter.

„Nein“, antwortet Giorgio.

„Sind Sie sich sicher?“

„Ja!“

Der Richter bohrt nach: „Aber Natale Variopinto sagt etwas anderes.“

Und Giorgio antwortet: „Ich kenne De Cicco nur als Lebensgefährten meiner Mutter."

Richter Schiller fragt weiter: „Wer war bei der Tat dabei?"

Giorgio antwortet in dem Glauben, dass alle ihren Teil der Tat einräumen würden: „Natale, Giovanni, Vincenzo und Silvestro."

Als sein Name fällt, springt Vincenzo auf und schreit Giorgio an: „Du bist verrückt. Was habe ich dir getan? Ich kenne dich nicht!"

Giorgio trifft der Schlag. Ohne es zu wollen, hat er gegen das eherne Gesetz der 'Ndrangheta verstoßen – die Omertà. Er begreift sofort, dass Vincenzo nicht ausgesagt hat und damit rechnet, dass auch er schweigt. Ihm wird klar, dass er von De Cicco vorgeführt wird. Zum ersten Mal fühlt er sich wirklich verraten. Dass Natale ausgesagt hat, kann er verkraften. Er ist nur ein Picciotto, ein Getaufter ersten Grades. Aber nun hat ihn De Cicco belogen. De Cicco ist Sgarrista unter dem ehrwürdigen Boss Cirillo, er hat ihn für einen echten Ehrenmann gehalten. Aber er hat ihn eiskalt benutzt, um seine eigene Haut zu retten. Denn mit dieser Aussage von Giorgio ist er fein raus. Er hat für das Gericht mit der Sache nicht viel zu tun.

Giorgio schaut De Cicco an. „Vincenzo ist verrückt", sagt De Cicco lapidar und zuckt mit den Schultern. Sonst nichts. Sein Gesicht bleibt ungerührt. Giorgio spürt, dass er in den Augen der anderen Angeklagten und Zuschauer zum Verräter geworden ist. Sie denken nun wahrscheinlich dasselbe über ihn, was er von Natale denkt – ein schreckliches Gefühl.

„Ich bringe euch alle um, wenn ich rauskomme", schreit Vincenzo und heult. Er ist ein Analphabet, der nur Schafe und Kriminelle kennt, der sich von Jungs befriedigen ließ, weil er Frauen nie bekam. Aber er hat die Omertà verinnerlicht, und Giorgio hat ihn trotzdem belastet. Wenn Giorgio eine Waffe gehabt hätte, wäre De Cicco in diesem Augenblick ein toter Mann gewesen. So aber muss er mit seiner Rache warten.

Niemals hätte er sich vorstellen können, dass ein getaufter Mafioso wie De Cicco sich so schändlich vor Gericht verhält. Giorgios Bild der getauften Ehrenmänner der 'Ndrangheta, die bis dahin wie Heilige für ihn gewesen sind, zerbricht. Ebenso schmerzlich wird ihm bewusst, dass De Cicco kein Interesse an ihm hat. Die Erkenntnis bohrt sich wie glühender Stahl in sein Herz und tötet jedes Gefühl für De Cicco, den er mehr gemocht und geschätzt hat als seinen eigenen Vater.

Die weiteren Verhandlungstage ziehen an ihm vorüber. Giorgio schweigt meistens, macht keine weiteren Angaben und wenn, dann streitet er alle Vorwürfe ab. Es kommen noch ein paar Einbrüche zur Sprache und ein versuchter Raubüberfall auf Geldboten. Bei den Plädoyers und der Urteilsverkündung darf er nicht mehr neben De Cicco sitzen, angeblich beeinflusst er Giorgio zu sehr, aber der nimmt es kaum noch wahr. Er ist erst fünfundzwanzig Jahre alt und nicht vorbestraft, er rechnet mit fünf Jahren Haft und hat sich damit abgefunden.

Die Urteile ergehen im Namen des Volkes am 7. Januar 1986. Sie werden in der Reihenfolge des Strafmaßes verlesen, wobei Richter Schiller mit der höchsten Strafe beginnt. Das Gericht verurteilt Vincenzo wegen vollendeten Mordes an Möhlenbeck zu lebenslanger Freiheitsstrafe, Natale Variopinto erhält zwölf Jahre, darf aber wegen seiner Aussage damit rechnen, bereits nach sechs Jahren nach Italien abgeschoben zu werden.

Und dann kommt Giorgio an die Reihe. Er ist nach Überzeugung des Gerichts Initiator und Mitorganisator der Tat. Richter Schiller will ein Exempel statuieren. Er will den vielen in Deutschland lebenden Italienern mit einem harten Urteil zeigen, dass die Justiz solche „Geschäftspraktiken" nicht hinnimmt. Giorgio bekommt neuneinhalb Jahre Freiheitsentzug.

De Cicco erhält drei Jahre Freiheitsstrafe, die anderen Haftstrafen liegen zwischen dreieinviertel Jahren und zehn Monaten.

Das Landgericht Duisburg hat damit einen Zweig des von Sibari aus operierenden Cirillo-Clans hinter Gitter gebracht, kann aber die Existenz der Mafia in Deutschland nicht nachweisen oder ignoriert sie. So heißt es in dem Urteil zwar, „Giovagnone De Cicco genießt im Kreise der übrigen Angeklagten hohes Ansehen", er sei laut Aussagen „ein Mitglied der in Kalabrien operierenden Verbrecherorganisation ‚Trangeda' und in Corigliano Anführer einer 18- bis 19-köpfigen Bande". Aber trotz einiger Beweisanträge der Verteidiger macht sich niemand die Mühe, in Italien nachzufragen. Dort hätten Polizei und Staatsanwaltschaft sehr genau sagen können, was „Trangeda" ist und welche Rolle die Angeklagten darin spielen. Doch so bleibt die 'Ndrangheta, diese kalabrische Variante der Mafia, die mancherorts mächtiger ist als der Staat, schlicht eine dubiose Bande namens „Trangeda" und ihr Statthalter De Cicco ein unbedeutender Mann im Hintergrund, der mit einer milden Strafe davonkommt.

„Kümmere dich um Gabriele und den Jungen", bittet Giorgio nach der Urteilsverkündung De Cicco. Er will sich seine Enttäuschung nicht anmerken lassen, es würde ihm im Moment sowieso nicht helfen. Also tut er so, als sei alles in Ordnung. Aber nichts ist in Ordnung, gar nichts.

Neuneinhalb Jahre Haft sind ein harter Brocken für Giorgio. Rechtsanwalt Bauschulte legt zwar Revision gegen das Urteil ein, aber das verlängert nur Giorgios Aufenthalt im Untersuchungsgefängnis. Am 23. Dezember 1986 wird die Revision verworfen und das Urteil damit rechtskräftig. Es dauert weitere vier Monate, bis er endlich die Untersuchungshaft verlassen kann. Fast zwei Jahre hat er in Oberhausen schon abgesessen. Er hat dreißigtausend Mark an den Anwalt gezahlt, alles aus eigener Tasche, die Organisation zahlte nichts. Alles für die Katz.

Ende April 1987 packt Giorgio seine wenigen Sachen zusammen, er wird in die Haftanstalt Duisburg-Hamborn verlegt, den zentralen Verteilknast, den alle Gefangenen durchlaufen. Zwei Wochen lang muss er Gesundheitschecks und Tests beim Psychologen über sich ergehen lassen. „Herr Basile kann sich nicht damit abfinden, ein Krimineller zu sein", heißt es in der Beurteilung seines Persönlichkeitsbildes. „Dabei weist er eigenes Versagen zwar nicht undifferenziert von sich, versucht aber Schuldvorwürfe in der Form zu neutralisieren, dass er sich zwar als Verursacher von Straftaten ansieht, zugleich aber für einen im Kern guten Menschen hält."

Zwar haben die Psychologen keine Ahnung von der Mafia, aber sie erkennen die Lage durchaus richtig. Giorgio handelt und denkt eben nicht nach den normalen gesellschaftlichen Regeln. „Insgesamt musste Herr Basile wegen der Massivität seiner Delinquenz und der Fragwürdigkeit seines sozialen Halts als stärker kriminell gefährdet eingestuft werden", heißt es in dem Gutachten.

Mit dieser Empfehlung kommt Giorgio am 8. Mai 1987 in die Justizvollzugsanstalt Bochum, ein Gefängnis für Delinquenten mit langen Strafen. Das Bochumer Gefängnis ist eine der drei großen Haftanstalten in Nordrhein-Westfalen und liegt gleich neben dem Ruhrstadion, in dem die Spiele der Fußballbundesliga stattfinden. Die Gefangenen können die Schlachtgesänge, die Jubelrufe und Seufzer der Enttäuschung hören, aber das Spiel niemals sehen.

Das Gefängnis stammt aus dem Jahr 1897. Es ist ein heller Bau, die Stürze und Rahmen der Fenster und Türen sind sichtbar mit Ziegeln ummauert. Es ist ein dreiflügeliges Gebäude im panoptischen System, also mit Zellen links und rechts auf der Galerie und einem Schacht mit Treppen in der Mitte. In den vier Stockwerken sind mehr als siebenhundert Häftlinge untergebracht, und seit der Erbauung hat sich an der Verwahranstalt fast nichts geändert. Die Betonböden wurden in fast hundert Jahren von zahllosen Gefangenen und den endlosen Rundgängen der Aufse-

Giorgio Basile nach seiner Festnahme in Deutschland 1998

Basile mit Schwester, als Taekwondo-Kämpfer in Mülheim

Corigliano Calabro

Der Carelli-Clan

Hierarchie der Beteiligten sowie Ort und Zeit ihrer Verhaftung

Santo Carelli
1993 in Corigliano

← Stellvertreter

Pietro Marinaro
16. 04. 1998
in Mülheim

← Vertrauter

Giorgio Basile
02. 05. 1998
in Kempten

BEFEHLSEBENE

Antonio Bruno
23. 02. 1996
in Bayern

Giuseppe Fabbricatore †
22. 03. 1998
in Frankfurt a. M.

Antonio Marazzo
Ende 1995
in Corigliano

Leonardo Chieradia „Finuzzu" †

Nachfolger

Vincenzo Guidi
24. 07. 1998
in Corigliano

Giovanni Cimino
22. 03. 1998
in Frankfurt am Main
Kronzeuge

Stützpunkte des Carelli-Clans in Deutschland

BEFEHLSEMPFÄNGER

Cosimo Bonifiglio
Vincenzo Campana †
Arcangelo Conocchia
Vincenzo Curia
Giuseppe Damiano
Edmondo Le Pera †
Leonardo Linardi
Pierino Longobuco
Franco Russo
Tommaso Russo (Kronzeuge)
Natale Variopinto †
Giovanni Vitteritti †

und viele weitere

DER SPIEGEL

Basile mit Teilnehmerinnen eines Wettbewerbs in seiner Mülheimer Discothek „Flair“ 1985

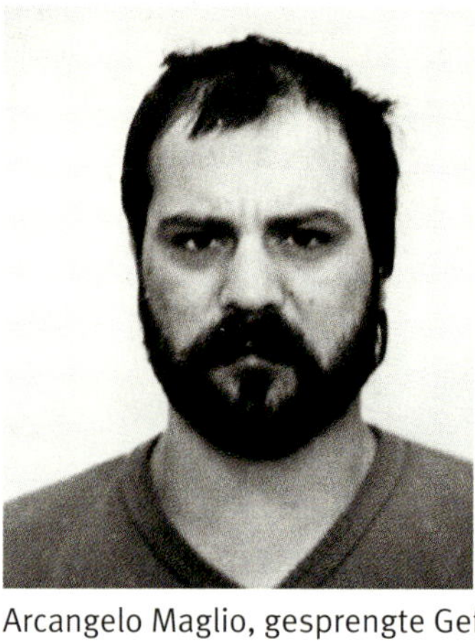

Arcangelo Maglio, gesprengte Gefängnistür in Wuppertal

Struktur eines 'Ndrangheta-Clans

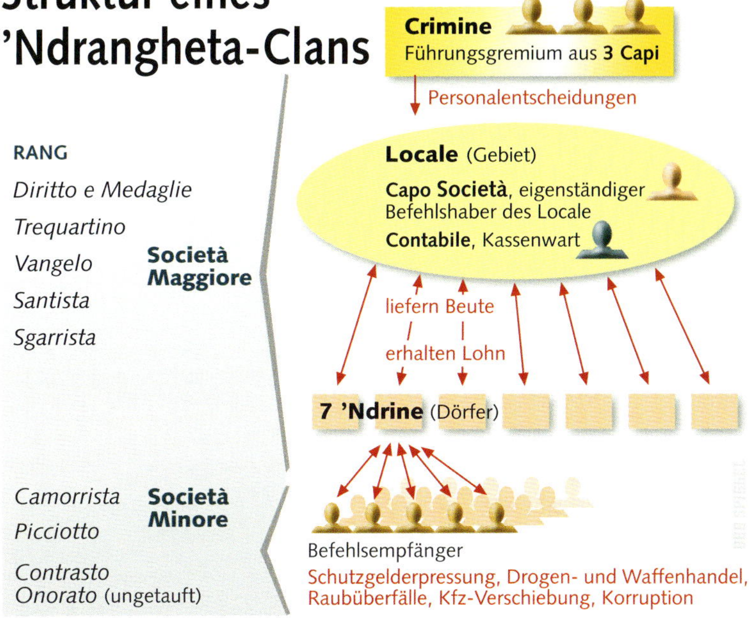

Anti-Mafia-Staatsanwalt Salvatore Curcio, Tatortfoto Mord Vitteritti

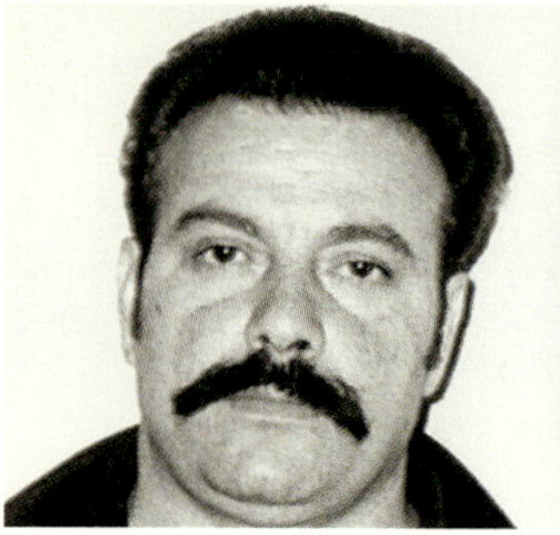

Ermordeter Antonio Giovagnone De Cicco, Tatort Corigliano Calabro

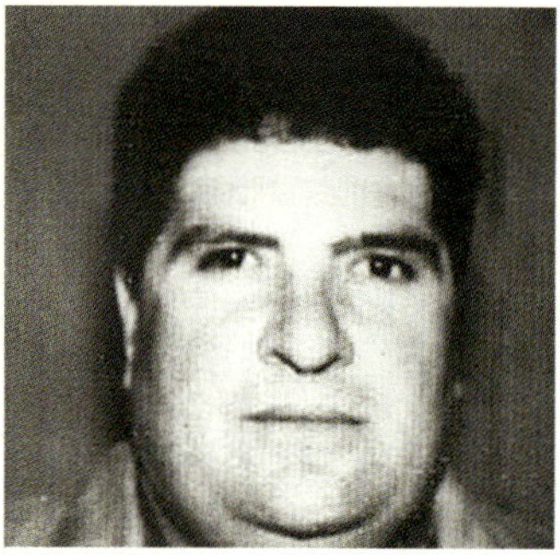

Ermordeter Giovanni Vitteritti, Tatort Bahnhof Thurio

Ermordeter Domenico Sanfilippo, Tatort Velden

Mordopfer Fabbricatore, Campana (r. oben),
De Ciccos Grundstück am Coriglianeto

her ausgetreten, die Holzbretter der Treppenkonstruktion mussten schon mehrfach erneuert werden.

Tausende Seelen haben hier schon hinter den schweren Holztüren ihr Schicksal beklagt oder klaglos ertragen, haben geweint, geflucht oder onaniert. Einst gab es nur Einzelzellen, jede so schmal, dass die Pritsche tagsüber hochgeklappt werden musste, um dem Gefangenen ein Minimum an Bewegungsfreiheit zu ermöglichen. Später sind zwischen jeweils drei Zellen die Mauern herausgebrochen worden, und nun hausen drei Gefangene in einer Zelle. Die bietet kaum mehr Platz, aber wenigstens Raum für Gespräche.

In den knapp zwölf Quadratmeter großen Zellen stehen ein Stockbett und ein Einzelbett, drei Spinde, ein kleiner Tisch und drei Stühle sowie eine Toilette, die nur mit einem Vorhang abgetrennt ist. Wer hier mit anderen zusammenlebt, kommt ihnen sehr nahe und muss entsprechend viel ertragen. Wegen der dicken Mauern fällt kaum Tageslicht durch die vergitterten Fenster.

In das Bochumer Gefängnis werden selten Täter eingewiesen, die zum ersten Mal verurteilt werden. Giorgio ist so einer. Er kommt in den B-Flügel, Abteilung 6, Zelle 15, die vorletzte auf der Galerie. Und hier soll ich nun die nächsten Jahre meines Lebens verbringen, denkt Giorgio, als die schwere Holztür hinter ihm zufällt und verriegelt wird. Außen an der Tür ist ein roter Punkt angebracht. Das heißt, er gilt als schwerer Junge, ohne baldige Aussicht auf Lockerung seiner Haftbedingungen. Er ist allein in der Zelle, die Fenster sind mit Netzen verschlossen. Er kann nicht einmal Zettel mit dem Nachbarn tauschen. Da er an einem Wochenende eingeliefert wird, hat er erst einmal Ruhe. Am Montag dann erfolgt die Aufnahmeprozedur.

Als Erstes muss Giorgio zum Arzt, er wird gründlich untersucht und seine Hafttauglichkeit wird festgestellt. Dann folgt die Vorstellung beim Sozialarbeiter, einem Alkoholiker, mit dem

Giorgio sofort aneinander gerät. „Warum bin ich in Einzelhaft?“, will er wissen. „Weil du ein Mörder und Mafioso bist. Hier ist nicht Italien, hier haben wir das Sagen. Und wenn du dich nicht benimmst, bleibst du immer da drin“, antwortet der Mann. Giorgio wünscht ihn zum Teufel. Aber in einem Punkt hat der Mann recht. Er bestimmt sein Schicksal. So ist das nun einmal.

Weil Giorgio unbedingt aus seiner Zelle will, bewirbt er sich um Arbeit. Er sei Betriebsschlosser, teilt er dem Arbeitsinspektor mit. Anfänglich gibt es noch Bedenken, weil er dort mit gefährlichem Werkzeug zu tun hätte, aber ein paar Tage später erhält er trotzdem die Arbeitsgenehmigung. Giorgio wird jedesmal besonders gründlich durchsucht, wenn die Arbeit beendet ist.

Gabriele lässt sich mit ihrem Sohn Gianni trotz seiner Bitten nicht blicken, nur manchmal bekommt Giorgio in Bochum Besuch von seinen Eltern. De Cicco wird vorzeitig aus der Haft entlassen, und er meldet sich ebenfalls an. Giorgio will ihn nicht misstrauisch machen und akzeptiert. Außerdem kann er ihn vielleicht noch brauchen, solange er in Haft sitzt. „Warum hast du dir mit Natale, dem Verräter, die Zelle geteilt?“, fragt er sofort, nachdem sie sich begrüßt haben. „Ich wollte ihn mir warm halten“, antwortet De Cicco.

„Hör zu“, sagt De Cicco. „Ich gehe zurück nach Italien, ich habe hier keine Zukunft. Deine Mutter und deine Schwester Sophia werde ich mitnehmen, sie hat hier keinen guten Umgang.“ Angeblich arbeite sie in einer Bar und sei mit einem dubiosen Türken aus dem Rotlichtmilieu zusammen. „Mach dir keine Sorgen“, besänftigt De Cicco ihn. „Ich werde dich weiter unterstützen und versuchen, dich zu befreien.“

Giorgio schöpft Hoffnung. Schließlich haben sie auch Arcangelo Maglio aus dem Knast in Wuppertal geholt. Warum soll das nicht auch hier gelingen? „Zio Totonno“, sagt er. „Tu mir einen Gefallen. Sobald Natale rauskommt, muss er sterben. Versprichst du mir das?“ De Cicco verspricht es.

Und dann bittet Giorgio den Mafia-Boss noch dafür zu sorgen, dass Gabriele ihn endlich besucht. Er soll drohen, ihr beide Beine zu brechen, wenn sie nicht endlich komme. Und sie solle Gianni, ihren Sohn, mitbringen. De Cicco verspricht auch das. Als die Besuchszeit um ist, verabschieden sie sich.

Giorgio trifft De Cicco erst Jahre später in Italien wieder, unter ganz anderen Umständen.

Schließlich besucht ihn Gabriele. Sie hat erfahren, dass Giorgio sie dauernd betrogen hat, und sie verspürt wenig Lust, ihn zu sehen. Aber die Drohungen haben gewirkt. Giorgio regt sich vor ihr über Sophia auf und schimpft auf sie. Gabriele sieht ihn lange an. Tränen steigen in ihre Augen. Und dann sagt sie ihm die Wahrheit. De Cicco hat sich an seine kleine Schwester herangemacht, sie missbraucht und geschlagen. Er habe sie bedrängt, wolle sie als Geliebte, und seine Mutter wisse und toleriere das. Als die Besuchszeit zu Ende ist, bittet er Gabriele, seiner Schwester Sophia auszurichten, dass er sie sehen wolle.

Giorgio kocht vor Wut. Zurück in seiner Zelle ballt er die Hände zur Faust und schlägt mit voller Kraft gegen die Wand, so lange bis seine Knöchel blutig sind. „Dieses Schwein", denkt er immer wieder. Erst hat er ihn im Prozess entehrt, um seine eigene Haut zu retten, und nun das mit Sophia. Sobald er entlassen wird, das schwört er sich, wird De Cicco sterben.

In dieser Nacht fällt Giorgio das Todesurteil über De Cicco.

Allmählich werden die Haftbedingungen besser. Giorgio geht zweimal in der Woche zum Anstaltspsychologen und redet ihm nach dem Mund. Das ist nicht sehr schwer, denn der ist ein gläubiger Mann, der die Kirche unterstützt und die christlichen Feste für die Gefangenen organisiert. Der Psychologe spricht mit dem Direktor und setzt sich dafür ein, dass Giorgio in den Genuss von Hafterleichterungen kommt. Bald wird er verlegt, in die Abteilung 1, wo er sich die Zelle mit einem Betrüger teilt.

Mit seiner Arbeit in der Schlosserei verdient Giorgio hundertzwanzig Mark im Monat, wovon er dreißig Mark zurücklegen muss. Ihm bleiben also für Einkäufe neunzig Mark, das ist nicht viel. Er hat praktisch kein Einkommen, und seiner Familie geht es schlecht. Er kann sie nicht unterstützen, und De Cicco hilft ihnen auch nicht. Giorgio überlegt, wie er seine finanzielle Lage verbessern kann.

Er bekommt natürlich mit, dass jeder Gefangene, der Freigang hat, etwas Haschisch einschmuggelt. Für ein Gramm gibt es im Knast vierzig bis fünfzig Mark, das entspricht dem Wert von vier Paketen Kaffee oder einer Stange Tabak, der üblichen Knastwährung. Aber sonst, stellt Giorgio fest, ist der Drogenhandel überhaupt nicht organisiert.

Weihnachten ist längst vorbei, als seine Schwester Sophia ihn das erste Mal besucht. Sie bestätigt unter Tränen, was Gabriele ihm erzählt hat. In ihrer Not hat sie sich an Kommissar Walter gewandt, der sie in einem Frauenhaus unterbrachte. Sie kennt ja sonst niemanden in Mülheim, an den sie sich wenden kann. Mittlerweile ist De Cicco wieder in Italien. „Wir müssen zusammenhalten und versuchen, nicht mehr daran zu denken", tröstet Giorgio seine kleine Schwester.

Einem alten Kumpel, der ihn im Knast besucht, erzählt er von seinem Plan, den Drogenhandel im Gefängnis aufzubauen: „Ich brauche deine Hilfe", sagt er. Er erklärt ihm, wie er es sich gedacht hat. Er soll Haschisch besorgen. Dann soll eine Freundin von ihm Giorgio besuchen und dabei das Haschisch in den Mund nehmen, es so durch die Kontrollen schmuggeln und Giorgio mit einem Kuss in den Mund schieben. Giorgio hat das Recht auf eine Stunde regulären und eine weitere Stunde Sonderbesuch monatlich, die er auf viermal eine halbe Stunde im Monat verteilen kann. Er könnte also einmal in der Woche eine Lieferung bekommen.

Es klappt bestens. Gleich am nächsten Wochenende erhält er von der Frau zweieinhalb Gramm Haschisch, die sie ihm mit einem leidenschaftlichen Kuss in den Mund schiebt. Es wird ein richtiger Zungenkuss, wie Giorgio überrascht feststellt, und es irritiert ihn. Es ist schon eine Weile her, dass er so geküsst hat.

Der Stoff ist gut, es ist Wochenende und nichts auf dem Markt im Gefängnis. Giorgio spürt es, denn die Mitgefangenen sind nervös. Das ist immer ein untrügliches Zeichen dafür, dass keine Drogen da sind. Giorgio verkauft den kleinen Klumpen für hundert Mark. Ein gutes Geschäft, denn er hat dafür fünfundzwanzig Mark bezahlt.

Innerhalb kurzer Zeit verkauft er fast dreißig Gramm Haschisch. Er kann sich jetzt einen neuen Trainingsanzug von Adidas kaufen, ein begehrtes Kleidungsstück unter den Knackis. Und er steigt in ihrer Achtung. Ein Mithäftling bringt ihn auf die Idee, Drogen in den sogenannten Jahrespaketen zu schmuggeln, die jeder Häftling erhalten darf, meist zum Geburtstag und zu Weihnachten. Er erklärt ihm auch, wie das funktioniert. Er müsse sich eine Keksmischung schicken lassen. Man müsse die Klebenaht am Boden der Kekstüte vorsichtig öffnen, Haschisch in Keksgröße schneiden und in flüssige Schokolade tauchen, in die Tüte füllen, sie wieder verschließen. Es sei wichtig, schärft der Mithäftling ihm ein, dass das Gewicht wieder stimmt. Sonst könne jemand bei der Kontrolle misstrauisch werden.

Mit dem ersten Paket kommen fünfunddreißig Gramm Haschisch. Giorgio probiert das Zeug zum ersten Mal in seinem Leben, und es verfehlt seine Wirkung nicht. Es gefällt ihm. Bislang hat er keine Drogen genommen, sie waren bei De Cicco verpönt, und er hat sich daran gehalten. Aber De Cicco gibt es für ihn nicht mehr.

Der Verkauf des Haschischs bringt fast zweitausend Mark ein. Tausend Mark erhält er in bar, darunter sogar einen Fünfhundertmarkschein, den Rest in Waren, also Kaffee oder Tabak. In seiner Zelle sieht es bald aus wie in einem Krämerladen. Die Justizbeamten scheint es nicht zu kümmern. Giorgio ist zwar im

Knast, aber es geht wieder aufwärts. Bei ihrem nächsten Besuch drückt er der Drogenkurierin tausend Mark in die Hand. „Kauf davon einhundert Gramm, aber zahle nicht mehr als sechshundert Mark dafür", schärft er ihr ein. Er ist jetzt in die nächste Ebene aufgestiegen, in größeren Mengen wird der Einkauf billiger. Die restlichen vierhundert Mark, sagt er, solle sie Sophia geben.

Es gibt da noch ein kleines Problem: Jeder Gefangene darf nur drei Pakete im Jahr erhalten. Das begrenzt seine Möglichkeiten erheblich. Giorgio macht sich auf die Suche nach Häftlingen, die keine Angehörigen haben, und kauft ihnen ihre Paketscheine ab. Er zahlt gut, und das Geschäft floriert. Es läuft so gut, dass andere Häftlinge beim Verkauf helfen müssen, gegen Provision versteht sich. Und auch Gabriele kommt wieder öfter, seitdem er ihr jedes Mal ein paar Hunderter zusteckt, wenn sie ihn besucht.

Etwa Mitte 1988 erzählt ihm Sophia, jemand habe Arcangelo Maglio erschossen. Sie haben drei Jahre gewartet, denkt Giorgio. Er erinnert sich noch an De Ciccos Worte, als sie damals von Cirillos Frau aus Sibari zurück nach Corigliano fuhren. „Er steht auf der Liste, und er weiß es", hatte De Cicco gesagt. Erst holen sie ihn mit großem Aufwand aus dem Knast, und dann bringen sie ihn um, denkt Giorgio. Es ist schade um ihn, er hatte ihn gemocht, als sie sich damals trafen, auf der Hochzeit von De Ciccos Neffen. Arcangelo wollte mit Drogen handeln und nach oben kommen, aber sie haben ihn klein gehalten. Arcangelo war ein bisschen wie er, findet Giorgio. Die Killer haben Arcangelo aufgelauert vor seinem neuen Hotel „La Zagara", das er an der Schnellstraße aufgemacht hat, nachdem der Pachtvertrag für das alte Hotel ausgelaufen war. Sie haben ihn auf der frisch geteerten Einfahrt erwischt. „Er hat den Kopf aus dem Sand gesteckt", hatte De Cicco gesagt.

Und dann sagt Sophia noch etwas, das sehr interessant für Giorgio ist. „Giorgio, es ist aus", sagt sie. „De Cicco hat die Macht verloren in Corigliano. Er wird nicht mehr respektiert und traut sich nicht mehr aus dem Haus. Carelli ist der neue Boss, und er legt jeden um, der ihm nicht folgt.“ Auch das ist Teil der ’Ndrangheta. Man ist sich seines Lebens nicht sicher, und man ist sich seiner Position nicht sicher. Selbst die Bosse können nicht darauf zählen, geschützt zu werden. Wer einen Fehler macht, muss dafür bezahlen, und was ein Fehler ist, entscheidet immer der Stärkste.

Santo Carelli, der neue Boss, ist sauer auf De Cicco, weil der ihn im Stich gelassen hat und nach Deutschland abgehauen ist. Giuseppe Cirillo, der alte Boss aus Sibari, der De Cicco bislang schützte, fürchtet selbst um sein Leben. Aber Giorgio hat kein Mitleid mit De Cicco. Er hofft, dass der Mann am Leben bleibt – damit er ihn selbst umlegen kann.

Nach außen spielt Giorgio weiter den Musterhäftling. Zwischen März und September 1988 nimmt er an neunundzwanzig Einzelgesprächen mit dem Anstaltspsychologen teil, „zur weiteren Persönlichkeitsfestigung“, wie es heißt. Im Herbst 1988 bestellt Henning Köster, damals noch stellvertretender Anstaltsleiter, den Gefangenen Basile zu sich. „Ihrem Antrag, den Hauptschulabschluss nachzuholen, ist stattgegeben worden“, sagt er.

Das ist in der Tat eine gute Nachricht. Der Lehrgang findet im Pädagogischen Zentrum der Justizvollzugsanstalt Münster statt, und dort geht es sehr viel lockerer zu. Noch im Oktober soll die Schulung beginnen. Giorgio bedankt sich bei Köster. Das Haschischgeschäft übergibt er Domenico Sanfilippo, einem Sizilianer, der wegen eines bewaffneten Raubüberfalles in Untersuchungshaft sitzt und von allen Mimmo genannt wird. Giorgio vertraut ihm.

In Münster stehen die Zellen den ganzen Tag offen, und es gibt eine kleine Küche, wo sie selbst kochen. Giorgio sieht fast nur Lehrer und sehr selten Vollzugsbeamte. Er kommt sich vor wie im Hotel.

In Schmali und Nabbi, zwei Mitschülern, lernt er Leute kennen, mit denen er sich prächtig versteht. Sie sind notorische Einbrecher. Wenn sie am Wochenende Freigang haben, sorgt Giorgio dafür, dass eine Tasche mit Werkzeug in der Nähe der Anstalt abgestellt ist. Dann gehen sie auf Tour, und wenn sie zurückkommen, bringen sie Haschisch für Giorgio mit. Er hilft ihnen auch über seine Kontakte zu anderen Italienern, die Beute zu verkaufen, insbesondere Schmuck.

Es wird ein wunderbares Jahr, auch wenn das Verwaltungsgericht Gelsenkirchen im April 1989 seinen Widerspruch gegen die Ausweisung nach Italien nach Verbüßung der Strafe verwirft. Die Klasse hält zusammen, und sogar die Lehrer sind begeistert von ihren willigen Schülern. Weihnachten 1988 feiern sie mit Bacardi und Champagner, den ein Gärtner für sie unter einem Laubhaufen deponiert hat. Im Herbst 1989 macht Giorgio seinen Hauptschulabschluss. „Basile arbeitet stets ausgesprochen konstruktiv im Unterricht mit", heißt es in der Beurteilung der Vollzugsanstalt Münster.

Wegen seines guten Benehmens befürwortet die Anstaltsleitung einen Tag Hafturlaub, zwei Beamte sind bereit, Giorgio zu begleiten. Alles hängt nur noch an der Genehmigung aus Duisburg. Um neun Uhr morgens wollen sie aufbrechen, kurz vorher kommt der Lehrer zu Giorgio und überbringt schlechte Nachrichten. „Die Staatsanwaltschaft aus Duisburg hat angerufen. Sie haben gesagt, du würdest hundertprozentig abhauen, und die Ausführung verweigert." Schon wieder dieser Staatsanwalt Hein. Giorgio schwört, auch ihn umzulegen.

Mit dem Gefühl, nun in den Stand der Gebildeten erhoben worden zu sein, kehrt Giorgio nach Bochum zurück. Die Italiener empfangen ihn wie einen Paten, und Mimmo, der Sizilianer, berichtet ihm, das Haschischgeschäft habe sich gut entwickelt. Mimmo ist mittlerweile wegen des Raubüberfalls verurteilt worden und sitzt nun in Strafhaft. Giorgio gelingt es, zu ihm in die

Zelle verlegt zu werden. Er hat jetzt einen ihm ergebenen Freund.

Ende 1989 kauft er bereits kiloweise Haschisch und beginnt, auch Heroin ins Gefängnis zu schmuggeln. Andere Italiener aus Reggio Calabria, aus San Luca und Africo helfen ihm dabei. Die erste Lieferung Heroin hat hundert Gramm. Er zermahlt den Inhalt von Medikamentenkapseln und vermengt das Pulver mit dem Heroin. Den Tipp hat ihm ein Mitgefangener gegeben. So verdoppelt er die Menge und den Profit. Doch das Heroingeschäft gefällt ihm nicht. Junkies arbeiten nicht, sie zahlen nicht und benehmen sich zu auffällig. Die zweite Lieferung will er schon nicht mehr haben. Giorgio lässt seinen Bruder Giacomo das Zeug draußen verkaufen.

Bald bringt ein Deutscher ihn mit Kokain in Kontakt. Das Kokain riecht und wirkt angenehm, findet Giorgio. Also erweitert Giorgio sein Angebot. Anfang 1990 hat er den Drogenhandel in der JVA Bochum fest im Griff.

Im Februar hat Giorgio die Hälfte seiner Haftstrafe verbüßt. Es gehört zu den Regularien des Strafvollzugs, dass der Gefangene zu diesem Zeitpunkt beurteilt wird. Der mittlerweile zum Anstaltsleiter beförderte Köster sieht die Entwicklung Giorgios ebenso positiv wie sein Kollege in Münster. Giorgio hat ihm erzählt, er wolle sich bei einer Tante in Mailand niederlassen und dort Arbeit suchen. Einer Abschiebung nach Verbüßung der Halbstrafe stehe deshalb nichts entgegen, schreibt Köster an die Staatsanwaltschaft in Duisburg. Doch die Staatsanwaltschaft spielt nicht mit. Aus der schnellen Abschiebung wird nichts. Giorgio muss weiter in Haft bleiben. Und Hafterleichterungen sind in weite Ferne gerückt.

Giorgio und die anderen Italiener fühlen sich benachteiligt gegenüber ihren deutschen Mithäftlingen. Sie erhalten kaum Urlaub, und sie werden nicht in die offene Abteilung aufgenommen. Giorgio schreibt Briefe ans Justizministerium, an die Presse und an Parteien. Als nichts geschieht, überredet er die Italiener zum Hungerstreik. Köster steht vor einer ernsthaften Bewährungsprobe, doch insgeheim kommt ihm der Hungerstreik ganz gelegen, weil er ihm ermöglicht, seine Vorstellungen eines liberaleren Strafvollzugs umzusetzen. Dafür nennen die Gefangenen Köster später nur noch Herbergsvater.

Am Ende bekommt Giorgio, was er will. Im Mai 1990 wird er zusammen mit Mimmo in die Abteilung 17 verlegt, wo den ganzen Tag, von morgens um sieben Uhr bis abends um elf Uhr, die Türen offen stehen und wo es eine Küche gibt, in der sie selbst kochen können. Er bekommt außerdem einen neuen Job in der Buchbinderei.

Giorgio erhält auch die Erlaubnis, einen Vogel in seiner Zelle zu halten. „Es soll ein blauer Wellensittich sein, ein großer", formuliert er in seinem Antragsschreiben. Dem gibt Köster statt. Fortan müssen Beamte losgeschickt werden, um Vogelfutter zu kaufen.

Als Giorgio fast zwei Drittel seiner Strafhaft verbüßt hat, wird erneut eine Stellungnahme der Anstaltsleitung fällig. Basile habe das in ihn gesetzte Vertrauen nie missbraucht, schreibt Direktor Köster. Er habe einen festen Arbeitsplatz, wo er sich als zufriedenstellender Arbeiter bewährt habe, der auch bereit sei, Überstunden zu leisten, wenn Not am Mann sei. Er habe seinen deutschen und italienischen Hauptschulabschluss gemacht und sei offenbar willens, sich in Italien eine Arbeit zu suchen.

„Da der bisherige Verlauf der Inhaftierung Herrn Basile nachhaltig beeinflusst hat und ihn zur Umorientierung hinsichtlich seines Lebens bewegen konnte sowie seiner intensiven emotionalen Bindung zur Lebensgefährtin und dem gemeinsamen Kind, halte ich eine Aussetzung der Freiheitsstrafe zum Zweidrittelzeitpunkt für vertretbar", schreibt Köster am 23. Juli 1991 an die Staatsanwaltschaft Duisburg.

An einem heißen Tag im August, Giorgio sonnt sich mit den

anderen Knackis auf dem Rasen, kommt Köster zu ihm. „Basile, ihr Ausgang ist gestrichen. Sie werden abgeschoben", sagt er. „Wann?", will Giorgio wissen. „Sobald wie möglich."

Mimmo, sein treuer Freund, umarmt ihn. Sie wollen sich in Italien treffen, sobald auch er abgeschoben worden ist. Mimmo soll ihm helfen, De Cicco umzulegen, und er will Mimmo helfen, dessen Boss in Catania zu töten, der ihn jahrelang ausgenutzt und nach der Verhaftung fallengelassen hat. „Warte auf mich", sagt Mimmo zu Giorgio.

Giorgio gibt sich alle Mühe, noch einmal nach Mülheim zu kommen. Am 18. August hat sein Sohn Gianni Geburtstag, und er will ihm ein Fahrrad schenken. Köster willigt schließlich ein. Ein Beamter und ein ehrenamtlicher Helfer begleiten ihn. Sie fahren zu Gabriele, Giorgios Vater Battista holt Geld von der Sparkasse, und Gianni darf sich im Geschäft um die Ecke ein Fahrrad aussuchen.

Kurz vor seiner Abschiebung besucht ihn noch einmal seine Schwester Sophia im Bochumer Gefängnis. Sie ist ganz aufgeregt und wirkt sehr glücklich. „Was ist los?", fragt Giorgio. „Setz dich, es ist etwas passiert", sagt sie. „Natale ist umgebracht worden!" Mafia-Killer haben ihn zwei Wochen nach seiner Abschiebung aus Deutschland nach Italien in der Nähe von Rossano, einem Nachbarort von Corigliano Calabro, erwischt.

Giorgio geht davon aus, dass De Cicco für Natales Tod verantwortlich ist, aber damit liegt er falsch, wie der italienische Staatsanwalt Curcio Jahre später herausfindet. De Cicco hat es weder selbst getan, noch den Auftrag erteilt. Die Killer handelten vielmehr auf Anweisung von Santo Carelli, dem neuen Boss, den Natale mit seiner Aussage vor dem Landgericht Duisburg ebenfalls belastet hatte. Zu diesem Zeitpunkt bangt De Cicco bereits selbst um sein Leben.

„Beweint nicht meine Abwesenheit. Fühlt meine Nähe. Sprecht weiterhin mit mir. Ich werde euch vom Himmel lieben, wie ich euch auf Erden geliebt habe.“ So steht es auf der Grabplatte aus weißem Marmor auf dem Friedhof von Corigliano, wo die sterblichen Überreste von Natale Variopinto im Grab liegen. Ein Foto von ihm und stets frische Blumen schmücken sein Grab. Sein Todestag ist der 21. August 1991.

„Weißt du mehr davon?“, drängt Giorgio seine Schwester. „Sie haben ihn grün und blau geschlagen und dann niedergemetzelt“, sagt sie. Sie rissen ihm das Herz aus der Brust und schickten es seinen Eltern in einem Schuhkarton. Ein entwürdigender Tod nach Art der ’Ndrangheta, als Zeichen an alle anderen.

„Wenn es jemand wagt zu plaudern, für den werde ich meine Klinge schleifen. Wer es sich erlaubt, seine Pflicht zu vernachlässigen, den schlachte ich wie ein Tier“, heißt es in einem alten Lied der ’Ndrangheta.

Giorgio ist zutiefst befriedigt. Als Nächster ist De Cicco an der Reihe, und das will er selbst erledigen. Es hat ihn beruhigt, von Sophia zu hören, dass De Cicco sich in seinem Haus versteckt und kaum noch vor die Tür geht. Er hat Angst und ist praktisch eingesperrt, genauso wie Giorgio. Warum soll es ihm auch besser gehen, denkt Giorgio. In Corigliano gibt es derzeit viele Tote, wie Giorgio in den italienischen Nachrichten auf Radio Colonia erfährt, die er jeden Abend um sieben Uhr hört. Santo Carelli beseitigt seine Gegner.

Der Tag seiner Abschiebung wird auf den 9. September 1991 festgelegt. Giorgio bittet seine Schwester, tausend Mark an ihre Tante in Mailand zu schicken. Am Vorabend veranstaltet er eine kleine Feier in Abteilung 17. Er übergibt Mimmo das Drogengeschäft, und sie rauchen ein paar Joints. Abends um acht Uhr schließt ein Beamter ihn in seine Zelle ein. Giorgio packt seinen Koffer. Viel ist es nicht, was er mitnimmt. Unterhosen, Socken, T-Shirts, ein paar Bilder und seine Papiere. Das meiste schmeißt er weg oder verschenkt es. Mimmo bekommt seinen Fernseher.

Giorgio schläft unruhig. Morgens um vier Uhr hört er Schritte auf dem Gang. Sie holen ihn ab. „Basile, es ist so weit. Machen Sie sich fertig", sagt ein Beamter. Giorgio kocht seinen letzten Kaffee in Bochum.

Zwei Männer vom Ausländeramt treten an ihn heran. „Brauchen wir Handschellen, oder kommen Sie friedlich mit?", fragt einer. „Was soll das?", fragt Giorgio, „in ein paar Stunden bin ich ein freier Mensch." Er nimmt seinen Koffer, und sie gehen den langen Weg bis zur Pforte. Im Hof steht ein VW Passat, Giorgio setzt sich neben einen der Beamten auf die Rückbank. Kaum ist die Wagentür geschlossen, öffnet sich das Hoftor. Sie fahren los. Es geht über die Autobahn direkt zum Düsseldorfer Flughafen.

„Wollen Sie frühstücken?", will einer der Männer vom Ausländeramt wissen. Giorgio hat 223,80 Mark dabei, seinen Lohn aus der Gefängniswerkstatt, den sie ihm kurz vor der Entlassung ausgezahlt haben. Sie setzen sich in ein Bistro in der Abflughalle, und Giorgio bestellt Kaffee, ein Salami- und ein Mettbrötchen. Die beiden anderen trinken nur Kaffee. Giorgio zahlt selbst. Er kauft noch eine Stange Zigaretten und steckt sie in seinen Koffer. Dann bringen ihn die beiden Männer zum Bundesgrenzschutz, der die Abschiebungen vollzieht. „Viel Glück", sagt einer. Sie geben sich die Hand.

Um acht Uhr soll die Lufthansa-Maschine nach Mailand starten. Die Beamten nehmen Giorgio in die Mitte und steigen ein. Sie haben Plätze in der Mitte des Flugzeugs, Giorgio sitzt am Fenster. Obwohl er sonst nie Alkohol trinkt, bestellt Giorgio nach dem Start einen Cognac. „Was soll das?", mault ein Beamter. „Was geht Sie das an?", antwortet Giorgio. „Ich bin ein freier Mensch."

7
Das Engelsgesicht

In Corigliano ist inzwischen der Kampf um die Macht entbrannt. Santo Carelli, der neue Capo in Corigliano, hat seinem Boss Giuseppe Cirillo aus Sibari den Krieg erklärt. Er will die ganze Region beherrschen, Corigliano reicht ihm nicht mehr. Dass er Cirillo seine Stellung zu verdanken hat, der De Cicco die Herrschaft über Corigliano nahm und ihm gab, interessiert ihn offensichtlich nicht.

Er ist immer unterschätzt worden, der Fischer Carelli, der sich nie gewalttätig oder machthungrig gezeigt hat. Doch mittlerweile ist es allen klar geworden, dass Carelli auf ein großes Ziel hinarbeitet: Er will Corigliano zum Locale, zum neuen Machtzentrum des Gebiets machen, das Cirillo von Sibari aus beherrscht. Mit fünfzigtausend Einwohnern in drei Ortsteilen ist Corigliano eine der größten Städte Kalabriens und eine der reichsten dazu.

Carelli hat den Griff zur Macht geschickt eingefädelt. Im Sommer 1990 war er vor das Crimine in Reggio Calabria getreten, wo die Bosse der mächtigsten Familien versammelt waren. Carelli bat um ihren Rat. „Cirillos Zeit ist abgelaufen. Wir müssen uns neu organisieren. Was würdet ihr tun?“, fragte er. „Du wirst es schon machen“, sagten sie ihm und versicherten ihm ihre Loyalität. Damit hatte Carelli freie Hand, den Locale Corigliano zu gründen. Er schickte ein Todeskommando, das am 31. August 1990 Cirillos Schwager Mario Mirabile erschoss. Das war Carellis Kriegserklärung an den alten Boss, der es vorzog, sich daraufhin nach Ancona in Norditalien abzusetzen.

Carelli ordnete sein Locale mit der üblichen Unbarmherzigkeit und ließ sämtliche Verbündete Cirillos ermorden. Wer sich nicht auf seine Seite schlug, musste sterben. Auch Giorgios Nennonkel De Cicco, den einstigen Capo der 'Ndrina Corigliano, setzte er auf die Todesliste. Zu seinem Contabile, dem Kassenwart, ernannte er Antonio Marazzo, Spitzname Bandit, der auch zu De Ciccos Zeiten schon Contabile war.

Als die deutschen Grenzschutzbeamten Giorgio am 9. September 1991 in Mailand bei ihren italienischen Kollegen abliefern, hat er nicht einmal einen Pass. „Haben Sie Vorstrafen oder werden Sie in Italien gesucht?", will der Beamte wissen. „Nein", sagt Giorgio. „Ihr dürftet mich hier nicht kennen, denn ich bin in Deutschland aufgewachsen." Sie geben ihm ein amtliches Papier, das seine Identität für vierundzwanzig Stunden bestätigt, und fordern ihn auf, unverzüglich in seinen Heimatort zu reisen und sich einen Ausweis zu besorgen.

Er nimmt den Bus und fährt in die Innenstadt. Es ist ein schöner, sonniger Tag. Die Fahrt dauert lange, aber es ist ihm recht. So hat er Zeit, die Stadt zu sehen und den Menschen zuzuhören. Er liebt das Gefühl der Freiheit. Am Mailänder Dom steigt er aus. An einem Eisstand kauft er ein Magnum-Eis. Das ist sein erster und größter Wunsch. Er hat in der Haft so oft die Reklame für das Eis im Fernsehen gesehen, nun will er es unbedingt probieren. Er setzt sich auf eine Bank, isst das Eis und genießt die warmen Sonnenstrahlen.

Er ruft seine Tante an und lässt sich den Weg zu ihr erklären. Während er duscht, bereitet sie ihm ein Essen zu und gibt ihm das Geld, das er sich aus Deutschland schicken ließ. Am Abend verabschiedet er sich und nimmt die Straßenbahn zum Hauptbahnhof. Dort ruft er erst Sophia an, um ihr zu sagen, dass er gut angekommen ist, und dann seine ältere Schwester Maria, die mit ihrem Mann in Corigliano lebt. „Hier ist alles anders geworden", sagt sie. „Pass bloß auf! De Cicco traut sich nicht mehr aus dem Haus. Sie wollen ihn umlegen." In Giorgios Phantasie ist De Cicco schon tot. „Ich habe keine Angst", sagt er zu Maria, „ ich habe nichts getan." Er besteigt in Mailand den Nachtzug und kommt am nächsten Morgen gegen elf Uhr am Bahnhof von Corigliano Scalo an. Es ist der 11. September 1991.

Mit einem Taxi fährt er zu Maria ans Meer nach Schiavonea. Sie lebt in dem Haus an der Via Salerno, das ihr Vater vor ein paar Jahren gekauft hat. Es ist ein dreigeschossiges Haus mit Dachterrasse und umlaufenden Balkonen. Im Erdgeschoss liegen drei Garagen, die mit Rolltoren verschlossen werden. Die Via Salerno führt direkt auf den Hafen zu, wo die Flotte von Carelli ankert.

Maria umarmt ihn, dann begrüßen ihn auch sein Schwager und seine Neffen. Seine Mutter kommt erst am Nachmittag. Sie ist inzwischen an den Nieren erkrankt und muss jeden zweiten Tag zur Blutwäsche. Die Sonne scheint, das Meer rauscht, die Luft schmeckt nach Salz – es ist herrlich. Giorgio fühlt sich im Kreis seiner Familie so wohl wie schon lange nicht mehr. Er geht hinunter an den Strand, der sich kilometerweit vom Hafen nach Süden bis zum Kraftwerk von Rossano zieht. Am Nachmittag füllt er im Rathaus den Antrag für einen neuen Ausweis aus.

Als er zurück ins Haus kommt, erklärt ihm sein Schwager die Lage. Es gebe immer noch viele Schießereien und Tote, weil die Leute aus anderen Orten auch nach der Macht strebten. Aber Carelli hat die mächtige Familie aus Cirò auf seiner Seite. Er lässt alle umlegen, die gegen ihn sind oder auf eigene Faust arbeiten. Unten in Thurio gibt es eine Gruppe von Leuten, die diese Jobs für Carelli erledigen, die Feuergruppe heißen sie. Ihre Spezialität ist es, Leichen verschwinden zu lassen. Lupara bianca. Sie packen sie entweder in den Beton von Neubauten oder vergraben sie bei Bauern.

Sein Schwager warnt ihn: „Wenn du getauft bist, musst du zu Cirillo und De Cicco halten." Aber Giorgio winkt lässig ab: „Ich bin nicht getauft, und ich will nicht getauft werden. Ich bin frei." Er nimmt den goldenen Ring mit der Schlange ab, den De Cicco ihm damals in Mülheim als Zeichen seiner Zugehörigkeit zur 'Ndrangheta geschenkt hat, und gibt ihn seiner Schwester Maria: „Hier, pass bitte darauf auf." Giorgio hat bereits zu viele gute Gründe, sich nicht taufen zu lassen. Natale war ein Ehrenmann, der ihn verraten hat, und De Cicco hat ihn nur ausgenutzt. Warum soll er sich taufen lassen, wenn das Ritual eine Farce ist? Das heißt nicht, dass er nicht länger an die Ideale der 'Ndrangheta glaubt. Er ist in ihrem Sinne erzogen worden und hat sie verinnerlicht. Aber die Taufe scheint ihm ein überkommenes Relikt zu sein. Es hat zudem den Nachteil, dass vom Zeitpunkt der Taufe an jeder in der Stadt weiß, wer er ist und dass er dazugehört. Das muss nicht sein, findet Giorgio.

In den nächsten Tagen begrüßt Giorgio eine Menge Verwandte und Freunde. Es hat sich herumgesprochen, dass er wieder da ist. Mancher nimmt ihn beiseite und sagt: „Sei vorsichtig! De Cicco erzählt überall, dass alles gut wird, wenn du da bist." Diesmal hält sogar seine Mutter zu ihm. Sie beklagt sich bei Marazzo und Finuzzu über den Unsinn, den De Cicco redet. Marazzo verspricht, ihn zur Vernunft zu bringen. Er lässt sich anmelden und geht hinauf zu De Cicco in sein Haus in der Altstadt von Corigliano, in das Gewimmel der Gassen unterhalb der Burg. „Hör auf, so einen Quatsch zu erzählen", herrscht Marazzo De Cicco an. „Willst du den Jungen umbringen?"

Giorgio wird allmählich unruhig. Er hat sechseinhalb Jahre im Knast gesessen und mit dem Krieg in Corigliano nichts zu tun. Und mit De Cicco hat er schon gar nichts mehr zu tun, er will sich nicht grundlos umbringen lassen.

Kurz darauf fährt Giorgio mit seinem Schwager an der Fischhalle unten am Hafen vorbei. Er sieht Carelli, den neuen Boss, umgeben von einer Gruppe Männern. Auch Marazzo ist dabei. „Willst du Marazzo nicht begrüßen?", will sein Schwager wissen. Giorgio wird nervös, als sein Schwager den Wagen stoppt. Sie steigen aus. Marazzo kommt auf sie zu. Er begrüßt Giorgio herzlich, sie küssen sich. „Ihr habt ganz schön viel Mist gebaut da oben in Deutschland", sagt er. „Ich nicht!", antwortet Giorgio. „Das waren andere Leute." Plötzlich bemerkt er, dass Carelli ihn ansieht. Giorgio schaut ihm in die Augen, hält seinem Blick stand. Diesen Blick wird Giorgio nie vergessen. Der Mann beeindruckt ihn, er betrachtet ihn mit einer Mischung aus Angst und Respekt. Wird Carelli sein Mörder werden oder sein Beschützer? Giorgio verabschiedet sich schnell und steigt ins Auto.

„Willst du denn Carelli nicht begrüßen?", fragt sein Schwager. Giorgio will nicht. „Lass uns abhauen", sagt er.

Sein Schwager drängt ihn, De Cicco zu begrüßen. Es ist eine Frage des Respekts. Und insgeheim hoffen alle, dass Carelli und De Cicco sich wieder vertragen. Zweieinhalb Jahre schon versteckt sich De Cicco in seinem Haus in der Altstadt von Corigliano. Carellis Leute haben mehrmals versucht, vom Motorrad aus auf ihn zu schießen, aber alle Mordversuche sind fehlgeschlagen. Trotzdem: De Cicco ist ein toter Mann. Er gehört zu den engen Vertrauten Cirillos, und deshalb muss er sterben. Um Carelli die Macht zu sichern.

Am nächsten Tag steigt Giorgio die verwinkelten Gassen der Altstadt hoch zu dem Haus, in dem sich De Cicco verschanzt. Kinder spielen auf der Straße, Frauen stehen in den Hauseingängen und schwatzen, Hunde streunen umher.

De Cicco liegt im Bett. Er ist erkältet. Er trägt einen Schlafanzug und trinkt Tee. Seine Schwester ist bei ihm. Giorgio umarmt und küsst ihn. Er läßt sich seine Abneigung nicht anmerken. De Cicco schickt seine Schwester, sie soll Geld holen. Dann sagt er: „Carelli hat sich selbständig gemacht und alle Gegner umbringen lassen." Er beauftragt Giorgio, nach Holland zu fahren und dort einen Platz zu finden, wo sie mit seiner Mutter Schiavonea in Ruhe leben können. „Später erkläre ich dir auch die Sache mit Sophia", sagt De Cicco anzüglich. Dann fügt er hinzu: „Trau keinem und geh schnell wieder weg von hier. Oder aber bleib hier und hilf mir."

Und dann erläutert De Cicco seine Sicht, warum es zum Krieg gekommen ist: Angeblich wollte Carelli mit Drogen handeln, aber Cirillo, ein Ehrenmann alten Schlages, sei dagegen gewesen, weil es gegen die Tradition der 'Ndrangheta sei. Aber ganz so war es nicht, wie Giorgio später erfuhr. In Wahrheit zog der alte Boss einfach zu viel Geld aus Corigliano, und Carelli wollte nicht länger zahlen. So einfach ist das. Das Gerede von Ehre und Tradition ist einfach Unsinn. So viel hat Giorgio bereits kapiert.

Kurz darauf betritt De Ciccos Schwester den Raum und bringt zwei Millionen Lire. „Hier nimm!", sagt De Cicco, „du bist gerade aus dem Gefängnis gekommen und kannst es sicher brauchen." Giorgio nimmt das Geld nicht an. Am liebsten hätte er De Cicco auf der Stelle getötet. Aber es ist nicht der richtige Moment.

Zum Abschied umarmen sie sich erneut. „Mach dir keine Sorgen. Ich kümmere mich um dich", flüstert Giorgio ihm ins Ohr. Und laut sagt er: „Ti voglio bene!" – ich habe dich gern. Dann gibt er ihm den Todeskuss. Wenn ich ihn das nächste Mal sehe, erschieße ich ihn, schwört sich Giorgio.

Zu Hause seift er sich gründlich die Hände; er putzt sich die Zähne und wäscht sein Gesicht. Er hat Ungeziefer geküsst.

Trotzdem fährt er nach Holland, vor allem jedoch, weil er erst einmal weg will. Die Lage in Corigliano ist völlig unübersichtlich, und Arbeit gibt es auch keine. Er nimmt den Zug nach Mailand, wo er abends gegen 20.30 Uhr ankommt. Er geht zum Schalter in der Bahnhofshalle und erklärt der Frau hinter der Glaswand, er wolle nach Venlo, aber unter keinen Umständen über Deutschland. Sie fragt nicht nach. Sie verkauft ihm ein Billet über die Schweiz, Frankreich, Belgien und Luxemburg. Problemlos kommt er durch alle Grenzkontrollen.

Giorgio hat sich für Venlo entschieden, weil es die einzige

Stadt in Holland ist, die er kennt. Als er noch ein Kind war, sind sie häufiger aus Mülheim zum Einkaufen nach Venlo gefahren. Zigaretten und Kaffee waren dort billiger. Sonnabends war Venlo fest in deutscher Hand.

In einem billigen Hotel nimmt er ein Zimmer, die Dusche befindet sich auf dem Gang. Auf dem Anmeldeformular gibt er Valeone als Namen an. Niemand will seinen Ausweis sehen. Giorgio sieht sich um in Venlo. Eine Wohnung kann er nur mieten, wenn er eine Arbeit vorweist. Aber Arbeit, versichert ihm die aufgetakelte Blonde in der Vermittlungsagentur, gebe es keine.

Er entdeckt einen Wohnwagen, der für tausend Gulden zum Verkauf steht. „Wenn du ihn mir zum Campingplatz ziehst, kaufe ich ihn", sagt Giorgio zu dem Besitzer. Sie werden sich einig. Der Campingplatz ist nur wenige hundert Meter von der grünen Grenze zu Deutschland entfernt, und der Platz dort kostet zweihundert Gulden im Monat. Bis Mitte Oktober passiert gar nichts. Nur sein Geld wird knapp. Giorgio ruft seinen Bruder Giacomo an. „Lass dir von De Cicco zwei Schusswaffen geben und komm her", befiehlt er Giacomo. Giorgio hat keine Arbeit gefunden, also will er mit ein paar Raubüberfällen die Kasse füllen.

Die Wende kommt mit Whisky. Sein ehemaliger Mithäftling aus Bochum hat von Giacomo gehört, dass Giorgio in Holland ist, und besucht ihn an einem Wochenende, als er Hafturlaub hat. Er bringt zwei Frauen mit, Rita und ihre Cousine Gerda. In einem Coffee-Shop, wo in den Niederlanden der Handel mit weichen Drogen geduldet wird, holen sie Haschisch und organisieren eine kleine Fete in Giorgios Wohnwagen.

Am Samstagabend fahren die Frauen wieder nach Hause, Whisky bleibt. Er verstößt damit gegen seine Auflagen und ist daher wieder auf der Flucht. Giorgio schmiedet Pläne. Drogen bringen schnelles Geld, weiß er, und der Stoff ist in Holland viel billiger als in Deutschland. Giacomo könnte die Drogen holen und in Mülheim verkaufen. Giacomo bringt bei seinem nächsten

Besuch die gewünschten Waffen, und nach ein paar Überfällen sind sie wieder flüssig. Whisky hat mittlerweile eine neue Freundin, Giacomo ist mit Rita zusammen und Giorgio schläft mit Gerda. Aber es gibt immer noch keine Arbeit und damit keine Wohnung, und im November wird es kalt im Wohnwagen.

Gerda schlägt ihm vor, bei ihr einzuziehen. Sie habe eine große Dreizimmerwohnung in Oberhausen-Sterkrade, die groß genug sei für sie beide. Giorgio lässt den Wohnwagen stehen, und sie fahren über die grüne Grenze nach Deutschland. Niemand kontrolliert sie.

Am nächsten Morgen muss Gerda zur Arbeit. Sie gibt Giorgio einen Schlüssel für die Wohnung. Gerda ist eine Schlampe und ihre Bude ein Dreckloch. Giorgio räumt auf, spült das Geschirr und beseitigt den gröbsten Dreck. Gegen Mittag traut er sich auf die Straße. Niemand nimmt Notiz von ihm, auch wenn er ständig das Gefühl hat, dass ihn alle anstarren. Giorgio erkundet die Gegend. Sterkrade hat einen eigenen Bahnhof und eine kleine Fußgängerzone. Er hat eine Idee.

Er kauft eine „WAZ" und studiert die Kleinanzeigen. Er sucht nach einer Kneipe. Seine legalen Verwandten und Freunde sollen die Verträge abschließen und dort arbeiten, er will sich um alles kümmern, aber im Hintergrund bleiben. Tatsächlich findet er ein kleines Bistro in der Fußgängerzone, das „Drömchen" heißt und zu verpachten ist.

Giorgio telefoniert mit dem Vermieter, Brauereien und Lieferanten; wenn persönliches Erscheinen nötig ist, schickt er Giacomo. Seine Verhandlungspartner wundern sich zwar, warum ihr Mann am Telefon so eloquent ist und dann eher schlicht daherkommt, doch die Verträge kommen alle unter Dach und Fach. Gerda übernimmt eine Bürgschaft bei der Bank, und Rita wird mit ihrem Ersparten Teilhaberin.

Giorgio ist in seinem Element. Er holt Whisky und seinen alten Freund Schmali, den er in Münster im Gefängnis kennengelernt hat, zu sich und baut eine neue Gang auf. Sie verkaufen Drogen und klauen Autos. Weil fast alle Spirituosen, die sie in der Kneipe ausschenken, gestohlen sind, können sie ein Drittel billiger sein als die Konkurrenz, und am Anfang läuft der Laden ganz gut.

Kurz vor Weihnachten 1991 plant Giorgio, den Juwelier in der Straße zu überfallen, wo Rita wohnt. Die zuständige Polizeiwache ist abends geschlossen, und ein Streifenwagen braucht zwanzig Minuten dorthin. Während sie den Laden auskundschaften, kommen sie auf die Idee, dass es viel leichter wäre, die Einnahmen des Supermarkts, in dem Rita arbeitet, zu rauben. Drei Frauen bringen die Geldkassette jeden Abend zur Bank.

„Morgen geht es los", sagt Giorgio seinem Bruder Giacomo am Telefon. Es regnet, kein Mensch ist auf der Straße. Als die Frauen mit dem Geld kommen, maskieren sie sich. „Hallo, das ist ein Überfall", sagt Giorgio. „Tun sie es nicht!", kreischt eine Frau. Er hält ihr die Pistole an den Kopf: „Her mit der Tasche!" Die Tasche fällt zu Boden. Als Giorgio sich nach ihr bückt, schlägt die Frau mit ihrem Regenschirm auf ihn ein. Er schnappt sich die Beute dennoch und rennt los.

Sie fahren mit dem geklauten Opel Richtung Sterkrade. Auf dem Weg kommt ihnen ein Polizeiwagen mit Blaulicht entgegen, fährt aber vorbei. Sie steigen in einen sauberen VW Golf um, und Giacomo setzt Giorgio vor Gerdas Wohnung ab. In der Wohnung bricht Giorgio die Geldkassette auf und ruft danach Giacomo an. „Wir können das Auto nicht kaufen, es kostet achtzehntausendfünfhundert Mark", sagt er. Es ist ihr vereinbarter Code für die Höhe der Beute. Nicht schlecht für fünf Minuten Arbeit, finden sie.

Aus Giorgios Sicht läuft alles wunderbar. Doch dann zerbrechen die Beziehungen zwischen den Paaren, und es geht abwärts. Giacomo, der eigentlich mit Rita zusammen ist, hat ein Verhältnis mit deren Tochter Nicole begonnen, und sein Jugendfreund Aldo und seine Schwester Sophia, die bei ihm arbeiten und jetzt ein Paar sind, streiten sich ständig. Für Karneval 1992 bestellt Giorgio noch einmal Ware, die er nicht bezahlt, anschließend räumt er die Kneipe leer, lagert alles von Wert bei seinem Vater im Keller und fährt zurück nach Holland.

Im April 1992 fahren Giacomo und er in einem gemieteten Peugeot über Frankreich zurück nach Italien, im Gepäck haben sie fünfhundert Gramm Haschisch, fünfundzwanzig Gramm Kokain und zwei Pistolen. Als sie in Corigliano ankommen, laufen die Vorbereitungen für das Fest des Heiligen Franz von Paula auf vollen Touren.

Auf dem Fest gerät sein Bruder Giacomo mit einem Dutzend Jugendlicher in Streit. Giacomo hat keine Chance gegen die Übermacht, und Giorgio bleibt nicht einmal genug Zeit, sich Lederhandschuhe anzuziehen. Mitten in der Schlägerei zieht Giacomo eine Pistole. Alle erstarren. Giacomo geht auf einen Jungen zu und schlägt ihm den Knauf der Pistole mitten ins Gesicht. Er bricht ihm das Nasenbein. Niemand ruft die Polizei oder erstattet Anzeige, denn jeder weiß: Giacomo ist der Sohn von De Cicco. Und der ist immer noch gefürchtet.

Doch die Sache wird Folgen haben, das ist klar. Zwei Tage später hält Finuzzu vor ihrem Haus. Er hupt. „Giorgio, ciao. Komm runter, der Große will mit dir sprechen.“ „Wer ist der Große?“, will Giorgio wissen. „Compare Santo!“, ruft Finuzzu. Santo Carelli, der neue Capo Società des Locale Corigliano.

Giorgio, Giacomo und die anderen sehen sich an. Sie überlegen. Finuzzu ist auffällig laut. Er will bemerkt werden. Er zeigt damit, dass ihnen nichts geschehen wird. Giorgio geht hinunter und steigt zu ihm ins Auto.

„Was ist los mit euch? Warum tragt ihr eine Waffe?“, herrscht Finuzzu ihn an. Giorgio bleibt ruhig: „Ich war sechs Jahre im Knast. Als ich zurückkomme, ist Krieg. Alle warnen mich, ich solle abhauen. Ich weiß nicht, was mit De Cicco los ist und höre, dass ihr mich umbringen wollt. Aber ich verstecke mich nicht!"

Finuzzu erwidert: „Warum sollten wir dich umbringen? Wir haben gewartet, dass du zu uns kommst. Meinst du, wir wissen nicht, dass De Cicco in Deutschland deine Firma zerstört hat? Meinst du, wir wissen nicht, was er deiner Schwester angetan hat?"

„Ich will ihn umbringen. Ich bete dafür, es tun zu können. Im Moment bin ich noch zu schwach. Aber wenn der Moment gekommen ist, würde ich ihn gern persönlich töten", sagt Giorgio.

„Sag es dem Großen so, wie du es mir gesagt hast", sagt Finuzzu.

Carelli steht vor seinem Haus, als Giorgio aussteigt. Er begrüßt Carelli, nimmt seine Hand und küsst sie. „Warum hast du mich damals nicht begrüßt?", fragt Carelli. Dann nimmt er Giorgio beim Arm und führt ihn in sein Haus.

„Warum riskierst du Gefängnis? Warum läufst du bewaffnet herum?", fragt er ihn freundlich. Giorgio erklärt es ihm. Carelli sieht ihn an. „Die Verräter sind tot. Und die noch sterben müssen, werden sterben. De Cicco ist auch bald dran. Vielleicht nicht heute und nicht morgen, aber bald." Seine Stimme wird lauter: „De Cicco will sich nicht mit uns einigen. Und als ich ihn brauchte, ist er nach Deutschland abgehauen und hat dich ruiniert."

Inzwischen ist Finuzzu hinzugekommen. „Sag ihm, was du mir gesagt hast", fordert er Giorgio auf.

„Zio Santo", sagt Giorgio, der sich jedes Wort gut überlegt hat, „ich bin nicht der richtige Typ und habe nicht eure Mentalität, um ein Ehrenmann zu werden. Aber ich bin jederzeit verfügbar für die Organisation von Corigliano. Ich habe vor nichts Angst, nehmt mich als Joker."

Joker nennen sie Leute, die ein sauberes Gesicht haben, also nicht als Mafia-Mitglied bekannt sind und deshalb für heikle Aufgaben eingesetzt werden können. Doch sein entscheidender

Zug kommt noch. „Ich bitte dich, Zio Santo“, sagt er, „ich weiß nicht, was du mit De Cicco vorhast. Aber wenn es so weit ist, dass er sterben muss, dann möchte ich dich bitten, es mich tun zu lassen.“

Carelli schweigt eine Weile. Dann verspricht er es ihm. Die Unterredung ist fast beendet. „Brauchst du irgendetwas?“, fragt Carelli ihn zum Schluss. „Ich möchte mich frei bewegen und Geschäfte machen“, sagt Giorgio. „Was willst du denn machen?“, will Carelli wissen. Giorgio: „Ich habe gute Kontakte zu Drogen.“ Carelli sagt: „Wir mögen kein Heroin in der Stadt. Aber geh zu Marazzo, der wird dir alles erklären.“ Giorgio verbeugt sich und küsst Carelli zum Abschied erneut die Hand.

Finuzzu begleitete Giorgio zum Auto. „Das hat mir gut gefallen“, sagt er, als sie eingestiegen sind. Am nächsten Tag bringt er ihn zu Marazzo.

„Giorgio, ich warne dich“, sagt Marazzo, der ihn schon früher aus allem heraushalten wollte, „mach nichts auf eigene Rechnung.“ Finuzzu beruhigt ihn. „Mach dir keine Sorgen, der Große hat seine Erlaubnis gegeben.“ Marazzo denkt nach. „Hör zu“, sagt er, „wir haben hier keine Drogen. Ab und zu mal ein bisschen Haschisch oder Kokain, aber das ist selten. Wenn du also etwas besorgen kannst, ohne dass es auffällt, ist es in Ordnung.“ Und dann erklärt der Finanzexperte des Carelli-Clans Giorgio die Regeln: „Wir machen es so, für jedes Kilogramm Haschisch bekommst du eine Million Lire, wenn du Waffen holst, eine prozentuale Beteiligung. Wenn du Kokain besorgen kannst, bring es auch mit. Das verkaufst du aber selbst und gibst uns unseren Anteil.“

Das Kapital erhält Giorgio von ihm persönlich, und er muss es ihm auch zurückzahlen. Aber mit dem Stoff will der alte Mafioso nie etwas zu tun haben. Er erklärt Giorgio: „Wir sind eine Organisation, die an Regeln gebunden ist, und wir müssen Rücksicht nehmen auf andere Familien. Du hast jetzt die Verantwortung für den Kokainhandel, und wir haben die Jungs, die das Haschisch verkaufen." Er erläutert, dass die Dealer überwiegend auf eigene Rechnung arbeiten. Sie sind sogenannte Freiläufer, die das Haschisch bei der Organisation zu einem bestimmten Preis kaufen müssen, den Erlös aber behalten dürfen. „Wenn dich jemand fragt, sag nie, dass du für Carelli arbeitest, sondern auf eigene Rechnung. Du hast die Erlaubnis und gibst dafür ab und zu ein Geschenk für die Gefangenen." Alle anderen Aktivitäten sind Giorgio untersagt. Er darf niemanden erpressen und nirgendwo einbrechen, und er darf nur mit getauften Mafiosi vom Rang eines Sgarrista an aufwärts reden, schärft Marazzo ihm ein. Denn niemand soll erfahren, dass Giorgio für Carelli arbeitet.

Corigliano hat sich verändert, wie Giorgio feststellt. Die 'Ndrangheta ist unter Carelli straff organisiert, und sie hat ihr Geld geschickt investiert, im Baugewerbe, im Fischhandel, in Restaurants, Discotheken und in der Landwirtschaft. Sie haben es so gemacht, denkt Giorgio, wie ich es unter De Cicco damals gern gemacht hätte. Aber der Alte hat ihn nie gelassen.

Nach seinem Gespräch mit Carelli sind die Mafiosi viel herzlicher zu Giorgio. Giuseppe Fabbricatore, ein Mitglied des Carelli-Clans im Rang eines Sgarrista, arbeitet als Vorarbeiter in einer Ziegelei, in die der Clan sein Geld steckt. Giorgio kennt ihn von der Schlächterei im Schweinestall. Er hat vom Ziegelbrennen keine Ahnung, aber der Job verschafft ihm eine legale Fassade. Giorgio macht seinen Antrittsbesuch bei ihm. Fabbricatore stellte ihm Antonio Bruno vor, Spitzname Schraubenzieher, ebenfalls ein Sgarrista. Der zeigt ihm die Fischhallen von Carelli unten am Hafen und macht ihn bekannt mit Vincenzo, dem Besitzer einer Strandbar in Schiavonea, und Tommaso Russo, zwei Soldaten des Clans.

Jedesmal, wenn Fabbricatore ihn einem Mitglied der Organisation vorstellt, sagt er: „Un amico, voletevi bene" – ein Freund, habt euch gern. Damit ist klar, dass Giorgio ein Freund, aber kein Mitglied der Organisation ist. Niemand stellt Fragen. Und jedes Mal, wenn Giorgio in eine Bar kommt, fragt irgendjemand, den er meist nicht kennt: „Giorgio, was willst du trinken?", und gibt einen aus.

Ende Mai 1992 fährt Giorgio zum ersten Mal mit dem Segen des Carelli-Clans nach Holland. Er geht zu Marazzo und erhält fünfundzwanzig Millionen Lire. Er nimmt den Zug über Frankreich und Belgien und geht in Venlo zu zwei Türken, die er kennt. Für das Geld bekommt er zehn Kilogramm Haschisch mittlerer Qualität, die er sorgfältig verpackt. In Brüssel muss er umsteigen in den Zug nach Mailand. Er steigt in ein Abteil, in dem mehrere, möglichst harmlos aussehende Reisende sitzen, legt das Haschisch unter den Sitz und beginnt eine muntere Konversation. Nur nicht auffallen, ist seine Devise.

Der Zug erreicht Mailand, wo Giorgio umsteigen muss, gegen fünf Uhr nachmittags, und am nächsten Morgen ist er zurück in Corigliano. Er liefert das Haschisch ab und hat zehn Millionen Lire, fünftausend Euro, plus Spesen verdient. Der Stoff kommt gut an, in Corigliano ist endlich wieder vernünftiges Haschisch auf dem Markt. Alle sind zufrieden. Giorgio fährt jetzt regelmäßig, mindestens einmal im Monat, und bringt jedesmal zehn Kilogramm Haschisch mit. Er liefert den Stoff ab, bekommt sein Geld und ist guter Dinge.

Nachdem das Geschäft gut angelaufen ist, wagt Giorgio den nächsten Schritt. Zusätzlich zu den zehn Kilogramm Haschisch kauft er hundert Gramm Kokain. Er wird es in Windeseile los. Und Carellis Leute achten darauf, dass kein anderer in Corigliano Kokain verkauft. Wenn es doch jemand versucht, brennt dessen Auto, oder sie brechen ihm ein Bein.

Im November 1992 erhält Giorgio einen Anruf, der ihn sehr fröhlich stimmt. „Ich bin draußen", sagt sein Freund aus Bochumer Gefängnistagen, der Sizilianer Domenico Sanfilippo, genannt Mimmo. Er ist aus der Haft entlassen worden und lebt in der Nähe von Brindisi, wo er mit Zigarettenschmuggel gutes Geld verdient. Die Zigaretten kommen per Schiff aus Montenegro, müssen an Land gebracht und auf Lastwagen verladen werden. Er wird bald nach Corigliano kommen, verspricht Mimmo.

Anfang Dezember, auf einer Fahrt nach Holland, besucht Giorgio seinen sizilianischen Freund. Plötzlich versteht er, warum Mimmo ihn immer wieder vertröstet, wenn es darum geht, wann er nach Corigliano komme. Mimmo lebt zusammen mit seiner Frau und ihren drei Kindern sowie seiner Schwägerin, ihrem Mann und deren beiden Kindern in einem Haus. Und mit der Schwägerin, das hat Mimmo Giorgio schon im Gefängnis gestanden, hat er ein Verhältnis. Er ist verrückt nach ihr.

„Ich habe auf dich gewartet", sagt Mimmo. Giorgio öffnet seine Tasche und zeigt Mimmo hundert Millionen Lire, rund fünfzigtausend Euro, die er dabeihat. „Ich baue eine Organisation in Corigliano auf und brauche gute Leute", sagt er. Wenn Mimmo und ein Freund namens Benito mitmachten, könnten sie einiges auf die Beine stellen. Giorgio schlägt vor, dass die beiden Männer nach seiner Rückkehr aus den Niederlanden bei ihm in Corigliano vorbeischauen. Dann können sie alles Weitere besprechen.

Nachdem Giorgio sein Haschisch in Corigliano abgeliefert hat, lässt er Mimmo und Benito kommen. Giorgio erklärt ihnen die Regeln. „Ihr gehört nur zu mir, nicht zur Organisation. Wenn jemand fragt, sagt ihr, ‚geh zu Giorgio', und ich regele das." Denn ein Sizilianer aus Catania und ein Mann aus Cirò, einem Nachbarort von Corigliano, aus dem Benito stammt – das ist den örtlichen Mafiosi unterer Ränge nicht leicht zu erklären. Sie könnten sich herausgefordert fühlen. Aber Giorgio wird es schon klären. Benito soll unten in Schiavonea Haschisch und Kokain verkaufen, aber nicht oben in Corigliano Calabro. Das Haschisch muss er bei der Organisation kaufen, Kokain bei Giorgio. Mimmo soll einen Kundenkreis für Kokain aufbauen, schlägt Giorgio vor. Die beiden Männer sind einverstanden, und Giorgio verspricht, in

Schiavonea eine Wohnung zu suchen, die groß genug ist für Mimmos komplizierte Familie.

Zum Jahresende ist der Drogenbedarf in Corigliano besonders groß. Die Feiertage stehen bevor, und die Leute haben Geld. Die Nachfrage nach Haschisch und Kokain ist gewaltig, außerdem brauchen die Leute Feuerwerkskörper. Zudem streiken die Arbeiter in den Zigarettenfabriken. Giorgio ist in seinem Element. Drogen hat er ausreichend besorgt, den Rest schafft er auch noch heran.

„Jetzt muss es schnell gehen", sagt er zu Mimmo, der sich um Zigaretten kümmern soll. Mimmo kauft die Zigaretten von seinen Leuten in Apulien, für die er gearbeitet hat. Er verkauft sie für zehntausend Lire pro Stange, von denen Giorgio tausend bekommt. Selbst die Polizisten fragen nach Schmuggelzigaretten. „Wir müssen auch rauchen", flehen sie Giorgios Cousin an, der die Glimmstängel in seiner Bäckerei unter dem Ladentisch abgibt.

Mit zehn Millionen Lire macht sich Giorgio auf den Weg nach Neapel, wo er illegal produzierte Feuerwerkskörper kauft. Sie bringen den zehnfachen Gewinn. Bei allen Geschäften hält Giorgio sich an die Regeln der 'Ndrangheta: Nach jedem Geschäft geht er zu Marazzo, dem Contabile, und gibt seinen Anteil ab, jeweils die Hälfte seines Gewinns. Das ist seine Lebensversicherung.

In diesen Tagen herrscht große Nervosität in Corigliano. Alle warten darauf, dass Carelli eine Haftstrafe wegen Mitgliedschaft in einer kriminellen Vereinigung antreten muss, und wie immer in solchen Situationen, ist die Machtfrage schnell wieder offen. Eines Abends kommt Finuzzu zu Giorgio nach Schiavonea. Er sagt: „Compare Santo ist weg. Jetzt habe ich das Sagen. Wenn etwas ist, komm zu mir." Außerdem brauche er Männer, um einen reichen Metzger zu überfallen, der kein Schutzgeld zahlen wolle. Giorgio nutzt die Gelegenheit, um seine neuen Leute vorzustellen. „Mimmo ist ein guter Räuber und Benito auch. Sie würden gern für mich arbeiten", sagt er. „Wir vertrauen dir", sagt Finuzzu, „über die Einzelheiten reden wir später."

Zwei Tage nach dem Gespräch, am 13. Dezember 1992, ist Finuzzu tot. Er schließt am späten Abend auf seinem Grundstück in Fabrizio Grande, wo er Giorgio das Schießen beigebracht hat, die Fensterläden seines Hauses, als zwei Männer auf einem Motorrad kommen und mehrere Schüsse aus einer Schrotflinte auf ihn abfeuern.

Giorgio erhält die Nachricht am nächsten Morgen. Sein Cousin Salvatore klopft noch vor acht Uhr an seiner Haustür. „Man hat Finuzzu umgebracht", sagt er. Giorgio geht in das Zimmer, in dem Mimmo und Benito schlafen. „Steht auf!", sagt er. „Finuzzu ist erschossen worden." Sie beschließen, erst einmal abzuwarten.

Ein Junge kommt ein paar Tage später zu ihm und sagt: „Zio Marazzo möchte dich sprechen. Er wartet im Magazin auf dich." In dem langen Gebäude werden Mandarinen nach der Ernte in Kisten verpackt, und Marazzo ist dort als Vorarbeiter angestellt, offiziell jedenfalls. Als Giorgio dort eintrifft, steht ein bewaffneter Leibwächter neben ihm. Marazzo nimmt Giorgio mit in einen Nebenraum. „Giorgio, schau mir in die Augen", sagt er. „Bist du bereit, einen Menschen umzubringen?"

„Warum nicht", antwortet Giorgio.

„Es ist ein Großer!"

„Wer?"

„Cirillo. Wir brauchen jemanden, der sich in Städten auskennt und der nicht auffällt. Du bist dafür geeignet, du hast ein Faccia d'angelo."

Faccia d'angelo – Engelsgesicht.

Die Männer vom Carelli-Clan glauben, dass Cirillo, der alte Boss, den Auftrag für die Ermordung Finuzzus gegeben hat. Cirillo besitzt eine Baufirma in Ancona, direkt neben einer Polizeiwache. Giorgio soll sich ihm als Tourist verkleidet nähern und ihn aus kurzer Entfernung mit einer Pistole töten. Dafür wollen sie ihm siebzig Millionen Lire zahlen.

„Engelsgesicht, ich habe dich auf der letzten Versammlung vorgeschlagen, weil ich weiß, dass du mutig bist", sagt Marazzo. „Fahr hin und schau dir alles an. Wir haben dort eine Wohnung und Leute, die dir helfen."

Giorgio hat bis dahin noch niemanden getötet. Aber er ist bereit und will keine Schwäche zeigen. „Ich mache es. Behaltet das Geld, ich will nur die Spesen", sagt er voller Stolz. Marazzo gibt ihm zwanzig Millionen Lire. Damit soll Giorgio Waffen kaufen. Saubere Waffen, vor allem Revolver und Pistolen, sind knapp in Corigliano, selbst die Gewehre reichen kaum für die Leibwächter. Und mit einem Gewehr kann Giorgio in Ancona sowieso nichts anfangen. Er beschließt, die Waffen in Holland zu besorgen.

Auf jeden Fall braucht er eine perfekte Tarnung für den Schmuggel. Er verspricht Gabriele, die nach wie vor in Mülheim wohnt und mit ihrem Sohn Gianni die Weihnachtstage bei ihm in Corigliano verbringt, eine Woche Skiferien in der Schweiz, wenn sie ihn anschließend mit dem Jungen wieder bis Mailand begleitet. Ein solches Angebot mag Gabriele nicht ausschlagen. Sie fahren zusammen in die Schweiz, und dort nimmt Giorgio allein den Zug nach Arnheim in Holland. In einem Bordell trifft er sich mit einem Türken, den sein Bruder Giacomo ihm vermittelt hat. Er sagt ihm, dass er mehrere Pistolen oder Revolver benötige.

„Ich kenne einen Holländer, der hat alles", sagt der Türke. „Was soll das?", mault Giorgio. Er ist enttäuscht, dass der Türke nicht liefern kann. „Ich habe keine Zeit für Spielchen." Doch der Türke versichert ihm, dass es keine Probleme geben werde. Der Mann müsse gleich auftauchen. Kurz darauf betritt ein Holländer den Raum, ein Meter neunzig groß, kräftig und durchtrainiert, mit einer platten Nase. „Das ist er", sagt der Türke und macht sie bekannt. „Jackie", stellt sich der Holländer vor und reicht Giorgio die Hand. Der Riese ist rein äußerlich das komplette Gegenteil von dem eher kleinen und unauffälligen Giorgio.

Jackie spricht gebrochen Deutsch, aber sie verstehen sich von Anfang an. „Ich habe Gewehre, Maschinenpistolen, alles was du willst“, sagt er.

„Ich brauche kleine Waffen, 7,65er oder so“, meint Giorgio.

„Ich habe im Moment leider nur die 22er. Die sind auch ein bisschen teurer, weil sie Schalldämpfer haben.“ Er wohne nicht weit von hier, sagt Jackie und schlägt vor, zu ihm zu fahren.

Der Holländer lebt etwa fünf Kilometer von Arnheim entfernt in einem Wohnmobil auf einem Campingplatz. Das Wohnmobil beeindruckt Giorgio. Es ist ziemlich groß und komfortabel eingerichtet. „Warte hier, ich bin in zwei Minuten zurück“, sagt Jackie.

Kurz darauf kommt er mit einem Koffer durch die Tür. Er legt ihn auf den Tisch und öffnet den Deckel. Nicht schlecht, denkt Giorgio. Jackie breitet den Inhalt auf dem Tisch aus: Eine Pistole, Kaliber 45 mit Laserpointer, ein 38er Revolver mit kurzem Lauf und Holzgriffschalen, die versprochene 22er mit Schalldämpfer, zwei Pistolen, Kaliber 6,35 Millimeter, ein 22er Gewehr mit Zielfernrohr und eine Scorpio-Maschinenpistole, außerdem vier Schießkugelschreiber, Handgranaten und Munition.

„Das ist im Moment alles“, sagt Jackie. „Wenn du mir etwas Zeit gibst, kann ich noch mehr besorgen.“ Aber Giorgio hat keine Zeit. Er nimmt die Waffen und dazu eintausendzweihundert Schuss Munition unterschiedlicher Kaliber. Jackie will dafür umgerechnet zehntausend Mark haben. Ein guter Preis. Wenn Marazzo die Waffen nicht haben will, behalte ich sie, denkt Giorgio.

Jackie ist genau der Mann, den Giorgio braucht. Er sagt ihm: „Ich bin auf Einkaufstour für eine Organisation. Ich kaufe Haschisch, Kokain und Waffen, und ich brauche einen Ansprechpartner, der zuverlässig und schnell ist.“ Jackie lächelt. „Kein Problem“, meint er, „sag nur Bescheid, und ich besorge alles.“

Giorgio ist zufrieden. Er hat endlich den richtigen Mann gefunden, hofft er. „Ich muss jetzt los“, sagt er. „In zwei Wochen bin ich wieder da, und dann benötige ich zehn bis fünfzehn Kilogramm Haschisch und ein Kilogramm Kokain.“ Sicherheitshalber fügt er noch hinzu: „Vergiss nie, dass hinter mir eine Organisation steckt. Wenn ich hochgehe, bist du tot. Ich werde den Stoff auch nicht testen. Aber wenn er Scheiße ist, bist du schuld und wirst bestraft.“

Jackie versteht sofort. Er holt ein Stück Kokain und einen Brocken Haschisch aus dem Schrank. „Das ist Haschisch aus Afghanistan. So einen guten Stoff habt ihr noch nie geraucht“, sagt er und schenkt ihm beides.

Der Koffer ist schwer wie Blei. Giorgio wuchtet ihn ins Gepäckfach des Zuges und gelangt unbehelligt über Belgien und Frankreich in die Schweiz. Bei jeder Kontrolle plaudert er unbekümmert mit seinen Mitreisenden, und alles geht glatt. Er hat eben das Engelsgesicht. Giorgio bleibt ein paar Tage in der Schweiz, fährt mit seinem Sohn Schlitten. Skilaufen hat er nie gelernt. Zu dritt steigen sie in den Zug nach Mailand und passieren problemlos die Grenze nach Italien. In Mailand trennen sie sich. Giorgio muss nach Corigliano, Gabriele mit Gianni zurück nach Mülheim.

Mimmo plädiert dafür, die Waffen zu verstecken. „Das können wir nicht machen“, sagt Giorgio, „die anderen haben Probleme und brauchen sie.“ Er bringt den Koffer zu Marazzo und zeigt die Waffen. Die 6.35er und die 45er behält er, den Rest übergibt er der Organisation. Giorgio erzählt Marazzo von Jackie und sagt, dass er sein Geschäft gern erweitern würde. Er will es in Florenz versuchen, wo Benito Kontakte habe. Mimmo und Benito aber sollen in Corigliano bleiben und seine Geschäfte weiterführen. Marazzo willigt ein.

Die Antwort auf den Mord an Finuzzu lässt nicht lange auf sich warten. Anfang Januar ruft Marazzo seine engsten Vertrauten zu sich, Giorgio ist auch dabei. „Ihr müsst für ein paar Tage verschwinden, ihr braucht ein gutes Alibi", sagt er. So ist es immer, wenn ein Mord bevorsteht. Giorgio fährt deshalb am Donnerstag, dem 7. Januar 1993, nach Holland.

Am Sonnabend, dem 9. Januar, ist es so weit. Der letzte Vertraute Cirillos, Luigi Lanzilotti, muss sterben. Er ist ein wohlhabender Geschäftsmann, der für den alten Boss viel Geld gewaschen hat, und er wäre ein willkommener Geschäftspartner gewesen. Aber er akzeptierte Carelli nicht als neuen Boss.

Wie jeden Sonnabend sitzt Lanzilotti auch an diesem Tag im Friseursalon Capalbo an der Via Nazionale 213 an der Ecke zur Via dei Galli in Corigliano Scalo. Beppe und Antonio, zwei erfahrene Killer, kommen auf einem Motorrad. Beide tragen Helme, Antonio fährt. Als Lanzilotti eben für die Rasur eingeseift wird, stoppt das Motorrad vor der Tür, Beppe, ein schlaksiger, hässlicher Mann, geht hinein. „Guten Morgen", ruft er und gibt unverzüglich mehrere Schüsse auf Lanzilotti auf dem Frisierstuhl ab. Ein Querschläger trifft einen weiteren Kunden, verletzt ihn aber nur leicht. „Arrivederci!", ruft Beppe, bevor er den Laden verlässt und auf dem Motorrad davonfährt.

Cirillos Macht ist damit endgültig gebrochen. Und der Inhaber des Friseurgeschäfts muss nach dem Mord den Laden schließen, weil sich die Kunden weigern, auf dem Stuhl zu sitzen, auf dem Lanzilotti starb. Es bleibt ihm nichts anderes übrig, als ein paar Straßen weiter einen neuen Frisiersalon zu eröffnen.

Ein paar Wochen später fährt Giorgio mit Benito und seinem Bruder Giacomo nach Florenz, wo sie sich in einem Restaurant mit einem Sizilianer treffen, der Salvatore heißt. „Giorgio", sagt er, als sie nach dem Essen ihren Espresso trinken, „ich bin nur der Vermittler. Aber ich mache dich mit einem alten Kunden bekannt, da ist viel Geld zu verdienen. Du kannst mit ihm direkt verhandeln, Hauptsache, ich kriege meine Prozente." Das klingt verlockend, und Giorgio will keine Zeit verlieren. „Bereite alles für das nächste Wochenende vor", sagt er. „Du wirst nur mich sehen, und ich will niemanden sehen außer dir und deinem Kunden. Einverstanden?"

Mit einem halben Kilogramm Kokain kommt Giorgio zur verabredeten Zeit zum Treffpunkt. Der Mann hat offensichtlich Ahnung von dem Stoff, er nimmt die Hälfte und zahlt sofort. In dem Gespräch fällt auch der Name eines Zahnarztes, der viel von dem Zeug abnimmt und an die Schickeria von Florenz weiterverkauft. Giorgio wird hellhörig. „Du musst den Zahnarzt auftreiben, ich will ihn kennenlernen", sagt er zu Salvatore. Der Sizilianer ist dem Clan verbunden und gehorcht.

Der Zahnarzt heißt Carlo und lebt in einem großen Haus im Industriegebiet von Florenz, wo er ein Dentallabor betreibt. Die Eingänge sind von Kameras bewacht. Haus und Praxis hat er von seinem Vater geerbt. Er selbst ist von Beruf in Wirklichkeit Zahntechniker und hat die Praxis an einen Arzt vermietet, mit dem er zusammenarbeitet. Er ist ein angenehmer, intelligenter Mann.

„Wir müssen gar nicht lange reden", sagt er, nachdem er sie begrüßt hat. „Ich habe gute Kunden, und wenn der Stoff was taugt, nehme ich alles." Wortlos legt Giorgio ihm zweihundert Gramm seines Kokains auf den Tisch. Carlo riecht daran, fühlt die Konsistenz, probiert. „Ich will hundertzwanzigtausend Lire pro Gramm", sagt Giorgio. Carlo steht auf, geht zum Safe, der in der Wand eingelassen ist, und bringt das Geld. „Die Hälfte sofort, den Rest nächste Woche", schlägt er vor. Giorgio ist einverstanden.

Carlo ist ein Glücksfall. Er wird sein bester Kunde, sein Lehrmeister, und er macht Giorgio mit der besseren Gesellschaft von Florenz bekannt, zumindest mit dem Teil, der kokst. Unternehmer, Rechtsanwälte, Ärzte und Künstler. Schon im ersten Monat bringt Giorgio ein Kilogramm Kokain von Holland nach Florenz.

„Was hältst du davon?", fragt Carlo eines Tages und zeigt Giorgio einen schönen Brocken Kokain, einen Stein, wie es heißt. „Das ist es, was die Italiener wollen", weiß Giorgio. „Hast du einen Lieferanten dafür?" Carlo schüttelt den Kopf. „Mach' ich selbst", sagt er. Und dann zeigt ihm der Zahntechniker, wie er diese Steine herstellt. Er lehrt ihn, wie man den Reinheitsgehalt feststellt und wie man Kokain streckt. Der Stoff von Jackie ist so rein, dass sie ihn um fünfzig Prozent strecken können. Carlo zeigt Giorgio, wie man das Streckmittel und das Kokain mischt und so lange durch ein Sieb streicht, bis eine homogene, fast ölige Masse entsteht, die sie zu Brocken pressen.

Von Florenz aus verkauft Giorgio das Kokain weiter nach Bologna, wo ein zuverlässiger Verwandter wohnt, und nach Neapel, wo er ebenfalls Leute kennt. Bei jeder Lieferung macht Giorgio hundert Prozent Gewinn. Innerhalb kürzester Zeit hat er auf diese Weise dreihundert Millionen Lire verdient – und die Hälfte davon an den Carelli-Clan in Corigliano abgegeben. Er zahlt es immer bar an Marazzo. So wie es vereinbart ist.

Im Frühjahr startet die Staatsanwaltschaft einen Schlag gegen die 'Ndrangheta in Corigliano. Viele Männer werden verhaftet, darunter Santo Carelli, Antonio Marazzo, Giuseppe Fabbricatore und Tommaso Russo. Giorgio muss nach Corigliano kommen. Antonio Bruno und Pietro Marinaro, zwei Sgarristi des Clans, haben ihn gerufen. Sie treffen sich Ende Mai in Schiavonea. Es regnet an diesem Tag.

„Giorgio, alle reden von dir, aber ich habe dich noch nicht richtig kennengelernt", sagt Marinaro. Dann dankt er ihm ausführlich. „Deinetwegen haben wir Geld, wir selbst sind wegen all der Verhaftungen leider knapp bei Kasse. Aber mit deiner Hilfe können wir die Anwälte bezahlen und die Familien der Inhaftierten unterstützen." Giorgio geht mit ihm in ein Nebenzimmer und gibt ihm eine Tüte mit fünfzig Millionen Lire. Marinaro ist sehr erstaunt. „Wir haben dir die fünfundzwanzig Millionen erst letzte Woche gegeben. Und du hast das Geld schon verdoppelt!“, stellt er verwundert fest. „Wenn es läuft, läuft es“, sagt Giorgio.

„Wie soll ich mich jetzt verhalten, wo so viele verhaftet sind?“, fragt Giorgio. „Gib das Geld irgendeinem von uns, und wenn du Geld brauchst, komm einfach vorbei“, sagt Marinaro. Giorgio nutzt die Gelegenheit, um erneut auf seine Leute hinzuweisen. „Mimmo und Benito gehören zu mir. Aber es gibt ein paar Jungs, die fangen an, ihnen gegenüber frech zu werden.“ Marinaro will die Namen wissen. Giorgio nennt sie ihm. Es sind Mafiosi, getauft im Rang eines Picciotto, und sie nutzen das Machtvakuum, das durch die Verhaftungen entsteht. „Sag ihnen, sie sollen zu mir kommen“, sagt Bruno.

Giorgio lenkt das Gespräch auf Cirillo, den er erschießen soll. Der Mordauftrag besteht immer noch. Er will wissen, wann der Zeitpunkt gekommen ist. „Wir befinden uns in schwierigen Zeiten“, sagt Marinaro. „Das ist eine Angelegenheit, die mehrere Familien betrifft, und deshalb machen wir erst einmal gar nichts.“

Giorgio ist es recht. Dann ergreift Marinaro wieder das Wort. „Wir verstecken einen Mann, der hat zehn Kilogramm Kokain bei sich. Es ist angeblich pures Kokain, aber es riecht komisch und ist total feucht. Kannst du es über deine Kontakte außerhalb verkaufen?“ Giorgio will den Stoff erst einmal sehen. Marinaro schickt Bruno, um das Rauschgift zu holen. Es ist in einer Plastiktüte verpackt, zwanzig Ballen mit je fünfhundert Gramm. Giorgio öffnet ein Päckchen. Es riecht stark nach Ammoniak. Er wiegt ein Gramm ab, kocht es auf und wiegt es erneut. Es bleiben 0,8 Gramm, der Stoff hat also einen Reinheitsgehalt von achtzig Prozent. Synthetisches Kokain aus Osteuropa, vermutet Giorgio, schwer verkäuflich.

„Ich nehme es mit und lasse es prüfen. Dann gebe ich euch Bescheid“, sagt er. „Wenn du es verkaufst, kannst du die Hälfte behalten“, sagt Marinaro.

„Da ist noch etwas“, sagt Giorgio. „Was ist mit De Cicco? Ich bin bereit!“ De Cicco fühlt sich nach den Verhaftungen sehr viel sicherer. Er fährt schon wieder auf das Stück Land mit dem Schweinestall unten am Fluss, und er wird leichtsinniger. Marinaro antwortet: „Kümmere dich um das Kokain und dann mach De Cicco fertig.“ Einer seiner Männer ist mit De Ciccos Nichte verheiratet, und er verspricht, dass sie den alten Mafioso im Auge behalten wird.

Giorgio bringt das synthetische Kokain zu Carlo ins Labor nach Florenz. Es muss getrocknet und behandelt werden. Das dauert einige Zeit. Er lässt den Stoff bei Carlo und fährt zurück nach Corigliano. Er will De Ciccos Tod vorbereiten.

„Weißt du, dass De Cicco schon wieder Leute bedroht?“, sagt seine Schwester Maria kurz darauf aufgeregt zu Giorgio. Er habe einen Mandarinenhändler beschimpft, weil er angeblich schlecht über seine Nichte geredet habe. Angeblich traut De Cicco sich sogar schon wieder bis nach Schiavonea.

Giorgio geht zum Treffpunkt der Ehrenmänner, einer Strandbar am Viale Cristoforo Colombo, die dem getauften Mafioso Vincenzo gehört. Es ist ein L-förmiger, einstöckiger Flachbau mit einem betonierten Hof und einer Dachterrasse mit einem blaugestrichenen Geländer. Die Bar liegt zwanzig Meter vom Wasser entfernt und ist von bunten Fischerbooten umgeben, die mit dem Kiel nach oben auf dem Strand liegen.

„Wann kommt Marinaro?“, fragt Giorgio den Inhaber. „Da sind sie“, sagt Vincenzo und weist zur Tür, durch die soeben Marinaro und Bruno die Bar betreten. Sie bestellen jeder einen Gin-Lemon und setzen sich auf die Treppe, die zur Dachterrasse führt und von einer Mauer vor Blicken abgeschirmt ist. Sie wollen nicht zusammen gesehen werden. Giorgio ergreift als Erster das Wort. „Habt ihr schon gehört, dass De Cicco wieder rausgeht? Warum schlagen wir nicht zu? Ich bin bereit!“, sagt er. „Stimmt das?“, will Marinaro wissen. Bruno nickt. „Dann müssen wir schnell handeln. Es könnte bald ein Krieg ausbrechen, und wir sind im

Moment sehr schwach“, sagt Marinaro. Sie befürchten, dass De Cicco in unverbrüchlicher Treue zu Cirillo stehen und eigene Aktionen planen könnte. Finuzzu, einer von ihnen, ist bereits erschossen worden, und wenn sich De Cicco jetzt wieder auf die Straße traut, dann ist das ein schlechtes Zeichen, findet Marinaro.

„Wir schlagen zu, und ich komme mit dir“, sagt Marinaro schließlich. „Nein, ich habe meinem Freund Mimmo versprochen, dass er dabeisein kann. Ich schieße, und er hält mir den Rücken frei. Ich vertraue ihm“, sagt Giorgio. Dass er in Wahrheit Marinaro nicht traut und Angst hat, gleich nach der Tat ebenfalls erschossen zu werden, weil er nicht nach den Regeln der 'Ndrangheta getauft ist und damit theoretisch ein Risiko darstellt, behält er für sich. „Also gut“, sagt Marinaro, „dann erledige ihn. Du hast freie Hand.“

Antonio Bruno ermittelt mit Hilfe seiner Verwandten De Ciccos regelmäßigen Tagesablauf, Marinaro besorgt die Waffen, das Fluchtauto und ein Versteck. Giorgio plant seinen ersten Mord.

Er entscheidet sich für einen Platz, der San Giovanni heißt, nach der Kirche, die dort steht, einem wunderschönen, halb verfallenen Bauwerk aus hellem Stein, das längst ohne Dach ist. Der mit einem Gitter versperrte Eingang führt direkt auf den Platz. Auf der gegenüberliegenden Seite mündet die Gasse, die De Cicco jeden Morgen um fünf Uhr dreißig auf seiner Vespa hinunterkommt, wenn er auf sein Grundstück fährt.

Die Straße ist knapp drei Meter breit. Wenn dort ein Auto steht, ist kaum noch Platz für einen Motorroller. Hier muss De Cicco ohnehin abbremsen, weil die Kurve sehr eng ist. Kurz vor dem Platz ist der beste Ort, dort kann er weder nach rechts noch nach links fliehen. Der Mafioso wäre in der Falle. Nach der Tat sollen Giorgio und Mimmo sich in der alten Wohnung von Marinaros Mutter verstecken, die ganz in der Nähe liegt und jetzt leer steht.

Sie treffen sich am 23. Juli 1993 wieder auf der Treppe der Strandbar in Schiavonea. Es ist nur ein kurzes Gespräch. „Morgen ist es so weit“, sagt Giorgio. „Viel Glück“, sagt Marinaro und umarmt ihn. Auch Bruno wünscht ihm alles Gute. Dann steht Giorgio auf und geht zu Mimmo, der den Geburtstag seines jüngsten Sohnes feiert. Giorgio bleibt bis Mitternacht, dann geht er nach Hause und legt sich eine Stunde hin. Er will ausruhen, alles noch einmal in Gedanken durchgehen.

Er zieht das Telefonkabel aus der Wand und beauftragt Gabriele, die wieder einmal für mehrere Wochen bei ihm wohnt, das Schlafzimmer abzuschließen, wenn er das Haus verlässt. Eine Tante wohnt in der Straße, wo er De Cicco umlegen will. Sie wird den Mord sicher mitbekommen und könnte auf die Idee kommen, seine Mutter anzurufen, die immer schon um sieben Uhr aufsteht. Außerdem muss seine Mutter morgens um neun Uhr zur Dialyse, und vielleicht will sie ins Schlafzimmer schauen, um sich zu verabschieden. Beides muss verhindert werden, denn sie darf auf keinen Fall mitbekommen, dass Giorgio nicht im Haus ist. Er braucht ein Alibi.

Gegen zwei Uhr nachts holt er Mimmo ab. Er hat einen 38er Revolver, Mimmo gibt er einen Revolver Kaliber 357 Magnum. Mimmo trägt Jeans und Trainingsjacke mit langen Ärmeln und Lederhandschuhe. Giorgio hat einen Jogginganzug an und weiße Latexhandschuhe dabei. Um den Hals hat er ein Tuch seines Sohnes geknotet. Die Handschuhe und die langen Ärmel sollen verhindern, dass Schmauchspuren, die beim Abfeuern der Waffen unweigerlich entstehen, auf die Haut geraten. Das hat ihm sein Lehrmeister Finuzzu beigebracht, der jetzt tot ist.

Giorgio packt zwei Wasserkanister in seinen roten Fiat Uno. Für den Fall, dass sie angehalten werden, kann er sagen, er hole Wasser aus den Bergen, was üblich ist, weil niemand in Corigliano das Wasser aus der Leitung trinkt. Alle Bewohner haben ihre Quellen in den Bergen.

„Bist du okay?“, fragt er Mimmo.

„Alles in Ordnung!“

Schweigend fahren sie die gewundene Straße nach Corigliano Calabro hinauf und parken den Wagen am alten Gefängnis, wo immer mehrere Autos stehen. Sie steigen aus und gehen zu Fuß weiter. Der gestohlene weiße Fiat Uno steht bereits an der vereinbarten Stelle, wo ihn Marinaros Leute abgestellt haben. Im Wagen liegt eine weiße Plastiktüte mit einer automatischen Schrotflinte, die mit fünf Patronen geladen ist. Sie gehen den Fluchtweg zu der Wohnung ab, für die sie den Schlüssel haben. Der Schlüssel passt. Alles ist vorbereitet.

Von drei bis fünf Uhr verstecken sie sich auf einer Baustelle. Mimmo raucht einen Joint, Giorgio nicht. Er will absolut klar sein. Sie sprechen noch einmal alle Details durch. „Du kommst nur zum Einsatz, wenn bei mir etwas schief geht“, schärft Giorgio seinem Freund noch einmal ein.

Um fünf Uhr wird es hell. Sie brechen auf. Mimmo kriecht unter einen Lancia, der weiter oben in der Straße geparkt ist. Giorgio kauert sich in den weißen Fiat Uno.

Die Minuten verstreichen. Giorgio lauscht angespannt in die frühmorgendliche Stille. Er hat das Gefühl, seinen Herzschlag zu hören.

Bald tauchen die ersten Passanten auf, einige wenige Männer und Frauen, die so früh zur Arbeit gehen. Giorgio nestelt am Tuch seines Sohnes vor seinem Gesicht. Es wird fünf Uhr zehn, und es wird fünf Uhr zwanzig.

Zehn Minuten noch, denkt Giorgio, wenn er dann nicht kommt, hauen wir ab.

Zum ersten Mal macht er sich Gedanken über den Moment, an dem er De Cicco gegenüberstehen wird. Ein leichtes Zittern durchläuft seinen Körper. Wie wird es sein, wenn sie aufeinander treffen? Sie haben sich lange nicht gesehen. Er öffnet die Tür des Uno einen Spalt breit und umklammert die Waffe. Dann hört er Hundegebell. De Ciccos Hunde. Werden sie ihn angreifen? Zum Überlegen bleibt keine Zeit. Er hört das Knattern des Zweitaktmotors von De Ciccos Roller.

Die Hunde bellen. Giorgio hört, wie De Cicco die Hunde ruft. Der Moment ist gekommen. Giorgio steigt aus. Alle Nervosität fällt von ihm ab. Er wird ganz ruhig. Er spürt nur Hass. Und Freude, dass er den Verräter jetzt endlich vor sich haben wird.

Er sieht De Cicco kommen und stellt sich ihm in den Weg. De Cicco hält an. Er hat beide Hände am Lenker. Giorgio nimmt das Tuch von seinem Gesicht und hebt langsam die Flinte. „O Mamma mia", sagt De Cicco. Er dreht sich instinktiv zur Seite, und Giorgio zieht den Abzugshahn. Ein lauter Knall hallt durch die Gasse. Der Schuss trifft De Cicco von hinten in die Schulter. Der Motorroller stürzt um, De Cicco fällt auf den Rücken. Giorgio tritt dicht an ihn heran. Er hebt die Flinte erneut, zielt mitten ins Gesicht und drückt ab.

Kein Schuss löst sich. Der Verschluss ist blockiert. Eine Patrone klemmt. Giorgio ist zu nervös, sie rauszuziehen. Er greift nach dem Revolver, da rutscht die Waffe aus dem Bund ins Hosenbein.

„Verdammte Scheiße", schreit Giorgio. Doch schon ist Mimmo zur Stelle und feuert alle Patronen seiner Waffe auf den am Boden liegenden De Cicco ab. Endlich gelingt es nun Giorgio, den Achtunddreißiger zu packen. Er will De Cicco den Gnadenschuss verpassen. „Nein!", ruft Mimmo. „Er ist tot. Lass die Waffe sauber."

Sie laufen los. Das Gewehr und die Magnum schmeißen sie eine Böschung hinunter. Schnell erreichen sie die Wohnung. Sie ist voller alter Möbel und seit Jahren unbewohnt. Die Luft riecht abgestanden.

Draußen beginnt der Lärm. Sie hören Schritte und Schreie, heulende Motoren der Polizeiwagen und knatternde Mopeds. Sie können die Geräusche nicht einordnen und versuchen, ruhig zu bleiben. Bis zwölf Uhr wollen sie in der Wohnung bleiben, aber schon um acht Uhr halten sie es nicht mehr aus. Giorgio versteckt seinen Revolver in der Wohnung, und sie gehen eilig die fünfzig Meter bis zu seinem Wagen. Sie nehmen die Nebenstrecke am Friedhof vorbei und fahren auf Umwegen nach Schiavonea. Kein Polizist ist zu sehen. „Wir müssen die Klamotten wegschmeißen", sagt Giorgio, als er Mimmo vor dessen Haus absetzt. Dann fährt er nach Hause.

Er gibt Gabriele seine Klamotten. „Schmeiß das weg und lass mir Wasser in die Wanne laufen", sagt er. Dann schrubbt er sich im Bad mehrmals gründlich ab. Er rennt ans Meer und schwimmt eine Runde. Kein Schmauch soll an seinem Körper bleiben. Er geht zurück nach Hause. „Der Dicke ist tot", sagt er zu Gabriele. Sie umarmt ihn und fragt nicht.

Seine Schwester Maria kommt. „De Cicco ist tot." Giorgio antwortet: „Wurde auch Zeit. Wann ist es passiert?" „Heute morgen." „Denk nicht mehr daran", sagt Giorgio.

Eine Stunde darauf erscheint Mimmo. „Ich halte es zu Hause nicht mehr aus", sagt er. „Ich glaube, du brauchst jetzt erst einmal einen Schnaps", sagt Gabriele. „Lass gut sein. Wir rauchen jetzt einen Joint", meint Giorgio. Anschließend nehmen sie ein Moped und fahren zu Vincenzos Strandbar. „Alles in Ordnung", sagt Giorgio und gibt ihm die Schlüssel für die Wohnung. Vincenzo überreicht ihm eine Tüte mit Geld und meint: „Wenn ihr wollt, haut erst einmal ab." So ist es üblich nach einem Mord für die Ehrenwerte Gesellschaft.

Giorgio und Mimmo fahren nach Hause und packen ein paar Sachen zusammen. „Wir müssen was erledigen", sagen sie ihren Frauen. Dann setzen sie sich in Giorgios roten Fiat Uno Turbo und fahren los. Ab nach Florenz.

„Nel Tuo Ricordo Continua La Nostra Vita."

So steht es später auf dem Grabstein von Antonio Giovagnone De Cicco: In der Erinnerung an dich geht unser Leben weiter.

8
Koks-Dealer der Reichen und Schönen

Der Tag ist sehr heiß. Giorgio und Mimmo erreichen Florenz am Nachmittag. Kurz vor der Stadt ist ein Lastwagen umgekippt, der Verkehr staut sich kilometerweit. Die Sonne macht die Fahrt in dem kleinen Fiat Uno, der keine Klimaanlage hat, zur Qual. Durch das Haschisch und Kokain, das sie nehmen, kommt ihnen die Hitze noch unerträglicher vor, sie lähmt das Denken.

„Mimmo, das erste Hotel mit Klimaanlage nehmen wir", sagt Giorgio zu dem Freund, mit dem ihn nun seine erste Bluttat verbindet. Giorgio hat einen Boss getötet, und das macht ihn fast zum Helden. Er weiß, dass De Ciccos Tod ihm bei Carelli und dessen Leuten eine Menge Respekt einbringen wird.

Endlich erreichen sie die Ausfahrt Florenz Süd, wo sie die Autobahn verlassen. Sie entdecken das Hinweisschild eines Vier-Sterne-Hotels. Mimmo steigt aus und fragt nach zwei freien Zimmern. Dann parken sie den Wagen und schnappen sich ihre Koffer.

Giorgio geht erst einmal unter die Dusche. Der kalte Wasserstrahl ist eine unbeschreibliche Wohltat. Er wird ruhiger und bekommt allmählich einen klareren Kopf.

Nachdem er lange geduscht hat, zieht Giorgio den hoteleigenen Bademantel über, der im Schrank hängt, legt sich aufs Bett und schaltet den Fernseher ein. Es laufen die üblichen Shows des italienischen Nachmittagsprogramms mit aufgedrehten Moderatoren, halbnackten Assistentinnen und semiprominenten Gästen. Er greift zum Telefon und wählt die Nummer von Salvatore, dem Sizilianer, der ihm beim Verkaufen des Kokains hilft. „Hier ist Giorgio", meldet er sich. „Wir sind in Florenz. Kannst du ein paar Mädels besorgen?" Salvatore kann. Giorgio gibt ihm den Namen und die Anschrift des Hotels und legt auf.

Dann ruft er seinen Vater in Mülheim an: „Papa, sie haben den Dicken umgebracht, De Cicco." Die Antwort seines Vaters überrascht ihn. „Oh, der arme Kerl. Er tut mir leid", sagt Battista Basile. Giorgio ist maßlos enttäuscht. Er hat die Ehre seines Vaters wiederhergestellt, er hat gehofft, dass Battista sich freuen und dem Schöpfer danken würde, dass dieser Mann endlich tot ist. Stattdessen tut De Cicco ihm leid. Sein Vater, stellt Giorgio verzweifelt fest, bleibt auch jetzt, wo er seinen schlimmsten Widersacher erschossen hat, ein Feigling. Wieso tun ihm die Kaninchen nicht leid, denen er bei lebendigem Leib das Fell abzieht, oder die eigenen Kinder, die er verprügelt hat? Wieso tut ihm ein Mann leid, der ihm die Frau weggenommen und ihm Hörner aufgesetzt hat? Der seine Frau sogar geschwängert hat und dessen Balg er großgezogen hat?

Giorgio versteht die Welt nicht mehr. Aber dann ist es ihm auch egal. Er hat die Ehre seines Vaters wiederhergestellt, ob der es nun will oder nicht, und er hat Sophia gerächt. Seine kleine Schwester Sophia, die De Cicco angefasst hat. Giorgio ist mit sich zufrieden. Er hat nicht versagt. Es ist alles gut gelaufen.

Drei Stunden später kommt Salvatore mit den Frauen. Es sind drei Brasilianerinnen. Sie sind sehr hübsch und reden die ganze Zeit Portugiesisch untereinander. Giorgio besorgt ein drittes Zimmer für den Sizilianer, dann treffen sie sich bei ihm und ziehen ein paar Nasen Kokain. Sie reden, trinken und spielen mit den Huren herum. Bald verzieht sich jeder von ihnen mit einer Frau in sein Zimmer.

Giorgio und Mimmo bleiben drei Tage in dem Hotel. Giorgio besucht alte Kunden, treibt Geld ein und fährt auch zu Carlo ins Industriegebiet. Sein Statthalter in Florenz hat wenig von dem synthetischen Zeug verkauft, das Giorgio ihm gebracht hatte und das Carlo aufarbeiten wollte. „Die Geschäfte laufen schlecht", klagt er. „Es ist Sommer, die meisten Leute sind im Urlaub." Giorgio versteht ihn. „Kein Problem", sagt er, „wir sehen uns im August."

Am nächsten Morgen wollen sie zurück nach Corigliano fahren. Die Luft dort scheint rein, niemand hat sie wegen des Mordes an De Cicco in Verdacht, wie ihnen ihre Leute am Telefon versichern. Am Abend treffen sie sich noch einmal mit Salvatore zum Essen. „Erinnerst du dich noch an Giovanni?", fragt der Sizilianer Giorgio. „Er braucht Kokain und will es von dir kaufen." Giorgio winkt ab. „Der ist doch ein Bulle. Ich traue ihm nicht."

Giorgio hat Giovanni im Frühjahr kennengelernt. Er ist ein hünenhafter Kerl, etwa 1,90 Meter groß, früher war er bei einer Spezialeinheit der Polizei, dann Versicherungsvertreter; jetzt arbeitet er als Türsteher und Rausschmeißer. Giovanni lebt bei Pisa und hat eine Freundin, Tatiana, eine Tochter aus gutem Hause, die aber kokainabhängig ist. Giovanni kennt jede Menge Kinder reicher Eltern, Anwälte, Industrielle und Models. Er hat Kontakte zu zahlreichen Discotheken in der Toskana und verfügt offenbar über einen großen Kreis guter Kunden.

Giorgio hat dem Türsteher einmal fünfzig Gramm Kokain verkauft, und der hat sofort siebeneinhalb Millionen Lire bezahlt. Aber er redet viel und will zu viel wissen. Er ist zudem mit einem Polizisten aus Florenz befreundet, Marco, der nebenbei als Rausschmeißer in der Discothek arbeitet und ihn mit guten Informationen aus dem Polizeicomputer versorgt. Giorgio traut beiden nicht.

Doch der Sizilianer hält große Stücke auf den Türsteher. „Ich muss in den nächsten Wochen zu meinen Eltern nach Catania", sagt er. „Ich würde ihn gern mitnehmen und bei dir vorbeikommen." Zögernd willigt Giorgio ein. „Okay, aber nicht bei mir zu Hause. Wir treffen uns unten am Hafen, und ich besorge vorher eine Wohnung, die wir benutzen können." Sie verabschieden sich, und Salvatore verspricht, rechtzeitig vor seiner Ankunft anzurufen.

Giorgio fährt mit Mimmo zurück nach Corigliano. Kurz nach seiner Ankunft trifft er dort Marinaro. Giorgio bleibt verwundert stehen. „Ich denk, du sitzt noch im Gefängnis", sagt er. Marinaro erklärt, dass er kürzlich entlassen worden sei, so wie eine ganze Reihe anderer Leute aus der Organisation. Sie seien Giorgio alle sehr dankbar für die finanzielle Unterstützung während der Haft – und die Eingeweihten darüber hinaus für die Ermordung von De Cicco, der schon lange auf der Todesliste stand. „Vor allem Carelli ist sehr zufrieden mit dir", sagt Marinaro. So ist es seit jeher in der Mafia: Morde sind der schnellste Weg zu Ansehen und Ehre. Wer zuverlässig mordet, kann es weit bringen.

Einige Tage später, es ist Anfang August, meldet sich Marinaro bei Giorgio. Er will ihn treffen. Giorgio fährt zu ihm. „Wir haben ein Problem", sagt Marinaro. „Es gibt da einen Mann, der heißt Edmondo Le Pera. Er treibt sich zu oft bei den Bullen rum, und wir glauben, er ist ein Spitzel." Giorgio kennt den Mann. Er ist die rechte Hand von Fabbricatore, einem der Unterbosse des Clans. Er kennt ihn aber auch, weil er mit zwei Kumpanen Kokain bei ihm kauft und unzuverlässig zahlt. Edmondo hat eine Menge Schulden bei ihm. Giorgio sagt es Marinaro. „Macht euch keine Sorgen um die Schulden, dafür kommen wir auf. Lass ihn verschwinden, und am besten seine beiden Freunde auch", sagt Marinaro.

Giorgio ist einverstanden.

Marinaro verspricht, eine Waffe mit Schalldämpfer zu besorgen und ihm seinen Spezialtrupp, der für Morde und das Verschwindenlassen von Leichen zuständig ist, die sogenannte Feuergruppe, aus Thurio zur Unterstützung zu schicken.

Giorgio mietet eine Ferienwohnung in Schiavonea in einem dreigeschossigen Haus in der Nähe der Piazzetta. Die Wohnung liegt zu ebener Erde, hat ein Wohnzimmer, drei Schlafzimmer und eine Küche. Sie ist komplett eingerichtet. Er will Edmondo unter dem Vorwand, er habe exzellentes neues Kokain, in die Wohnung locken und dort töten. Giorgio besorgt eine Stereoanlage mit anständiger Leistung, falls es laut wird, außerdem legt er ein Seil und zwei schwere Eisenstangen bereit. Er geht immer auf Nummer sicher. Dann probiert er die Waffe aus, eine 22er Pistole. Sie taugt nichts, der Schalldämpfer ist kaputt. Er wird sie nur im Notfall einsetzen, denkt Giorgio. Er will sein Opfer deshalb mit Drogen abfüllen und mit einer der Eisenstangen erschlagen.

Giorgio trifft Edmondo mittags auf der Straße und erzählt ihm von dem neuen Stoff, den er besorgt habe. „Wenn du willst, kannst du ihn probieren." Edmondo beißt an. Er will kommen, noch am selben Tag. Er habe aber nur bis abends um acht Uhr Zeit, sagt Edmondo. „Kein Problem, Mimmo holt dich ab", sagt Giorgio.

Die Gelegenheit ist günstig, und Giorgio will keine Zeit verlieren. Man muss den Zeitpunkt nutzen, das hat er gelernt. Giorgio eilt zu Marinaro: „Es ist so weit. Sag in Thurio Bescheid, sie müssen so schnell wie möglich kommen."

Am Nachmittag treffen sich Mimmo und Edmondo wie verabredet auf der Piazzetta, dem zentralen Platz mit vielen Bars in Schiavonea. „Lass uns gehen", sagt Mimmo, „aber vorher holen wir uns noch eine Flasche Whisky."

Als Giorgio in die Wohnung kommt, sitzen Mimmo und Edmondo bereits im Wohnzimmer. Sie trinken den Whisky aus Gläsern, und vor ihnen auf dem Tisch liegen einige Straßen Kokain. Die Stereoanlage spielt leise Musik. „Hallo", sagt Giorgio. Dann zeigt er auf den Tisch und sagt: „Packt die Scheiße da weg, ich habe viel besseres Zeug dabei."

Er weiß, es dauerte noch etwa eine Stunde, bis die Leute aus Thurio kommen, und bis dahin muss er den Mann bei Laune halten.

Mimmo fegt das Kokain zusammen, und Giorgio legt einen neuen Brocken auf den Tisch. Er schneidet eine Ecke ab und beginnt, das Stück zu zerkleinern. Sorgsam zerhackt er die Bröckchen zu Pulver. Dann verteilt er das weiße Pulver auf einige Linien und lässt Edmondo zuerst ziehen. „Oh, das ist gut", sagt sein Gast. „Hier, trink", sagt Giorgio und schenkt Whisky nach.

Auch Mimmo und er schnupfen Kokain, aber sie halten sich zurück. Sie wollen einen möglichst klaren Kopf behalten. Sie warten. Edmondo erzählt, dass er ein richtig großes Ding vorhabe. Er will es durchziehen, sobald er nicht mehr unter Hausarrest stehe. Aber Giorgio hört kaum zu. Die Zeit läuft ihm davon. Was kann er unternehmen, wenn Edmondo früher abhaut oder die Leute aus Thurio nicht rechtzeitig kommen? Allein, das war ihm klar, würde er es nicht schaffen. Er käme nicht unbemerkt an ihn heran, und festhalten können sie ihn zu zweit auch nicht. Der Kerl ist zu groß und zu schwer.

Plötzlich klingelt es an der Tür. „Wer ist das?", will der Totgeweihte wissen. „Keine Ahnung. Vielleicht Mimmos Sohn", sagt Giorgio, als er den Raum verlässt. Er macht die Tür hinter sich zu, damit Edmondo nicht sehen kann, wer da kommt. Es sind Leonardo Linardi, der Chef der Feuergruppe, und einer seiner Leute. Giorgio kennt beide nicht. Linardi stellt sich kurz vor. Sie sind also insgesamt zu viert, zwei weitere aus der Feuergruppe warten draußen in einem gestohlenen Wagen mit Schweizer Kennzeichen. Sie sind Profis, völlig skrupellos. Eigentlich sollen sie nur die Leiche verschwinden lassen.

Giorgio nimmt die beiden mit in eins der Schlafzimmer und erklärt ihnen die Lage. „Die Pistole ist zu laut", sagt er, „ich habe zwei Eisenstangen. Wir schmeißen ihn aufs Bett und machen ihn fertig." Sie sind einverstanden. Zwei gezielte Schläge auf den Kopf, und der Mann ist tot oder ohnmächtig, denkt Giorgio. Dann will er ihm einen Strick um den Hals legen und zuziehen. Kein Problem, denkt er.

Giorgio geht zurück ins Wohnzimmer. „Mimmo, geh mal rüber und mach das Kokain für unseren Freund klar“, sagt er. Mimmo versteht und verlässt den Raum. „Komm mit“, sagt er zu Edmondo. Der steht auf und folgt Mimmo.

Als er das Schlafzimmer betritt, schlagen ihm Mimmo und Linardi jeweils einmal kräftig mit der Eisenstange auf den Schädel. Edmondo fällt um, Giorgio und der vierte Mann stürzen sich auf ihn. Doch plötzlich kommt ihr Opfer wieder zu Bewusstsein. Er ist voller Kokain und Alkohol, er spürt keine Schmerzen und entwickelt Bärenkräfte. Mimmo und Linardi schlagen abwechselnd mit den Eisenstangen auf ihn ein. Sie treffen immer wieder auf den Kopf, Blut spritzt quer durch den Raum, doch der Mann stirbt nicht. Er ist total aufgeputscht von den Drogen.

Es dauert mehrere Minuten, bis Edmondo endlich aufgibt. Als er leblos am Boden liegt, ist sein Schädel aufgeplatzt, überall an der Decke und den Wänden kleben Blut und Gehirn. Gerade als die vier Männer sich ein wenig beruhigt haben, zuckt der Totgeglaubte noch einmal. Mimmo dreht durch. Er greift in Panik die Eisenstange und schlägt so lange auf den Schädel ein, bis er nur noch ein matschiger Brei ist. Mimmo sieht aus wie ein Metzger.

Giorgio ist erleichtert. Er fühlte überhaupt kein Mitleid, ihm ist auch nicht übel. Er ist sachlich wie immer, wenn Menschen getötet werden. Das Metzeln berührt ihn einfach nicht, solange alles nach den Regeln der ’Ndrangheta vor sich geht. Ärgerlich nur, dass alles voller Blut ist. Die Hände, die Kleidung, sogar die Gläser seiner Brille.

Giorgio schaut auf die Uhr. Es ist kurz vor acht. Sie müssen sich beeilen. In wenigen Minuten muss Edmondo bei der Polizei erscheinen und seine Unterschrift leisten, wegen des Hausarrestes. Wenn er nicht antritt, leiten die Beamten vielleicht gleich eine Suche nach ihm ein. Bis dahin muss die Leiche verschwunden sein. Sie rollen den Toten in eine Decke.

Linardi holt die anderen beiden Männer aus dem Auto. Giorgio kennt auch sie nicht. Das beunruhigt ihn etwas. Er ist in Corigliano aufgewachsen, und er verkehrt seit Jahren mit den Bossen der 'Ndrangheta. Er hatte geglaubt, die Feuergruppe zu kennen, aber da sind schon wieder zwei Männer, denen er noch nie begegnet ist. Einer von ihnen heißt Beppe Damiano und wird später ein guter Freund. Er ist der Mann, der in Carellis Auftrag den Unternehmer Lanzilotti im Friseurgeschäft erschossen hat.

Die Männer von der Feuergruppe machen ihre Arbeit gut. Sie biegen den Toten so klein wie möglich und verschnüren ihn in einer weiteren Decke. Die anderen waschen sich das Blut ab, und dann tragen sie die Leiche hinaus zu dem gestohlenen Auto.

„Mami, schau mal. Was machen die Männer da?", ruft ein Mädchen.

Es steht auf dem Balkon im zweiten Stock und beobachtet die Straße. Das Mädchen spricht Deutsch, und nur Giorgio versteht sie. Er bekommt einen Riesenschreck. Doch die Mutter ist augenscheinlich Italienerin, und sie weiß, dass sie sich am besten niemals einmischt in Dinge, die sie nichts angehen. Vielleicht hat sie die Männer auch schon vorher gesehen und ihre Profession richtig eingeschätzt. „Komm weg vom Fenster! Halt dich da raus!", sagt sie in barschem Ton und zieht das Mädchen in die Wohnung.

Die vier Männer von der Feuergruppe fahren mit der Leiche davon, und Giorgio geht mit Mimmo zurück in die Wohnung. Das Schlafzimmer sieht grauenvoll aus. Es wird eine Menge Arbeit machen, die Wohnung wieder sauber zu bekommen. Wenig später klingelt Marinaro an der Tür. „Wie ist es gelaufen?", will er wissen. „Er ist tot!", sagt Giorgio. „Schau dir die Schweinerei an. Kannst du was zum Saubermachen besorgen?" Marinaro geht und kommt einige Zeit später mit mehreren Tüten voller Putzmittel und Lappen zurück. Sie machen sich an die Arbeit, aber das Ergebnis ist ernüchternd. So werden sie es nie schaffen, die

Flecken wegzubekommen. Wie soll Giorgio das dem Vermieter erklären?

Sie schließen die Wohnung ab und gehen erst einmal nach Hause. „Gabriele, lass die Wanne ein", ruft Giorgio seiner Lebensgefährtin zu, die immer noch in Corigliano ist. Nach einem ausgiebigen Bad setzt er sich aufs Motorrad und schmeißt seine Kleidung in eine Mülltonne weit weg von seinem Haus.

Am nächsten Morgen kauft er einen großen Eimer roter Farbe samt Pinsel und geht zurück in die Wohnung. „Mimmo, hol deinen Sohn und deine Neffen", trägt er seinem Freund auf. Er drückt den Kindern die Pinsel in die Hand und erklärt ihnen, sie dürften sich mit der Farbe im Schlafzimmer austoben. Anschließend beklagt er beim Vermieter das Temperament und die Ungezogenheit der Kinder von heute und versichert, er werde selbstverständlich dafür sorgen, dass der Schaden beseitigt und der Raum frisch gestrichen werde. Er habe bereits eine Malerfirma mit den Arbeiten beauftragt und werde noch heute neue Matratzen kaufen.

Dass Edmondo verschwunden war, bleibt nicht lange verborgen. Seine Frau fragt überall herum und sorgt für Aufsehen. Es muss schnell etwas geschehen. Also ruft Giorgio bei der Frau an und sagt, sie solle aufhören, dumme Fragen zu stellen, sonst sei sie selbst dran. Danach ist endlich wieder Ruhe.

Giorgio gönnt sich ein paar Tage Urlaub. Gabriele und ihr Sohn Gianni fliegen zurück nach Deutschland.

Mitte August ruft Salvatore aus Florenz an. „Wir kommen morgen. Giovanni, ich und noch zwei Freunde von ihm." Giorgio überlegt. „Haben sie auch genug Geld dabei?", fragt er. „Es ist alles in Ordnung", versichert Salvatore.

Der Carelli-Clan verfügt ständig über eine Hand voll Wohnungen in Corigliano. Sie dienen als Versteck für Flüchtlinge befreundeter Clans aus Neapel oder Sizilien. Eine dieser Wohnungen benutzen hin und wieder auch Giorgio und Mimmo – für

Huren, zum Koksen, oder wenn sie ihre Ruhe haben wollen. Das Treffen mit Salvatore und Giovanni, dem Türsteher aus Florenz, soll in dieser Wohnung stattfinden.

Giorgio trifft seine Sicherheitsvorkehrungen. Er riegelt das Viertel mit einigen Leuten ab und postiert überall Bewaffnete auf Motorrädern, falls etwas schief geht. Keine Maus gelangt unerkannt hinein und erst recht nicht wieder hinaus. Sie können kommen. In der Wohnung hat er zur Sicherheit noch ein paar seiner wilden Jungs versammelt.

Als sie sich am Abend treffen, begrüßt ihn der Türsteher überschwänglich. Er umarmt ihn und plappert wie üblich drauflos. Seine beiden Begleiter sind misstrauischer. Sie haben das Empfangskomitee bemerkt und fragen nach. Statt einer Antwort packen Giorgios Leute sie und stellen sie blitzschnell mit dem Gesicht gegen die Wand. „Bevor wir weitermachen, zieht euch erst einmal aus!“, befiehlt er. Sie tun es, und er überzeugt sich, dass sie weder Waffen noch Wanzen bei sich tragen.

„Nehmt es nicht persönlich“, sagt Giorgio entschuldigend, „aber ich kenne euch nicht.“

Er holt das Kokain, das in einem Versteck liegt, und lässt seine Gäste ausgiebig probieren. Anschließend lädt er sie, zur Wiedergutmachung, zum Essen ein. Giorgio vertraut Giovanni nun, ja er beginnt sogar, ihn zu mögen. Er lässt sich seine Telefonnummer geben.

Ein paar Tage später fährt Giorgio mit Mimmo, dessen Frau, Schwägerin und Sohn nach Florenz. Er benötigt Mimmos Frauen als unauffällige Kuriere für das synthetische Kokain, von dem immer noch einige Kilogramm bei Carlo liegen. Giorgio ruft Giovanni an. „Schön, dass du da bist. Hast du Zeit?“, fragt der. Er will Giorgio seiner Freundin Tatiana und anderen Freunden vorstellen, die in Pisa leben. Warum nicht?, denkt Giorgio.

In Pisa trifft er sie zum ersten Mal. Sie heißt Lucia. Der Blick, mit dem sie ihn anschaut, als er Tatianas Wohnung betritt, trifft ihn mitten ins Herz. Sie sieht so anders aus, denkt Giorgio. Ihr Blick und ihre Haltung imponieren ihm sehr. Lucia hat Stil, sie hat Ausstrahlung, sie kommt ihm einfach wunderbar vor. Sie stammt bestimmt aus besserem Hause, denkt Giorgio.

Er bemüht sich, mit ihr ins Gespräch zu kommen. Sie scheint auch nicht abgeneigt, und sie unterhalten sich mehrfach in dieser Nacht, aber mehr will sie anscheinend nicht von ihm wissen. Nicht dass sie unfreundlich gewesen wäre, aber seine zarten Annäherungsversuche ignoriert sie, sofern sie die überhaupt wahrnimmt.

In der kommenden Zeit ist Giorgio viel unterwegs. Es sind turbulente Wochen. Als Erstes macht er mit Gabriele Schluss. Seit er Lucia gesehen hat, ist ihm klar geworden, dass er Gabriele nie geliebt hat und nie lieben wird. Er ist irgendwie erleichtert, als er es ihr sagt. Zum Nachdenken bleibt ohnehin kaum Zeit. Giorgio pendelt zwischen Holland, Florenz und Corigliano. Er holt Kokain, verkauft Kokain, nimmt Geld ein und verteilt es. In Corigliano werden wieder einmal alle Mafiosi von Rang verhaftet, die gesamte Führungsebene sitzt im Gefängnis. Nur die Clan-Mitglieder Antonio Bruno und Vincenzo Guidi, der Besitzer der Strandbar, bleiben in Freiheit. Sie führen die Geschäfte weiter, so gut es geht.

Giorgio ist ihr wichtigster Mann. Er füllt mit seinen Einnahmen aus den Drogengeschäften die Kasse, die Bacinella. Er hat viel zu tun, um all das Geld zu besorgen, mit dem die Gefangenen, ihre Familien und ihre Anwälte bezahlt werden müssen. Oft bitten die beiden Mafiosi Giorgio um Rat, so dass sein Einfluss in der Organisation wächst. Aber er ist selten länger als drei Tage an einem Ort, er führt ein hektisches Leben. Lucia geht ihm trotzdem nicht aus dem Kopf.

Erst Ende September wird es ein bisschen ruhiger. Giorgios erster Gedanke ist es, nach Florenz zu fahren. Er ruft Giovanni an und verabredet sich mit ihm. Er hofft, Lucia zu treffen. Der Türsteher bringt seine Freundin mit. „Giorgio, wir würden dich gern etwas verändern", begrüßt ihn Tatiana. „Was meint ihr?", fragt Giorgio unsicher. „Na ja, ein paar neue Klamotten, ein neuer Haarschnitt, vielleicht eine neue Brille." In den Augen einer modisch versierten Norditalienerin sieht Giorgio aus wie ein Hinterwäldler. Sein Geschmack ist verwurzelt im Mülheim der siebziger und achtziger Jahre, und er hat sich seitdem kaum weiterentwickelt. Im Bochumer Gefängnis hat er von einem Trainingsanzug geträumt, und gegen Trainingsanzüge hat er auch jetzt nichts einzuwenden.

Seine Kleidung kauft er im Kaufhaus, seine Haare sind viel zu lang, und seine Brille ist viel zu groß. Wenn er sich schick macht, sieht er bestenfalls aus wie der Regisseur eines drittklassigen Pornofilms, aber keineswegs wie ein cooler Geschäftsmann in der eleganten Florentiner Schickeria.

Tatiana schleppt ihn zum Friseur, rät zu einer Armani-Jacke und passenden Hosen, sucht eine Persol-Sonnenbrille zum Flanieren und eine kleine, ovale Brille mit schmaler Fassung für den Alltag aus. Giorgio wird, zumindest äußerlich, ein neuer Mensch. Rechtzeitig für die große Party, zu der Giovanni und Tatiana ihn mitnehmen wollen.

Die Feier findet auf einem großen Bauernhof mit angeschlossener Gastronomie außerhalb von Florenz statt. Auf dem Hof werden Wein und Oliven angebaut, Vieh weidet auf den umliegenden Wiesen. Die Betreiber legen Wert darauf, überwiegend eigene Produkte zu verarbeiten. Das Haus haben sie mit viel Geschmack hergerichtet, dabei aber den ursprünglichen, rustikalen Stil erhalten.

Auf dem Weg zu dem Anwesen werden die Straßen immer schmaler, und Giorgio denkt einige Male darüber nach, ob ihm eine Falle gestellt wird. Immer wieder schaut er sich nervös um, aber er kann nichts Ungewöhnliches ausmachen, und so beruhigt er sich wieder. Als ihre kleine Wagenkolonne vor dem Bauernhof anhält und alle aussteigen, hört er Lucias Stimme. „Habt ihr Giorgio nicht mitgebracht?“, fragt sie. Er ist überrascht. Lucia hat ihn offenbar vermisst. Damit hat Giorgio nicht gerechnet. Er geht zu ihr. „Hier bin ich“, sagt er. Sie sieht ihn an. „Du hast dich verändert. Es steht dir gut“, meint sie, „lass uns hineingehen.“

Drei verschiedene Gruppen sind an diesem Abend in dem Landgasthof zugegen, in der Gaststube ist an drei getrennten Tafeln gedeckt. Die Gäste machen alle einen wohlhabenden Eindruck, sie sehen aus wie Unternehmer, Anwälte, manche wie Künstler. Sie wirken weltgewandt und ein wenig selbstverliebt. Es gelingt Giorgio, einen Platz neben Lucia zu ergattern. Sie reden, scherzen, lachen, und sie gibt ihm das Gefühl, willkommen zu sein. Giorgio fühlt sich immer mehr zu ihr hingezogen. Sie ist anders als die Mädchen, die er bei McDonald's kennengelernt hat, anders als Gabriele und anders als alle Frauen aus seinem Dorf. Sie ist eine Frau, zu der Giorgio aufschaut. Er bewundert ihre Intelligenz und Wortgewandtheit, sie argumentiert klug, und er respektiert ihre Meinung. Aber seine Versuche, ihr näher zu kommen, bleiben erfolglos. Sie hält ihn auf Distanz.

Die Stimmung wird im Laufe des Abends immer ausgelassener, die Musik lauter, und irgendwann beginnen die Frauen, auf den Tischen zu tanzen. Doch nach und nach verabschieden sich die Gäste, und als ihre Gruppe allein ist, kommt der Koch aus der Küche. Es gibt noch mehr Wein, und plötzlich werden kleine Teller mit Kokain herumgereicht. Sie gehen in die Küche, rauchen Joints mit den Köchen, und es entwickelt sich eine Atmosphäre, wie Giorgio sie noch nie erlebt hat. Er fühlt sich wie im Film. Es ist eine Party der Reichen und Schönen, und er ist mitten unter ihnen. Sie geben ihm das angenehme Gefühl, tatsächlich einer von ihnen zu sein.

Er ist zwar der Dealer, aber er handelt mit Kokain. Und Kokain ist die Eintrittskarte in diese Glitzerwelt. Er ist nicht mehr der dumpfe Mafioso aus dem Süden, er ist der begehrte Gast auf einer glanzvollen Party, und an seiner Seite sitzt diese wunderschöne Frau. Als der Morgen dämmert, geht er mit dem Gefühl zu Bett, dass er sein Leben endlich in die Bahnen lenkt, von denen er geträumt hat. Auch wenn er es bedauert, allein schlafen zu müssen.

Beim Frühstück fragt er Lucia, ob sie nicht Lust habe, ihn nach Holland zu begleiten. Er hat hunderttausend Mark Falschgeld dabei und ein paar Millionen echte Lire. Er will Kokain und Haschisch besorgen, aber das sagt er ihr nicht. Sie schlägt sein Angebot dennoch aus. Sie müsse sich um ihren Sohn aus der geschiedenen Ehe kümmern, und außerdem würde ihre Mutter es ohnehin nicht akzeptieren. „Tut mir leid, Giorgio", sagt sie, „aber sie schmeißt mich sonst raus."

Es ist gut, dass sie nicht mitgekommen ist. Denn gleich hinter der französischen Grenze hält die Gendarmerie ihn an und filzt sein Auto, einen Alfa 75, gründlich. Die Beamten durchsuchen auch ihn und finden das Geld. Es sind, bis auf die Lire, alles Blüten. Giorgio muss mit auf die Wache. Dort legen sie ihm Handschellen an und fesseln ihn ans Heizungsrohr. Sie schütten das Geld auf den Tisch und beginnen zu zählen. Giorgio wird nervös. Jetzt ist es erst einmal aus, denkt er.

Doch Falschgeld ist nicht die Spezialität der Polizisten, wie Giorgio bald mit großer Erleichterung feststellt – sie erkennen die Blüten nicht. Er ist gut angezogen und macht einen seriösen Eindruck. Die Beamten zeigen ihn nur wegen Devisenvergehens an. Das Falschgeld kommt in eine Tüte, Giorgio quittiert die Beschlagnahmung, und sie lassen ihn weiterfahren. Jetzt hat er nur noch die erlaubten sechs Millionen Lire in der Tasche, eindeutig zu wenig für einen Deal in der üblichen Größenordnung.

„Jackie, du hast immer gut an mir verdient. Jetzt musst du mir aus der Patsche helfen", sagt Giorgio, als er in Arnheim angekommen ist und im Wohnmobil seines Lieferanten sitzt. Er benötigt ein Kilogramm Kokain, fünf Kilogramm Haschisch und tausend Ecstasy-Pillen, auf die sie ganz wild sind in Florenz. Jackie überlegt nicht lange und willigt ein. Giorgio lässt einen Kurier aus Deutschland kommen und schickt ihn mit dem Stoff nach Corigliano. Fünf Millionen Lire zahlt er dem Italiener dafür. Er selbst fährt zurück nach Florenz.

Was soll er auch in Corigliano? Mimmo und Benito verkaufen für ihn dort das Rauschgift, und die Geschäfte laufen seit dem Tod von Edmondo Le Pera reibungslos. Er bittet seinen Schwager, in Begleitung eines Rechtsanwalts, den er bezahlt, nach Frankreich zu reisen und das beschlagnahmte Falschgeld abzuholen. Sie müssen zwar eine saftige Strafe zahlen, und finanziell lohnt sich der Aufwand nicht, aber die französischen Behörden haben seinen Namen, und es ist sicherer, wenn das Geld abgeholt wird. Sonst wird es womöglich doch noch einmal genauer geprüft. Das Risiko will Giorgio keinesfalls eingehen.

Nach seiner Ankunft in Florenz stellt ihm Giovanni in der Discothek „Meccano" endlich seinen Freund, den Polizisten, vor. Es ist der 3. Oktober 1993. „Marco, du bist wie ein Bruder für mich, und Giorgio ist es auch", sagt Giovanni, als er sie bekannt macht. Sie gehen vor die Tür und setzen sich ins Auto, wo sie das neue Kokain testen. Als sie wieder in die Discothek zurückkehren, kommt einer der Angestellten zu ihnen und sagt: „Giovanni, du sollst Tatiana anrufen." Der Türsteher verschwindet für einen Augenblick, und als er zurückkommt, sagt er zu Giorgio: „Komm mit nach Hause. Mimmo möchte dich sprechen."

Mimmo hat schlechte Nachrichten. „Deine Mutter ist krank. Du musst sofort kommen", sagt er am Telefon. Das ist gelogen. Als Giorgio die Frauen im Hintergrund schreien und klagen hört, weiß er Bescheid. „Sag mir die Wahrheit, Mimmo", verlangt er. „Sie ist tot!", antwortet Mimmo. Giorgio denkt später oft, dass sie aus Kummer über den Verlust ihres Geliebten De Cicco gestorben ist, den er erschossen hatte. Sie wusste es nicht, aber vielleicht hatte sie geahnt, dass Giorgio der Mörder gewesen war. „Was mögen seine letzten Worte gewesen sein?", hat sie ihn oft gefragt. Giorgio erinnert sich gut: „O Mamma mia". Aber er konnte ihr unmöglich die Wahrheit sagen.

Giorgio fährt allein im Auto nach Corigliano. Seiner Schwester Sophia und seinem Halbbruder Giacomo, die in Deutschland leben, schickt er Flugtickets, damit sie zur Beerdigung kommen können.

Als Giorgio in Corigliano ankommt, ist der Leichnam seiner Mutter bereits im Wohnzimmer aufgebahrt. Er gibt ihr einen Kuss auf die Stirn. Der Priester ist anwesend. Frauen murmeln, seine Schwester Maria weint. Er nimmt sie in den Arm. „Unser Neffe fand sie gestern Abend tot im Bett", schluchzt sie. Giorgio sieht Mimmo, der in der Tür steht und ebenfalls weint. Auch ihm treten die Tränen in die Augen, er kann sie kaum zurückhalten und geht deshalb ins Nebenzimmer. Er hasste seine Mutter für alles, was sie ihnen angetan hatte, aber er hat sich nie vorstellen können, dass sie tatsächlich einmal sterben würde. Nun soll sie eine angemessene Beerdigung erhalten, beschließt er.

Zwanzig Musiker führen den Trauerzug an, als die Tote zur Kirche gebracht wird. Der Leichenwagen ist mit Blumen geschmückt, links und rechts gehen jeweils drei Frauen, die ein grünes Band tragen. Giorgio hat an nichts gespart. Hinter dem Leichenwagen schreiten seine Schwester Maria und ihr Mann, ihnen folgen Giorgio, Sophia und Giacomo, und dann kommen Verwandte und Freunde, insgesamt etwa zweihundert Personen. Sein Vater ist nicht gekommen, und auch die Familie De Ciccos fehlt. Doch aus Respekt haben die Geschäfte ihre Fensterläden halb geschlossen, und Giorgio weiß, dass der Respekt vor allem ihm gilt.

„Nehmt Waffen mit! Man weiß ja nie", hat er Mimmo und Benito eingeschärft. Der Moment der Trauer ist ein Moment der Schwäche, und jemand könnte auf die Idee kommen, diesen Zustand auszunutzen. Normalerweise bewegt er sich lieber unauffällig ohne Leibwächter, aber so mitten in der Öffentlichkeit fühlt er sich mit ihnen doch sicherer. Schließlich ist Cirillo, der alte Boss, noch am Leben.

Seine beiden Leibwächter stehen die ganze Zeit hinter ihm, als die Trauergäste kondolieren. Nachdem er die letzte Hand ergriffen hat, springt er sofort ins Auto und fährt nach Hause, während seine Schwestern den Sarg bis zum Friedhof begleiten, oben in Corigliano Calabro, wo er am nächsten Tag in die Grabkammer gelegt werden soll.

Giorgio plagt das schlechte Gewissen. Er hatte seiner Mutter das Telefon sperren lassen, weil sie zu viel redete. Er hatte Angst, dass die Polizei ihn abhören könnte und seine Mutter ihn durch ihr Gerede verriet. Jetzt macht er sich Vorwürfe, weil sie per Telefon vielleicht hätte Hilfe holen können. Die Ärztin meint, sie habe nach dem Tod von De Cicco ihren Lebensmut verloren. Deshalb sei sie gestorben. In gewisser Weise fühlte er sich also für ihren Tod verantwortlich.

Als Sophia und Giacomo zurück nach Deutschland fahren, diesmal mit der Bahn, gibt er ihnen fünfzigtausend Mark in falschen Hundertern mit. Sie können sich ruhig einmal nützlich machen, denkt er. Sie sollen das Geld einem Landsmann in Dortmund geben, dem Bruder des Strandbarbetreibers Vincenzo Guidi. Es ist die Probe für eine bedeutend größere Lieferung, die er plant.

Die Sache mit dem Falschgeld ist sehr gut angelaufen. Er hat eine zuverlässige Quelle in Mailand, einen Neapolitaner, der die Falschgeldwerkstatt hinter einem Pelzgeschäft tarnt. In den vergangenen Monaten machte Giorgio jedes Mal, wenn er nach Holland fuhr, Halt in Mailand und nahm Falschgeld mit, meist hundert- und zweihunderttausend Mark in Hundert- und Zweihundert-Mark-Scheinen.

Die Übergabe erfolgt stets nach demselben Ritual vor dem Geschäft. Giorgio stellt sein Auto ab und lässt es offen. Dann übergibt er einem Neapolitaner in einer Kneipe neben dem Pelzgeschäft einen Umschlag, geht spazieren, und wenn er wiederkommt, steigt er auf ein vereinbartes Zeichen hin in seinen Wagen und fährt los.

Das Geld liegt dann schon im Auto. Mit den Blüten zahlt er einen Teil des Rauschgifts, und Jackie nimmt das Falschgeld gern. Es ist ein gutes Geschäft. Giorgio zahlt fünfzehn Prozent des Nennwertes, Jackie noch einmal siebeneinhalb Prozent mehr. Insgesamt hat Giorgio so bereits zweieinhalb Millionen Mark in Umlauf gebracht. Er verdient doppelt: an den Blüten und an den Drogen. Ein gutes Geschäft, findet er.

Nach der Beerdigung fährt Giorgio wieder nach Florenz. Er bemüht sich, so oft wie möglich dort zu sein. Das liegt nicht nur an Lucia, die er inzwischen regelmäßig trifft, obwohl immer noch nichts zwischen ihnen passiert ist. In Florenz ist das Leben leichter. Er kann unbewaffnet auf die Straße gehen und muss sich nicht ständig umsehen, ob ihm jemand folgt. Denkt er.

Er ahnt nicht, dass sich inzwischen eine Anti-Mafia-Einheit der Polizei an seine Fersen geheftet hat, als er im Oktober mitten auf der Autobahn von vier bewaffneten Beamten in einem zivilen Fiat Tipo gestoppt und festgenommen wird.

Er ist mit Mimmo und dessen Sohn bei Carlo gewesen, der dringend Kokain-Nachschub brauchte. Sie haben ihm zweihundertfünfzig Gramm gebracht und zwanzig Millionen Lire erhalten. Sie verabschieden sich, alles läuft wie immer. Sie können nicht wissen, dass die Polizei seit längerer Zeit das Telefon von Carlo, dem Drogenlieferanten der Florentiner Schickeria, abhört. Deshalb achtet Giorgio auch nicht auf den großen Toyota-Geländewagen, der gegenüber von Carlos Haus parkt und ihnen folgt, als sie Richtung Autobahn fahren. Und er bemerkt den bordeauxfarbenen Fiat erst, als der Fahrer den Wagen mitten auf der Fahrbahn vor ihnen zum Stehen bringt. Vier Männer stürmen mit gezogenen Waffen auf sie zu. „Polizia di Stato“ liest

Giorgio auf einem Schild, das sie tragen, und es beruhigt ihn. Dies ist wenigstens kein Killer-Kommando der Mafia.

Sie müssen aussteigen, und die Beamten durchsuchen sie, wenn auch nur flüchtig. Sie durchwühlen auch ihren Wagen, finden aber das restliche Kokain nicht. Die Polizisten suchen in Wahrheit auch keine Drogen. Die Festnahme ist ein Täuschungsmanöver. Die Polizei hat einen langen Atem, und die Ermittlungen stehen am Anfang. Ziel der Aktion ist es, an Giorgios Handy zu kommen, um die gespeicherten Telefonnummern auszulesen. Doch das erfährt Giorgio erst später. Nach kurzer Befragung erhalten er, Mimmo und dessen Sohn alle Sachen zurück und werden entlassen. „Das ist ja noch einmal gut gegangen", sagt Giorgio erleichtert zu Mimmo.

Es liegt vielleicht auch an Lucia, dass sein feines Gespür für Gefahr, das ihn bislang in Freiheit und am Leben gehalten hat, getrübt ist. Am 7. November 1993 treffen sie sich wie so oft bei Giovanni und Tatiana in Pisa. Sie reden bis tief in die Nacht, und irgendwann gehen die Gastgeber schlafen. Giorgio ist mit Lucia allein. Er wirbt um sie, spricht von einer gemeinsamen Zukunft; sie zögert, ist hin- und hergerissen. Sie sei geschieden und habe einen Sohn, sagt sie. In Wahrheit will sie, dass er ihre Bedenken zerstreut. Sie schnupfen viel Kokain, und gegen acht Uhr morgens, es ist schon lange hell, gibt sie ihren Widerstand auf.

Giorgio fährt nun immer seltener nach Corigliano. Und wenn, dann wird er observiert. Schlechte Nachrichten kommen aus Deutschland. Sophia ist mit dem Falschgeld erwischt worden und hat ihn als Lieferanten preisgegeben. Sie und sein Halbbruder Giacomo haben sich eigenmächtig zehntausend Mark aus der Lieferung genommen, die er ihnen nach der Beerdigung mitgegeben hatte.

Sie fingen an, die falschen Scheine in ihrer unmittelbaren Nachbarschaft auszugeben. Sie habe ihn belastet, weil sie glaubte, dass er in Italien in Sicherheit sei, erklärt Sophia Giorgio später. Giacomo und Nicole, Ritas Tochter, mit der sein Halbbruder immer noch zusammen ist, sitzen ebenfalls in Untersuchungshaft. Giorgio kann sich denken, dass auch gegen ihn ein Haftbefehl besteht.

Doch das belastet Giorgio kaum. Er verlebt vier sorglose, verliebte Monate in der Toskana. Mit Lucia bezieht er eine Wohnung in einem kleinen Touristenort nahe Pisa und damit nicht weit von Giovanni und Tatiana entfernt. Es ist ein ruhiges Städtchen mit schönen Boutiquen und einigen angenehmen Nachtclubs. Sie machen Ausflüge in die Umgebung, besuchen ihre Freunde und genießen die Zweisamkeit.

Die Wochenenden verbringen sie häufig in einem alten Landhaus in Santa Maria a Monte, das Giovanni gemietet hat. Es liegt auf einem großen, bewaldeten Grundstück, wo Giovanni bisweilen mit Freunden auf die Jagd geht. Der ehemalige Angehörige einer Spezialeinheit ist ein Waffennarr und besitzt eine umfangreiche Sammlung. Giorgio nimmt an diesen Ausflügen nie teil. Er muss immer an die Kaninchen seines Vaters denken. Das hat sich trotz der Morde nicht geändert. Er hat kein Mitleid mit De Cicco gehabt, er hat kein Mitgefühl für den um Gnade winselnden Edmondo empfunden. Sie haben Fehler gemacht und mussten dafür bezahlen. Tiere dagegen sind unschuldig.

Meistens kommen eine Menge Leute am Wochenende nach Santa Maria a Monte. Dann brennt in dem aus Feldsteinen gemauerten Wohnraum der Kamin, sie essen ausgiebig, trinken Wein und koksen. Das Haus hat genügend Schlafzimmer für ihre Gäste, sie haben die Bäder erneuert, eines sogar mit Whirlpool. Es spricht sich schnell herum, dass auf den Partys in dem Landhaus stets einige interessante Leute eingeladen sind und gutes Kokain in ausreichender Menge gereicht wird. Die Partys dauern meist die ganze Nacht, tagsüber schlafen sie. Es kommen auch Schauspieler und Fotomodelle, und Giorgio stellt fest, dass Frauen am gierigsten nach Kokain sind. Es stört ihn nicht. Giorgio genießt das Leben in vollen Zügen. Da er zu den Gastgebern gehört, ist ihm die Sympathie der Gäste sicher. Riefe Mimmo ihn nicht manchmal an, würde er Corigliano fast vergessen.

Die Geschäfte laufen prächtig, und manchmal gibt Giorgio an einem Tag so viel Geld aus, wie ein Arbeiter in einem ganzen Monat verdient. Wenn er fliegt, dann nur Businessclass, er kauft Lucia teure Kleider, sie essen in teuren Restaurants, und in Discotheken trinken sie nur Champagner. Manchmal fliegen sie nach Sardinien oder anderswohin und wohnen in teuren Hotels. Es ist nicht gut, zuviel Bargeld bei sich zu haben, findet Giorgio, und aufs Sparbuch kann er es nicht bringen wegen möglicher Ermittlungen der Guardia di Finanza, der Finanzpolizei.

Schmutziges Geld, lernt Giorgio, gibt sich schneller aus als solches, das ehrlich verdient wird. Es kommt rein, und es geht raus. Und nie vergisst Giorgio, die Bacinella, die Kasse der 'Ndrangheta, zu bedienen. Die Mafia sorgt dafür, dass seine Geschäfte reibungslos laufen, und er sorgt für die Gefangenen. Auch wenn er nicht getauft ist, so fühlt er sich doch durch sein Wort an Carelli und dessen Clan gebunden. Giorgio hält sich für einen modernen Mafioso, der die Taufe nicht nötig hat, weil er auch so mehr Ehre im Leib trägt als die anderen. Die Sgarristi, die Befehlshaber der Mafia, haben ihm die Hand gereicht, und er hat sie ergriffen.

Im Frühjahr 1994 erfährt Giorgio, dass die Anti-Mafia-Einheit in Florenz gegen ihn ermittelt. Ein Onkel von Lucia hat Zugang zur Staatsanwaltschaft, und er hat Alarm geschlagen. Er redet seiner Nichte ins Gewissen und will sie überzeugen, dass es besser sei, wenn sie Giorgio verlasse. Aber Lucia hält zu Giorgio.

Sie sind jetzt gewarnt. Sie erfahren auch, dass die Fahnder sich bereits bei ihrem Vermieter erkundigt haben, sie sehen von nun an regelmäßig dieselben Gesichter, die sie beobachten. Dann durchsucht die Polizei die Räume von Carlo, ihrem wichtigsten Kontaktmann in Florenz. Giorgio spürt den Druck.

Giorgio spricht mit Giovanni über die Ermittlungen. Doch der bleibt völlig gelassen. „Was soll schon passieren?“, fragt er. „Wir haben doch Marco, der ist bei der Polizei und wird uns schon rechtzeitig Bescheid geben.“ Giorgios Bedenken kann er aber nicht zerstreuen. Er will sich eine Zeitlang zur Ruhe setzen, nimmt Giorgio sich vor, mindestens ein Jahr. Doch zuvor will er noch einmal nach Holland fahren, noch einmal seinen Sohn Gianni sehen und noch einmal eine Ladung Drogen holen. Diesmal wird Tatiana ihn begleiten, Lucia soll in der Zwischenzeit ihre gemeinsame Wohnung räumen und nach Corigliano fahren.

„Versteck das“, sagt er zum Abschied zu Lucia und gibt ihr ein Paket mit vierhundert Gramm Kokain. In Holland kauft er wie üblich zehn Kilogramm Haschisch für den Carelli-Clan und eine kleinere Menge Kokain für sich. Er will sein Falschgeld loswerden, wegen der Ermittlungen in Deutschland, für ein ganzes Kilogramm Kokain reicht das Geld aber nicht mehr.

Am 9. März 1994 schickt er Tatiana mit dem Rauschgift per Zug nach Florenz. Dann ruft er Lucia an. Sie ist nervös. „Mein Onkel sagt, sie nehmen euch fest“, warnt sie ihn. „So schnell sind die nicht. Pack unseren Wagen, morgen hauen wir ab“, sagt Giorgio. Dann nimmt er ebenfalls den Zug, um auf seiner üblichen Route über Frankreich nach Florenz zu reisen.

Als Tatianas Zug morgens um neun Uhr in Florenz eintrifft, warten bereits Giovanni und sein Freund Marco, der Polizist, auf sie. Tatiana steigt aus, Marco nimmt ihr den Koffer ab. „Stehen bleiben! Nehmen Sie die Hände hoch“, hören sie plötzlich eine scharfe Stimme. Sie erschrecken, sehen sich um. Sie sind umstellt. „Ich bin Polizist“, sagt Marco selbstbewusst.

„Wissen wir“, sagt ein Beamter ungerührt. Sie legen ihnen Handschellen an und beschlagnahmen den Koffer.

Giorgio erreicht Florenz erst am frühen Nachmittag, gegen drei Uhr. Er hat fünf Gramm Kokain dabei und ein paar tausend Mark, die er von seinem Sparbuch in Arnheim abgehoben hat.

Ab und zu geht er auf die Zugtoilette und nimmt eine Prise Koks. In Mailand steigt eine hübsche Frau zu, die ihn lässig beobachtet. Giorgio fühlt sich geschmeichelt. Sie sieht wirklich klasse aus, denkt er. In Prato, kurz vor Florenz, wäscht und rasiert er sich.

Als er in Florenz aus dem Zug steigt, erblickt er sofort Lucia. Er nimmt sie in die Arme. „Hier ist alles voller Bullen", flüstert sie ihm ängstlich ins Ohr. Da sind sie schon umstellt.

Die schöne Frau aus dem Zug steht daneben und lächelt. Sie gehört dazu.

Mit Blaulicht fahren sie zum Hauptquartier der Polizei. Diesmal wird Giorgio sehr gründlich durchsucht, und natürlich finden die Polizisten das Päckchen mit dem Rest Kokain. Dann verkündet ihm ein Richter den Haftbefehl – wegen Drogenhandels und Mafia-Mitgliedschaft. Sie sitzen nun alle in Untersuchungshaft: Giorgio und Lucia, Giovanni und Tatiana, Marco der Polizist, Carlo der Zahntechniker und Franco, der für Giorgio in Bologna den Stoff verkauft. Lucia hat die vierhundert Gramm Kokain zu Hause bei ihrer Mutter versteckt, wo sie gefunden wurden. Sonst hätte die Polizei nichts gegen sie in der Hand gehabt.

Die Polizeiaktion läuft unter dem Decknamen „Operation Scarface" – mit dieser Schlagzeile berichten die italienischen Zeitungen am nächsten Tag von den Verhaftungen. Ein lang geplanter Schlag der Ermittlungsbehörden sei erfolgreich beendet worden, heißt es. Und Scarface – vermutlich benannt nach dem Film mit Al Pacino – ist Giorgio; ein seltsamer Widerspruch zu seinem Spitznamen in Corigliano: Engelsgesicht.

Aber es geht weniger um sein Aussehen, als um seine kriminelle Potenz. Die Zeitungen kochen seine ganze Vergangenheit in Mülheim auf, den Mord an Möhlenbeck, sie nennen ihn einen großen Mafioso. Lucias Verwandte reden auf sie ein, ihn zu verlassen. Davor hat Giorgio am meisten Angst.

Keine großen Sorgen hingegen macht sich Giorgio wegen der

Ermittlungen. Bei ihm haben die Fahnder bis auf den Rest Kokain kein Rauschgift gefunden, und er bezweifelt, dass sie genügend Beweise gegen ihn besitzen. Weil er aber auch wegen des Verdachts auf Mafia-Mitgliedschaft sitzt, kommt er in den Hochsicherheitstrakt.

Zum ersten Mal lernt er ein italienisches Gefängnis kennen. Darin geht es erheblich lockerer zu als in Deutschland. Er hat ein Recht auf eigene Bettwäsche, eigene Kleidung, eine halbe Flasche Wein oder drei Dosen Bier am Tag. Er darf selbst kochen und für umgerechnet siebenhundert Mark im Monat einkaufen. Er muss nicht arbeiten und kann sich innerhalb seines Traktes relativ frei bewegen.

Einer der Justizbeamten kommt aus Rossano, der Nachbarstadt von Corigliano, und er kennt Carelli, den Boss des Clans. Er besorgt Giorgio alles, was dieser will. Im Hochsicherheitstrakt lernt Giorgio zudem zwei Männer kennen, die ihm später noch nützlich sein werden: Roberto aus der wichtigen Mancuso-Familie aus Vibo Valentia, der mit mehreren sehr einflussreichen Bossen verwandt ist, und Giuseppe, ein Spezialist für Raubüberfälle und Morde. Er stammt aus Castel di Principe, einem Ort bei Neapel, der für die Camorra denselben bedeutungsvollen Namen hat wie Corleone auf Sizilien für die Cosa Nostra. In den Kriegen der Camorra hat Giuseppe seinen Vater und seinen Bruder verloren, er ist mutig und erfahren. Sein einziger Nachteil ist, dass er ein notorischer Kokser ist. Andererseits hat Giorgio noch keinen Mafioso erlebt, auch keinen Boss, der nicht Kokain konsumiert.

Kurz nach seiner Verhaftung, im Sommer 1994, wird Giorgio vorübergehend zur Vernehmung ins Gefängnis von Rossano verlegt. Die Polizei hat bei der Durchsuchung seines Hauses in Schiavonea vier Gramm Marihuana gefunden, am Ende können sie ihm aber nicht beweisen, dass es tatsächlich ihm gehörte. Das Gefängnis von Rossano besteht aus drei großen Zellen für jeweils zehn Häftlinge. Giorgio kennt alle. Üblicherweise geben sich Mafiosi im Gefängnis mit einem Ritual zu erkennen, der Copiata. Dabei nennt ein Sgarrista die Namen der drei über ihm stehenden Ränge und dann den eigenen Namen. Doch das hat Giorgio nicht nötig. In Rossano weiß man, wer er ist.

Seine Schwester Maria und einige Verwandte besuchen ihn und bringen Essen, und wenn sie nicht zu ihm in die Zelle dürfen, stehen sie unten am Fenster, das zur Straße führt, und unterhalten sich mit ihm. Kurz nach seiner Ankunft steht auch Benito, der mit Mimmo die Drogengeschäfte in Corigliano führt, unter seinem Zellenfenster. Er pfeift kurz und lässt Giorgio ausrichten, dass er da sei. „Lass uns Deutsch sprechen", sagt er. Benito will nicht, dass die anderen mithören. „Seit du weg bist, hat sich vieles verändert", sagt Benito. „Die Coriglianer sind kalt zu mir. Was ist los?" Giorgio hat schon von den Gerüchten gehört. „Sie sagen, du verkaufst Stoff auf eigene Rechnung", sagt Giorgio. Insbesondere Mimmo behauptet das. Benito streitet es vehement ab. „Ich arbeite nur für dich", sagt Benito, „und ich bringe deiner Schwester Geld."

Giorgio glaubt ihm. Ihm drängt sich vielmehr der Verdacht auf, dass Mimmo ein falsches Spiel treibt. Denn Benito ist schlauer als der Sizilianer, und er verkauft mehr. Außerdem ist er sparsam, während Mimmo für seine Familie einschließlich seiner Geliebten sorgen muss. Weil Giorgio das Kokainmonopol besitzt und niemand ohne seine Erlaubnis die Droge verkaufen darf, ist Benito Mimmos einziger Konkurrent. Wenn Benito weg wäre, könnte Mimmo dessen Anteil übernehmen, und deshalb, vermutet Giorgio, hat Mimmo diese Lügen erzählt.

„Mach dir keine Sorgen", sagt Giorgio. „Ich bin hier, um das zu klären." Er schickt sofort eine Nachricht an Antonio Bruno und Vincenzo Guidi, den Strandbarbesitzer, dass sie Benito in Ruhe lassen sollen. Er sei in Ordnung, und die Gerüchte entsprächen nicht der Wahrheit. Weil alle hochrangigen Bosse im Gefängnis sitzen, vertreten diese beiden Männer die Organisation nach außen. Sie sind die amtierenden Bosse des Carelli-Clans im Locale Corigliano. Giorgio verspricht ihnen, er werde nach seiner Entlassung alles regeln.

Die Antwort lässt nicht lange auf sich warten. Es gebe da gewisse Probleme mit den Leuten aus Cirò wegen einer lang zurückliegenden Schießerei in Dortmund, in die Benito verwickelt war. Zwei Brüder von ihm waren dabei ums Leben gekommen, und es sehe nicht gut für ihn aus. Aber Giorgio solle sich keine Sorgen machen, sie würden warten, bis er draußen sei.

Giorgio ist beruhigt. Kurz darauf wird er wieder nach Florenz verlegt. Doch zwei Monate später schießen zwei Stümper Benito auf offener Straße nieder. Sie sind zu nervös, ihm den Gnadenschuss zu versetzen, und Benito überlebt schwer verletzt. Bei der Vernehmung durch die Carabinieri äußert seine Schwester den Verdacht, Giorgio sei für die Tat verantwortlich. Die Polizei stürmt sein Haus in Schiavonea, in dem seine Schwester Maria mit ihrer Familie wohnte. „Was wollt ihr schon wieder?“, fragt sie. „Wo ist Basile?“, schreit ein Beamter. „Im Gefängnis von Florenz!“ „Beten Sie zu Gott, dass es wahr ist“, sagt der Polizist. Aber es stimmt. Giorgio hat das perfekte Alibi.

Der Anschlag auf Benito stimmt Giorgio nachdenklich. Er muss erneut erkennen, wie hinterhältig die Intrigen gesponnen werden. Benito ist in seinen Augen ein kluger und zuverlässiger Mann gewesen. Der Anschlag auf ihn, denkt Giorgio, ist typisch für die Mafiosi: Wenn jemand erfolgreicher ist als andere, setzen seine Neider Gerüchte in die Welt und sorgen dafür, dass er aus dem Weg geräumt wird. In diesem Fall ist es zu allem Überfluss sein Freund Mimmo, der den Anschlag verantwortet.

9
Der Aufstieg

Anders als erwartet bleibt Giorgio sehr lange in Untersuchungshaft, viel länger als seine Komplizen. Giovanni kommt frei, Tatiana, Marco und sogar Carlo. Nur Lucia, die im Gefängnis von Pisa sitzt, und er selbst bleiben eingesperrt. Es dauert ein ganzes Jahr, bis im März 1995 endlich Lucia entlassen wird, wenn auch unter strengen Auflagen. Sie darf ihren Heimatort Pontedera nicht verlassen. Für Giorgio beantragt die Staatsanwaltschaft wegen der immer noch nicht abgeschlossenen Ermittlungen der Operation Scarface sechs weitere Monate Haft.

Giorgios größte Befürchtung in dieser Zeit ist, dass Lucia ihn verlassen könnte. Er ahnt, dass ihre Mutter und ihre Verwandten unaufhörlich auf sie einreden. Das tun sie, aber Lucia widersteht. Sie schreibt Giorgio beinahe täglich mehrere Seiten lange Briefe und versichert ihm, dass sie ihn liebe und zu ihm halten werde. Sie hat sich entschieden, und damit basta. Lucia kann sehr stur sein.

Giorgio kommt erst auf freien Fuß, als die Staatsanwälte seine Untersuchungshaft mit keinem juristischen Kniff mehr rechtfertigen können. Als es so weit ist, am 10. September 1995, warten bereits zwei Freunde vor der Tür, um ihn abzuholen. Giorgio hat die gerichtliche Anweisung, die Toskana sofort zu verlassen. Sobald sich das Gefängnistor hinter Giorgio schließt, geht er zur nächsten Telefonzelle und ruft Lucia an. „Giorgio, kommst du vorbei?", fragt sie.

Obwohl er damit gegen die Auflagen verstößt, macht er sich auf den Weg. Er besorgt Blumen und reserviert in einem Lokal in der

Nähe von Pisa einen Tisch. Einem seiner Begleiter trägt er auf, Lucia unter einem Vorwand dorthin zu bringen. Als sie das Lokal betritt, fallen sie sich in die Arme. Lucia weint wie ein Kind, und auch Giorgio stehen die Tränen in den Augen. Sie sehen sich an. Beide haben zugenommen in der Haft, stellen sie fest. Das schwere Essen und wenig Bewegung haben Spuren hinterlassen. Ihre aus der Form geratenen Körper machen sie noch ein wenig verlegener, als sie ohnehin schon sind.

Die beiden bekommen zwar kaum einen Bissen hinunter, können sich aber gar nicht satt sehen aneinander. Nach dem Essen gehen sie spazieren. Einen Platz, wo sie hätten allein sein können, gibt es nicht. Zu Lucias Mutter können sie nicht, weil die das nie zulassen würde, und ins Hotel auch nicht, weil sie keine Ausweise besitzen. In einem Park finden sie eine dunkle Ecke, wo sie sich schnell und verschämt lieben. Er gesteht ihr, dass er sie heiraten will. Sie stimmt unter Tränen zu. Sie küssen sich, und dann macht sich Giorgio auf den Weg nach Corigliano. Der Abschied fällt ihnen schwer.

Giorgio findet Corigliano völlig verändert vor. Am Vorabend seiner Ankunft hat es erneut eine Reihe von Durchsuchungen und Verhaftungen gegeben. Mimmo, der in Schiavonea eine kleine Spielhalle aufgemacht hat, hält sich seitdem versteckt. In dieser Spielhalle hat die Polizei hundert Gramm Kokain entdeckt. Giorgio ist sauer. Er hat alle Geschäfte sauber und gut organisiert zurückgelassen, jetzt herrscht ganz offensichtlich Chaos. Er lässt den Sohn von Mimmo kommen. „Bring mich zu deinem Vater!“, befiehlt er.

Mimmo verbirgt sich bei seiner Familie. Giorgio trifft ihn dort in der Mittagszeit. Er umarmt ihn. „Endlich bist du draußen“, sagt Mimmo, „ohne dich geht alles schief.“ Giorgio ist nicht sonderlich beeindruckt. „Als sie mich verhaftet haben, war noch alles in Ordnung. Was ist passiert?“, will er wissen. Mimmo klagt, die Leute aus dem Carelli-Clan trauten ihm nicht, dabei habe er selbstverständlich weiterhin Geld abgegeben, aber die Polizei habe auch viel beschlagnahmt. Sein Gejammere geht Giorgio auf die Nerven. „Was war mit Benito?", will Giorgio wissen. „Benito hat auf eigene Rechnung verkauft", sagt Mimmo.

Giorgio hat nicht das Gefühl, dass Mimmo ihm die Wahrheit sagt. Er überprüft die Einnahmen und Ausgaben, sie stimmen nicht überein. Giorgio hat Mimmo eine Menge Haschisch, Kokain und Ecstasy-Tabletten zurückgelassen, und jetzt ist kaum noch etwas vorhanden. „Wo ist das Geld, Mimmo?", will er wissen. Aber Mimmo jammert nur, die Polizei habe alles beschlagnahmt, er sei verzweifelt und wisse nicht, wie er sich verhalten solle. „Wie viel haben sie gefunden?", fragt Giorgio. „Hundert Gramm Kokain", antwortet Mimmo. „Hör zu", sagt Giorgio, „das Zeug war gestreckt, am Ende bleiben vielleicht zwanzig Gramm übrig, und das gilt noch als Eigenbedarf." Er stellt Mimmo vor die Alternative, sich entweder der Polizei zu stellen, er werde dann dafür sorgen, dass die Anwälte ihn so schnell wie möglich wieder herausholten, oder sich weiterhin versteckt zu halten und für ihn zu arbeiten, wenn er ihn brauche. „Sag mir Bescheid", sagt Giorgio, ehe er die Wohnung verlässt.

Auf der Piazzetta trifft er Guidi, den Strandbarbesitzer. „Wo finde ich Antonio, den Schraubenzieher?" Der sei bei seiner Geliebten, antwortet Guidi. Giorgio lässt sich zu ihr bringen. Als er die Wohnung betritt, steht Antonio Bruno vor dem Badezimmerspiegel und rasiert sich. Er hat noch Schaum im Gesicht, als er Giorgio überschwänglich begrüßt: „Wie gut, dass du wieder da bist." Nachdem er seine Rasur beendet hat, geht er zu einem Schrank, in dem er Geld aufbewahrt, und gibt Giorgio ein paar Millionen Lire. So wie es Sitte ist, wenn jemand aus dem Gefängnis kommt.

Auch von Bruno will Giorgio wissen, was es mit den Schüssen auf Benito auf sich hat. „Mimmo kam jeden Tag nach Corigliano Calabro und beklagte sich, dass Benito auf eigene Rechnung verkaufe“, sagt Bruno. Und die Leute aus Cirò, Benitos Heimatort, hätten ebenfalls seinen Tod gewollt. Er wisse aber nicht, wer es getan habe, er jedenfalls sei dafür nicht verantwortlich. Giorgio lässt es fürs Erste dabei bewenden. Er berät mit Bruno, was für Mimmo jetzt das Beste sei. Auch Bruno ist der Meinung, dass es wohl am klügsten sei, wenn er sich der Polizei stelle.

Dann wird Bruno sehr ernst: „Wir haben Befehl aus dem Knast. Wir sollen jemanden erschrecken. Ist aber ein ganz Großer“, sagt er. „Kannst du mit einer Kalaschnikow umgehen?“ Giorgio nickt. Er selbst hat einige nach Corigliano mitgebracht, wenn sie beispielsweise in Deutschland gestohlene Autos nach Polen verschoben und die Polen nicht genug Geld zum Bezahlen hatten. Dann hat er auch schon mal Kalaschnikow-Gewehre akzeptiert. Er hat häufiger mit dem Sturmgewehr geschossen. Es hat eine phantastische Durchschlags-kraft. Bei den Übungen oben in den Bergen, wenn er mit Mimmo und Giacomo auf Schaufensterpuppen schoss, um ein möglichst realistisches Ziel zu haben, zielten sie manchmal auch auf Eimer. Es erstaunte Giorgio jedes Mal, wie die Kugel mit einer solchen Wucht auf den Eimer traf, dass sie ihn durchschlug, ohne dass er umfiel. „Worum geht es?“, will er wissen.

„Wir sollen diesen Staatsanwalt erschrecken, Dottor Curcio von der Anti-Mafia-Staatsanwaltschaft, der uns seit einiger Zeit so viel Ärger bereitet. Er ist schuld an den ganzen Verhaftungen der letzten Jahre, und wir müssen dringend etwas gegen ihn unternehmen“, sagt Bruno. Aber es werde nicht einfach sein, warnt der Mafioso.

Staatsanwalt Curcio wird rund um die Uhr von mehreren bewaffneten Leibwächtern beschützt. Sie weichen nie von seiner Seite. Der Plan ist, ihm mit einer Gruppe von vier bis fünf Leuten aufzulauern und aus halbwegs sicherer Entfernung mit einer Panzerfaust und Kalaschnikows auf die Reifen seines Wagens zu schießen. Sie sollen ihn erschrecken, nicht töten, denn sonst käme zu viel Polizei nach Kalabrien, wie die Morde an den Richtern Falcone und Borsellino auf Sizilien gezeigt haben.

„Er kann dabei aber leicht draufgehen", gibt Giorgio zu bedenken. Schwere Waffen sind auf die Distanz nicht so leicht zu kontrollieren. Bruno zuckt mit den Schultern. „Wenn er krepiert, macht es auch nichts", sagt er. „Ich sage dir Bescheid, wenn es losgeht."

Dann kommen sie auf den Zustand der Organisation zu sprechen. Es sieht nicht gut aus. Bruno und Guidi haben von dem seit 1992 inhaftierten Santo Carelli, dem Boss des Locale Corigliano, mündlich den dritten Grad bekommen. Sie sind damit formal zu Sgarristi befördert worden, also in die Befehlsebene aufgestiegen. Doch eigentlich sind sie noch nicht so weit, es fehlt ihnen an Format und Erfahrung. Immerhin stehen ihnen rund ein Dutzend erfahrene Clan-Mitglieder zur Verfügung, die jeder über eine Gruppe von Räubern und Brandstiftern befehlen. Giorgio überzeugt das nicht, er hält nicht viel von ihnen. Aber er sagt nichts. Er braucht diese Leute. Sie halten ihm den Rücken frei.

„Hör zu", sagt er nach kurzer Überlegung zu Bruno. „Ich mache weiterhin das, was ich am besten kann: das Drogengeschäft. Wir müssen zusammenhalten, und wir brauchen zuverlässige Leute. Ihr werdet euch zusammensetzen und überlegen, wer für uns arbeiten kann." Giorgios Ziel ist es, die Dinge wieder in die richtigen Bahnen zu lenken. Dafür braucht er Geld und Soldaten. Und Zeit zum Nachdenken. Er will den Clan neu strukturieren. Und zwar nach seinen Vorstellungen. Mit dem Kokainverkauf beauftragt er seinen Bruder Giacomo und einen neuen Mann, genannt Cia-Cia. Der soll ein Auge auf Giacomo haben, dem Giorgio nicht traut. Er hat ihm schon zu oft Geld und Kokain gestohlen, aber er ist nun einmal sein Bruder. Also fühlt Giorgio sich für ihn verantwortlich. Cia-Cia dagegen gehört nicht einmal zum Clan. Er hat Giorgio angeboten, für ihn zu arbeiten, und Giorgio hat zugestimmt: „Bei mir gibt es keine Taufe, das ist verstaubt und bringt nichts, aber es gelten die Regeln der 'Ndrangheta. Wenn du einen Fehler machst, bringe ich dich um." Cia-Cia nahm den Vertrag an. Giacomo und Cia-Cia sollen außerdem Autos stehlen und Einbrüche begehen. Der Haschisch-Handel soll weiterhin in der Hand von Pierino Longobuco bleiben, einem getauften Mafioso im Rang eines Picciotto. Wegen seiner hellen Haut wird er „der Weiße" genannt.

In den nächsten Tagen stellt sich Mimmo wie besprochen in Begleitung eines Anwalts der Polizei. Zu seiner großen Enttäuschung bestätigt sich Giorgios Verdacht, dass Mimmo ihn tatsächlich betrogen hat und auch jetzt noch hintergeht. Denn als er mit Giacomo und Cia-Cia Mimmos Spielsalon aufräumt, in dem nach der Polizeiaktion völliges Durcheinander herrscht, findet er dort einhundertfünfzig Gramm Kokain und zehn Millionen Lire Bargeld. Drogen und Geld hat Mimmo getrennt in verschraubbaren Attrappen von Cola-Dosen versteckt, die er in Holland gekauft hat. Selbst die Polizei hat sie bei der Durchsuchung übersehen.

Giorgio ist sehr aufgebracht. Als er aus dem Gefängnis kam, hat Mimmo ihm die Ohren vollgejammert, er habe kein Geld, und dabei bunkert er heimlich Lire und Kokain. „Erzählt niemandem etwas davon", beschwört er Giacomo und Cia-Cia. Er will Mimmo nicht im Gefängnis unter Druck setzen, er könnte sonst umkippen und möglicherweise bei Dottor Curcio, dem verhassten Staatsanwalt, auspacken. Das Risiko will Giorgio auf keinen Fall eingehen.

Gleichzeitig beauftragt Giorgio einen guten Rechtsanwalt, den er reichlich mit Kokain versorgt, sich darum zu kümmern, dass Lucia so schnell wie möglich zu ihm kommen kann. Der Advokat rät ihm zur Verlobung. Damit haben sie das Recht auf ein Zusammensein. Innerhalb eines Monats sind die Formalitäten erledigt, und Lucia zieht zu ihm nach Schiavonea. Sie tragen nun goldene Ringe.

Giorgio denkt nach. Als Erstes braucht er Geld zum Leben und um die Leute zu bezahlen. Geld bringt der Drogenverkauf, und deshalb benötigt er dringend Kokain. Es ist ein willkommener Zufall, dass ausgerechnet in diesen Tagen Roberto aus Vibo Valentia anruft, den er im Gefängnis von Florenz kennengelernt hat, und ihn zum Essen einlädt. Roberto besitzt Kokain. Giorgio fährt mit Lucia im Auto zu ihm, die Fahrt dauert eineinhalb Stunden. Sie fahren auf der Autobahn bis Rosarno und von dort nordwärts nach Limbadi, wo Roberto lebt. Das Wetter ist klar, über dem Meer können sie die Rauchfahne des Stromboli sehen.

Je näher sie nach Limbadi kommen, desto entsetzter ist Giorgio über den Zustand der Gegend. So stellt er sich das vom Bürgerkrieg zerstörte Beirut vor. Kein Haus ist fertig gebaut, keine Wand verputzt, die Straßen sind kaputt, überall liegt Müll, und dazwischen weiden Ziegen. Kein Vergleich zur Toskana, kommt es ihm in den Sinn. Irgendwie ist es ihm peinlich, dass Lucia das sieht. Selbst das Haus von Roberto in Limbadi wirkt heruntergekommen. Es sieht aus wie auf einer Baustelle.

Wie überrascht ist er, als er ins Innere tritt. Alles ist frisch renoviert, auf dem Fußboden liegen dicke feine Teppiche, die Räume sind teuer möbliert, alles wirkt sauber und sehr wohlhabend. Sie begrüßen sich, und während Robertos Frau Lucia in den ersten Stock führt, nimmt der Hausherr seinen Gast mit in den Keller. Ein Junge bringt ein Päckchen, und Roberto gibt es Giorgio. „Das ist mein Kokain", sagt er. „Du kannst es haben." Giorgio testet es. Es ist nicht besonders gut, aber in Ordnung. Er kann es nicht mehr strecken, aber Weihnachten steht vor der Tür, und im Januar will er heiraten. Er braucht also schnell Geld, und Roberto macht ihm einen wirklich fairen Preis. Dankbar nimmt Giorgio das Paket entgegen.

Er hat auch etwas für Roberto dabei, sein Gastgeschenk. Für seinen einstigen Mithäftling hat Giorgio einen 38er Revolver mit langem Lauf und Schnellladevorrichtung mitgebracht, ein schönes Stück. Erfreut nimmt Roberto die Waffe und wiegt sie fachmännisch in der Hand. Dann gehen sie hinauf in den ersten Stock, wo die Frauen bereits auf sie warten. Sie essen fast drei Stunden. Noch vor Einbruch der Dunkelheit, darauf legt Roberto Wert, sollen Giorgio und Lucia sich auf den Rückweg machen. Die Gegend ist nicht sicher. Verfeindete Clans kämpfen in Vibo Valentia, und deshalb ist viel Polizei auf der Straße. Zu viel. Das Risiko, in eine Kontrolle zu geraten, ist zu hoch, wenn man Kokain im Kofferraum hat. Es sei besser, tagsüber zu fahren, meint Roberto. Tatsächlich verläuft die Rückfahrt reibungslos. Zu Hause in Schiavonea packt Giorgio das Kokain sofort in zwanzig Päckchen zu jeweils fünfzig Gramm und übergibt es Giacomo und Cia-Cia.

Giorgio ist wieder im Geschäft. An Ideen mangelt es ihm nicht. Weil viele Mafiosi auf der Flucht sind, besteht eine große Nachfrage nach falschen Ausweisen. Das bringt Giorgio darauf, in Rathäuser einzubrechen und Blankoformulare zu stehlen. Als Erstes nimmt er sich das Amt in Schiavonea vor, gleich um die Ecke. Da kennt er sich aus. Giacomo und Cia-Cia steigen ein, Giorgio steht draußen Schmiere. Für alle Fälle haben sie Funkgeräte dabei.

Giacomo soll mit einem Vorschlaghammer ein paar Mal auf die Mitte des Wandsafes schlagen, dann springen die Türen normalerweise auf. Aber Giacomo ist ein Mann mit viel Kraft und wenig Hirn. Er schlägt so stark zu, dass die ganze Wand umfällt, aber der Safe heil bleibt. Giorgio bemerkt es erst, als Giacomo mit dem Tresor auf der Schulter aus dem Haus gelaufen kommt. Er kann sich kaum halten vor Lachen.

Sie wuchten den Safe in den Kofferraum ihres Wagens und fahren in Giorgios Garage, wo sie ihn mühelos öffnen. Giorgio ist sehr zufrieden mit der Beute. In dem Stahlschrank liegen mehr als hundert Ausweise, alle notwendigen Stempel einschließlich der Prägestempel, die üblicherweise schwer zu fälschen sind; außerdem Lochmaschinen, Nieten und ein paar Millionen Lire Bargeld. In den nächsten Tagen überfallen sie zwei weitere Ämter mit ähnlich üppigem Ergebnis. Der Coup bringt Giorgio eine Menge Ansehen und Geld. Für jeden Ausweis erhält er mehr als eine Million Lire.

Allein mit dem Haschisch und dem Kokain verdient Giorgio rund hunderttausend Mark im Monat, weitere hunderttausend kommen durch Schutzgelder in die Kasse. Giorgio bleibt im Hintergrund, aber die entscheidenden Leute wissen, dass ohne ihn nichts läuft. Doch von den Einnahmen bleibt ihm nicht viel. Mehr als die Hälfte des Geldes geht für Anwälte drauf, außerdem erhält jede Familie eines Inhaftierten nach der Regel der ’Ndrangheta, der sogenannten Assistenzregel, rund tausenddreihundert Mark im Monat als Unterstützung. Und es sind eine Menge Leute im Knast.

Es werden noch mehr. Ende 1995 holt Staatsanwalt Salvatore Curcio, der auf der Todesliste der ’Ndrangheta steht, zum großen Schlag aus – der Operation Galaxis. Die Ermittlungen beziehen sich auf Verbrechen der ’Ndrangheta, die seit den fünfziger Jahren begangen wurden. Curcio hat in mühevoller Arbeit endlich genug Beweise gesammelt. An einem einzigen Tag lässt er mehr als zweihundert verdächtige Mafia-Angehörige im Großraum Cosenza einschließlich Corigliano verhaften. Es ist die größte Verhaftungswelle, die Kalabrien je gesehen hat, und sie trifft den Carelli-Clan empfindlich.

Zu den wenigen, die in dieser Zeit freikommen, gehört Pietro Marinaro, einer der wichtigsten Bosse der Organisation. Er darf, dank teurer Anwälte, das Gefängnis verlassen, wird aber unter Hausarrest gestellt. Zwei Tage bleibt er bei seiner Frau in Corigliano, dann flüchtet er nach Deutschland. Er setzt sich nach Mülheim ab, wo er den Stützpunkt des Carelli-Clans neu aufbauen will. Auch die Unterbosse Marazzo und Fabbricatore stehen unter Hausarrest, sie bleiben jedoch in Corigliano.

Giorgio bereitet unterdessen seine Hochzeit mit Lucia vor. Er schickt seinem Vater, seiner Schwester Sophia und seinem alten Freund Aldo Valeone Flugtickets und lädt sie nach Corigliano ein. Sie feiern gemeinsam Weihnachten und Silvester, und jede Rakete, die in den Himmel steigt, macht Giorgio zufrieden. Er hat mal wieder, aufgrund seiner guten Beziehungen nach Neapel, jede Menge illegales Feuerwerk nach Corigliano gebracht und zu einem guten Preis verkauft. Er hat viele seiner Leute daran verdienen lassen, und so kann er sich ihrer Zuneigung gewiss sein.

Am 3. Januar 1996, einem Mittwoch, findet die Hochzeit statt. Er hat mehr als hundert Gäste eingeladen, selbst aus Deutschland sind sie gekommen. Von Lucias Seite nehmen nur ein paar Freunde an der Trauung teil, ihre Familie weigert sich zu kommen. Wahrscheinlich wären sie entsetzt gewesen, denn es wird eine richtige Mafia-Hochzeit. Giorgio erhält zahlreiche Geschenke zur Bekundung des Respekts, und die Gefangenen schicken ihm aus dem Gefängnis Blumen. Er sorgt schließlich für sie. Aus Sicherheitsgründen sind keine getauften Mitglieder gekommen, aber selbstverständlich hat er jedem von ihnen eine persönliche Einladung geschickt. Und an jeder Ecke stehen Agenten der Carabinieri und fotografieren seine Gäste.

Nach italienischer Sitte treffen sie sich alle in seinem Haus in Schiavonea. Von dort aus setzt sich der Konvoi zum Standesamt in dem Rathaus in Bewegung, aus dem Giorgio zuvor den Tresor mit den Ausweisen klauen ließ. Dort werden sie vom Vize-Bürgermeister von Corigliano getraut. Türen und Wände sind mit Tausenden rosa Rosen geschmückt. Lucia liebt Rosa. Giorgio trägt einen Anzug von Cerruti, und er ist so aufgeregt, dass er Lucia den Ehering, ein protziges Schwergewicht aus Gold, Platin und Diamanten, beinahe an die falsche Hand steckt. Doch sie ist geistesgegenwärtig genug und schiebt ihm unauffällig die richtige Hand zu. Auf die kirchliche Zeremonie allerdings müssen sie, trotz guter Beziehungen ins Pfarramt, verzichten, weil Lucia schon einmal verheiratet war.

Vor dem Restaurant, in dem die Feier stattfindet, wirft Giorgio Bonbons in die Reihen herausgeputzter Kinder. Lucia und er müssen einen Strick durchschneiden und anschließend gemeinsam mit Strohhalmen eine Kokosnuss leer trinken. Er lässt Unmengen an Speisen und Wein auffahren, die Musik spielt die ganze Nacht, sie tanzen, und als sie endlich im Bett liegen, sagt Giorgio seiner Frau, er wolle ein Kind von ihr.

Die Freude über die gelungene Hochzeit wird schnell überschattet von den Schwierigkeiten, die das neue Jahr bringt. Die Operation Galaxis hat ein gefährliches Machtvakuum hinterlassen, in Corigliano herrscht weitgehend Chaos. Der Plan für das Attentat auf den Anti-Mafia-Staatsanwalt Curcio ist aufgeflogen. Antonio Bruno wird deshalb festgenommen und eingesperrt. Irgendjemand hat ihn verraten, und der Plan ist damit vom Tisch. Die Kosten, die auf die Organisation zukommen, sind wegen der vielen Verhaftungen enorm, und Einkünfte sind begrenzt. Selbst einige von Giorgios guten Leuten beklagen sich, dass sie zu wenig Geld verdienen. Dabei, denkt Giorgio, müsste doch eigentlich genug in die Kasse fließen.

Die Lage verbessert sich auch im Sommer kaum. Eigentlich sind das immer die fetten Monate, wenn die Hotels, Strandbars und Restaurants voller Touristen stecken und die Besitzer ordentlich Schutzgeld zahlen. Aber in diesem Jahr läuft es nicht. Es gibt auch Probleme mit Fabbricatore, dem jüngsten Unterboss des Clans. Seine Leute verkaufen schon wieder Drogen aus anderen Quellen auf eigene Rechnung, kassieren selbständig Schutzgelder und geben nichts ab. Der Mord an Edmondo Le Pera, ihrem alten Komplizen, hat sie nicht allzu lange diszipliniert.

Wegen der Zerstrittenheit innerhalb des Carelli-Clans entgleitet Giorgio und seinen Leuten allmählich die Macht in Corigliano. Die ersten Geschäftsleute weigern sich bereits, den Pizzo, das Schutzgeld, zu zahlen.

Die ganze Sache droht aus dem Ruder zu laufen. Giorgio berät sich mit Vincenzo Guidi, dem Strandbarbesitzer, und Tommaso Russo. Russo ist nach der Verhaftung Brunos vom einfachen Soldaten des Carelli-Clans an eine führende Position gerückt. Die drei sind sich einig, dass etwas geschehen muss. Giorgio ruft seinen Bruder Giacomo und Cia-Cia zu sich. „Sucht mir ein paar wilde Jungs, wir müssen den Leuten zeigen, dass es die 'Ndrangheta noch gibt!“, sagt er.

Es ist allein die Angst, die sie zahlen ließ, wie Giorgio längst weiß. Er muss ihnen wieder Respekt beibringen. In der Folge brennt es jede zweite oder dritte Nacht, Geschäfte, Lagerhäuser und Autos gehen in Flammen auf. Diese Aktionen halten so lange an, bis die Opfer wieder zahlen. Wer gut verdient, muss abgeben, da gibt es für Giorgio überhaupt keinen Zweifel. Schutzgelderpressung war für die Mafia schon immer ein anständiges Geschäft. Nur die armen Leute, wie den Hosenverkäufer, bei dem er vor Jahren mit De Cicco gewesen ist, verschont er.

Im Herbst ist die alte Ordnung weitgehend wiederhergestellt. Giorgio investiert einen Teil des Geldes bei einem Bauunternehmer, der davon Häuser baut und die Wohnungen verkauft. Sie kommen endlich zu sauberem Geld, so wie Giorgio sich das vorstellt.

Doch es gibt neue Probleme. Weil Marinaro sich nach Mülheim abgesetzt hat, übergibt Santo Carelli, der noch immer im Gefängnis sitzt, die Macht an Fabbricatore, der unter Hausarrest steht. Carelli teilt seine Entscheidung Tommaso Russo mit, dem es gelungen ist, während einer Verhandlung mit ihm zu sprechen. Die Nachricht trifft Giorgio und seine Vertrauten hart. Es ist richtig, dass Fabbricatore formal, wegen seines Alters und der Dauer der Zugehörigkeit, an der Reihe ist. Aber Giorgio und seine Leute haben die Organisation gerettet, sie haben Geld beschafft, Anwälte bezahlt und die Familien unterstützt. Und jetzt soll die Macht ausgerechnet an den Mann gehen, der ihre Bemühungen immer wieder torpediert.

Fabbricatore beginnt sofort, Verbündete um sich zu scharen. Das ist eine Art Lebensversicherung für jeden neuen Boss. Und er will natürlich gleich wissen, wie viel in der Kasse, der Bacinella, ist. Auch Giorgio lässt er zu sich kommen. „Bist du auf meiner Seite? Du kannst direkt neben mir arbeiten", bietet er ihm an. Giorgio antwortet ausweichend. Die Sache gefällt ihm nicht. Er will jetzt nichts riskieren und erwägt, sich bald in die Toskana abzusetzen. Sollen die sich hier doch alle gegenseitig umlegen.

Er denkt später oft, dass es vernünftiger gewesen wäre, Corigliano damals zu verlassen. Aber stattdessen fährt er nach Thurio und trifft sich mit den Leuten von der Feuergruppe, den Spezialisten für die Lupara Bianca. Die Killertruppe hasst Fabbricatore und hält sich nur zurück, weil es sonst einen Krieg geben würde, den keiner will. Anschließend vereinbart er eine Zusammenkunft zwischen Linardi, dem Anführer der Feuergruppe, Tommaso Russo und Vincenzo Guidi. Sie beschließen, ihren alten Unterboss Marinaro anzurufen und ihm zu berichten, was in Corigliano passiert. Marinaro hört sich alles an und bestellt zwei seiner Leute zu sich nach Mülheim. Kurz darauf erhält Giorgio einen Anruf von Marinaro. „Geh nicht weg", bittet er, „Guidi wird dir alles erklären."

Sie treffen sich im Haus von Linardi. Es ist eine schöne, geräumige Villa auf einem Bauernhof. Die Fußböden sind aus hellem Marmor, die Möbel überwiegend neu und teuer. Es ist edel, aber alles andere als gemütlich. Als Giorgio eintrifft, sind die anderen schon versammelt.

„Schöne Grüße von Marinaro", sagt Guidi. „Er wird Carelli eine Nachricht schicken, dass wir seine Entscheidung nicht akzeptieren." Das ist der offizielle Teil der Botschaft. Den zweiten Teil der

Botschaft soll Carelli nicht hören – obwohl er ihn sich vermutlich denken kann. Guidi sagt: „Wir sollen Fabbricatore umlegen und uns auf einen Krieg vorbereiten."

Sobald Fabbricatore tot ist, sollen auch seine Getreuen sterben. Alle nicken. Sie haben verstanden. Es ist das ewige Gesetz der 'Ndrangheta, das Gesetz von Neid und Missgunst, von Aufstieg und Fall, von Macht und Tod.

Im Anschluss an die Zusammenkunft in Thurio fährt Guidi zu Fabbricatore und reicht ihm sein Handy. Am anderen Ende der Leitung ist Marinaro. Der alte Mafioso teilt ihm mit, dass er gedenke, auch weiterhin die Geschäfte von Mülheim aus zu führen und deshalb bei Carelli sein Veto einlegen werde. „Wenn du es willst, wird es so gemacht", sagt Fabbricatore. Er ist nicht dumm. Er weiß, dass er im Moment zu schwach ist, um zu protestieren. Natürlich ist er nicht einverstanden. Aber er braucht Zeit, um seine Truppen zu sammeln. Und weil er unter Hausarrest steht, kann er wenig tun.

Trotz Marinaros Entscheidung handeln Fabbricatores Leute weiterhin eigenmächtig. Die fragile Ordnung des Drogenhandels, der Raubüberfälle und Erpressungen gerät wieder durcheinander. Das kann nicht lange gut gehen und spielt nur der Polizei in die Hände. Giorgio hält jedoch still. Er und seine Leute bereiten sich auf eine blutige Auseinandersetzung vor, horten Waffen und schmieden Pläne für die Ermordung ihrer Widersacher. In solchen Zeiten ist es besser, niemanden zu provozieren.

Fabbricatore hat sich zu Hause verbarrikadiert. Da er aber schwer magenkrank ist, muss er einmal im Monat in eine Spezialklinik nach Bologna. An jenen Tagen verlässt er morgens um fünf Uhr das Haus. Er fährt hinunter zur Hauptstraße und von dort zur Autobahn. An der Hauptstraße, so der Plan, wollen sie ihn überholen und aus dem fahrenden Auto heraus erschießen.

Sie treffen sich am verabredeten Tag morgens um zwei Uhr in Thurio. Tommaso hat den Auftrag, Fabbricatores Haus zu beobachten und sie sofort anzurufen, wenn er es verlässt. Die anderen fahren in einem Fiat Croma, den Giorgios Bruder Giacomo gestohlen hat, zu dem Haus eines Freundes an der Hauptstraße, um auf ihr Opfer zu warten. Ihr Fahrer ist mit einer Pistole bewaffnet, Giorgio trägt eine doppelläufige Schrotflinte mit abgesägtem Lauf und eine Pistole, Kaliber neun Millimeter, und Linardis Schwager Filippo ein fünfschüssiges, automatisches Schrotgewehr – dasselbe Modell, das Giorgio bei dem Mord an De Cicco benutzt hat. Ein vierter Mann, Carmine, soll sie nach der Tat in einem sauberen Wagen in Sicherheit bringen.

Sie verstecken sich hinter dem Haus und warten. Sie vertreiben sich die Zeit mit Reden, Kartenspielen und Scherzen auf Kosten von Carmine, vom dem es heißt, seine Frau schlage ihn. Als sein Handy klingelt, nimmt er nicht ab. „Das war bestimmt deine Frau", frotzelt einer, „wärst besser rangegangen. Jetzt weißt du, was dir blüht, wenn du nach Hause kommst." Alle lachen.

Doch mehr passiert nicht. Tommaso meldet sich nicht, und um sieben Uhr morgens brechen sie die Aktion enttäuscht ab. Ihr Beobachter hat offenbar den Moment verpasst, als Fabbricatore das Haus verließ.

Ein neuer Plan muss her. „Wir brauchen ein sauberes Gesicht", schlägt Giorgio vor. Er fährt zu Giuseppe, seinem ehemaligen Mithäftling in Florenz, nach Neapel. Er bringt ihm exzellentes Kokain mit und schildert seine Lage. „Ihr braucht mich nicht zu bezahlen", sagt Giuseppe, „wenn ich es mache, dann nur für dich." Er will ohnehin verschwinden und bietet Giorgio an, für ihn in Corigliano zu arbeiten. Er benötige nur etwas Zeit, weil er Weihnachten mit einem Freund einige Überfälle geplant habe und ihn nicht im Stich lassen wolle. Giorgio willigt ein. Er ist froh, einen zuverlässigen Mann gefunden zu haben.

Wochenlang beobachten sie Fabbricatores Haus. Sie verlieren in dieser Zeit eine Menge Geld, denn da Fabbricatore ebenfalls Anschläge planen könnte, müssen sie auch seine Leute im Visier haben. Sie kümmern sich fast ausschließlich um ihre Gegner, und das hält viele gute Leute von anderen Aufgaben ab.

Endlich glauben sie, die entscheidende Lücke in Fabbricatores Sicherheitssystem gefunden zu haben. Fabbricatore öffnet die Haustür nur dann selbst, wenn seine Frau und Kinder nicht zu Hause sind. Das hat ein Freund von ihnen herausgefunden, der über Fabbricatore wohnt. Wenn sich die Gelegenheit bietet, so Giorgios Plan, soll dieser Mann bei Fabbricatore klingeln, und sobald der öffnet, soll der Neapolitaner Giuseppe ihm mit einer Neun-Millimeter-Pistole ein Loch in den Kopf schießen. Als Fluchtfahrzeug haben sie einen Roller mit einem Halblitermotor und Fliehkraftkupplung besorgt. Der stirbt nicht ab, wenn man vor Aufregung falsch schaltet.

Dann ist es so weit. Ihr Mann meldet sich von seinem Beobachtungsposten und berichtet, dass Fabbricatores Frau und Kinder das Haus verlassen hätten. Giuseppe macht sich auf den Weg. Aber als er das Haus erreicht, stehen jede Menge Leute davor. Eine alte Frau hat ausgerechnet in diesem Augenblick auf der Straße einen Kreislaufzusammenbruch erlitten, und Nachbarn sind ihr zu Hilfe gekommen. Sie müssen erneut abbrechen. Der Zufall hat Fabbricatore schon wieder das Leben gerettet. Es ist wie verhext.

Anfang 1997 bestellt Marinaro seine Statthalter Tommaso Russo und Vincenzo Guidi nach Mülheim. Er will wissen, wie die Dinge stehen, und so heikle Sachen wie verpatzte Mordanschläge können nicht am Telefon besprochen werden. Marinaro lässt sich alles berichten; er hört zu und scheint nicht sonderlich beunruhigt. Er ist der Ansicht, dass Fabbricatore ihnen nicht allzu gefährlich werden könne, weil er unter Hausarrest steht.

„Terra bruciata“, befiehlt Marinaro, verbrannte Erde.

So hat Carelli es auch gemacht, als er an die Macht gekommen ist. Er hat alle wirklichen und potenziellen Gegner kaltblütig ermorden lassen, und so sollen sie es auch machen. Sie erhalten den Auftrag, sich nicht länger auf Fabbricatore zu beschränken, sondern alle Leute aus seinem Umfeld abzuschlachten.

Die Waffen sind nun ständig bereit. Unter dem Verkaufstresen von Giorgios Gemüseladen, den er vor einiger Zeit zur Tarnung seiner illegalen Geschäfte aufgemacht hat, liegt immer eine abgesägte Schrotflinte in Griffweite. Giorgio will auf alles vorbereitet sein. Am 17. Januar 1997 kommt Tommaso zu ihm in den Laden: „Wir haben Giovanni gesehen, hier in Corigliano Scalo." Giovanni Vitteritti ist einer von Fabbricatores Leuten.

Giorgio ruft sofort Lucia und bittet sie, das Geschäft zu übernehmen. Er geht nach Hause, zieht sich um und steckt eine Pistole ein. Tommaso holt in der Zwischenzeit Linardi ab. Zu dritt fahren sie durch die Stadt, aber sie finden ihr Opfer nicht. Sie fragen alle möglichen Leute, doch niemand weiß, wo er steckt. Giovanni ist plötzlich wie vom Erdboden verschwunden. Schließlich erhalten sie den Hinweis auf eine Kneipe in Cantinella, wo er sich mittags aufhalten soll. Cantinella liegt zwischen Corigliano und Sibari, nicht weit von Thurio. Sie fahren hin.

Als sie in Cantinella eintreffen, ist es genau zwölf Uhr mittags. Sie parken ihren Wagen neben der Kneipe vor einer Werkstatt. „Engelsgesicht, dich kennt hier keiner", sagt Linardi zu Giorgio. „Geh rein und leg ihn um."

Doch es sind zu viele Leute auf der Straße, die Sache ist zu gefährlich. Sie denken nach. Dann hat Linardi eine Idee. „Giovanni wollte schon immer einen Mercedes haben. Ich gehe rein und sage ihm, dass ich so einen Wagen für ihn habe." Sie wollen ihn zum Bahnhof von Thurio locken, einem abgelegenen Gebäudekomplex, wo nur zweimal am Tag ein Zug hält. Ein guter Plan, entscheiden sie. Linardi steigt aus, Giorgio und Tommaso fahren los.

Der Bahnhof von Thurio ist perfekt gewählt für den Mord an Giovanni Vitteritti. Thurio ist ein Nest inmitten von ausgedehnten Mandarinen- und Olivenplantagen. Das Dorf besteht aus ein paar Bauernhöfen, einigen unscheinbaren Wohnhäusern und einer Kirche, die durch ihre absolute Schmucklosigkeit auffällt. Auf dem verwahrlosten Fußballplatz sprießt Unkraut, zwischen dem sich vom Wind verwehter Müll verfängt. Thurio hat nur ein paar Dutzend Einwohner, überwiegend Landarbeiter, und selbst tagsüber sind die Straßen menschenleer.

Der Bahnhof liegt noch einmal einen knappen Kilometer außerhalb des Ortes. Der Weg dorthin führt über eine schnurgerade Straße mitten durch die Plantagen. Die Straße mündet in einen sandigen Platz vor einem einstöckigen Flachbau mit Schalter, Toiletten und einem Warteraum. Das Gebäude steht schon lange leer. Auch das links angrenzende Wohnhaus für Bahnbedienstete ist seit Jahren verlassen. Vom Bahnhof aus fällt der Blick über Felder auf einen halb verfallenen Turm Richtung Meer, links und rechts am Horizont ragen die Berge Kalabriens in den Himmel. Wenn hier ein Zug hält, dann steigen meist nur ein paar Schulkinder ein oder aus. Sonst liegt der Bahnhof völlig verlassen da.

Rechts vom Schaltergebäude steht, unter Pinien und Tannen, auf einer fünf mal fünf Meter großen betonierten Fläche eine schäbige Garage, deren mit Wellblech verkleideten Wände so löchrig sind, dass Giorgio von innen die Zufahrtsstraße zum Bahnhof ausgezeichnet beobachten kann. Darin parken sie ihren Wagen. In diesem Schuppen, wird Linardi ihrem Opfer erzählen, stehe der Mercedes.

Sie warten, und Tommaso raucht eine Zigarette nach der anderen. Er ist nervös, wie Giorgio ärgerlich feststellt. Er selbst bleibt ruhig wie immer. Er weiß, was geschehen wird. Er hat genug Erfahrung mit dem Töten gesammelt. Er spannt seine Pistole Kaliber 7,65 und steckt sie wieder in den Hosenbund.

Nach einer halben Stunde nähert sich ein Autobianchi, in dem zwei Männer sitzen. „Es hat geklappt", sagt Giorgio. Er ist froh darüber. Der Wagen kommt näher und hält mitten auf dem

Platz. Die beiden Männer steigen aus, Giovanni geht auf den Schuppen zu. Linardi bleibt zurück. Tommaso wirft seine Zigarette, die er eben erst angezündet hat, auf den Boden.

Kurz vor dem Schuppen dreht sich ihr Opfer noch einmal nach Linardi um. „Und?", fragt er. In dem Moment treten Giorgio und Tommaso aus dem Schuppen. „Perchè?" – warum?, ist das Einzige, was Giovanni noch sagen kann, als er sie erblickt. Statt einer Antwort feuert Tommaso sein ganzes Magazin auf ihn ab, aber nicht jeder Schuss trifft. Der Angeschossene will davonlaufen, er ist aber schon zu schwer getroffen und fällt nach ein paar Metern mitten auf dem Platz in den Sand. Er liegt auf dem Rücken.

Giorgio hat erst einen Schuss abgegeben. Seine Waffe klemmt – wieder einmal. Doch er lässt sich davon nicht mehr aus der Ruhe bringen. Er lädt erneut, indem er den Schlitten seiner Pistole mit der linken Hand zurückzieht. Ruhigen Schrittes geht er auf den am Boden liegenden Mann zu. Er lebt noch. Giorgio bleibt stehen. Er zielt genau. Aus kurzer Entfernung schießt er ihm dreimal in den Kopf. Er will sicher sein, dass er stirbt.

Wortlos nimmt Linardi die Waffen und die Handschuhe an sich und fährt los. Er entsorgt die Pistolen später in einem Bach. Auch Giorgio und Tommaso machen sich auf den Weg. Sie verfahren sich ein paar Mal, und Tommaso hat Angst, dass ein Bauarbeiter, den sie unterwegs treffen, ihn erkannt haben könnte. Zu Hause zieht Giorgio seine Kleidung aus und gibt sie Giacomo, der sie verschwinden lassen soll. Lucia bittet er, ihm warmes Wasser in die Wanne laufen zu lassen.

Schon um zwei Uhr nachmittags sitzen sie in einem Restaurant in Corigliano Scalo und essen. Giorgio hat durchaus Hunger, aber in Wirklichkeit wartet er auf Nachrichten. Es dauert bis zum Abend, bevor das erste Gerücht von Giovannis Tod die Runde macht. Ein Mädchen habe den Toten gefunden und die Polizei alarmiert, heißt es. Noch in derselben Nacht verlässt Arcangelo Conocchia, einer von Fabbricatores engsten Vertrauten, sein

Haus in Corigliano. Er setzt sich nach Nürnberg ab. Und Fabbricatore zeigt sich nicht einmal mehr am Fenster. Giorgio denkt daran, dass es vielleicht besser gewesen wäre, sie hätten die Leiche verschwinden lassen. Lupara Bianca. Dann hätten sie in jedem Fall mehr Zeit gehabt.

Immerhin ist die Macht in Corigliano wieder in ihrer Hand. Es folgt eine Phase lukrativer Einbrüche und Raubüberfälle. Nichts ist vor ihnen sicher. Sie kassieren sogar die Fischer ab. Giorgio fährt wieder nach Holland und holt von Jackie Haschisch und Kokain. Innerhalb eines Monats verdient er hundert Millionen Lire.

Giorgio hat die Ideen und das Geld und ist damit faktisch zum wichtigsten Mann in der Organisation geworden. Auch wenn Tommaso Russo und Vincenzo Guidi den Carelli-Clan in Corigliano nach außen vertreten und formal die Entscheidungen treffen, ist es Giorgio, der sagt, wo es langgeht. Das spricht sich herum. Ein achtzehnjähriger Junge meldet sich bei ihm und will unbedingt für ihn arbeiten. Er heißt Antonio Cangiano. Giorgio sagt ihm, er habe seine Leute und brauche niemanden, aber der Junge ist nicht zu bremsen. Er erweist sich als ehrgeizig, zuverlässig und ausgesprochen clever. Giorgio betrachtet ihn mit Wohlwollen. Er erinnert ihn an sich selbst, als er in dem Alter war.

Seine Truppe wird immer stärker, er hat jetzt ein Dutzend guter Leute und ein Vielfaches an Helfern unter sich. Giuseppe, sein Freund aus gemeinsamen Gefängnistagen in Florenz, kehrt Neapel den Rücken und kommt nach Corigliano. Er bringt zwei Männer mit, gemeinsam überfallen sie als Einstieg eine Bank und erbeuten fünfunddreißig Millionen Lire. Eine Bank in Italien zu überfallen ist ein Meisterstück, weil es wegen der Metalldetektoren unmöglich ist, bewaffnet hineinzugelangen. Aber sie tragen Anzüge und haben kleine Messer unter den Schuhen, die sie Angestellten oder Kunden an den Hals halten. Es klappt so gut, dass sie dieselbe Bank kurz darauf noch einmal überfallen, und diesmal lohnt es sich richtig. Einhundertfünf Millionen Lire, rund fünfzigtausend Euro, zählen sie, als sie zurück sind.

Unter Giorgios Anleitung wird die Organisation in Corigliano wieder mächtig. Und seine Leute sind zufrieden. Sie müssen nicht, wie üblich, alles abgeben und bekommen ein Gehalt. Giorgio hat das Leistungsprinzip eingeführt: Von jeder Beute können seine Leute die Hälfte behalten, fünfunddreißig Prozent gehen in die Bacinella, die Kasse der 'Ndrangheta, und fünfzehn Prozent bekommt er. Für die Kriminellen bedeutet das: Je mehr sie arbeiten, desto mehr Geld haben sie. Das spornt sie an, nützt der Organisation und hilft Giorgio.

Selbst die Müllabfuhr zahlt zehn Prozent ihrer Umsätze an die Organisation, die gleiche Summe wird im Straßenbau fällig, und zwar vor Baubeginn. Andernfalls lässt Giorgio die Maschinen der Firmen so oft anzünden, bis sie zahlen oder aus Corigliano verschwinden. So verfahren sie mit jedem öffentlichen Auftrag. Sie haben ihre Leute in der Stadtverwaltung sitzen und wissen daher immer genau, wie viel Geld der Unternehmer für den Auftrag erhält. Alles hat seine Ordnung.

Mit einem einflussreichen Politiker der Region, der später Karriere macht, kommt Giorgio gut aus. Einmal lässt Giorgio aus einem Museum zwei wertvolle Bilder stehlen, die zu den Attraktionen Kalabriens gehören. Mit dem Politiker einigt er sich, dass die Kunstwerke gegen Zahlung von zwanzig Millionen Lire und ein paar Jobs, die Giorgio an junge Leute vermitteln kann, wieder auftauchen werden. Der Politiker ist einverstanden und nutzt das illegale Geschäft zu seinem Vorteil: Er lässt sich groß feiern, als die Bilder wieder im Museum hängen.

Bei der nächsten Wahl sorgen Giorgio und seine Leute dafür, dass keine andere Partei werben und Plakate aufhängen kann, und der Politiker erhält siebzig Prozent der Stimmen. Später allerdings will der Mafia-Günstling nichts mehr von seinen Helfern wissen, was Giorgio undankbar findet. Aber, so sagt er sich, man werde sich schon wieder treffen, irgendwann einmal.

Giorgio fährt jetzt wieder regelmäßig nach Holland und holt Stoff von Jackie. Manchmal macht er einen Abstecher nach Deutschland, um Marinaro zu besuchen und mit Angehörigen des Carelli-Clans Geschäftliches zu besprechen, unter anderem die Verwertung gestohlener Autos. Häufig gehen die Wagen jetzt an polnische Syndikate, die oft mit Speed oder Waffen zahlen, was Giorgio nur recht ist.

In Mülheim baut Marinaro einen profitablen Stützpunkt des Carelli-Clans auf. Mit Hilfe seines Strohmannes Pietro, der Flüchtlinge versteckt sowie Waffen und falsche Papiere besorgt, eröffnet er vier Pizzerien, die der Mafia bei der Geldwäsche helfen. Das Startkapital bringen Kuriere aus Corigliano nach Mülheim, zur Tarnung nimmt Pietro zusätzliche Kredite bei Banken auf.

Die Geldwäsche funktioniert ganz simpel: Pietro führt zwei getrennte Bücher, eines für das Finanzamt und eines für den Carelli-Clan. Der Steuerbehörde gibt er erheblich überhöhte Umsätze an. Die Differenz zwischen tatsächlichem und versteuertem Umsatz sind die Erlöse aus Verbrechen des Clans. Sie werden dem Mülheimer Finanzamt gemeldet, versteuert und sind anschließend legaler Gewinn. Ein perfektes System.

Handschriftlich notiert Pietro in einem Heft die tatsächlichen Umsätze, nach denen sein Einkommen bestimmt wird. Die Abrechnung aus Italien erfolgt alle drei Monate. Von 1996 bis 1998, schätzt Giorgio, sind wohl allein in diesen Pizzerien mindestens dreihunderttausend Mark gewaschen worden. So überleben manche Pizzerien auch ohne Gäste, wie Anwohner immer wieder verwundert feststellen. Den Überschuss an Fleisch, Nudeln, Wein und Wasser, der zur Rechtfertigung des Umsatzes notwendig ist, verkauft der Betreiber schwarz an andere Restaurants.

Die Mülheimer Restaurants sind nur ein Teil des Systems, in anderen Städten sieht es ebenso aus. Sobald der Verdacht auftaucht, dass die Polizei eine der Pizzerien beobachtet, werden Verluste abgerechnet, und das Lokal wird in den Konkurs getrieben. Manchmal geht es auch in Flammen auf, um die Versicherungssumme zu kassieren.

Die Kosten werden dabei so gering wie möglich gehalten. Als ein Bruder von Pietro in Mülheim eine Pizzeria eröffnen will, treffen sich Giorgio und Tommaso mit einem Pizzeria-Ausstatter aus Verona. Sie bestellen ein komplettes Restaurant, also Pizzaöfen, Gefrierschränke, Arbeitsplatten, Tische und Stühle im Wert von hunderttausend Mark, und lassen alles nach Corigliano in eine Lagerhalle schaffen. Sie weisen sich mit falschen Ausweisen aus, die Lieferung zahlen sie mit einem ungedeckten Scheck und bringen die Sachen sofort nach Mülheim.

Nach Deutschland reist Giorgio jetzt unter falschem Namen. Er benutzt den Ausweis eines Schwagers von Tommaso, von dem sie das Foto abgelöst und gegen sein eigenes ausgetauscht haben – was wegen der Stempel und Nieten, die sie erbeutet haben, kein Problem ist. Ein echter Ausweis, ausgestellt auf einen unbescholtenen Mann, ist eine gute Reiseversicherung.

Giorgio traut sich immer unbekümmerter nach Deutschland. Er überlegt bereits, seinen Kundenkreis auch in die alte Heimat auszudehnen. Lucia begleitet ihn häufig auf seinen Fahrten, die sie dann für Ausflüge und Besuche nutzen. Lucia ist eine perfekte Tarnung. Wer kontrolliert schon ein verliebtes Paar? Außerdem versteht sich Lucia gut mit der Frau von Tommaso, die sie ebenfalls gern begleitet, und so sind sie oft zu viert unterwegs.

Giorgio hat keine Bedenken mehr, mehrere Tage aus Corigliano wegzubleiben. Sein jüngstes Mitglied, Antonio, hat sich als äußerst zuverlässig erwiesen. Giorgios Leute machen die Einbrüche, verüben Brandanschläge, kassieren das Schutzgeld, und Antonio passt auf, dass ihn keiner betrügt. Vor allem sein Bruder

Giacomo bereitet Giorgio Probleme. Er hat begonnen, Heroin zu rauchen, und stiehlt ihm Geld und Kokain.

Als Giorgio zu Ostern wieder einmal nach Corigliano kommt, ist seine Straße voller Carabinieri. Die Beamten durchsuchen die Wohnung von Tommaso, die keine fünfzig Meter von seinem Haus entfernt am Ende der Seitenstraße liegt. Die Polizisten stellen Kleidungsstücke, einen Kamm und seine Zahnbürste sicher. Giorgio ruft in Mülheim an und warnt seinen Nachbarn. Tommaso bleibt gelassen. Er entscheidet, sofort zurück nach Italien zu kommen. Sie wollen sich treffen und in aller Ruhe beratschlagen. Sie verabreden sich in San Giovanni Rotondo in Apulien, wo das Kloster von Padre Pio steht, einem heiliggesprochenen Mönch, der in ganz Italien sehr verehrt wird. Lucia, die streng katholisch ist, will mitkommen, Tommasos Frau ebenfalls.

Sie treffen sich in einem Hotel, für das sie eine Übernachtung gebucht haben. Beim Abendessen macht Tommaso immer noch einen sorglosen Eindruck. Er nimmt die Sache mit der Polizei nicht sehr ernst. Was können sie ihm schon beweisen? Für den Mord an Giovanni Vitteritti gibt es nur zwei Zeugen, und das sind Giorgio und Linardi, denen er absolut vertraut. Was also soll die Polizei gegen ihn in der Hand haben?

Am nächsten Morgen ist es stark bewölkt, die Luft ist regenschwer und kühl. Giorgio und Lucia sowie Tommaso und dessen Frau spazieren hinauf zum Kloster Santa Maria della Grazie, das sie besichtigen möchten. Am Grab von Padre Pio bleiben sie stehen. Giorgio blickt versonnen auf die Gedenktafel. Er fühlt sich plötzlich sehr wohl. Er hat das Gefühl, dass alle Sorgen von ihm abfallen und ihm nichts passieren kann. Das liegt keinesfalls an irgendwelchen Drogen, wie er verwundert feststellt, denn er ist absolut nüchtern. Es ist einfach ein wunderbares, unerklärliches Wohlbefinden. Er ist voller Zuversicht.

Kurz darauf wird Lucia schwanger.

Trotz der Durchsuchungen hat die Polizei noch keinen Haftbefehl gegen Tommaso Russo erwirkt. Wenn Giorgio unterwegs ist, was häufig vorkommt, begleitet Tommaso ihn. Dabei verbindet sie keine wirkliche Freundschaft, es ist mehr eine symbiotische Beziehung: Giorgio hat das Geld und die Ideen, und Tommaso ist in Corigliano wegen seiner Brutalität so gefürchtet, dass sich niemand an Giorgio herantraut. Giorgio ist der Kopf, Tommaso die Hand.

Als Lucia im sechsten Monat schwanger ist, fahren sie nach Paris, aber nicht, um die Stadt an der Seine mit ihren Sehenswürdigkeiten wie Eiffelturm, Montmartre, Louvre oder Les Halles zu sehen; sie wollen den Vergnügungspark Disneyland besuchen. Giorgio lädt auch seinen Sohn Gianni und seine Nichte Sonia, die Tochter seiner Schwester Sophia, ein. Es geht ihm gut, und seine Familie soll daran teilhaben.

Giorgio ist siebenunddreißig Jahre alt und war noch nie in einem Vergnügungspark. In seiner Kindheit gab es nur Armut und Gewalt, in seinem späteren Leben Gefängnisse und die Mafia. Und nun ist er an einem Ort, in dem die Welt heiler scheint als in seinen Kindheitsträumen. Er kommt sich vor, als hätte er nie im Gefängnis gesessen, als wäre er nie ein Mafioso, ein Drogenhändler und Mörder geworden. Er ist ein kleiner Junge, der mit großen Augen auf die bunten Figuren und Häuser schaut, die er als Kind in den Comics bestaunt hat. Sie bleiben drei Tage, und die zählen zu den unbeschwertesten seines Lebens.

Von Paris nehmen sie den Zug nach Köln, und von dort fahren sie nach Mülheim. Giorgio liefert die Kinder bei seiner Schwester ab, dann trifft er sich wieder mit Tommaso. Sie wollen mit den Frauen nach Amsterdam fahren und dann zurück nach Corigliano. Es ist eine dieser typischen Reisen, auf denen sie Geschäftliches und Vergnügliches miteinander verbinden. Auf Wunsch von Lucia besichtigen sie in Amsterdam das Van-Gogh-Museum, und während sie die Bilder bewundert, denkt Giorgio darüber nach, wie er wohl die Bilder am besten stehlen könnte. Das ist der Unterschied zwischen ihnen, denkt er.

Zu Jackie fahren Giorgio und Tommaso allein, ohne die Frauen, die im Hotel bleiben. „Gib uns ein Kilogramm Koks und mach schnell, wir wollen gleich weiter", sagt Giorgio zu dem bewährten Lieferanten. Jackie holt ein großes Paket aus dem Schrank, es wiegt das Doppelte. Er nimmt ein großes Messer und teilt es genau in der Mitte durch. Dabei bröckeln ein paar Gramm Kokain ab und fallen hinunter. Als Jackie die Brösel mit einer lässigen Handbewegung vom Tisch wischen will, geht Tommaso dazwischen. „Seid ihr verrückt geworden?", ruft er aufgeregt. Er ist es gewohnt, jedes Gramm abzurechnen. Jackie schenkt ihm den Stoff und noch ein paar Gramm dazu. Tommaso ist tief beeindruckt, wie Giorgio mit Genugtuung feststellt. Es hilft, die Rollen zu klären.

Sie verteilen das Kokain auf drei Päckchen, holen die Frauen im Hotel ab und fahren in Tommasos Auto gemeinsam bis München. Dort trennen sie sich. Tommaso und seine Frau fahren allein weiter, während Giorgio und Lucia mit dem Kokain den Nachtzug nach Bologna besteigen. Sie fahren im Schlafwagen, wie immer erster Klasse. Auch das Kokain versteckt Giorgio wie üblich: auf der Toilette hinter der Verkleidung über dem Wasserkasten. Sie schlafen bis kurz vor Bologna, wo sie den Anschlusszug nach Corigliano nehmen. Es dauert lange, bis sie dort ankommen, denn der Zug hält nun in jeder größeren Stadt: in Rimini, in Ancona, Pescara, Bari, Taranto und endlich in Corigliano Scalo.

Nach seiner Ankunft erfährt Giorgio, dass Fabbricatore sich nach Frankfurt abgesetzt hat. Auch gut, denkt er. Dann ist er wenigstens weg von hier. Frankfurt ist ein weiterer wichtiger Brückenkopf des Carelli-Clans in Deutschland, wo sie neuerdings Kontakte zu Russen und Albanern pflegen.

In Frankfurt und Umgebung gibt es einige Restaurants, die zum Clan gehören. Die Inhaber verstecken Flüchtlinge, besorgen Waffen und falsche Ausweise. Außerdem sind sie gute Anlaufadressen, wenn es darum geht, Hehlerware abzusetzen.

Kurz nach Fabbricatores Flucht wird Giorgios Bruder Giacomo verhaftet. Die Staatsanwaltschaft wirft ihm Brandstiftung und Schutzgelderpressung vor, aber das ist nichts Ungewöhnliches. Nur dass diesmal der Schaden größer als üblich gewesen ist. Giacomo und seine Helfer haben ein Farblager angezündet, die Flammen griffen auf ein Wohnhaus über, in dem vierzig Familien wohnten. Es hat zwar keine Verletzten gegeben, aber das Haus ist vollständig abgebrannt. Andererseits ist Giacomo kein großer Verlust für die Organisation. Er schadet ohnehin mehr, als dass er nutzt. Giorgio muss immer auf ihn aufpassen.

Die Geschäfte laufen für Giorgio weiterhin gut. Er erhält eine Nachricht aus Apulien. Jemand von einem apulischen Clan will ihn sprechen. Der Clan gehört zur Sacra Corona Unita, wie sich die Mafia in dieser Gegend nennt. Die Sacra Corona Unita verdient wegen ihrer historischen Verbindungen nach Montenegro und Albanien vor allem am Zigarettenschmuggel und an der Schleusung illegaler Flüchtlinge aus der Türkei, dem Nahen Osten und Asien.

In ihrem angestammten Gebiet rücken dem Clan das Militär und die Guardia di Finanza auf die Pelle, und deshalb wollen sie nach Kalabrien ausweichen, in das Gebiet von Corigliano, in Giorgios Region. Giorgio hat nichts dagegen, es bringt mehr Geld in die Kasse. Er will sich aber nicht selbst darum kümmern. Er hat genug zu tun mit dem Drogenhandel, den Einbrüchen, den Überfällen und den Schutzgelderpressungen. Er bittet Tommaso und den Strandbarbesitzer Vincenzo Guidi, die Sache zu übernehmen.

Die beiden besorgen ein paar Fischerboote und ein großes Haus am Strand, wo die Kollegen der Sacra Corona Unita ihre Geländewagen unterstellen. Zur Sicherung des Seeweges montieren die Apulier sogar eine Satellitenpeilanlage aufs Dach. Ihre technische Ausstattung macht Eindruck auf Giorgio. Sie sind gut organisiert, sparen nicht an der Ausrüstung, und Entscheidungen fallen viel schneller als bei ihnen – müssen sie selbst doch in wichtigen Fragen immer noch nach Mülheim fahren und Marinaros Erlaubnis einholen, der nun einmal nach den Regeln der 'Ndrangheta ihr oberster Boss ist.

Die Sache mit den Leuten aus Apulien läuft gut an. Vor der Küste liegen die Frachter, die Zigaretten an Bord haben. Fischerboote bringen die Kartons nachts an den Strand, wo sie auf Lastwagen geladen werden, die sie nach Spanien bringen. Gemeinsam mit den Apuliern plant Giorgio sogar eine Lieferung von dreißig Kilogramm Heroin aus der Türkei, eine Gemeinschaftsoperation mit verbündeten Clans aus der Nachbarschaft.

Alles scheint gut zu laufen, als eine Nachricht eintrifft, die Giorgio völlig überrascht. Sein Komplize Tommaso ist verhaftet worden. Und zwar wegen des Mordes an Vitteritti. Ein Bauarbeiter hat Tommaso, wie befürchtet, erkannt, als er mit Giorgio aus Thurio zurück nach Corigliano fuhr. Das war der Anfang. Polizei und Staatsanwaltschaft begannen nun, intensiv zu ermitteln. Zum Verhängnis war Tommaso die eben angebrannte Zigarette geworden, die er eilig weggeschnippt hatte, als ihr Opfer im Auto die Straße heraufkam. Sie war, mitten im Winter, im Gras bis zum Ende durchgeglüht. Deshalb nahmen die Beamten, die den Tatort untersuchten, sofort an, dass sie frisch sein musste. Wind und Regen hätten ihren Zustand sonst längst verändert. Am Zigarettenfilter fanden Kriminaltechniker daraufhin bei Untersuchungen im Labor DNA-Spuren, die sie mit Proben aus Tommasos Haus verglichen. Sie stimmten überein. „Rauchen ist eben ungesund", bemerkt Staatsanwalt Curcio in einer Vernehmung zu Tommaso.

Giorgio bittet Tommasos Frau, einen Koffer für ihren Mann zu packen, und beauftragt einen Rechtsanwalt. Er soll Akteneinsicht nehmen. So erfahren sie von der DNA-Spur, aber sie hoffen immer noch, dass sie nicht für eine Anklage reicht. Wie ernst die Lage ist, wird Giorgio zu diesem Zeitpunkt noch nicht klar.

Dem Strandbarbesitzer Vincenzo Guidi bleibt ebenfalls nicht mehr viel Zeit in Freiheit. Bei einer Zigarettenlieferung fährt er in seinem Auto dem Lastwagen mit Schmuggelware vom Strand zur Autobahn voraus. Er zeigt dem Fahrer den Weg und will prüfen, ob die Luft rein ist. Sie werden von Carabinieri gestoppt, die in Guidis Auto einen halben Karton „Winston"-Zigaretten entdecken, dieselbe Marke, die auch der Laster geladen hat.

Was für ein Anfängerfehler, denkt Giorgio, als er davon erfährt. Ein Profi hätte niemals Schmuggelzigaretten bei sich gehabt. Es ist die Gier des Kleingeistes, die Guidi zum Verhängnis geworden ist. Giorgio tut es leid ums Geld, das ihm verloren geht, und um den Lastwagen, der beschlagnahmt worden ist. Dass die Heroinlieferung aus der Türkei damit ebenfalls erledigt ist, bedauert Giorgio nicht. Heroin ist nie seine Sache gewesen.

Tommaso und Guidi werden beide von einem Mann verhaftet, der stets in einem roten Fiat Panda unterwegs ist. Der Wagen ist berüchtigt in Corigliano. Es ist der Dienstwagen des Maresciallo Napoli von der Anti-Mafia-Einheit der Carabinieri.

Ob der Fahnder wirklich so heißt, weiß keiner so genau, aber zumindest stammt er aus Neapel. Der Kriminalbeamte Napoli hat dort Theologie studiert und unterrichtete die Kinder der Camorra in Religion – bis er sich entschloss, nicht länger mit dem Wort Gottes gegen das Krebsgeschwür der Mafia zu kämpfen, sondern zur Polizei zu gehen. Auch dort braucht man einen festen Glauben, zumindest wenn man, wie er, gegen eine Verbrecherorganisation kämpft, die mit ihren feinen Verästelungen bis in die kleinsten Ritzen des täglichen Lebens vorgedrungen ist und eine Parallelgesellschaft mit jahrhundertealter Tradition gebildet hat. Die Mafia wird mehr gefürchtet als jeder Polizist, und es ist fast unmöglich, einen Zeugen zu finden, der vor Gericht zu seiner Aussage steht. Es hat schon zu viele tote Zeugen gegeben.

Maresciallo Napoli ist Anfang dreißig und von kräftiger Statur. Er hat dunkles Haar und wache, hellbraune Augen, die ihm ein jungenhaftes Aussehen geben. Ein Idealist. Er ist zu den Carabinieri gegangen, weil sie dem Verteidigungsministerium unterstehen und deshalb weniger anfällig für politische Einflussnahmen sind. So hofft er jedenfalls. Der Kriminalbeamte hat zwei Leidenschaften: Verbrecher fangen und gutes Essen, insbesondere Fisch. Er kennt die besten Restaurants der Region, wo er allseits freundlich begrüßt wird. Der einzige Wermutstropfen ist für ihn die Erkenntnis, dass bei jedem Bissen leckerer Muscheln, Tintenfische, eines Seewolfs oder einer Dorade die Mafia mitverdient. Die Ehrenwerte Gesellschaft hat die Fischer und Wirte fest in der Hand. Aber was hat die Mafia hier schon nicht in der Hand? Wenn es danach geht, kann er sich gar nicht bewegen in Kalabrien, und ein bisschen Freude gehört auch zum Leben, findet er. Gerade wenn man den ganzen Tag den Strol-chen auf den Fersen ist. Sein Leben ist hart genug.

Die Anti-Mafia-Einheit der Carabinieri in Corigliano bilden zehn Männer, denen ein Vielfaches von Mafiosi, Helfern und Bewunderern gegenübersteht. Sie sind im ersten Stock der Carabinieri-Kaserne in Corigliano Scalo untergebracht. An den Wänden hängen die üblichen Devotionalien wie in allen Polizeibüros auf der ganzen Welt – Abzeichen, Wandteller und Erinnerungen an ehemalige Einheiten und befreundete Einheiten, außerdem diverse Jahrgänge der beliebten Carabinieri-Kalender und Zeitungsartikel über erfolgreiche Festnahmen und Gerichtsprozesse.

In den Räumen drängen sich die Schreibtische, die Aktenschränke quellen über: Die „cartelle per archivio“, wie die weißen Aktendeckel aus Pappe heißen, sind voller Tatortberichte, Fotos, Vernehmungen und Fernschreiben zu Dutzenden Morden, Anschlägen, Vermissten. Hier lagern auch die Akten der ermordeten Mafiosi Antonio Giovagnone De Cicco, Natale Variopinto, Edmondo Le Pera und Giovanni Vitteritti.

Denn ihre Geschichten enden nie, sie sind, wie der Maresciallo sagt, eine Perle auf einer endlosen Kette der Gewalt. Alles ist miteinander verbunden. Auch die Unterlagen der Vermissten, die bei der Anti-Mafia-Einheit aufbewahrt werden, sind solche Fälle. Ein Toter spricht seine eigene Sprache. Die Auswahl des Tatorts, die Todesart, die benutzten Waffen, das alles können wichtige Hinweise sein. Wenn einem Opfer etwa ins Gesicht geschossen wird, dann kann das bedeuten, dass er wegen eines Verrats seine Ehre verloren hat und deshalb sterben musste. Ein Toter aber, der nicht gefunden wird, kann nicht sprechen.

Die Aktendeckel enthalten auch Korrespondenz mit der deutschen Polizei, aus Frankfurt, aus Nürnberg, aus Mülheim, mit dem Bundeskriminalamt. „Die können sich gar nicht vorstellen, was Italiener in ihren Städten alles machen", wundert sich der Maresciallo. Wie auch. Für die Deutschen sind Italiener entweder freundliche Gastarbeiter oder Restaurantbesitzer, die Pizza backen. Dass dort die Mafia investiert, Geld wäscht, Killer versteckt, Waffen und Drogen verschiebt, falsche Pässe verteilt und von Landsleuten Schutzgeld kassiert, ist deutschen Fahndern erst spät klargeworden, und auch dann gelang es nur selten, das Geflecht zu entwirren. So ist es bis heute geblieben. Auch in Deutschland sind aussagewillige Zeugen nur schwer zu finden. Sie haben fast alle Familie in Italien, und sie kennen die Regeln von Geburt an. Gott vergibt, die Mafia nie.

In den harten Zeiten Mitte der neunziger Jahre, als die Carabinieri die meisten Mitglieder des Carelli-Clans einen nach dem anderen verhaften, begleiten sich die Ermittler gegenseitig jeden Morgen zur Arbeit und abends wieder nach Hause. Sie rechnen jederzeit mit Anschlägen. Hundertsiebenundneunzig Männer, zählt Maresciallo Napoli stolz, sperren er und seine Kollegen in nur einem Jahr ein, darunter auch manchen hochrangigen Boss. Der Maresciallo weiß, dass die Gefangenen und ihre Familien die 'Ndrangheta viel Geld kosten und die Einnahmen zurückgehen. Von ihren Spitzeln haben die Fahnder gehört, dass Marinaro den

Auftrag erteilt habe, die Carabinieri der Spezialeinheit umzulegen.

Das stimmt auch, denn der Mülheimer Latitante, wie ein Flüchtling vor der Justiz heißt, hat sich darüber geärgert, dass der Kriminalbeamte Napoli bei einer Hausdurchsuchung auch den Goldschmuck seiner Frau aus dem Safe beschlagnahmte – was er als Respektlosigkeit empfindet. Aber Giorgio sagt stets, es sei sinnlos, einen Polizisten zu töten. Der mache seine Arbeit, und wenn er sterbe, komme der Nächste. Es sei viel wichtiger, keine Fehler zu machen. Dann habe die Polizei nichts in der Hand.

Außerdem entspricht es dem ungeschriebenen Gesetz der 'Ndrangheta, dass Polizisten in Ruhe gelassen werden. Man kann sie beschimpfen, austricksen oder versuchen, sie zu bestechen – aber keinesfalls darf ihnen oder ihrer Familie ein Haar gekrümmt werden. Das hat allerdings weniger etwas mit Tugend zu tun als vielmehr mit der Angst, andernfalls von einem Heer von Carabinieri und Staatsanwälten verfolgt zu werden und keine Geschäfte mehr machen zu können. Auf Sizilien hat die Mafia diese Regel mit den Morden an den Richtern Falcone und Borsellino gebrochen und zahlt seither den Preis dafür.

Der Maresciallo hat eine fast schon religiöse Einstellung zu seinem Beruf. Um diesen Job zu machen, sagt er immer, brauche man Mut, dürfe nicht mit dem Gehalt hadern und keinesfalls auf eine Belohnung hoffen. Wenn man diese Prinzipien verinnerlicht habe, sei das eine gute Grundlage für den Kampf gegen die Mafia. Und allmählich gewinnt der Kriminalist die Erkenntnis, dass Giorgio die Spinne im Netz ist, die hinter den Kulissen die Fäden spinnt.

Am 5. August 1997 wird Giorgios Tochter geboren. Lucias Wehen haben sich bereits zwei Tage vorher angekündigt, seine Schwester Sophia ist deshalb aus Mülheim nach Corigliano gekommen. Giorgio, der gerade mit einem größeren Kokain-Deal beschäftigt ist, lässt alles stehen und liegen und fährt in den

Kreißsaal. Er will unbedingt bei der Geburt seiner Tochter dabei sein. Sie kommt morgens um halb sechs. Sie ist ein süßes Mädchen mit schwarzen Haaren. Sie weint nicht, sie schaut nur wütend auf die Leute, die sie auf die kalte Welt gebracht haben. Weil sie nur einen Tag nach dem Geburtstag seiner Mutter geboren wird, soll sie ihren Namen tragen: Schiavonea, so wie der Ort, in dem sie leben.

Giorgio ist sehr stolz. Jetzt sind sie eine richtige Familie. Eine Woche lang kommt seine Frau nicht zur Ruhe. Verwandte und Freunde besuchen sie, um das Mädchen zu sehen. Ihr Haus ist ständig voller Gäste. Einen Monat später, als sie sich etwas von den Strapazen der Geburt und den anstrengenden Besuchen erholt hat, fährt Lucia mit ihrer Tochter zu ihrer Mutter in die Toskana. „Schau doch mal, ob du einen Platz findest, an dem wir uns niederlassen können", bittet Giorgio seine Frau. Den Traum vom Leben in der Toskana hat er nicht aus den Augen verloren.

In Corigliano fühlt Giorgio sich immer unwohler. Das Klima hat sich gewandelt. Die meisten seiner engsten Vertrauten sitzen im Gefängnis von Castrovillari, nicht weit von Corigliano entfernt. Sie fangen an, unzufrieden zu werden, weil sie meinen, zu wenig Geld von der Organisation zu bekommen. Doch er hat wenig Mitleid mit ihnen. Er zahlt weiterhin seinen Anteil in die Bacinella, die inzwischen von Pierino Longobuco verwaltet wird. Und jeder bekommt den ihm zustehenden Anteil. Die Kosten für Anwälte und Unterhaltszahlungen sind enorm, und wenn etwas geändert werden soll, dann muss das ohnehin Marinaro in Mülheim entscheiden.

Andererseits ist Giorgio mittlerweile der entscheidende Mann in Corigliano. Carelli und Marazzo sind seit Jahren in Haft, Finuzzu ist tot, Fabbricatore hat sich nach Frankfurt abgesetzt, Marinaro sitzt in Mülheim, und Tommaso Russo und Vincenzo Guidi sitzen ebenfalls im Gefängnis. Giorgio hat die Organisation nach seinen Vorstellungen umgebaut. Alle wichtigen Geschäfte laufen durch seine Hände, er sorgt dafür, dass die Gewinne in Geschäfte und Bauunternehmen investiert und gewaschen werden. Er allein ist in Freiheit, und er allein bringt das Geld in die Kasse.

10
Tödliche Freundschaft

„Giorgio, deine Zeit ist gekommen." Es ist Giuseppe, der Neapolitaner aus Florentiner Gefängnistagen, der es ausspricht. Sie sitzen zu viert in Giorgios Wohnung, Giuseppe, der junge Antonio Cangiano, Cia-Cia und er. Wenn es noch jemanden gibt in Corigliano, der die Macht der 'Ndrangheta repräsentiert, dann sind sie es. Seitdem fast alle getauften Ehrenmänner des Carelli-Clans in Haft sitzen, hat Giorgio mit seinen Einnahmen dafür gesorgt, dass die Organisation handlungsfähig geblieben ist. Pierino Longobuco, der die Bacinella verwaltet, ist deshalb bestimmt leicht auf seine Seite zu ziehen. Giorgio sind nicht viele, aber dafür zuverlässige Leute geblieben.

„Übernimm du die Organisation, Giorgio", drängt auch Cia-Cia. „Fünf gute Leute sind besser als hundert Idioten", ereifert sich Antonio, der Jüngste von ihnen. „Wenn die Alten aus dem Knast kommen, legen wir sie um!" Giuseppe nickt. „Die im Knast sind fast alle Feiglinge. Die schaffen keinen Mord. Wir halten zu dir", sagt er. Der Neapolitaner ist ein wichtiger Mann. Er hat Erfahrung mit Mafia-Kriegen, er ist geübt im Rauben, Schießen und Töten. Er kennt das Geschäft. Er hat seinen Vater und seinen Bruder bei Kämpfen der Camorra verloren, Giorgio vertraut ihm absolut. „Ich hole noch ein paar Leute aus Casal di Principe, und dann sind wir unschlagbar", sagt Giuseppe.

„Alles, was im letzten Jahr gelaufen ist, klappte nur deinetwegen", sagt Cia-Cia. Die Feuergruppe um Linardi aus Thurio, das weiß Giorgio, steht ebenfalls fest an seiner Seite. Giorgio überlegt. Soll er es wagen? Soll er wirklich nach der Macht greifen und Santista werden? Er müsste dann auch Marinaro in Mülheim vom Thron stoßen.

„Ich danke euch für euer Vertrauen“, sagt Giorgio, „aber ich kann mich jetzt nicht entscheiden. Ich muss darüber nachdenken.“ Giorgio ist bewusst, dass er an dem vielleicht wichtigsten Punkt in seinem Leben angekommen ist. Diese Entscheidung wird die Weichen für seine Zukunft stellen. Er will nicht weiter über das Thema sprechen und verabschiedet seine Leute. Er braucht jetzt Zeit und Ruhe.

Er ist hin- und hergerissen. Er fühlt sich einerseits geehrt und geschmeichelt. Das Vertrauen seiner Freunde zeigt ihm, dass er bislang richtig gehandelt, dass er seine Sache gut gemacht hat. Er hat De Cicco bewundert, als der noch Capo in Corigliano gewesen ist, er hat mit Ehrfurcht dem alten Boss Cirillo, dem Mönch, gegenübergestanden, als er De Cicco im Gefängnis besucht hat, und er ist demütig zu Santo Carelli gegangen, damals, nachdem er aus dem Gefängnis in Bochum entlassen worden und zurück nach Corigliano gekommen war. Und nun steht er selbst davor, die oberste Stufe zu erklimmen. Es ist nur ein Schritt. Er hat sich immer an die Regeln der ’Ndrangheta gehalten und ist weiter gekommen als all die sogenannten Ehrenmänner, die nun im Gefängnis sitzen. Er hat sich durchgesetzt, und er ist klug genug gewesen, nicht zu schnell eigene Wege zu gehen, wie die anderen, die dafür ermordet worden sind. Es hat sich bislang als richtig erwiesen, dass er sich nie hat taufen lassen. Es hat ihm das notwendige Maß an Freiheit garantiert.

Dass er nicht nach Mafia-Art getauft ist, kann sich nun allerdings als Problem erweisen. Einen ungetauften Capo Società hat es noch nie gegeben. Aber das Problem wäre zu lösen. Er müsste auf jeden Fall mit den Leuten in Cirò reden und mit einigen anderen mächtigen Familien aus dem Crimine. Er kennt viele von ihnen, und sie kennen ihn. Sie wissen, dass er in der Lage ist, die Organisation zu führen und, was das Wichtigste ist, Geld in die

Kasse zu bringen. Er würde sie schon überzeugen können. Aber will er das wirklich?

Tausend Gedanken schießen ihm durch den Kopf, er ist voller widersprüchlicher Gefühle, schwankt. Es gibt auch Schwachstellen in seiner Organisation. Sein Vertrauter Antonio ist noch zu jung und unerfahren, sein eigener Bruder Giacomo bestiehlt und betrügt ihn. Das Schicksal in der 'Ndrangheta ist sehr wechselhaft, weiß Giorgio. Er kann nicht überschauen, wie lange seine Macht anhalten, wie lange er noch stark sein wird. Ist er vielleicht der Nächste, der umgelegt wird? Wie viele Männer wird er töten müssen, um seine Macht zu erhalten? Und will er dieses Leben in ewigem Misstrauen, in ewiger Angst seiner Frau Lucia und seiner Tochter Schiavonea zumuten?

Er müsste sich bei jedem Schritt aus der Haustür vergewissern, dass kein Killer auf ihn zielt, und bei jedem Weg fürchten, dass ihm sein Mörder auflauert. Jedes Auto, das ihn überholt, könnte seinen Tod bedeuten, und jeder Verrat könnte ihn für viele Jahre ins Gefängnis bringen.

Wäre es nicht besser, ganz aus Corigliano zu verschwinden und sich in der Toskana niederzulassen? Er könnte weiter mit Kokain handeln und ein sorgenfreies Leben genießen, denkt er. Dass er mit dem Drogenhandel am Elend und am Tod der Süchtigen verdient, das stört ihn nicht. Nach seinen Regeln ist der Kokainhandel ein ehrbares Geschäft und er ein guter Kaufmann.

Und noch etwas kommt hinzu: Zum ersten Mal in seinem Leben liebt er. Seine Frau Lucia ist für ihn der wichtigste Mensch auf der Welt geworden. Sie ist das, wovon er immer geträumt hat. Sie sieht gut aus, sie ist intelligent, und sie ist stark. Für Giorgio ist sie mehr als eine Frau; sie repräsentiert seinen gesellschaftlichen Aufstieg vom Sohn eines armen Hilfsarbeiters zum Abteilungsleiter der 'Ndrangheta. Lucia kommt aus gutem Hause, ihre Verwandten sind Akademiker. An ihrer Seite hat er Zugang gefunden zu Unternehmern, Rechtsanwälten und Künstlern in Florenz und Pisa, er bewundert sie, und sie gibt ihm Selbstvertrauen. Er will sie nicht verlieren, um keinen Preis. Aber genau das befürchtet er. Bliebe er in Corigliano, käme er mit Sicherheit irgendwann ins Gefängnis. So wie viele andere Bosse.

Ein paar Tage später ruft Giorgio seine wichtigsten Leute zu sich, alle außer Antonio, seine rechte Hand. Was jetzt zu besprechen ist, geht ihn nichts an. Er soll ausschließlich auf Giorgio hören und nicht zu viel Einblick in die Organisation bekommen. „Es ist eine große Ehre für mich, dass ihr mir euer Vertrauen geschenkt habt", beginnt Giorgio. „Aber ich kann diese Ehre nicht annehmen, ich will nicht Santista in Corigliano werden."

Die Enttäuschung ist groß. Giorgio bemüht sich, ihnen seine Beweggründe zu erklären. Ob die Männer ihn verstehen, weiß er nicht. Sie können Autos anzünden und Geschäfte überfallen, aber sie hätten es nie fertig gebracht, den Kokainhandel zu organisieren oder den Clan zu führen. Dafür sind sie zu schlicht. Giorgio hofft, dass einer der ehemaligen Bosse so schnell wie möglich aus dem Knast kommt und die Führungsposition übernimmt. Er will im Hintergrund bleiben. Das ist seine Lebensversicherung.

„Ich werde Marinaro bitten, Beppe Damiano zum Boss zu machen", sagt Giorgio. Beppe hat Lanzillotti beim Friseur erschossen und beim Abtransport von Edmondo Le Peras Leiche geholfen, er ist ein stolzer und zuverlässiger Mann mit viel Erfahrung im kriminellen Geschäft. Er ist nach Giorgios Ansicht am ehesten in der Lage, die Verantwortung zu übernehmen. Die anderen stimmen zu, sie haben ohnehin keine andere Wahl. Giorgio sagt ihnen auch, dass er beabsichtige, Corigliano zu verlassen und die Geschäfte von der Toskana aus zu führen.

Anfang Oktober 1997 ist es so weit. Giorgio fährt mit seiner Familie zur Schwiegermutter in die Nähe von Pisa, die seit der Geburt der Enkelin gnädiger gestimmt ist. Er will sich in aller Ruhe eine Wohnung suchen und Pläne für die Zukunft schmieden. Doch schon nach wenigen Tagen ruft ihn Pierino an, der Contabile. „Mimmo ist draußen. Er war bei mir und wollte eine Pistole haben", sagt er. Dann meldet sich auch Giuseppe: „Mimmo benimmt sich merkwürdig und hat Angst vor mir."

Das kann nichts Gutes bedeuten. Hinzu kommt, dass Marinaro seiner Empfehlung, Beppe zum Boss zu ernennen, nicht gefolgt ist. Aber statt einem anderen Mann die Führung der Organisation zu übertragen, lässt er sich Zeit. Er kann sich zu keiner Entscheidung durchringen. Giorgio weiß, dass ein Machtvakuum schnell gefährlich werden kann, und macht sich sofort auf den Weg nach Corigliano.

Sobald er sein Haus erreicht hat, ruft er Antonio an, seinen Vertrauten. „Tonino, geh und hol Mimmo!", trägt er ihm auf. Es dauert auch nicht lange, und Mimmo klopft an der Tür. Er hat ganz offensichtlich Angst vor Giorgio und ist in Begleitung seines Sohnes. „Lass uns allein", sagt Giorgio zu dem Sohn. Der schaut seinen Vater fragend an, aber als Mimmo nickt, verschwindet er. Giorgio bereitet zwei Portionen Kokain auf dem Tisch vor und lädt Mimmo ein, sich zu bedienen.

„Warum läufst du herum und redest schlecht über mich?", fragt Giorgio unumwunden, nachdem er die beiden weißen Linien geschnupft hat. „Ich höre aus dem Gefängnis, dass du mich umlegen willst. Warum? Habe ich dir nicht immer geholfen?" Mimmo wird blass. Giorgio fährt fort. „Erkennst du nicht das Spiel, das hier läuft? Hast du mir nicht selbst erzählt, wie verlogen und intrigant die sogenannten Ehrenmänner sind? Und jetzt machst du selbst mit und willst mich töten. Was ist los mit dir?"

Mit einem Mal platzt es aus Mimmo heraus. Er redet wie ein Wasserfall. Er erzählt, wie Guidi und Tommaso ihm im Gefängnis gesteckt hätten, dass Giorgio ihn ermorden wolle. Giorgio mache sich über ihn und seine Geliebte lustig, und er betrüge sie alle. Er verdiene Milliarden und lasse sie im Gefängnis darben. Giorgio kassiere das große Geld und kümmere sich nicht um die alten Freunde und deren Familien, hätten die anderen gemeint. Sie haben Mimmo richtig heiß gemacht. Und Mimmo erzählte ihnen in seiner Einfältigkeit alles, was er über Giorgio weiß: wo er das Kokain kauft, wie er es streckt, welche Banken und Geschäfte er überfallen ließ und wo er sein Geld investiert.

„Finchè vita avrò nel fango non cadrò", heißt das Credo der 'Ndrangheta – ich werde nie verraten, solange ich lebe.

Mimmo hat das Schweigegebot gebrochen, und das kann, falls Tommaso oder Guidi bei der Polizei auspacken, gefährlich für Giorgio werden. Das Einzige, was er ihnen nicht erzählt hat, versichert Mimmo ihm, sind die beiden Morde an De Cicco und Edmondo.

Giorgio dämmert es, dass Tommaso und Guidi nicht länger auf seiner Seite stehen. Sie neiden ihm seinen Erfolg und sein Geld. Und sie glauben, wenn er nicht mehr da wäre, könnten sie die Geschäfte übernehmen. „Besorg dir bei Pierino eine Pistole, stell Giorgio eine Falle und leg ihn um", haben sie Mimmo angeblich aufgetragen und ihm als Belohnung die Macht in Schiavonea versprochen.

Giorgio kann seinem alten Freund trotzdem nicht böse sein. Mimmo hat ein schlichtes Gemüt und ist ihm immer treu ergeben gewesen. Zwar hat er ihn schon einmal betrogen, aber das liegt daran, dass er sein Leben nicht im Griff hat, wie Giorgio findet. Er will ihn auch jetzt nicht hängen lassen. Er erklärt Mimmo, dass er erst einmal in die Toskana gehen und nachdenken wolle. Wenn es an der Zeit sei, dort eine neue Organisation aufzubauen, wolle er ihn holen. „Du bleibst hier und wartest", sagt er zu Mimmo. Doch sein Misstrauen ist keineswegs beseitigt. Auf jeden Fall müssen seine Leute gut auf Mimmo aufpassen.

An diesem Abend, es ist Freitag, der 10. Oktober 1997, geht Giorgio noch einmal auf die Straße. Als er die Tür hinter sich schließt, fällt sein Blick auf die Wohnung von Tommaso, der immer noch im Gefängnis sitzt. Er wundert sich, dass sämtliche Vorhänge zugezogen sind. Das ist ungewöhnlich, weil Tommasos Frau Carmela dort lebt.

Am nächsten Morgen sieht das Haus von Tommaso unverändert aus. Und auch am Mittag, als er zurückkommt, sind sämtliche Fenster immer noch verhängt. Giorgio klingelt an der Haustür, niemand öffnet. Er versucht, Carmela anzurufen, sie geht nicht ans Telefon. Er fährt zu ihrer Stiefschwester. „Wo ist Carmela?", fragt er.

„Keine Ahnung", sagt sie. „Vor ein paar Tagen hat sie der Maresciallo Napoli abgeholt, und seitdem ist sie verschwunden."

„Hast du ihre Handynummer?", fragt Giorgio. Sie gibt sie ihm. Giorgio wählt. „Wo bist du?", fragt er, als sie den Anruf entgegennimmt. Sie sei in Norditalien in einer Klinik, sagt Carmela. Es sei aber nichts Schlimmes, und sie werde bald zurück sein. Sie brauche nichts, sagt sie und geht auch nicht auf Giorgios Vorschlag ein, dass Lucia, mit der sie befreundet ist, sie besuchen kommt.

Das klingt alles sehr ungewöhnlich. Giorgio befällt ein ungutes Gefühl. Alles deutet darauf hin, dass Tommaso im Gefängnis umgefallen ist und bei der Polizei ausgepackt hat. Giorgio muss befürchten, dass Tommaso, der wegen Mimmos Redseligkeit viel über ihn weiß und mit dem er gemeinsam Giovanni Vitteritti erschossen hat, zum Kronzeugen geworden ist. Und dass die Mafia-Ermittler vor dem großen Schlag schon mal dessen Frau in Deckung bringen. Er ist sich nicht hundertprozentig sicher, und deshalb kann er nicht offen über seinen Verdacht sprechen. Aber er wittert höchste Gefahr. Er bestellt seine Leute zu sich nach Hause und erläutert ihnen kurz, was vorgefallen ist. „Irgendetwas stimmt hier nicht", sagt Giorgio. „Wir müssen uns auf das Schlimmste gefasst machen!"

Marinaro, den er in Mülheim anruft, ist völlig überrascht und will es zuerst nicht glauben. „Das kann nicht sein", sagt er. „Ruf

Carmela an und frag sie, was los ist“, schlägt Giorgio vor. Kurz darauf meldet sich Marinaro zurück. „Du hast Recht. Sie benimmt sich sehr merkwürdig“, sagt er.

Giorgio bietet Marinaro bei einem Telefonat am Sonnabend an, seine Anwältin aus Florenz, die er oft und reichlich mit Kokain bezahlt hat, nach Corigliano kommen zu lassen. Sie soll versuchen, Tommaso im Gefängnis zu besuchen. Wenn sie nicht zu ihm gelassen werde, sei das ein alarmierendes Zeichen. Noch am selben Tag ruft er die Rechtsanwältin in Florenz an. Sie verspricht zu kommen und der Sache auf den Grund zu gehen. Anschließend fährt Giorgio zurück in die Toskana, denn am Sonntag hat Lucia Geburtstag.

Es wird kein schöner Tag. Eine bedrückende Stimmung beherrscht sie, die sich nicht verscheuchen lässt. Giorgio und Lucia ist klar, was es bedeutet, wenn der Staatsanwalt Salvatore Curcio von der Anti-Mafia-Staatsanwaltschaft Tommaso überzeugt hat, Kronzeuge zu werden. Sie würden für immer auf der Flucht sein. Lucia will Carmela anrufen und aushorchen. Sie will sich selbst ein Bild machen. „Lass es mich noch einmal probieren. Vielleicht sagt sie mir mehr“, sagt sie und greift zum Telefon.

Lucia wählt Carmelas Nummer. Sie plaudern ein wenig, Carmela gratuliert ihr zum Geburtstag, und dann fragt Lucia: „Carmela, was ist mit dir? Wir machen uns Sorgen, seit du verschwunden bist.“ Carmela versucht, sich unbekümmert zu geben, doch ihre Stimme zittert. „Wieso?“, sagt sie. „Was reden die Leute denn so in Corigliano?“

Das ist der Schlüsselsatz. Giorgio wartet nicht mehr länger. Er ruft seinen alten Freund Aldo Valeone in Mülheim an. „Ich brauche deine Hilfe“, sagt er. „Lass dir von meinem Vater Geld geben und komm nach Corigliano.“ Aldo soll sich in seiner Geburtsstadt Acri, oben in den Bergen Kalabriens, einen Ausweis ausstellen lassen. Giorgio will das Foto gegen seines austauschen. Er hätte dann einen sauberen italienischen Personalausweis, mit dem er durch jede Kontrolle käme. Jetzt spricht er auch offen aus, dass er Tommaso für einen Kronzeugen hält, und warnt alle Leute in seiner Umgebung. Das Risiko, Tommaso schwer zu beleidigen, falls sich seine Vermutung als unwahr herausstellt, nimmt er auf sich. Sicherheit geht vor.

Als die Florentiner Rechtsanwältin am Montag zu Tommaso ins Gefängnis will, heißt es, er sei nach Alessandria verlegt worden. Dort lässt man sie ebenfalls nicht mit ihm sprechen. Er habe bereits einen anderen Rechtsanwalt, bestellt man ihr. Sie lässt sich den Namen geben. Es ist jemand, der in Juristenkreisen bekannt dafür ist, ausschließlich Kronzeugen zu vertreten.

Giorgio ruft Marinaro in Mülheim an. „Confermato!", sagt er – bestätigt. Marinaro flucht. Denn Tommaso weiß natürlich auch zu viel über ihn und seine Rolle innerhalb der Organisation. Schließlich sind sie beide getaufte Ehrenmänner, und obwohl Tommaso in der Rangstufe unter Marinaro steht, kennt er doch alle Mitglieder, die Einnahmequellen und einen großen Teil der Geldströme. Sogar über die Pizzerien in Deutschland, die mit Mafia-Geld aufgebaut sind, und die schmutziges Geld in saubere Gewinne verwandeln, weiß er Bescheid.

Giorgio erklärt dem Boss, dass er sich erst einmal zurückziehen werde. Marinaro äußert zunächst Verständnis dafür: „Soll der Lohn an deine Frau gehen?", fragt er. „Nein, gib das Geld meiner Schwester", sagt Giorgio. Fortan erhält Sophia in Mülheim eintausenddreihundert Mark im Monat aus der Bacinella des Carreli-Clans. Es ist gewissermaßen Giorgios Arbeitslosenunterstützung.

Giorgios Leute in Corigliano bereiten sich darauf vor, in den Untergrund zu gehen. Viele Möglichkeiten bleiben ihnen nicht. Sie können sich falsche Papiere besorgen, ins Ausland gehen oder sich als Latitanti, Flüchtlinge, in den Bergen versteckt halten. Das ist ein hartes und entbehrungsreiches Leben, im Sommer wie im Winter, bei Hitze oder Schnee. Zudem besitzen die

Carabinieri mittlerweile eine Spezialeinheit, die in den Bergen nach Flüchtlingen sucht.

Am Dienstag trifft sich Giorgio in Florenz mit der Anwältin. „Was hat Tommaso gegen dich in der Hand?“, will sie wissen. „Mindestens einen Mord“, sagt Giorgio. „Weiß sonst noch jemand davon?“ „Nur Mimmo!“ „Dann wäre es das Beste, wenn Mimmo für immer verschwinden würde“, meint sie. War das ein Scherz oder ein ernst gemeinter Rat? Giorgio ist sich nicht sicher. Zumal sie noch anfügt, dass die Justiz im Fall von Mimmos Tod nichts gegen ihn in der Hand hätte. Denn die Aussage von Tommaso würde für eine Verurteilung Giorgios allein nicht ausreichen, betont die Anwältin. Sie muss es ja wissen. Sie ist eine Frau mit Mumm, die nur Schwerkriminelle wie Giorgio verteidigt.

Giorgio macht sich auf den Weg nach Kalabrien. Ein paar Dinge müssen noch geregelt werden. Und Marinaro hat ihm aufgetragen, dafür zu sorgen, dass sich nicht alle ihre Soldaten aus Corigliano absetzen. Mit den wichtigsten seiner Leute trifft sich Giorgio im sicheren Haus eines Freundes in Acri, in das er zuvor einige Waffen hat bringen lassen. Er will sich verteidigen können, falls die Polizei sie überrascht.

Sein Vertrauter Antonio erledigt die Einkäufe. Er ist im Moment der Einzige von ihnen, der sich auf die Straße traut. Selbst wenn Tommaso schon ausgepackt hat, hätte die Polizei nichts gegen ihn in der Hand. Antonio ist sauber.

Giorgios Getreue analysieren die Situation und beratschlagen, was zu tun ist. Den meisten von ihnen bleibt nichts anderes als die Flucht. Dafür brauchen sie Geld. Möglichst schnell und möglichst viel. Giorgio beauftragt Giuseppe, in den kommenden Tagen ein paar lukrative Raubüberfälle zu begehen, er selbst will so viel Kokain wie möglich verkaufen. „Mimmo, gegen dich hat Tommaso nichts in der Hand. Bleib hier in Corigliano, und kümmere dich weiter um die Geschäfte oder komm mit mir“, sagt er.

Mimmo will lieber bei Giorgio bleiben. Allein kommt er nicht zurecht.

Als sie einen Augenblick allein sind, sagt Giuseppe, der Neapolitaner, zu Giorgio: „Ich traue Mimmo nicht. Ein Wort von dir, und ich lege ihn um." Aber Giorgio winkt ab. „Das ist zu gefährlich", sagt er. „Seine ganze Familie weiß, dass er hier ist, und außerdem tut er mir leid." Giorgio bringt es nicht übers Herz. Sie haben zusammen im Gefängnis gesessen, er hat das Bedürfnis, ihn zu beschützen. Mimmo macht zwar viele Fehler, aber nur weil er dumm ist, wie Giorgio glaubt.

In Acri trifft Giorgio auch Aldo Valeone. Der übergibt ihm seinen frisch ausgestellten Personalausweis. „Wir sehen uns in Mülheim", sagt er zum Abschied. Giorgio beauftragt Antonio, in Corigliano zu bleiben. „Mach erst einmal nichts, und bleib sauber", schärft er ihm ein. „Und sag das Gleiche auch Cia-Cia und Giacomo." Dann fährt er mit Giuseppe und Mimmo nach Neapel, wo sie einen Spezialisten besuchen, der das Foto im Ausweis austauscht. Giorgio ist nun Aldo Valeone, geboren am 15. Februar 1960 in Acri, wohnhaft in Mülheim an der Ruhr, Deutschland. Seinen eigenen Ausweis schmeißt Giorgio weg.

Bei Neapel quartieren sich Giorgio, Giuseppe und Mimmo in einer Wohnung über einem Restaurant ein. Sie wollen die Gegend erkunden und geeignete Objekte für einen Überfall suchen. Gegenüber ihrer Wohnung, auf einem kleinen Platz, steht ein Mahnmal, das an die Ermordung von Italienern durch Deutsche im Zweiten Weltkrieg erinnert. Dort, so erzählt man sich, gebe es auch Geister.

Eines Nachts kommt Mimmo schreiend aus seinem Zimmer gelaufen. Er ist total verängstigt. „Vor dem Bett stand ein kleiner Mann", stottert er, „der sagte, ‚du musst verschwinden, denn du bringst Unglück'." Giorgio hat Mühe, seinen Freund zu besänftigen. Er selbst mag nicht so recht an Geister glauben, ist sich aber nicht ganz sicher. Deshalb erzählen sie die Geschichte am nächsten Morgen dem Wirt. „So ist es", bestätigt der voller Überzeugung, „der kleine Mann erscheint hier oft, und er sagt immer die Wahrheit."

Mimmo wirkt sehr bedrückt in den folgenden Tagen. Es ist kalt geworden, der Winter hat den Süden Italiens erreicht. Giuseppe kundschaftet einige Geschäfte aus, und Giorgio schickt Kokain, das er von einem Zuhälter aus Wuppertal bekommen hat, nach Corigliano und Bologna. An einem Nachmittag spaziert er mit Mimmo einen schmalen Weg in die Berge hinauf. Plötzlich bleibt Mimmo stehen. Er schaut Giorgio an und atmet tief ein. Giorgio spürt, dass er etwas sagen will. Er muss den Druck, der auf seiner Seele lastet, entweichen lassen.

„Giorgio, ich muss dir etwas gestehen", beginnt Mimmo. „Ich habe Tommaso alles gesagt."

„Alles?"

„Alles!"

„Auch die Morde?"

„Auch die Morde!"

„O Gott!", stöhnt Giorgio.

Mimmo ist zu der Überzeugung gelangt, dass es für ihn besser sei, Giorgio zu verlassen. „Der Zwerg hat recht. Ich bringe dir nichts als Unglück", sagt er. Er will zurück nach Corigliano gehen und fragt Giorgio, ob er glaube, dass die Organisation ihm den Kokainhandel in Schiavonea überlasse. Giorgio verspricht, die Sache mit Marinaro zu klären.

Kurz darauf, es ist Anfang November 1997, erhält Giorgio einen Anruf von Marinaro aus Mülheim. Sie haben mittlerweile alle Handys mit vorausbezahlten Karten, die ihnen unverdächtige Leute aus Deutschland und Italien besorgen. Sie telefonieren damit so lange, bis sie entladen sind und werfen die Karten dann weg. So können sie ziemlich sicher sein, dass die Polizei nicht mithört, und wenn doch, dann kann sie die Teilnehmer nicht identifizieren.

„Ich sitze hier mit Cimino und Guidi zusammen, und wir machen uns große Sorgen", sagt Marinaro.

Cimino hat sich schon vor einiger Zeit nach Frankfurt abgesetzt, Guidi, der Strandbarbesitzer, ist gerade aus der Untersuchungshaft entlassen worden, wo er wegen des Zigarettenschmuggels gesessen hat. Sie nehmen die Sache mit Mimmo längst nicht so gelassen wie Giorgio. „Der muss verrückt sein", sagt Marinaro. „Was passiert, wenn er in Corigliano verhaftet wird und alles bestätigt, was Tommaso ausgesagt hat?" Giorgio schweigt. Marinaros Argumente sind schwer von der Hand zu weisen. Nach einer kurzen Pause sagt der Boss: „Du hast die Mauer aufgebaut, du musst sie wieder einreißen."

„Habe ich richtig verstanden?", will Giorgio wissen. „Ja", sagt Marinaro, „und mach es so schnell wie möglich."

Giorgio lädt Giuseppe zu einem Spaziergang ein. „Hör zu", sagt Giorgio, „wir müssen Mimmo umlegen. Ich habe den Befehl dazu erhalten." Wenn es nach Giuseppe ginge, wäre Mimmo schon lange tot. „Ich helfe dir", sagt er. Giuseppe hat einen Freund, der ein Ferienhaus bei Caserta am Meer besitzt. Dorthin, schlägt er vor, sollen sie fahren und Mimmo umlegen. Mitten im Winter sind die Häuser am Meer fast alle verlassen. „Wir erschießen ihn und vergraben ihn am Strand. Das merkt kein Mensch", sagt Giuseppe.

Giorgio ist einverstanden. Giuseppes Freund gibt ihnen die Schlüssel für das Haus, und sie fahren im Auto dorthin. Sie schlafen die erste Nacht in dem Bungalow und haben keine Eile. Sie wollen sich zunächst unauffällig umsehen, ob die Nachbarhäuser tatsächlich verlassen sind. Doch der Plan geht gründlich schief. Als Giuseppe am nächsten Morgen ins Dorf zum Einkaufen fährt, gerät er in eine Polizeikontrolle und wird überraschend festgenommen. Gegen Giuseppe besteht ein Haftbefehl.

Giorgio wird gerade noch rechtzeitig per Telefon gewarnt. Er macht sich unverzüglich mit Mimmo aus dem Staub. Sie nehmen den Zug nach Bologna, wo sie sich bei Giorgios Cousin Franco verstecken, der dort Kokain für ihn verkauft.

Giorgio ist nach wie vor fest entschlossen, Mimmo zu töten. Er muss ihn loswerden. Aber in Bologna ergibt sich keine Gelegenheit. Er will ihn erschießen, aber das ist in der Wohnung viel zu laut. Er hat schlechte Erfahrungen damit gemacht, jemanden mit der Eisenstange zu erschlagen. Und irgendwie muss er ja auch die Leiche verschwinden lassen, was in einem Wohnblock ein Problem ist. Giorgio ist zwar bewaffnet, aber eine Möglichkeit, Mimmo an einem geeigneten Ort zu töten, ergibt sich nicht. Marinaro wird ungeduldig und drängt.

„Ich lasse jetzt Antonio aus Corigliano kommen, und dann fahren wir nach Holland und erledigen ihn dort", verspricht Giorgio. Antonio ist sein ergebener Helfer. Marinaro ist einverstanden. Jetzt muss es Giorgio nur noch gelingen, Mimmo unter einem Vorwand nach Holland zu locken. Beiläufig erwähnt er Mimmo gegenüber, dass er beabsichtige, zu Jackie zu fahren und Kokain zu kaufen. Der Zufall kommt ihm zu Hilfe. „Tu mir einen letzten Gefallen", bittet Mimmo, „nimm mich mit."

Mimmo beabsichtigt, in Holland ein paar Raubüberfälle zu begehen und dann mit der Beute zu verschwinden. „Du musst nichts dabei machen, und ich verspreche dir, dass ich dich anschließend für immer in Ruhe lassen werde", fleht Mimmo. Giorgio tut, als würde er schweren Herzens zustimmen. Kurz darauf trifft Antonio in Bologna ein. Giorgio hat ihm bereits am Telefon angedeutet, worum es bei dieser Reise geht. Und Antonio brennt darauf, sich bewähren zu dürfen – nach Mafia-Art.

Zu dritt machen sie sich auf die Reise. Sie nehmen den Zug nach Mailand und fahren von dort über Brüssel nach Venlo. In der holländischen Grenzstadt nehmen sie den Bus der Linie 83 und fahren zwölf Kilometer auf der Landstraße Richtung Norden. Nach zwanzig Minuten Fahrzeit steigen sie an der Haltestelle 6940 aus, die unmittelbar an der Zufahrtstraße zur Ferienanlage Klein Vink bei Arcen liegt, wo Giorgio vor Jahren ein paar Tage Urlaub mit Gabriele verbracht hat. Er hat telefonisch einen Bungalow reserviert. Um diese Jahreszeit ist die Anlage ziemlich verlassen.

An der Bushaltestelle überqueren sie die Straße. Sie marschieren die fünfhundert Meter lange Zufahrtsstraße zur Feriensiedlung entlang. An der Einfahrt nach Klein Vink steht ein Pförtnerhäuschen, das um diese Zeit nicht besetzt ist, die Schranken sind hochgezogen. Links von der Einfahrt liegt ein großes Haus, in dem ein Restaurant, eine Cafeteria und ein Supermarkt untergebracht sind, in dem sich die Feriengäste mit Lebensmitteln versorgen.

Sie betreten das Gelände. Nach hundert Metern kommen sie an ein weiteres Haus, die Rezeption. Giorgio geht durch die Glastür. „Aldo Valeone“, stellt er sich vor, „ich habe reserviert.“ Die Frau hinter dem Tresen lächelt freundlich. Sie trägt ein dunkelblaues Kostüm mit einem Namensschild, das das Symbol der Ferienanlage enthält. Das V im Namen Klein Vink ist geschwungen wie die Silhouette eines Vogels im Flug.

Sie erhalten den Schlüssel, die Frau an der Rezeption erklärt ihnen den Weg und gibt ihnen einen Lageplan mit. Um zum Bereich B zu gelangen, müssen sie gleich hinter der Rezeption links abbiegen und einer geteerten Straße folgen. Zu Fuß brauchen sie knapp fünf Minuten. Rechts sehen sie den Strand des Badesees, links erstrecken sich das Areal des Schwimmbades mit Hallen- und Außenbecken sowie zwei Tennisplätze. Sie folgen der Ausschilderung und biegen links in eine Einfahrt. Hinter einem Parkplatz liegen die Bungalows.

Es sind schlichte Kästen, mit roten Ziegeln verklinkert. Jeder dieser Bereiche enthält mehrere dieser Bungalows. Das Mobiliar muss Heerscharen von Gästen im wöchentlichen Wechsel ertragen, so sieht es auch aus. Nachdem sie ihre Taschen abgestellt haben, gehen sie zurück zum Supermarkt. Sie kaufen Brot und Butter, Erbsensuppe, Pudding und Konserven, genug Lebensmittel für eine Woche. Sie haben viel zu tragen, denn Mimmo hat immer großen Hunger, und Giorgio will ihn auf jeden Fall bei Laune halten. Am Abend, nach dem Essen, besprechen sie zum Schein, wie sie weiter vorgehen wollen. Mimmo soll einige Supermärkte auskundschaften, Giorgio kündigt an, Jackie zu treffen und Kokain für Corigliano zu kaufen. Alles soll so normal wie möglich erscheinen. Mimmo darf auf keinen Fall Verdacht schöpfen. „Aber wir brauchen Geld. Ich bin pleite, und deshalb fahre ich nach Mülheim zu Marinaro", sagt Giorgio. In Wahrheit will er eine Waffe besorgen. Seine Pistole hat er vorsichtshalber bei Franco in Bologna zurückgelassen.

Als Mimmo auf die Toilette geht, nimmt Giorgio seinen Vertrauten Antonio beiseite. „Lass Mimmo nicht aus den Augen, Tonino", sagt er. „Siehst du dieses Messer hier im Schrank? Wenn er abhauen will, stich ihn ab!" Kaum hat er es ausgesprochen, klingelt das Telefon. Marinaro ist am Apparat. „Ist er schon tot?", will er wissen. Giorgio erklärt ihm vorsichtig die Situation. Er sei nun in Klein Vink, alles laufe nach Plan, er habe aber keine Waffe. „Ich komme morgen zu dir", kann er gerade noch flüstern, bevor Mimmo den Raum betritt.

In Mülheim besucht Giorgio wie üblich seine Schwester Sophia. Es ist Mittwoch. Sie kocht ihm Rouladen, gefüllt mit Speck, Gurken und Senf, dazu gibt es Klöße und Rotkohl. Giorgio liebt deutsche Hausmannskost. Mittags um zwei Uhr trifft er einen von Marinaros Leuten auf einem Parkplatz in der Stadtmitte. Sie gehen in die Wohnung eines Italieners, der bei Pietro arbeitet, Marinaros Strohmann. Er ist so etwas wie der legale Arm von Marinaro. Er wäscht das Geld aus Corigliano, besorgt falsche Pässe und verwaltet die Waffen.

Marinaro wartet schon. Sie küssen sich zur Begrüßung, wie es der Respekt erfordert. Giorgio erklärt Marinaro noch einmal die Lage. „Lupara Bianca. Ihr müsst ihn verschwinden lassen", sagt

Marinaro. „Deshalb gebe ich dir Hilfe mit." Giorgio glaubt, seinen Ohren nicht zu trauen. „Was willst du?", fragt er ungläubig. „Guidi und Cimino kommen mit dir", sagt Marinaro. Giorgio ist entsetzt. Er kennt sie beide und hält sie für Feiglinge. Das kann nicht gut gehen, denkt er. Er hingegen ist Profi. Er hat jeden Auftrag erfüllt, kaltblütig und endgültig. Was soll er mit den beiden Mafiosi anfangen? Giorgio protestiert.

„Hast du eine Waffe?", fragt er Marinaro. „Ja", antwortet er. „Gib sie mir, ich mache es allein", sagt Giorgio. Aber Marinaro will nicht: „Nein, nein. Die beiden kommen gleich, und dann macht ihr es heute Abend!"

Als Erster trifft Vincenzo Guidi ein. „Giorgio!", sagt er, sobald er den Raum betreten hat, „alles was Mimmo über mich erzählt hat, ist gelogen. Er war immer neidisch auf dich und hat schlecht über dich geredet. Er wollte einen Keil zwischen uns treiben." Giorgio beschwichtigt ihn und denkt sich: du Heuchler. Wenn ich dich umbringen könnte, würde ich es noch lieber tun. Kurz darauf stößt auch Giovanni Cimino zu ihnen.

„Hol die 38er", sagt Marinaro zu Pietro.

„Die ist im Moment nicht verfügbar", bedauert er.

„Was hast du da?"

„Ich habe eine 7,65er."

„Ist die in Ordnung?", fragt Marinaro, an Giorgio gewandt.

„Ja", entscheidet Giorgio.

„Dann nehmen wir die", sagt Marinaro und schickt seinen Mann, die Waffe zu holen. Es ist eine spanische Astra.

Giorgio versucht noch einmal, Marinaro umzustimmen. Cimino unterstützt ihn. „Bis Sonntag ist Mimmo tot", verspricht Giorgio. Aber Marinaro bleibt standhaft. Als Pietro mit der Pistole kommt, reicht er sie Giorgio. „Wisch meine Fingerabdrücke ab", befiehlt er. Giorgio nimmt einen Lappen und säubert die Pistole sorgfältig.

Beim Abschied bittet Giorgio Marinaro noch um ein paar tausend Mark. Marinaro gibt ihm das Geld. Dann machen sie sich auf den Weg. Cimino fährt, Giorgio sitzt auf dem Beifahrersitz und Guidi hinten. Er redet immer noch davon, was Mimmo für ein Lügner sei. „Lass gut sein", sagt Giorgio. „Gleich legen wir ihn um, und dann ist alles vergessen!"

Er will die Sache mit Mimmo auf jeden Fall allein zu Ende bringen, und als sie Venlo erreicht haben, hat er seine beiden Mitfahrer überzeugt. In einem Coffee-Shop rauchen sie einen Joint. Giorgio kauft etwas Haschisch und Kokain für Mimmo. In der Nähe von Klein Vink verabschieden sie sich. „Ruf uns an, wenn es geklappt hat", sagt Cimino, bevor er den Wagen wendet und davonfährt. Giorgio geht den Rest der Strecke zu Fuß. Er will nicht von Mimmo im Auto gesehen werden. Denn er ist angeblich mit dem Zug unterwegs, und das Erscheinen der beiden Mafiosi hätte Mimmo auf jeden Fall misstrauisch gemacht.

Mimmo und Antonio erwarten Giorgio bereits nervös. Mimmo ist kaum zu bändigen. Er hat keine Drogen, keine Zigaretten und kein Geld. „Ich dachte, du kommst gleich Mittwoch zurück", herrscht er Giorgio an. „Klappte nicht, ich konnte Marinaro nicht erreichen", besänftigt Giorgio ihn. Es ist Donnerstag. Er schmeißt die Drogen auf den Tisch, und die Situation entspannt sich gleich. Mimmo ist wieder unter Kontrolle.

Freitagvormittag fahren sie nach Venlo und sehen sich einige Supermärkte an, die ihnen für einen Überfall geeignet erscheinen. „Wir machen es nächste Woche, denn wir müssen erst eine Waffe besorgen", sagt Giorgio, dem die spanische Astra-Pistole im Hosenbund drückt. Er sucht verzweifelt nach einer geeigneten Möglichkeit, Mimmo zu erschießen. Am Nachmittag spazieren sie durch die Wälder um Klein Vink, Giorgio hat die Waffe immer griffbereit, aber tagsüber sind zu viele Spaziergänger und Jogger unterwegs. Zwar knallt ab und zu der Schuss eines Jägers, es fiele also nicht auf, wenn er es dort täte. Aber er hat keine Schaufel dabei, mit der er die Leiche vergraben könnte, und

Giorgio will auf keinen Fall einen Toten bis in die Nacht in diesem Wald liegen lassen. Die Gefahr, dass er entdeckt wird, ist viel zu groß.

Für Sonnabend haben sich der wahre Aldo Valeone und Giorgios Sohn Gianni, der mittlerweile vierzehn Jahre alt ist, zu Besuch angesagt. Mimmo und Antonio sind zu faul, um nach Venlo zu fahren. Sie wollen lieber im Bungalow bleiben. Also macht Giorgio sich allein auf den Weg. Er geht zur Bushaltestelle an der Hauptstraße, und dort entdeckt er das Wasserrohr. Es leitet den Bach, der in der Nähe ihres Ferienhauses vorbeifließt, in einem Tunnel unter der Landstraße hindurch. Von dort fließt das Wasser noch hundert Meter geradeaus durch einen Graben, der knickt dann um neunzig Grad ab und verliert sich zwischen den Feldern Richtung Nordsee. Das ist genau so ein Platz, wie ihn Giorgio sucht.

Die Straße ist, gerade an einem trüben Novemberabend, kaum befahren. Die gegenüber der Bushaltestelle liegende Schule, ein viergeschossiger Klinkerbau mit einer modernen Skulptur vor der Tür, ist am Wochenende menschenleer. An die Schule grenzt ein Wald, und dahinter erst liegt die Feriensiedlung Klein Vink. Zur anderen Seite hin liegt der Ort Arcen en Velden, der auf einer Hinweistafel neben der Bushaltestelle mit „kuur, natuur, cultuur" für sich wirbt. Er ist aber so weit entfernt, dass nur seine Dächer und der Kirchturm am Horizont über die Felder hinausragen.

Giorgio schaut sich um. Zu dem Rohr geht es gleich neben der Haltestelle zwei Meter die Böschung hinab, ein kleiner Stacheldrahtzaun stellt kein Hindernis dar. Das Betonrohr hat einen Durchmesser von fast anderthalb Metern, groß genug, um die Leiche hineinzuziehen. Das ist ein geeignetes Versteck, findet Giorgio. Ihm bleiben noch zwei Tage Zeit, Mimmo zu erledigen.

Als der Bus kommt, steigt Giorgio ein und fährt nach Venlo. Er holt Aldo und Gianni ab, und sie fahren zurück nach Klein Vink.

Aldo hat seine Gitarre mitgebracht. Sie machen sich einen vergnüglichen Abend in ihrem Bungalow. Giorgio kocht, was die Dosenküche hergibt, sie kiffen, koksen und lachen. Auch Mimmo.

Aldo spielt Gitarre, und sie singen dazu. Mitten in der heiteren Stimmung findet Giorgio einige Minuten Zeit, um Antonio seinen Plan zu erläutern. Sie wollen am nächsten Tag Aldo und Gianni nach Venlo begleiten. Wenn sie auf der Rückfahrt aus dem Bus steigen und kein Auto kommt, will Giorgio die Pistole ziehen und Mimmo erschießen.

Der Abend bietet für den Mord optimale Bedingungen. Es ist dunkel, es regnet. Sie fahren kurz nach sieben Uhr abends aus Venlo zurück. Doch als sie aus dem Bus steigen, kommen Giorgio Bedenken. Sie gehen auf der falschen Straßenseite, bis zum Rohr sind es mindestens zehn Meter. So weit müssten sie die Leiche schleppen und dann über den Zaun wuchten.

Er greift zur Pistole, aber er schießt nicht.

Giorgio ist sich darüber im Klaren, dass es diese Nacht passieren muss. „Hört zu", sagt er, nachdem sie in ihrem Bungalow angekommen sind, „ich hab ein bisschen Geld. Wollen wir uns heute Abend nicht mal amüsieren?" Nicht weit entfernt, vier Haltestellen weiter Richtung Velden, ist ein Bordell. Das könnten sie besuchen, schlägt er vor. Wenn Mimmo wolle, könne er mit einer Frau aufs Zimmer gehen, er selbst sei nicht in Stimmung, aber alles sei besser, als im Bungalow zu sitzen.

Es fällt ihm nicht schwer, Mimmo zu überreden. Als der Sizilianer unter der Dusche steht, sagt Giorgio zu seinem Vertrauten: „Tu mir einen Gefallen, Tonino. Ich bin es gewohnt, zu töten, du hast es noch nie getan. Schau nicht hin, wenn ich schieße." Auf ein Zeichen hin solle er sich umdrehen und erst wieder schauen, wenn Giorgio ihn rufe. Er solle ihm dann helfen, die Leiche ins Rohr zu ziehen. Antonio verspricht es.

Mimmo hat fertig geduscht und zieht sich an. Er putzt sich

richtig fein heraus. Er trägt eine schwarze Hose, ein weißes Hemd, einen dunklen Pullover und eine schwarze Lederjacke. Er ist viel zu dünn angezogen für die kalte Jahreszeit, aber es ist ihm egal. Er will gut aussehen. Giorgio trägt Jeans und eine englische Belfast-Jacke, die er für fünfhundert Mark in Italien gekauft hat.

Sie gehen los. Kaum haben sie den Bungalow verlassen, kehrt Giorgio unter einem Vorwand noch einmal um. Er hat keine Gelegenheit gefunden, die Waffe unauffällig einzustecken. Er nimmt die schwarze Pistole, spannt und sichert sie. Dann steckt er sie in die rechte Tasche und zieht dünne, schwarze Lederhandschuhe an. Seine Arbeitshandschuhe. „Alles in Ordnung. Wir können los“, sagt er und lächelt.

Es ist stockdunkel, nur die Straßenlaternen werfen trübes Licht auf den nassen Asphalt. Sie überqueren den Bach, gehen an den Tennisplätzen und am Schwimmbad vorbei und verlassen Klein Vink. Sie laufen die fünfhundert Meter lange, gewundene Zufahrt entlang und erreichen die Landstraße. Rechts blickt eine lebensgroße Jesusfigur vom Kreuz auf sie herab. Sie biegen ab, gehen auf dem Weg, der parallel zur Landstraße führt, bis zum Schulgebäude und überqueren die Landstraße. Sie nähern sich der Bushaltestelle. Es regnet immer noch.

„Mimmo, das sind ja Schafe. Siehst du einen Hirten?“, fragt Giorgio. Mimmo sieht sich um. „Da ist kein Hirte“, antwortet er. „Gut“, sagt Giorgio. Mimmo hat also auch niemanden gesehen und damit den Zeitpunkt seines Todes entschieden.

Antonio verlangsamt seine Schritte. Giorgio sieht sich um. Kommt ein Auto? Ist Licht in der Schule? Einen Meter vor dem Wasserrohr gibt er Antonio ein Zeichen. Er zieht die Pistole und schießt. Die Kugel trifft Mimmo aus wenigen Zentimetern Entfernung in den Hinterkopf. Er sackt sofort zusammen.

Antonio rennt auf ihn zu. In dem Moment steht Mimmo wieder auf. So etwas kann passieren, wenn der Hirntod nicht sofort eintritt. Giorgio erschrickt. Mimmo sieht ihn an und schreit: „Nein, tu es nicht. Bitte tu es nicht!" Giorgio denkt nur daran, dass ein Auto kommen kann. Er packt Mimmo mit der linken Hand an den Haaren, setzt den Lauf seiner Waffe auf die Stirn und schießt noch einmal.

„Tonino, komm her!", schreit er. Sie müssen weg von der Straße. Es muss jetzt schnell gehen, jeden Augenblick kann ein Auto kommen. Sie packen Mimmo und stürzen mit ihm den Abhang hinunter. Er schreit immer noch. Giorgio schießt ihm noch zweimal von oben in den Kopf. Er wirft die Pistole weg, verliert seine Brille. „Tonino, halt ihn unter Wasser, damit er endlich stirbt!", ruft er. Irgendwann bewegt sich Mimmo nicht mehr.

Sie ziehen ihn ins Rohr und gehen zurück zum Bungalow. Sie frieren. Ihre Kleidung ist durchnässt und voller Blut. Sie ziehen sie aus, packen sie in Plastiktüten und werfen sie in einen Müllcontainer. Sie duschen heiß, einer nach dem anderen. Dann sitzen sie im Wohnzimmer und schauen sich an. „Ich muss Marinaro anrufen", sagt Giorgio.

Sein Handy ist nass geworden und nicht mehr zu gebrauchen. Sie müssen zu einer Telefonzelle. Und die liegt an der Einfahrt nach Klein Vink. Sie gehen los. Als sie sich der Telefonzelle nähern, gefriert ihnen das Blut in den Adern. Auf der Zufahrtsstraße aus Richtung der Bushaltestelle kommt ihnen in der Dunkelheit ein Mann entgegen. Er schwankt und stürzt immer wieder zu Boden. Mimmo, denken beide entsetzt. Sie nehmen all ihren Mut zusammen und laufen auf ihn zu. Doch es ist nur ein betrunkener Holländer, der sie lallend anpöbelt.

Marinaro hat sein Telefon abgeschaltet, und sie gehen zurück zum Bungalow. Giorgio lässt die ganze Tat noch einmal im Kopf ablaufen. Hat er an alles gedacht? Sind ihm keine Fehler unterlaufen? Was passiert, wenn das Wasser die Leiche hinaustreibt? Mimmo hat noch seinen Ausweis in der Tasche, er darf aber auf keinen Fall identifiziert werden. Sie müssen den Ausweis holen und die Leiche im Rohr festbinden. „Sobald die Geschäfte aufmachen, kaufen wir ein Seil, ein Messer und eine Taschenlampe“, sagt Giorgio zu Antonio.

Sie müssen sich beeilen. Am nächsten Morgen um neun Uhr soll ein Treffen in ihrem Bungalow stattfinden, es geht um Geschäftliches. Antonio, der Wirt aus dem Allgäu, und ein Italiener aus Gelsenkirchen brauchen Kokain. Giorgio hat ein Treffen mit seinem Drogenlieferanten Jackie vereinbart. Gleich morgens um acht Uhr gehen Giorgio und Antonio deshalb los. Zu ihrer Erleichterung steckt Mimmos Leiche noch im Rohr. Sie sammeln die Patronenhülsen ein, schauen nach Blutflecken, aber die sind wegen des Regens kaum noch zu sehen. Giorgios Brille und die Waffe finden sie nicht. Aber sie haben jetzt etwas Zeit gewonnen. Auf dem Rückweg kaufen sie in dem Supermarkt am Eingang der Ferienanlage eine Wäscheleine und die anderen Sachen, die sie benötigen.

Gerade noch rechtzeitig erreichen sie den Bungalow. „Wo ist Mimmo?“, fragt Jackie, der kurz nach ihnen eintrifft, leutselig. „In Italien“, lügt Giorgio. Er stellt Jackie seinen Partner Antonio vor, den er künftig als Kurier für das Kokain einsetzen will. Kurz darauf stoßen auch die beiden anderen Männer zu ihnen, und sie wickeln den Deal ab. Es geht alles sehr zügig. „Grüß Mimmo von mir“, sagt Jackie bei der Verabschiedung. „Mache ich“, antwortet Giorgio. „Ich sehe ihn heute Abend.“ Das ist diesmal nicht gelogen.

Sobald es dunkel wird, gehen sie zurück zum Tatort. Antonio hat sich Plastiktüten über die Schuhe gezogen, um sie vor dem Wasser zu schützen. Giorgio hat ihm genaue Anweisungen gegeben. Er soll die Leiche durchsuchen und dabei auch in Unterhose und Strümpfe schauen, wo Mimmo gern etwas versteckte. Antonio soll den Ausweis und Mimmos Ketten an sich nehmen und was er sonst noch findet, wodurch er zu identifizieren wäre. Er soll ihm Jacke und Hose ausziehen und ihn mit dem Gesicht nach unten im Wasser festbinden. Das Wasser wird dafür sorgen, dass er schon nach ein paar Tagen nicht mehr zu erkennen ist. „Nimm die Taschenlampe in den Mund, dann hast du beide Hände frei", rät Giorgio.

Am nächsten Morgen geben sie den Schlüssel für den Bungalow an der Rezeption ab und gehen zur Schranke, wo ein Freund sie bereits im Auto erwartet. Eine gewisse Anspannung überkommt Giorgio, als sie sich der Landstraße nähern. Ist Mimmos Leiche durch einen Zufall doch gefunden worden? Aber die Straße liegt friedlich im trüben Novembernebel. Giorgio beruhigt sich. Sie fahren Richtung Venlo und von dort nach Mülheim zu Giorgios Schwester Sophia. Dem Fahrer gibt Giorgio Mimmos Kleider. „Die hat er vergessen. Bring sie zum Roten Kreuz", sagt er.

Am Nachmittag trifft Giorgio Marinaro und berichtet ihm, was geschehen ist. „Ich kenne das", sagt Marinaro. „Wir haben jemanden mit der Schrotflinte erschossen und schaufelten gerade das Grab, als er wieder hinter uns stand. Wir mussten ihn mit der Schaufel erschlagen." Er scheint sehr erleichtert über den Tod von Mimmo. Was zählt schon ein Menschenleben, wenn es um den eigenen Vorteil geht? Für Marinaro ist nur wichtig, dass Mimmo für immer schweigt.

Weihnachten steht vor der Tür. Giorgio mietet eine kleine Wohnung in Wanne-Eickel und lässt seine Frau Lucia kommen. Sie fliegt über Paris, wo sie einen Tag lang bleibt und einkaufen geht. Als sie die Ankunftshalle am Flughafen Düsseldorf verlässt, erkennt Giorgio sie kaum. Sie hat die Haare kurz geschnitten und blond gefärbt, sie trägt schicke Kleidung, die sie in Paris gekauft hat. Seine Gattin, findet Giorgio, sieht sehr elegant aus, so wie sie den Kinderwagen mit Schiavonea vor sich herschiebt. Auf keinen Fall wie die Frau eines Mafioso, stellt er zufrieden fest. Giorgio ist glücklich. Fast zwei Monate hat er seine kleine Familie nicht gesehen, und er hat sie sehr vermisst. Wie sehr, stellt er erst jetzt fest.

Vom Düsseldorfer Flughafen fahren sie zu Sophia nach Mülheim, wo sein Vater auf ihn wartet. Giorgio ist unendlich stolz darauf, ihm seine Familie vorstellen zu können. So sehr er seinen Vater verurteilt, weil er ihn als Kind schlecht behandelt hat, und so sehr er ihn auch verachtet, weil er schwach ist, so wichtig ist sein Vater ihm nun als Gradmesser seines Erfolges.

Giorgio hat es nach seinen Maßstäben geschafft. Er hat Millionen verdient, er hat eine schöne Frau und eine geliebte Tochter, die er aus Corigliano im Flugzeug über Paris nach Deutschland einfliegen lässt. Seine Frau betrügt ihn nicht, wie seine Mutter es mit seinem Vater gemacht hat. Seine Frau ist gebildet, aus gutem Hause, und sie steht zu ihm. Und zwar deshalb, weil er Giorgio Basile ist, der sich ohne Mafia-Taufe bis an die Spitze des Carelli-Clans hochgearbeitet hat. Er ist ein Ehrenmann nach den Regeln der 'Ndrangheta, wie er sie sieht. Sein Vater lächelt, als er ihm seine Familie vorstellt, und Giorgio nickt zufrieden.

Weihnachten 1997 ist das glücklichste Fest, an das er sich erinnern kann. Er genießt es, mit seiner Frau und seiner Tochter zusammenzusein, und er hat das Gefühl, sich endlich einmal ausruhen zu können. Er überlegt, ob er ein Restaurant aufmachen soll, aber er hat es nicht eilig. Im Moment ist es ihm viel wichtiger, dass es Lucia und Schiavonea gut geht. „Ich kümmere mich um die Geschäfte, und du entspannst dich", sagt er zu seiner Frau, als er Anfang des Jahres 1998 erneut auf Reisen geht.

Regelmäßig studiert Giorgio die Zeitungen. Doch nirgendwo kann er eine Notiz entdecken, die darauf hindeutet, dass Mimmos Leiche gefunden worden ist. Das beruhigt ihn. Mit Hilfe von Verbündeten des Carelli-Clans hat er seinen Kundenkreis auf Frankfurt und Nürnberg ausgeweitet, wo der Carelli-Clan aktiv ist. Er versorgt die Italiener mit Speed und Kokain. Jackie ist immer noch sein zuverlässiger Lieferant. Zu seinem Bedauern wird

Antonio, sein Kurier, noch im Januar mit einem Kilogramm Speed bei Moers festgenommen und kommt in Untersuchungshaft.

Mit der Organisation in Corigliano aber, spürt Giorgio, geht es abwärts. Aus Angst, die Macht zu verlieren, trifft Marinaro immer unsinnigere Entscheidungen.

Er hat befohlen, die gesamte Familie von Tommaso, der zum Kronzeugen geworden ist, umzubringen. Eine Schwester von Tommaso lebt mit ihren beiden Kindern und ihrem Ehemann in Mailand. Sie ist dort aus Sicherheitsgründen untergebracht worden. Sie und ihre Familie haben nichts mit der 'Ndrangheta zu tun, und trotzdem will Marinaro sie alle sterben sehen. „So etwas hat es noch nie gegeben. Es soll allen Kronzeugen eine Warnung sein", sagt er.

Er gibt Giorgio fünftausend Mark und erteilt ihm den Auftrag, nach Mailand zu fahren und die Frau zu finden.

Giorgio denkt nicht daran, diesen Auftrag auszuführen. Kinder zu töten ist selbst für einen Mafioso keine leichte Sache. Zumal es auch eine rationale Überlegung gibt, die dagegen spricht, wie Giorgio einwendet. Wer würde ihnen noch folgen, wenn sie begännen, unschuldige Kinder umzubringen?

Für Giorgio wird die Lage allmählich unübersichtlich. Guidi hat begonnen, in Corigliano einen eigenen Clan aufzubauen, und Marinaro ist dem Strandbarbesitzer dabei im Weg. Marinaro, der in Abwesenheit zu lebenslanger Haft verurteilt wurde, ist aber von Mülheim aus kaum noch in der Lage, seine Truppen zu befehligen. Er ist nicht mehr stark genug. Cimino hat sich mit Guidi verbündet und will Giorgio überreden, auf ihre Seite zu wechseln. „Wir bauen die Organisation von Corigliano neu auf, und du kannst dabei sein", wirbt er. Es gebe da nur ein kleines Problem: „Wir müssen Marinaro aus dem Weg räumen."

Giorgio hält Cimino jedoch für einen Feigling. Und Guidi traut er schon lange nicht mehr. Es gibt Gerüchte, dass die beiden große Geschäfte planen. Sie brauchen ihn, um Marinaro zu erledigen. Aber Giorgio hat Skrupel. Marinaro ist für ihn nach Finuzzu der Verläss-lichste aller sogenannten Ehrenmänner gewesen. Warum nur vertraut Marinaro immer noch Guidi und Cimino? Weil sie getaufte Mafiosi sind? Ob Marinaro ihn testen will? Oder soll er Marinaro töten, um den Vorwand für seinen eigenen Tod zu liefern?

Giorgio ist ratlos.

Er beschließt, mit Lucia und ihrer gemeinsamen Tochter in die Toskana zu fahren. Er muss nachdenken. Marinaro erzählt er, er suche Tommasos Schwester, aber in Wirklichkeit will er abwarten, was passiert. Der Carelli-Clan befindet sich in Auflösung, und Giorgio braucht eine Strategie für die Zukunft.

Ende März ruft ihn Marinaro an. „Sie haben Fabbricatore und Cimino in Frankfurt verhaftet.“ Giorgio ist nicht sehr traurig darüber. Vielleicht hat Tommaso sie verraten. Giorgio ist es egal. Cimino hatte begonnen, auf eigene Rechnung Drogen zu kaufen, obwohl er verpflichtet gewesen wäre, den Stoff bei Giorgio zu besorgen. Aber Marinaro hat die Fäden nicht mehr in der Hand, wie Giorgio daran erkennt.

Giorgio spricht mit Lucia. „Ich gehe nach Deutschland und versuche, so viel Geld wie möglich zu machen, und du wartest hier auf mich.“ Ein Freund hat ihm sein Ferienhaus angeboten, einen Bungalow mit Pool in der Nähe von Genua. Dort will Giorgio mit seiner Familie den Sommer verbringen und in aller Ruhe abwarten. Und dafür braucht er Geld.

Anfang April ruft er Marinaro an und sagt ihm, er komme zurück, weil er Tommasos Schwester nicht finden könne. Als sie sich treffen, sagt Marinaro zu ihm: „Ich fühle, dass sie mich bald verhaften werden.“ Er bittet Giorgio, ihm einen Personalausweis zu besorgen. Ein Kellner aus seiner Pizzeria hat die gleiche Größe und Augenfarbe, er ist bereit, Marinaro seine Identität zur Verfügung zu stellen. Dafür muss Giorgio nach Neapel fahren, zu seinem Spezialisten für falsche Papiere. „Und dann mach die große Runde und sammle alles Geld ein, was du kriegen kannst“, trägt Marinaro ihm auf.

Giorgio geht wieder auf Reisen. Er fährt zu Jackie nach Holland und holt Drogen, er macht einen Abstecher nach Mülheim, bringt den Stoff nach Nürnberg, reist weiter nach Neapel, wo er den Ausweis für Marinaro umarbeiten lässt. Der Spezialist macht es für zweihundert Mark. Er ist „ein Freund von uns“, wie es bei der ’Ndrangheta heißt, wenn jemand mit der Organisation verbunden ist, ohne Mitglied zu sein.

Auf dem Rückweg holt Giorgio in der Toskana seine Frau Lucia und seine Tochter Schiavonea ab, die bei seiner Schwiegermutter zu Besuch sind. Franco ruft aus Bologna an und bestellt mehrere Kilogramm Speed, „so gut wie das letzte Mal“. Giorgio mietet einen Alfa Romeo, und sie machen sich auf den Weg. Lucia fährt den Wagen, denn Aldo hat keinen Führerschein, und Giorgio damit auch nicht, weil er ja unter Aldos Namen reist. Sie fahren über den Brenner nach Nürnberg, wo sie übernachten und das Geld von der letzten Lieferung holen. Wenigstens zahlen die Partner pünktlich, denkt Giorgio. Am nächsten Mittag erreichen sie Mülheim.

Giorgio geht es schon während der Fahrt schlecht. Er hat Grippe, leidet unter Schüttelfrost und Fieber. Das Fieber steigt so hoch, dass Sophia, bei der sie absteigen, einen Arzt holen muss. Giorgio bleibt drei Tage im Bett, obwohl Marinaro ständig drängelt, Giorgio solle vorbeikommen und ihm den Ausweis bringen. Am Abend des 13. April ruft Giorgio ihn endlich an. „Es geht mir besser, wir treffen uns morgen um zwei Uhr nachmittags an der üblichen Stelle“, sagt er. Das Treffen ist auch deshalb für ihn wichtig, weil Marinaro mit ihm die Besetzung neuer Positionen in der geschwächten Organisation in Corigliano besprechen will. Ihr Treffpunkt ist wie immer die Cafeteria im Kaufhof.

Als Giorgio dort eintrifft, ist von Marinaro nichts zu sehen. Er wartet. Marinaro kommt nicht. Das ist sehr ungewöhnlich, denn er ist sonst immer pünktlich. Giorgio wartet eine Stunde. Dann wählt er die Nummer von Marinaros Handy, es ist abgeschaltet. Eine halbe Stunde später entscheidet sich Giorgio zu gehen.

Er fährt zu Sophia und bittet Lucia, ihn zu dem Restaurant zu bringen, in dem Marinaro meistens anzutreffen ist. Salvatore, sein Geschäftsführer, steht vor der Tür. „Weißt du, wo Marinaro ist?", fragt Giorgio. „Ja, sie haben ihn heute Morgen verhaftet! Totenkopf glaubt, dass du ihn verraten hast, weil ihr verabredet wart." Giorgio wird blass. Totenkopf ist der Spitzname von Pietro, Marinaros Partner in dessen Mülheimer Exil. Wenn er das sagt, dann denkt das bald die gesamte Organisation, und Giorgio steht als Verräter da. „Das ist Blödsinn", sagt er und zeigt Salvatore den Pass und das Geld, das er für Marinaro besorgt hat.

Mit Marinaro verliert der Carelli-Clan eine weitere Geldquelle in Deutschland. Aus einer Zahlenaufstellung, die bei ihm beschlagnahmt wird, rekonstruiert die Polizei später, dass er allein in Mülheim mehr als zwanzigtausend Mark Schutzgeld im Monat kassierte. Penibel sind die Ein- und Ausgaben, etwa für Benzin und die Beschaffung einer Schusswaffe, aufgeführt.

Giorgio ruft Guidi in Corigliano an. Er will die Lage sondieren. „Gibt es was?", fragt er. „Nichts Besonderes", sagt der Strandbarbesitzer, „außer dass sie Marinaro verhaftet haben." Er scheint nicht sehr aufgeregt. Trotzdem dämmert es Giorgio, dass es nun gefährlich für ihn werden könnte. Curcio, der Staatsanwalt der Anti-Mafia-Staatsanwaltschaft, hat neben Tommaso nun auch Fabbricatore, Cimino und Marinaro. Sagt einer von ihnen aus, ist er nicht mehr sicher. Sie wissen zu viel. Und Giorgio kann auch nicht genau einschätzen, wie die Organisation darauf reagieren wird, dass Totenkopf ihn für einen Verräter hält.

Noch am selben Abend holt Giorgio seine bestellte Lieferung bei Jackie ab und bringt sie nach Nürnberg. Lucia begleitet ihn. Von dort fahren sie sofort weiter nach Bologna, wo er das Speed abliefert, und dann weiter nach Corigliano. Er bleibt nicht lange. Die Partner in Nürnberg haben alles verkauft und benötigen schon wieder Nachschub. Wenn die Geschäfte laufen, muss man sie auch machen, denkt Giorgio. Das Glück ist wechselhaft, und er will auf das Geld nicht verzichten. „In ein paar Tagen bin ich wieder zurück“, sagt er, als er sich in Corigliano von Lucia verabschiedet, die dort mit ihrer Tochter zurückbleibt.

Er nimmt den Zug über Mailand, fährt mit dem Nachtzug durch die Schweiz, Frankreich, Luxemburg, Belgien und kommt am nächsten Morgen in Holland an. Er steigt in einem Hotel gegenüber dem Bahnhof in Arnheim ab und ruft Jackie an. Er braucht ein Kilogramm Kokain, drei Kilogramm Speed und etwas Haschisch. „Lass uns heute Abend ausgehen“, schlägt Jackie vor, aber Giorgio lehnt ab. Er will diesmal nur ein schnelles Geschäft machen.

Der Stoff ist wie üblich gut verpackt, in Wagenschmiere, damit die Hunde vom Zoll ihn nicht riechen können. Er steigt in den Zug Richtung Köln und versteckt die Pakete über dem Wasserkasten der Toilette. Reine Routine. Er löst die Schrauben mit einem Geldstück, versteckt die Pakete und verschließt die Wand. Es hat immer geklappt, er ist noch nie kontrolliert worden. In Oberhausen steigt er aus und fährt nach Mülheim zu Sophia, die für ihn kocht. Diesmal gibt es Sauerbraten mit Klößen. Nach dem Essen nimmt Giorgio ein Taxi nach Oberhausen und dort den Zug nach Nürnberg. Er sieht wie ein ganz normaler Reisender aus. Am späten Abend erreicht der Zug Nürnberg. Es ist Freitag, der 1. Mai 1998.

Am Bahnhof erwarten ihn Gianfranco und seine beiden Cousins Pietro und Mario. Mario wird der Steuerberater genannt, er ist mathematisch sehr begabt und ein notorischer Betrüger. Pietro, der einzige Sohn seines Onkels aus Corigliano, ist in keine kriminellen Aktivitäten verwickelt und wird aus allem rausgehalten. Er besitzt einen Mercedes, mit dem sie zur Wohnung von

Cosimo nach Nürnberg-Feucht fahren. Cosimo ist ein Vertrauter des Carelli-Clans in Nürnberg.

Nürnberg ist das Revier von Arcangelo Conocchia, einem engen Vertrauten von Fabbricatore aus alten Zeiten in Corigliano. Arcangelo betreibt in Nürnberg einen schwunghaften Handel mit Drogen, Waffen und gestohlenen Autos, überwiegend Mercedes und BMW, die in ganz Deutschland entwendet und in Werkstätten in Frankfurt, Nürnberg und dem Ruhrgebiet verwertet werden. Danach erhalten die Wagen legale Identitäten von Schrottautos, die er billig besorgt, oder sie werden in Einzelteilen verkauft. Ein Türke mit einem Telefonladen versorgt ihn und seine Leute mit sauberen Handys, die auf unbescholtene Leute zugelassen sind oder auf Namen, die gar nicht existieren.

Arcangelo ist bekannt dafür, dass er sich regelmäßig Geld von Landsleuten leiht, das er nie zurückzahlt und nach dem auch nie wieder jemand fragt. Seine Leute sind in eine Reihe von Einbrüchen und Raubüberfällen verwickelt. Einmal wäre Arcangelo, der in Italien bereits mit Haftbefehl gesucht wird, der Nürnberger Polizei beinahe ins Netz gegangen. Er fuhr angetrunken Auto und geriet in eine Polizeikontrolle. Aber er wies sich mit falschen Papieren aus, und als die Polizei den Irrtum bemerkte, war es schon zu spät. Seitdem hat Conocchia immer einen Fahrer.

Giorgio hat gehört, dass Arcangelo ihn in Nürnberg umlegen lassen will. Alte Rivalitäten aus Corigliano. Arcangelo ist ein Freund des Mannes, den Giorgio mit der Eisenstange erschlagen ließ. Deshalb ist Giorgio besonders vorsichtig. Er kommt erst zum Geschäft, als in der Wohnung nur noch Vertraute sind. Sie setzen sich an einen Tisch mit Eckbank in das kombinierte Wohn- und Esszimmer. Sie sprechen Deutsch, denn sie sind alle in Deutschland aufgewachsen. Giorgio stellt die Tasche mit den Drogen vor sich auf den Tisch.

Er nimmt ein Stück Haschisch und gibt es einem der Männer:

„Hier, ein kleines Geschenk für dich." Dann übergibt er die Päckchen mit Speed an Cosimo. Der ist ein echter Speed-Freak, der Einzige unter ihnen. Giorgio hasst das Zeug. Er hat es einmal probiert und findet es widerlich. Einem Dealer, der ihm einst Speed als Kokain verkaufen wollte, hat er ein Messer an den Hals gesetzt und beinahe zugestochen, so sauer war er. „Probier es", sagt Giorgio zu Cosimo. „Du bist der Fachmann."

Der Mafioso zieht das Pulver durch die Nase, dann löst er etwas davon in einem Glas Wasser auf und trinkt es. Giorgio schaut angewidert zu, aber sein Kunde ist sehr zufrieden. „Super Zeug", sagt er. Als Letztes packt Giorgio das Kokain aus. Er wiegt mit einer Feinwaage exakt ein Gramm ab und kocht es mit Ammoniakwasser auf. Was übrig bleibt, wiegt er erneut. Es sind 0,65 Gramm. Das Kokain hat einen Reinheitsgrad von fünfundsechzig Prozent. Das ist sehr gut. Man kann es also noch ordentlich strecken. Die Kunden auf der Straße sind kaum mehr als dreißig Prozent reines Kokain gewohnt.

„Achtzigtausend Mark für alles, was auf dem Tisch liegt, und zweihundert Gramm Kokain behalte ich", sagt Giorgio. Cosimo geht ins Nebenzimmer. Er holt eine Tasche und gibt sie Giorgio. „Die Hälfte jetzt, den Rest in fünf Tagen. Wie immer. Willst du nachzählen?" Giorgio schüttelt den Kopf. „Ich vertraue dir. Hauptsache, es ist nicht das Falschgeld, das ich dir neulich brachte", scherzt er. Er ist zufrieden. Fünfzigtausend Mark hat er bei Jackie bezahlt, ihm bleiben dreißigtausend Mark und zweihundert Gramm Kokain. Wenn er das Kokain weiterverkauft, hat er mehr als vierzigtausend Mark Gewinn bei dieser Fahrt gemacht. Mit zwei Reisen im Monat, denkt Giorgio, kann er Lucia einen wunderbaren Sommer am Meer bieten. Er plant, sich von Corigliano abzunabeln und das Geld für sich zu behalten. Er will einen kleinen, exklusiven Abnehmerkreis in der Toskana aufbauen.

„Lass uns feiern", sagt Cosimo und stellt eine Flasche Champagner auf den Tisch, die sie beim letzten Einbruch erbeutet haben. Sie lassen zwei Prostituierte kommen und machen sich einen schönen Abend. Eigentlich sind es gute Freunde, denkt Giorgio, auch wenn er ihnen nicht vollständig vertraut, weil sie zu Arcangelo gehören. Deshalb bringt Giorgio das Geld lieber zu einem Verwandten in Nürnberg, der es nach Italien weiterleitet. Er reist nicht gern mit viel Bargeld. Er erinnert sich immer noch an den Zwischenfall in Frankreich, als die Polizei mehr als hunderttausend Mark Falschgeld beschlagnahmte – ohne es allerdings zu erkennen.

Giorgio übernachtet in einem Hotel in der Innenstadt, nicht weit von Burger King entfernt. Ein paar Stunden Schlaf, mehr bleiben ihm nicht. Am nächsten Morgen telefoniert er mit Antonio, dem Wirt aus dem Allgäu, und kündigt sein Kommen an. Er will fünfzehntausend Mark abholen, die der ihm schuldet. „Bleib doch ein paar Tage", lädt Antonio ihn ein. Aber Giorgio hat es eilig, zurück nach Corigliano zu Lucia und Schiavonea zu kommen. Gegen elf Uhr steigt er am Nürnberger Hauptbahnhof in den InterCityExpress nach München. Dort muss er in den Regionalzug nach Kempten umsteigen.

Eine innere Stimme sagt ihm, dass er vor seiner Ankunft noch einmal bei Antonio im Allgäu anrufen sollte. Aber irgendetwas hält Giorgio davon ab. Erst als am Bahnhof von Kempten die Handschellen klicken, wird ihm bewusst, dass es ein Fehler war – vielleicht sein größter.

11
Die Frist läuft ab

In seiner Zelle im Münchner Untersuchungsgefängnis Stadelheim ist Giorgio inzwischen zu einer beunruhigenden Einsicht gelangt: Er führt ein Leben mit Verfallsdatum.

Während der Vernehmungen im Bayerischen Landeskriminalamt versucht Giorgio auszuloten, was für ihn herauszuholen ist. In Deutschland, das erkennt er bald, kann er nicht damit rechnen, wegen seiner Aussagen von der Haft verschont zu bleiben. Er würde auf jeden Fall seine Reststrafe von eintausendundvier Tagen wegen der Möhlenbeck-Sache absitzen müssen; neue Prozesse kämen auf ihn zu wegen des Falschgeldes, des falschen Passes, und vielleicht würde sogar die Sache mit der Brandstiftung in der Mülheimer Pizzeria neu aufgerollt werden.

Aber welche Chancen hat er überhaupt noch? Giorgio weiß, dass Antonio, den er im Allgäu besuchen wollte, um an sein Geld zu kommen, ein enger Freund von Tommaso Russo ist, der jetzt als Kronzeuge für die Anti-Mafia-Staatsanwaltschaft in Italien arbeitet. Es ist möglich, wenn nicht sogar wahrscheinlich, dass Tommaso von seinem Besuch erfahren und ihn verraten hat. Oder Antonio hat es in Tommasos Auftrag gemacht. Das kann bedeuten, dass die italienische Staatsanwaltschaft nun wegen des Mordes an Giovanni Vitteritti am Bahnhof von Thurio, den er gemeinsam mit Tommaso begangen hat, gegen ihn ermittelt. Das Verfahren wegen Drogenhandels in Florenz steht ihm ebenfalls noch bevor. Es sieht nicht gut für ihn aus.

Giorgio steht das erste Wochenende seit seiner Verlegung von Kempten, wo die Polizei ihn festgenommen hat, nach München bevor. Es ist Freitag, der 8. Mai 1998. Am Sonnabend und Sonntag gibt es keine Vernehmungen, ihn erwarten einsame Tage in der Zelle. In gewisser Weise ist Giorgio ganz froh darüber. Er hat Zeit nachzudenken, seine Gedanken zu ordnen. Kommissar Ernst Wirth vom Bayerischen Landeskriminalamt hat vom ersten Moment ihrer Begegnung im Kemptener Gefängnis an versucht, ihn zur Aussage zu bewegen. Er will ihn zum Kronzeugen für die italienische Staatsanwaltschaft machen. Giorgio wäre dann ein Verräter wie Tommaso. Aber frei.

Giorgio kann sich ausrechnen, dass er sonst die nächsten Jahre im Gefängnis verbringen wird. Wenn die Sache mit dem Mord herauskommt, könnte es sogar sein, dass sie ihn zu lebenslanger Haft verurteilen. Auf jeden Fall würde er seine Frau Lucia und ihre Tochter Schiavonea sehr lange nicht mehr sehen, außer an den Besuchstagen. Seine Tochter, die er über alles liebt, würde ohne ihn aufwachsen. Ist das die 'Ndrangheta wert – oder seine eigene Ehre? Sind es nicht immer ausgerechnet Mafiosi gewesen, die ihn verraten haben?

Wie es aussieht, ist Guidi, der Strandbarbesitzer, nun der starke Mann in Corigliano. Aber Giorgio traut ihm nicht über den Weg. Vielleicht ist Marinaro noch ein echter Ehrenmann gewesen, zumindest hat Giorgio ihm bis zum Schluss vertraut, aber Marinaro ist jetzt ebenfalls verhaftet worden. Cimino ist schon lange auf die Seite von Guidi gewechselt. Er ist ein Fähnchen im Wind, wie so viele. Der Wind hat gedreht, und damit ändern sich die Loyalitäten. Warum warben Guidi und Cimino um ihn? Warum sollte er Marinaro töten, der den beiden Männern, die ihn offensichtlich hintergingen, bis zum Schluss vertraut hat? Hatte gar Marinaro seinen Tod geplant, als er ihm im vergangenen November Guidi und Cimino für den Mord an Mimmo an die Seite geben wollte? War Giorgio zu mächtig geworden?

Das würde einiges erklären. Das ganze Gerede von der Ehre ist ohnehin nichts wert, das weiß Giorgio. Wenn ein Mann den Bossen im Weg ist, muss er weg. Er hat es zu oft erlebt. Die Gedanken rasen durch Giorgios Kopf wie in einem Karussell, und er kann sie nicht bremsen. Erst weit nach Mitternacht fällt er in einen nervösen Schlaf.

In dieser Nacht zum Sonnabend erscheint ihm Mimmo das erste Mal im Traum. Mimmo, der Sizilianer Domenico Sanfilippo, sein treuer Freund und Komplize über viele Jahre. Er hat ihn eigenhändig getötet, planvoll und präzise. Jetzt steckt Mimmo bei den Ratten im Abflussrohr. Mimmo kommt in seine Zelle gekrochen. „Ich bin tot, aber sorg dafür, dass man mich findet", raunt er ihm zu. Giorgio erstarrt. Er will das grauenhafte Bild vertreiben, aber Mimmo bleibt. „Ich will ins Grab", flüstert er.

Schweißnass wacht Giorgio auf. Warum hat er Mimmo getötet, diesen armen, dummen Mann? Um Marinaro die Freiheit zu retten, der jetzt ohnehin verhaftet wurde? Oder um seine Freiheit nicht zu gefährden? Es ist ein sinnloser Mord gewesen, und er hätte vermieden werden können, denkt Giorgio. Er hätte nur mit Mimmo ein ernstes Wort reden müssen. Mimmo hätte schon auf ihn gehört. Man musste Mimmo nur unter Kontrolle behalten. Aber Marinaro hatte entschieden, und er hatte gehandelt.

Die Mafia ist ein Lügengebilde, denkt Giorgio. Er erinnert sich, wie die angeblichen Ehrenmänner aus Corigliano sich kriecherisch mit Compare anreden und doch nur an ihren Vorteil denken. Er erinnert sich an die verlogenen Küsse als Zeichen der Ehrerbietung, die mit kalten Lippen ausgeführt werden. Ehrenmänner, die auf ihre Kinder schwören und lügen, wenn sie den Mund aufmachen. Sie schlafen mit den Frauen, deren Männer sie soeben erschossen haben. Sie betrügen die Jugend, indem sie ihr ein Bild der 'Ndrangheta malen, das niemals der Realität entspricht.

Reich werden nur die Bosse, und wenn es ein anderer versucht, bringen sie ihn um. Die meisten dieser jungen Leute, die an sie glauben, enden früher oder später im Gefängnis. Und wenn sie nicht ins Gefängnis kommen, bringen ihre Brüder sie um. Er ist selbst ein Teil dieser Todesmaschinerie. Der Friedhof von Corigliano ist voll von den Gebeinen junger Männer, die an die 'Ndrangheta geglaubt haben und das mit dem Leben bezahlten.

„Ich will mit meiner Frau sprechen, persönlich", sagt Giorgio, als er am Montag dem Kripobeamten Wirth, dem Mafia-Spezialisten des Bayerischen Landeskriminalamtes, gegenübersitzt. Wirth ist darauf vorbereitet. Er weiß, dass kein Mafioso gegen den Willen seiner Frau entscheidet. Die Rolle einer italienischen Mafia-Frau ist ganz anders einzuschätzen als die einer deutschen Ganovenbraut. Wirth hat sich fest vorgenommen, Giorgio als Kronzeugen für die Italiener zu gewinnen. Er hat bereits mit Doktor Salvatore Curcio von der Anti-Mafia-Kommission in Catanzaro telefoniert und ihn eingeweiht. Curcio ist sehr an Giorgio als Kronzeugen interessiert. Giorgio ist der Schlüssel zum Carelli-Clan. Lucia darf Italien eigentlich nicht verlassen, weil der Prozess noch nicht begonnen hat wegen der vierhundert Gramm Kokain, die sie damals für Giorgio bei ihrer Mutter versteckt hatte. Aber Curcio macht es möglich, es dauert nur ein paar Tage, bis die bürokratischen Hindernisse beseitigt sind.

Lucia reist mit ihrer Tochter Schiavonea an, die beiden benutzen den Zug. Kommissar Wirth holt sie mit der Dolmetscherin am Münchner Hauptbahnhof ab, der nicht weit vom Landeskriminalamt entfernt liegt. Er begrüßt sie und erläutert ihr ausführlich die Situation, bevor sie zu seinem Büro fahren, wo Giorgio sehnsüchtig auf sie wartet. Lucia muss dieselbe Schranke passieren, durch die Giorgio gefahren ist. Wirth parkt den Wagen vor derselben Eingangstür, und sie muss dieselbe Treppe hinaufgehen, die zu seinem Büro führt.

Giorgio steht hastig auf, als sie die Tür öffnet. Nur mit Mühe kann er die Tränen zurückhalten, die in seine Augen treten, als er Lucia in seine Arme schließt. Dann sieht er seine Tochter an.

Lucia hat ihr das neue Kleid angezogen, von dem sie ihm am Telefon erzählt hat. Sie sieht wundervoll aus. Aber als er auf sie zugeht und sie küssen will, weicht sie aus und versteckt sich hinter ihrer Mutter. Sie erkennt ihn nicht, zumindest lässt sie sich nichts anmerken. Es versetzt Giorgio einen Stich ins Herz. Sie ist erst ein knappes Jahr alt, und ihm wird bewusst, dass er sie viel zu selten gesehen hat.

Giorgio schaut Lucia in die Augen. „Ich habe etwas vor", sagt er. Sie antwortet: „Ich kann es mir denken." Giorgio erklärt ihr, er habe das Angebot bekommen, in Italien Kronzeuge zu werden. Das hieße zwar Haftverschonung, aber sie wären ein Leben lang auf der Flucht, immer in Angst vor den Killern der 'Ndrangheta. „Überleg es dir gut, Giorgio", sagt sie. „Ich bin bisher bei dir gewesen, und ich werde weiterhin bei dir sein, egal wie du dich entscheidest." Lucia stellt nur eine Bedingung: „Gib mir nie die Schuld!"

Giorgio schaut zu Wirth hinüber und nickt. Wirth verlässt den Raum. Er hat verstanden. Und das bedeutet, dass er jetzt eine Menge Telefonate führen muss.

Giorgio Basile plaudert. Und wie. In Wirths Büro erscheinen bald Ermittler aus ganz Bayern, Hessen, Baden-Württemberg und Nordrhein-Westfalen. Neunzig Prozent der italienischen Lokale und Lebensmittelhändler in Deutschland, sagt Giorgio, zahlen in irgendeiner Form Schutzgeld.

Die Staatsanwaltschaft in Nürnberg hat Giorgio zugesichert, er müsse sich bei seiner Aussage über die deutschen Verzweigungen des Carelli-Clans nicht selbst belasten. Nach Giorgios Hinweisen hebt die Polizei sofort den Nürnberger Stützpunkt des Carelli-Clans aus, sieben Verdächtige nehmen die Fahnder fest, auch Arcangelo geht ihnen ins Netz. Zahlreiche Raubüberfälle und Einbrüche werden aufgeklärt, außerdem die Brandstiftung in der Pizzeria „Nico Due" in Velburg im Kreis Neumarkt, zu der eigens Arcangelos Freund Vincenzo Campana, genannt Quaqua, aus Corigliano angereist war. Das Feuer hatte einen Versicherungsschaden in Millionenhöhe verursacht.

„Noch herrscht in Deutschland kein Territorialprinzip. Deutschland ist ein Geschäftsgebiet", erklärt Giorgio den Ermittlern. Es liefen aber Planungen, in Deutschland ein Territorialprinzip einzuführen, allerdings nicht unter den verschiedenen italienischen kriminellen Vereinigungen. Die Italiener teilten sich Deutschland mit russischen und albanischen Organisationen. Der Carelli-Clan habe deshalb bereits die Eröffnung von Stützpunkten in Berlin geplant, zunächst eine Eisdiele und eine Pizzeria, die ein Italiener aus Mülheim führen solle.

In Frankfurt, erzählt er, hätten sich Anfang des Jahres 1998 Marinaro und Guidi mit zwei Russen getroffen, die bei der Gründung von Stützpunkten in Moskau helfen wollten. Im Gegenzug hätten die Russen synthetische Drogen, die bei den Sommergästen in Corigliano sehr beliebt sind, nach Italien liefern sollen. Die erste Lieferung sei noch kurz nach der Festnahme Fabbricatores über Frankfurt nach Corigliano gegangen.

Das Bundeskriminalamt, Abteilung Allgemeine und Organisierte Kriminalität, erstellt im Sommer 2000 auf Grundlage der Aussagen Giorgio Basiles und der darauf folgenden Zusammenarbeit mit den italienischen Kollegen ein Organigramm des Carelli-Clans und seiner weit verzweigten Struktur in Deutschland. Es erstreckt sich von Frankfurt über Offenbach, Mülheim, Essen, Gelsenkirchen, Wuppertal, Heidenheim, Schwalbach, Nürnberg, Kempten, Garmisch-Partenkirchen bis München. Es zeigt ein Geflecht Dutzender Namen von Personen und Restaurants, von getauften Mafiosi, assoziierten Mitgliedern, Geldwäschern, Verstecken, Unternehmen, Autoschiebern und Killern.

Das Schaubild hat die Größe eines durchschnittlichen Schreibtischs, und die vielen Namen sind in winziger Schrift geschrieben, um sie alle unterzubringen. Es ist keinesfalls so, dass die dort genannten Männer jetzt im Gefängnis sitzen oder ihre Restaurants nicht mehr existieren. Trotz einiger Festnahmen und Verhaftungen funktioniert das Netz weiter. Wer ausfällt, wird ersetzt. Oder, wie Maresciallo Napoli aus Corigliano immer sagt: „Die Mafia ist eine perfekte Hydra." Für ihn kein Grund zur Resignation, nur die jahrhundertealte Realität im Süden Italiens.

Zwei Wochen bleibt Lucia in Deutschland. In dieser Zeit bereitet Staatsanwalt Curcio die Rolle Giorgios als Kronzeuge der Anti-Mafia-Kommission vor.

Dann ist es so weit. Giorgio sieht Lucia ein letztes Mal in Deutschland. „Hol alles ab in Corigliano, was du kriegen kannst", trägt er ihr auf. Den Goldschmuck, Geld, Uhren. Lucia soll sich von einem Bauunternehmer die dreißig Millionen Lire auszahlen lassen, die sie für eine Eigentumswohnung angezahlt haben, zehn Millionen schuldet ihm außerdem Guidi, der neue Boss. Es gibt noch eine Reihe von Leuten in Corigliano, die Giorgio Geld schulden. Aber Lucia soll vorsichtig sein und aufpassen, dass niemand misstrauisch wird. So wie die Dinge mittlerweile liegen, könnte es ihren Tod bedeuten. Falls jemand fragt, soll sie sagen, ihr Mann sei verhaftet worden und sie gehe zurück zu ihrer Mutter.

Die Tage vergehen, und Giorgio wird allmählich ungeduldig. Er hat allen möglichen deutschen Ermittlern gesagt, was er sagen kann, ohne sich selbst zu belasten. Er hat Kommissar Wirth sogar von Mimmo berichtet. Er musste einfach mit jemandem darüber reden. Mimmos Geist besucht ihn immer häufiger nachts in seiner Zelle, und sein Erscheinen belastet Giorgio jedes Mal sehr. Es ist, als ob sein Geist tatsächlich keine Ruhe finde. Aber Giorgio will Wirth nicht zu viel erzählen. Er braucht die Morde für die italienischen Staatsanwälte. Um Kronzeuge zu werden, muss er einen ungeklärten Mord gestehen. Mimmo ist sein Joker.

In einem anderen Mordfall allerdings ist er bereit, Wirth zu helfen. Es geht um den Münchner Drogenkurier Rudolf Stempel, dessen Leiche am 27. September 1991 in Amsterdam gefunden wurde. Stempel war mit drei Schüssen in den Kopf ermordet worden, anschließend wurde der Tote mit Eisenketten verschnürt, mit Betonklötzen beschwert und in einer Gracht versenkt. Giorgio kennt die Einzelheiten der Tat aus Gesprächen mit Kumpanen.

Nachdem die Schreibarbeit an einem der Verhörtage erledigt ist, verbringt Wirth wieder einmal einige Stunden mit Grübeln. Er wird diese Mentalität wohl nie verstehen, denkt er. Die Mafiosi sind wirklich nicht von dieser Welt. Sie leben nach ihren Regeln, in denen Mitleid keinen Platz hat. Und auch Giorgio, den er zum Auspacken überredet hat, zeigt keine Spur von Reue.

Giorgio glaubt noch immer an die 'Ndrangheta. Es fällt ihm nicht leicht, seine Aussage vor sich selbst zu rechtfertigen. Aber er denkt, dass die sogenannten Ehrenmänner es verdienen, von ihm ans Messer geliefert zu werden, weil sie die Mafia-Regeln nur für ihren Vorteil nutzen. Wirth muss das akzeptieren. Von einem Mafioso ist keine Reue zu erwarten.

Die Vernehmungen in Wirths Büro, das Giorgio wegen der Sammlung von Carabinieri-Kalendern, Plakaten und Abzeichen so sehr an Italien erinnert, werden nach einigen Wochen seltener. An einem Freitag Anfang Juli 1998 hat der Kommissar plötzlich Neuigkeiten. „Es geht los", sagt Wirth, „nächste Woche kommen die Staatsanwälte und Polizisten aus Italien." Giorgio zuckt zusammen. Es wird ernst. Das bevorstehende Wochenende in der Untersuchungshaft in Stadelheim, ohne die Ablenkung der Vernehmungen und ohne Gespräche mit anderen Gefangenen, wird fürchterlich. Wieder überfallen ihn Zweifel, ob es richtig ist, seine ehemaligen Komplizen zu verraten. Er denkt daran, sich umzubringen, aber dann taucht in seinem Kopf das Bild seiner Tochter auf. Er muss dafür sorgen, dass sie zur Schule geht, etwas Anständiges lernt, etwas aus ihrem Leben macht – ein Mörder wird sentimental. Und dann denkt er wieder daran, wie ihn sein Bruder beklaut hat, wie seine Schwester ihn verraten hat und wie Ehrenmänner, für die er im Glauben an ihre Unfehlbarkeit gemordet hat, wiederum ihn ermorden wollten. Nein, es ist richtig auszusagen und die eigene Haut zu retten, denkt er.

Sie holen ihn an einem Mittwochmorgen Mitte Juli 1998, sehr früh. Ein Sondereinsatzkommando kommt in drei dunklen BMW. „Ich hole Sie heute das letzte Mal ab", sagt Wirth zur Begrüßung, „denn von heute an sind Sie Kronzeuge." Sie fahren nicht wie üblich ins Bayerische Landeskriminalamt in die Maillingerstraße, sondern zu einem unscheinbaren Haus in der Innenstadt, wo Giorgio noch nie gewesen ist. Sie nehmen den Fahrstuhl bis in den fünften Stock und betreten einige schmucklose Räume, schlichte Büros mit einer kleinen Kochnische und einer Kaffeemaschine. Giorgio fühlt sich ausgesprochen unwohl. Als sie den kleinen Konferenzraum betreten, sitzen die italienischen Beamten bereits um einen großen Tisch.

Giorgio schaut in die Runde und erstarrt. Er sieht Dottor Salvatore Curcio, den er einst ermorden sollte, und Maresciallo Napoli, der jahrelang sein Feind gewesen ist, der ihn gejagt hat und der ebenfalls von Marinaro auf die Todesliste gesetzt worden ist. Sie sind zu siebt, vier Staatsanwälte, ein Capitano der Carabinieri und zwei Marescialli. Die meisten kennt Giorgio nicht. „So viele waren es noch nie", flüstert Wirth Giorgio zu, „die haben es eilig und brauchen Sie." Giorgio macht einige vorsichtige Schritte nach vorn.

„Ciao Basile, come sta?", begrüßt ihn Curcio freundlich. Sie sind etwa gleich groß und von ähnlicher Statur. „Sehen Sie, wie wichtig Sie für uns sind?" Giorgios Unsicherheit nimmt mit jedem ihrer Worte zu. „Was passiert mit mir?", fragt er. „Sie unterschreiben den Vertrag, wir bringen Sie nach Italien, und dort geben Sie einen Mord zu. Im Gegenzug bleiben Sie nicht länger als sechs Monate in Haft", sagt Dottor Curcio.

„Wirklich nur sechs Monate?" Giorgio schaut Wirth, dem er

vertraut, fragend an. „Hundertprozentig“, sagt Wirth und lächelt.

Curcio erläutert Giorgio in groben Zügen, was er von ihm erwartet. Er müsse seine Taten gestehen und sein Wissen über den Carelli-Clan preisgeben. Und er müsse alle seine Aussagen öffentlich in Prozessen gegen Clan-Mitglieder wiederholen. Im Gegenzug werde seine gesamte Familie ins Zeugenschutzprogramm aufgenommen, in Italien und in Deutschland. Giorgio, seine Frau und Tochter erhielten eine neue Identität sowie finanzielle Unterstützung. Die Leute vom Zeugenschutz würden bestimmen, wo er wohnen werde und wann er umziehen müsse, er dürfe seine alten Freunde nie wieder sehen – und wenn er seine Sache gut mache, könne er vielleicht irgendwann damit rechnen, wieder ein halbwegs selbstbestimmtes Leben zu führen. Aber das könne Jahre dauern.

Giorgio werde sich wegen seiner Taten vor Gericht verantworten müssen, könne aber damit rechnen, dass er die Strafe nicht im Gefängnis absitzen müsse, sondern formal unter Hausarrest gestellt werde, wie es für Kronzeugen üblich ist. Allerdings hänge sein Grad der Freiheit von seiner Aussagebereitschaft und seinem späteren Verhalten ab. Er werde zunächst unter Beobachtung stehen.

„Und was ist mit meiner Frau?“, fragt Giorgio. „Wenn Sie unterschreiben, holen wir sie innerhalb von vierundzwanzig Stunden ab und beschützen sie rund um die Uhr!“ Giorgio zögert noch einen Moment. „Und ich bin wirklich nach sechs Monaten frei?“, fragt er. „Garantiert“, sagt Curcio und fügt hinzu: „Sofern Sie sich an die Spielregeln halten.“

Giorgio bittet um ein Telefon. „Lucia, mach dich bereit“, sagt er. „Maresciallo Napoli wird dich morgen abholen. Und versprich mir, dass du niemandem die Tür öffnest außer ihm.“ Lucia verspricht es. So also ist es damals auch bei Tommaso gelaufen, denkt er.

Sobald Giorgio unterschrieben hat, beginnt die erste Vernehmung. Die vier Staatsanwälte wollen alles über den Mord an De Cicco wissen, den er mit Mimmo zusammen begangen hat. Die Ermittlungen in Italien sind nämlich an einem toten Punkt angelangt. Wichtig ist den Ermittlern zu wissen, wer alles von dem Mord wusste, wer den Auftrag gegeben hat, wer den Wagen, die Waffen und die Fluchtwohnung besorgte. Giorgio erzählt es ihnen. Und eine Woche später gibt es die nächste Verhaftungswelle in Corigliano.

Über den Mord an Mimmo sagt Giorgio noch nichts, auch wenn Wirth immer wieder drängt. Aber erstens stammt die Waffe aus Deutschland, was neue Ermittlungen bewirken könnte, und zweitens hat er Angst, an die Niederlande ausgeliefert zu werden. Also schweigt er. „Ich sage Ihnen, wo die Leiche versteckt ist, sobald ich auf italienischem Boden bin", verspricht er Wirth.

Die italienischen Behörden stellen sofort einen Antrag auf Auslieferung, doch es dauert noch mehrere Monate, bis die Formalitäten erledigt sind. Gegen Giorgio bestehen in Deutschland mehrere Haftbefehle verschiedener Staatsanwaltschaften, viele Polizeidienststellen bitten darum, ihn noch weiter vernehmen zu können. Und schließlich sind auch noch einige Bundesbehörden mit dem Fall Basile befasst und müssen der Auslieferung zustimmen.

Am 29. November ist es so weit. Endlich kommt ein Sondereinsatzkommando, um ihn abzuholen, wieder fahren sie in drei gepanzerten BMW, diesmal zum Franz-Josef-Strauß-Flughafen ins Erdinger Moos außerhalb Münchens. Kommissar Wirth, den Giorgio lange nicht gesehen hat, sitzt neben ihm. Sie fahren direkt aufs Rollfeld, wo bereits eine Alitalia-Maschine auf sie wartet.

Giorgio erkennt einen deutschen Kriminalbeamten, der ihn vernommen hat und nun mit einer Videokamera seine Ankunft filmt. „Sagen Sie mir jetzt, wo die Leiche liegt“, sagt Wirth. „Erst im Flugzeug“, sagt Giorgio. Er weiß, erst in der Maschine ist er rechtlich auf italienischem Boden. „Also?“, drängt Wirth. „Mimmo liegt bei der Bushaltestelle Velden“, lügt Giorgio. Er ärgert sich über die Kamera und will zudem jedes Risiko ausschließen. „Kann mich jetzt noch jemand aus dem Flugzeug holen?“, fragt Giorgio einen italienischen Beamten. „Nein“, versichert ihm dieser. Giorgio lehnt sich in seinem Sitz zurück und atmet tief durch. Nach dem Start serviert eine Stewardess das Frühstück.

Der Flug nach Rom dauert nur eine Stunde. Spezialisten vom italienischen Zeugenschutz erwarten Giorgio am Flughafen. Sie nehmen ihm die Handschellen ab. Er kauft noch eine Stange „Merit“-Zigaretten, dann bringen sie ihn ins Polizeipräsidium von Rom, wo sie gemeinsam in der Kantine zu Mittag essen, Spaghetti mit Schweinefleisch. Giorgio zahlt selbst, es ist nicht sehr teuer, für seine Verhältnisse.

Gegen zwei Uhr brechen sie auf ins Gefängnis Rebibbia, wo die Polizisten ihn den Beamten der Justiz übergeben. „Passt auf ihn auf, er ist ein Dreizehner“, sagen die Polizisten vom Zeugenschutz, als sie gehen. Der Name bezieht sich auf Artikel 13 des Gesetzes, das den Umgang mit Kronzeugen regelt. Solche Gefangene müssen von allen übrigen Insassen abgeschirmt werden und genießen Sonderrechte.

Als Giorgio eingeliefert wird, ist gerade Schichtwechsel beim Wachpersonal. Er kommt in die Kammer, durch die jeder Neuling muss, und dort erfolgt das Übliche. Ein Beamter legt eine Karteikarte an, Giorgio soll seine Kleidung abgeben und bekommt Bettwäsche zugeteilt. Eine kühle Routineangelegenheit, die die Beamten täglich abspulen. Einer fragt: „Gehörten Sie irgendeiner Organisation an? Welche Verfahren laufen gegen Sie?“

Giorgio wundert sich immer mehr. Das alles klingt nicht nach Vorzugsbehandlung. „Wissen Sie eigentlich, wer ich bin?“, blafft er den Beamten an. „O Schreck! Das ist ein Dreizehner“, sagt sein

Kollege. „Eigentlich dürfen Sie gar nicht hier sein." Giorgio bekommt sofort seine Kleidung zurück, er darf alles in seinen Koffer packen, und dann bringen sie ihn in einen anderen Teil des Gefängnisses, einen speziellen Trakt für Kronzeugen. Dort gibt ihm ein weiterer Beamter einen Zettel mit einer Liste von Namen. „Kennen Sie einen von denen?", fragt er. „Ja", sagt Giorgio, „Giovanni Cimino."

„Tut mir leid, dann müssen wir Sie in einer anderen Abteilung unterbringen", sagt er. Egal, denkt Giorgio, Knast ist Knast. Allzu lange würde er ja nicht sitzen müssen. Wieder legen sie ihm eine Liste vor, diesmal kennt er keinen der Namen. Die einzige Zelle, die noch frei ist, liegt in dem Trakt, wo jene Kronzeugen eingesperrt sind, die gegen die Auflagen verstoßen haben. Auf dem Weg dorthin, einem langen Gang mit Zellen links und rechts, fühlt er sich beobachtet wie ein Verräter. Eine schwere Panzertür liegt am Ende des Flurs. Ein Beamter öffnet sie, dahinter führt der Gang noch ein kleines Stück weiter. Giorgio erhält die dritte Zelle links mit der üblichen Ausstattung: Schrank, Bett, Tisch, Stuhl, alles am Boden festgeschraubt, sowie eine offene Toilette. Die Türen stehen offen. „Ciao, Ciao", begrüßen ihn die anderen, ein Gefangener drückt ihm einen Kaffee in die Hand. Ob Gift drin ist?, denkt Giorgio im ersten Augenblick. Er sieht sich um. Alle Augen der Mithäftlinge sind auf ihn gerichtet. Sie sind alle Mafiosi. Warum sollen sie mich umbringen?, denkt er und nimmt einen Schluck.

Die Mithäftlinge stellen sich schnell als relativ umgängliche Ex-Kollegen heraus. Unter ihnen sind einige Ex-Bosse, deren Namen er aus der Zeitung kennt. Männer der Cosa Nostra aus Sizilien, von der Camorra aus Neapel und der Sacra Corona Unita aus Apulien – alles Kronzeugen, Verräter. Doch ihren freundlichen Fragen nach dem Grund seiner Inhaftierung weicht Giorgio aus. Er komme aus Deutschland, sagt er, und in die andere Abteilung könne er nicht, weil er dort bekannt sei.

Zwei Tage lässt sich niemand bei ihm blicken, dann kommt Dottor Curcio nach Rom. „Was soll das, was mache ich hier?", fragt Giorgio erbost. „Keine Sorge, Sie kommen bald nach Alessandria", sagt der Staatsanwalt. Alessandria liegt neunzig Kilometer von Turin entfernt. Dort steht ein spezielles Gefängnis für Kronzeugen. Es hat den Ruf, komfortabel wie ein Hotel zu sein.

„Was haben Sie den Deutschen erzählt?", fragt Curcio. „Die buddeln in Holland nach einer Leiche und finden nichts!" Giorgio weicht aus. „Ich traue ihnen nicht und habe deshalb einen falschen Ort angegeben", antwortet er. „Also, wo liegt sie nun?", drängt Curcio und überreicht Giorgio eine Landkarte von Venlo und Umgebung. „Geben Sie mir einen Stift", bittet Giorgio. So präzise wie möglich zeigt er das Versteck und macht sogar eine Zeichnung von der Straße und dem Rohr, in das sie Mimmo gelegt haben. „Die Vernehmungen werden künftig in Catanzaro stattfinden", sagt Curcio zum Abschied. Im kalabrischen Catanzaro hat der Staatsanwalt sein Büro. „Sie werden aber noch eine Woche hier in Rom bleiben müssen."

Sobald Giorgio sicher in Italien gelandet ist, gibt das Bayerische Landeskriminalamt seine Verhaftung bekannt. „Mafia-Killer gesteht über 30 Morde", titelt die „Süddeutsche Zeitung", „Mafiakiller ermordet 30 Menschen" schreibt der „Tagesspiegel". Tatsächlich wird Giorgio schließlich in Italien nur wegen vier Morden der Prozess gemacht. In vielen Fälle sind die Ermittlungen sinnlos geworden, weil selbst die Täter längst tot sind, und manchmal gibt es vielleicht auch andere Gründe, die Ermittlungen einzustellen.

Der Polizei sei „einer der spektakulärsten Schläge gegen die italienische Mafia in der Bundesrepublik geglückt", schreibt der „Spiegel" und zitiert den damaligen Leiter des Dezernats Organisierte Kriminalität im Landeskriminalamt Bayern, Josef Geißdörfer, mit der Aussage, man habe bei den fünfundzwanzig Vernehmungen „höchst bemerkenswerte, seltene Einblicke in die Strukturen der 'Ndrangheta gewonnen".

Mimmos Leiche bleibt verschollen. Holländische Polizisten finden an dem von Giorgio bezeichneten Ort zwar die spanische Astra-Pistole, die er dort verloren hat, aber keinen Toten, kein Skelett. Die Leiche, vermuten die Ermittler, habe sich nach starken Regenfällen losgerissen und sei ins Meer gespült worden.

Anfang Dezember wird Giorgio nach Alessandria verlegt. Justizbeamte fliegen mit ihm von Rom nach Turin, von dort fahren sie mit dem Auto nach Alessandria. Das Gefängnis ist ein neues Gebäude, nicht sehr groß. Der rechte Flügel ist für normale Gefangene, erklären sie ihm, links steht „Donne" – Frauen. Giorgio muss nach links gehen. Er frohlockt. Aber er sieht keine Frauen. Es ist die Abteilung für Kronzeugen. Wieder überreicht ein Beamter Giorgio eine Namensliste, doch diesmal kennt er niemanden. Er muss sich ausziehen, ein Beamter durchsucht seine Kleidung und gibt sie ihm zurück. Seinen Ehering darf er behalten, Halskette und Uhr muss er abgeben.

Giorgios Zelle liegt zu seinem Leidwesen direkt über dem Kesselraum für die Heizung und Warmwasserversorgung, und es ist deshalb immer ziemlich warm. Aber ein paar Monate, sagt er sich, werde er es schon ertragen. Davon abgesehen ist das Leben in Alessandria in der Tat nicht schlecht. Die Zellen im Trakt sind den ganzen Tag geöffnet, die Gefangenen dürfen sich frei bewegen, es gibt einen Tennis- und einen Fußballplatz, eine Tischtennisplatte, Räume für Gespräche mit Staatsanwälten und Rechtsbeiständen.

Lucia schickt ihm ein fünfzehn Kilogramm schweres Essenspaket und kündigt ihren Besuch an. Giorgio freut sich. Seit Juni hat er seine Familie nicht mehr gesehen. Kurz vor Weihnachten kommen sie, Lucia und Schiavonea. Sie werden von Beamten des Zeugenschutzes begleitet, die sie im Gefängnis allerdings allein lassen. Seine Tochter ist anderthalb Jahre alt und kann mittlerweile laufen. „Komm! Wünsche deinem Papa einen guten Tag“, sagt Lucia. Schiavonea wirkt verlegen. Wie er befürchtet hat, erkennt sie ihn kaum. Es zieht sie vielmehr zu den anderen Kindern, die sie im Hof spielen sieht. „Giorgio, ich werde dich nur zweimal im Monat besuchen können“, sagt Lucia.

Giorgio hat das Recht auf acht Stunden Besuch im Monat und kann sich die Zeit aufteilen. Aber Lucia hat eine lange Anreise, und er versteht sie. Sie berichtet, dass sie als Frau eines Kronzeugen 1,6 Millionen Lire, achthundert Euro, im Monat vom Staat bekommt, aber dass immer noch nicht alle Formalitäten erledigt seien. Sie brauche Kleidung für das Kind, Wäsche, und sie müsse die Nebenkosten der Wohnung aus eigener Tasche bezahlen. Das Geld sei knapp, aber sie komme damit aus, sagt sie. Sie beschwert sich nicht. Lucia, denkt Giorgio, ist eine gute Frau.

Giorgio beantragt, Weihnachten seine Familie besuchen zu dürfen. Der Antrag wird abgelehnt, denn nur wenige Tage später, am 28. Dezember 1998, muss Giorgio zum ersten Mal vor Gericht aussagen. Es ist der erste große Prozess nach der Operation Galaxis – mit zweihundert Mafia-Angeklagten. In Catanzaro ist dafür eigens ein neuer Gerichtssaal gebaut worden. Die Angeklagten sitzen in kugelsicheren Glaskäfigen, der Saal ist gefüllt mit Hunderten Anwälten, Verwandten der Angeklagten und Zuschauern. Giorgio sitzt, vor ihren Blicken verborgen, hinter einer spanischen Wand. Zwei Staatsanwälte vernehmen ihn. Seine Aussage sei sehr wichtig, haben sie ihm gesagt. Vor ihm hat noch niemand die Clan-Chefs Santo Carelli und Pietro Marinaro belastet. Giorgio ist nervös.

„Gehörten Sie einer Organisation an?“, fragt Curcio.

„Ja, dem Carelli-Clan. Ich war eine sehr vertraute Person, aber nicht getauft“, antwortet Giorgio.

„Haben Sie im Auftrag von Carelli Straftaten begangen?“

„Ja. Ich habe gemordet, mit Drogen gehandelt, Schutzgelder erpresst, Einbrüche und Raubüberfälle begangen.“

„Welche Morde waren das?"

„Der Mord an Antonio Giovagnone De Cicco, an Edmondo Le Pera, an Giovanni Vitteritti, an Domenico Sanfilippo – und ich hatte den Auftrag, Giuseppe Fabbricatore zu töten."

Das reicht fürs Erste. Dottor Curcio ist zufrieden. Und auch kein Verteidiger beabsichtigt, eine Frage an ihn zu richten. „Warum sind Sie Kronzeuge geworden?", will schließlich der Richter wissen.

„Ich habe eine Frau und eine Tochter und keine Zukunft. Ich musste einsehen, dass die Mafia eine Lüge ist und es in Wirklichkeit keine Ehrenmänner gibt."

Der Moment, in dem Giorgio diese Sätze spricht, sind die längsten Sekunden seines Lebens. Mit einem Mal fühlt er sich wieder tief schuldig. Statt erhobenen Hauptes aus dem Saal zu gehen, duckt er sich hinter die Leibwächter, die ihn aus dem Saal begleiten. Er bildet sich ein, die Gedanken der Männer in den Käfigen zu hören, die jahrelang seine Vertrauten gewesen sind. Er sieht es förmlich, wie ihre Lippen sich zu einem einzigen Wort formen: Verräter! Er glaubt, alles zu hören, was er selbst einst über Tommaso Russo gesagt hat, der vor ihm Kronzeuge geworden ist. Er wäre am liebsten im Erdboden versunken.

Dieses Schuldgefühl hat Dottor Curcio oft erlebt, denn Mafia-Kronzeugen geben mehr preis als ihr Wissen. Sie wechseln die Welten und verraten, woran sie ihr Leben lang geglaubt haben. Viele von ihnen brauchen psychologische Betreuung. Curcio nennt die Kronzeugen deshalb Mitarbeiter der Justiz – er weiß, dass es eine harte Arbeit für sie ist, verbunden mit erheblichen seelischen Belastungen.

Anfang April stellt Giorgio einen Antrag auf Entlassung aus dem Gefängnis. Genau gesagt beantragt er, unter Hausarrest gestellt zu werden. Die sechs Monate, die er im Gefängnis sitzen sollte, sind abgelaufen. Und auch wenn seine Mitgefangenen, von denen die meisten schon ein paar Jahre inhaftiert sind, ihm die Hoffnung nehmen wollen, vertraut er Dottor Curcio. Das Warten auf die Antwort stellt ihn auf eine harte Probe. Doch Curcio hält Wort.

Ein paar Tage nach Ostern 1999 holen ihn drei Carabinieri in Alessandria ab. Sie steigen in einen gepanzerten Fiat Croma und machen sich auf den Weg in die Freiheit oder zumindest das, was Giorgio in den kommenden Jahren mit dem Begriff verbinden wird. Sie geben ihm ihre Telefonnummern, und ein Beamter sagt: „Wir sind für Sie zuständig und in nächster Zeit die einzigen Menschen, die Sie außer ihrer Frau und ihrer Tochter sehen werden."

Als er endlich Lucias Wohnung betritt, fällt ihm sofort ein Foto von sich auf dem Schrank im Wohnzimmer auf. Ihre Tochter Schiavonea ist gerade eingeschlafen. „Lass sie schlafen", sagt Lucia und zieht Giorgio an sich. Es dauert lange genug, bis die Kleine aufwacht und zu ihnen ins Schlafzimmer gelaufen kommt. Irritiert blickt das Kind auf Lucia, die in Giorgios Arm liegt. „Mama", ruft sie, „wer ist das?" „Das ist Papà!"

Für Dottor Curcio sind Giorgios Aussagen bis heute das Werkzeug, mit dem es gelingt, den Carelli-Clan zu zerschlagen. „Basile war zeitweise der wichtigste Mann in der Organisation", sagt Curcio. Auch wenn andere Mafiosi die offiziellen Anführer waren, war es Giorgio Basile, der bei allen Entscheidungen ein gewichtiges Wort mitzureden hatte. Da er nicht getauft war, konnte sich Giorgio lange im Hintergrund halten. Er hatte Zugang zu den wichtigsten Bossen des Clans, aber nur wenige der unteren Ränge kannten ihn.

Der Mann, der in Mülheim groß geworden ist und nicht einmal perfekt Italienisch spricht, war zeitweise der einzige Geldbeschaffer des Clans. Curcio: „Er hat Millionen Euro verdient, aber er hat auch Millionen ausgegeben." Ein großer Teil seiner Einkünfte floss immer wieder in die Bacinella, die Kasse der 'Ndrangheta. Das sicherte ihm seinen Einfluss.

Basile vervollständigte Curcios Bild von der 'Ndrangheta, er brachte Neuigkeiten über die innere Struktur der Organisation und ihre Drahtzieher sowie Hinweise auf eine Vielzahl von Morden und anderen Straftaten, die ohne seine Aussage wohl nie aufgeklärt worden wären. Nach Giorgio Basiles Aussagen ließ Curcio mehr als fünfzig Mafiosi verhaften, von denen viele zu langen Freiheitsstrafen verurteilt wurden.

Salvatore Curcio, der 1963 geboren wurde, studierte Jura in Florenz und begann dort 1989 seine Justizlaufbahn. Nach seiner Probezeit in Florenz, die wegen seiner hervorragenden Leistungen auf ein Jahr verkürzt wurde, ging er im Juli 1990 als Richter nach Catanzaro. Drei Jahre später wechselte er zur Anti-Mafia-Staatsanwaltschaft. Seitdem macht er keinen Schritt mehr ohne seine vier Leibwächter. Einer sitzt ständig in seinem Büro im Justizpalast, drei weitere wachen vor seiner Tür. Wenn er das Haus verlässt, geht immer ein Leibwächter voraus und sichert den Weg. Die Zeiten, in denen er unbekümmert in Restaurants sitzen oder einkaufen gehen konnte, sind längst vorbei. Für seinen Kampf gegen die 'Ndrangheta zahlt er einen hohen Preis. Er ist selbst ein Gefangener.

Anfang 2002 tritt Giorgio wieder einmal in Cosenza als Zeuge vor Gericht auf. Diesmal schreitet er selbstbewusst in den Saal, für den, wie üblich in solchen Fällen, die höchsten Sicherheitsvorkehrungen gelten.

Fabbricatore sitzt in einem dieser Käfige aus kugelsicherem Glas, und Giorgio blickt ihm direkt in die Augen. Fabbricatore erwidert seinen Blick. Er sieht ihn kalt an, führt die Hand zum Hals und zieht den Daumen über den Kehlkopf. Das Zeichen ist unmissverständlich.

Vor seiner Aussage bittet Giorgio den Richter ums Wort. Er wendet sich an Fabbricatore: „Ich hätte dich töten können, aber ich habe es nicht getan. Ich hoffe, dass du dich entscheidest, für die Justiz auszusagen, denn dein Schweigen hilft dir nicht. Du stehst auf der Todesliste, und du wirst sterben." Doch der Mafia-Boss bleibt unbeeindruckt.

Fabbricatore ist wegen diverser Delikte angeklagt, kommt aber bald darauf auf freien Fuß. Nicht etwa, weil er unschuldig ist, sondern weil Fristen verstrichen sind und eine weitere Inhaftierung rechtswidrig gewesen wäre.

Zwei Monate später, am 25. März 2002, ist er tot. Er wird während der Fahrt in seinem Auto, einem dunkelblauen Lancia, auf der Landstraße E 90 erschossen. Die Täter haben ihn bei Thurio überholt und mit einer Kalaschnikow seinen Wagen durchsiebt. Fabbricatore sitzt auf dem Beifahrersitz, auf dem Fahrersitz stirbt sein Vertrauter Vincenzo Campana, genannt Quaqua.

Beide Männer sterben genau an der Stelle und auf die Weise, wie Giorgio es mehr als fünf Jahre zuvor geplant hat. Der Auftrag wurde nie zurückgezogen.

Auch Giorgio Basile steht auf der Todesliste der 'Ndrangheta. Sein Bruder hat den Auftrag, ihn zu töten. Giorgio Basile wird versteckt, irgendwo in Italien. Er ist jetzt fünfundvierzig Jahre alt. Und auch dieser Mordauftrag dürfte erst mit dem Tod des Verurteilten erledigt sein.

Dank

Für das Zustandekommen dieses Buches danke ich:

Dottor Salvatore Curcio von der Anti-Mafia-Staatsanwaltschaft in Catanzaro,
Vincenzo Lumberto von der Anti-Mafia-Staatsanwaltschaft Cosenza,
den Carabinieri aus Corigliano Scalo;
Ernst Wirth und Josef Geißdörfer vom Bayerischen Landeskriminalamt,
Bernd Walter und Jürgen Achterfeld von der Kriminalpolizei Mülheim,
Heinz-Dieter Dickmann von der Kriminalpolizei Duisburg,
Henning Köster, dem Leiter der Justizvollzugsanstalt Bochum;
den SPIEGEL-Ressortleitern Clemens Höges für seine geistige und handwerkliche Unterstützung und Michaela Schießl für ihr Verständnis;
SPIEGEL-Justitiarin Brigitte Rolofs für die juristische Bearbeitung; Dokumentationsjournalistin Christa von Holtzapfel, Bilddokumentar Peter Kühn und den Schlussredakteuren Reimer Nagel, Tapio Sirkka und Bianca Hunekuhl, ohne die das Buch voller Fehler wäre;
Fotoredakteur Claus-Dieter Schmidt, Grafikerin Julia Saur, Ralf Geilhufe für Layout und Gestaltung des Bildtafelteils;
Angelika Mette für die engagierte Betreuung des Projektes,
Lektorin Julia Hoffmann für die professionelle Bearbeitung des Manuskripts;

Friederike Kahlke für ihre Anregungen als erste kritische Leserin und Antonius Aronis für den moralischen Beistand.
Mein besonderer Dank gilt dem Chefredakteur des SPIEGEL, Stefan Aust, der dieses Buch überhaupt erst ermöglicht hat.